Für meine Schwestern

Anne und Caroline

Pierres Landhaus, Kamils Dönerladen, Penelopes Schule, ›The Fast and the Curious‹ und das GJK sind wie alles andere in diesem Roman kleine fiktive Puzzleteile einer semirealen Welt. Aber irgendwo da draußen in der Wirklichkeit existiert ein Mädchen wie Penelope. Es gibt sie. Ich weiß es.
Denn in der Realität ist einiges anders, als wir denken. Dort existiert so manches, von dem wir nichts zu wissen glauben.

Prolog

»Mama, darf ich mal raus in die Nacht?«

»Das geht nicht, Penelope-Schneefee«, sagt die Mutter lächelnd und schiebt das Mädchen sanft ins Bett.

»Wann darf ich denn nachts mal raus?«

»Das werden wir sehen. Und jetzt mach die Augen zu.«

»Was ist denn da draußen, Mama?«

Die Mutter sieht ihre Tochter nachdenklich an und zieht ihr die Bettdecke bis zum Kinn. »Nichts.«

»Kann es hier reinkommen?«

»Nein!«, erwidert die Mutter, aber sie hat zu lange gezögert. Da draußen ist etwas. Ganz bestimmt.

Die Mutter löscht das Licht, verlässt das Zimmer und zieht leise die Tür hinter sich zu, so als würde ihr Kind schon schlafen.

Vorsichtig schlüpft die Kleine aus dem Bett, krabbelt zum Fenster und zieht die Jalousien gerade so weit hoch, dass sie durch den Spalt in die Dunkelheit hinaussehen kann.

»Was machst du da?«, schreit ihre Mutter. Sie muss sich lautlos ins Kinderzimmer zurückgeschlichen haben. »Du weißt doch, wie gefährlich das ist!«

Mit einem wütenden Ruck lässt sie die Jalousien hinuntersausen.

Penelope erschrickt über die laute Wut ihrer Mutter, weint und weiß nun ganz sicher, dass da draußen in der Dunkelheit des alten Waldes, der das Haus umgibt, etwas ist.

Das Undefinierbare dieser dunklen Gefahr wächst in ihrer Vorstellung zu einer ganzen Armee von Gefahren heran.

Hinter den alten Bäumen lauert ein gigantisches Monster mit riesigen Zähnen, grünen Augen und giftigem Atem. Eine Schar von Vampiren und Zombies bewegt sich jede Nacht auf das Haus zu, kreist es ein, schlägt gegen die Fenster und Türen, wenn der Herbstwind weht.

Als sie größer wird und ihre Vernunft ihr sagt, dass Monster, Vampire und Zombies nur in Büchern und Filmen existieren, dämmert ihr langsam, was wirklich draußen in der Nacht auf sie wartet: Da steht ein Mensch. Ein böser, kranker Mann. Der Mörder all dieser Mädchen auf den Ölbildern ihrer Mutter.

Sie muss gegen ihn gewappnet sein. Das ist das Einzige, was ihr hilft, ihre Angst zu kontrollieren. Sie will eine Überlebende sein und keine Leiche auf einer riesigen Leinwand. Also beginnt sie damit, sich auf die Begegnung mit dem bösen Mann vorzubereiten.

Sie läuft am Fluss entlang bis ins nächste Dorf und dann wieder zurück bis zu ihrem Haus im Wald. In ihrem Nacken spürt sie die Blicke des unsichtbaren Jägers. Deswegen läuft sie immer schneller, als sie eigentlich kann. Sie läuft, bis sie kotzen muss oder halb erstickt ist oder ihre Milz so sticht wie ein Blinddarmdurchbruch.

Doch wer sollte da draußen schon sein und sie verfolgen? Wer sollte ihr etwas Böses wollen? Ihre ängstlichen Fragen dringen in ihre Träume und aus den Laubwäldern vor ihrem Fenster werden finstere Fichten in der alles umfassenden Nacht und aus der Nacht wird ein kalter Raum. Und in der Kälte dieses Raumes sitzt ein kleines Mädchen, das darauf wartet zu sterben, weil es nicht mehr davonlaufen kann. Sie weiß, wie unglaublich krank das ist. Deshalb erzählt sie niemandem von ihren Träumen und davon, was sie wirklich antreibt, und ihre Einsamkeit beginnt.

1
Verletzung

Ich öffne die Augen und sehe nichts als die undurchdringliche Finsternis meines Kinderzimmers. Amigo ruht auf meinen Beinen. Jetzt hebt er den Kopf und winselt leise.

Heute ist mein letzter Tag. Mein letzter Tag in Kalle. Mein letzter Tag mit meiner Mutter und Pierre. Mein letzter Tag mit Amigo. Morgen muss ich zurück nach Berlin. Zurück in ein gefährliches Leben.

Ich schlüpfe aus dem Bett, ziehe meine Sportsachen über. Dann hole ich mein Messer unter dem Kopfkissen hervor und lasse es in die Hosentasche gleiten. Auf leisen Sohlen schleiche ich mit Amigo durch die schwarze Dunkelheit des Hauses. Pierre schläft noch, aber im Atelier meiner Mutter brennt ein kleines Licht. Wahrscheinlich arbeitet sie schon seit vier Uhr morgens und hat vergessen, dass Sommer ist oder dass es tagsüber draußen hell wird.

Vorsichtig klopfe ich an die Tür des Ateliers. Sie hört mich nicht, denn sie ist bereits in ihrer Welt versunken. Es ist eine traurige Welt, in die sich kein normaler Mensch freiwillig jeden Tag aufs Neue begeben würde. Aber meine Mutter ist nicht normal. Im Gegenteil.

Ohne ihre Erlaubnis abzuwarten, betrete ich das Atelier.

»Gleich!«, flüstere ich dem enttäuscht winselnden Amigo zu und schließe die Tür vor seiner Schnauze. Er ist zwar schon fünf Jahre alt, aber er führt sich auf wie ein tollpatschiger Welpe. Sein freudiges Herumgeschnupper und Schwanzgewedel stört meine Mutter bei der Arbeit.

Ich trete direkt hinter meine Mutter, die nur noch ein paar Zentimeter größer ist als ich. Bald habe ich sie eingeholt. Auf mein leises

Räuspern reagiert sie nicht. Wie zu Stein erstarrt steht sie vor der monströsen, nur spärlich beleuchteten Leinwand, die Augen zusammengekniffen, den Pinsel in der rechten Hand wie ein Messer auf das imposante Ölbild gerichtet. Es wirkt so realistisch, dass es aussieht wie ein perfekt belichtetes Foto in Lebensgröße: Auf einer dunkelgrünen Wiese liegt ein Mädchen. Noch vor einigen Tagen hatte dieses Mädchen einen makellosen, wunderschön weiblichen Körper mit cremeweißer Haut. Doch meine Mutter hat den Verwesungsprozess einsetzen lassen und ihr Pinsel hat bereits große Teile des Gesichts und des nackten Körpers zerfressen. Man kann nicht mehr erkennen, woran das Mädchen gestorben ist. Nichts scheint auf eine Verletzung hinzuweisen und dennoch drängt sich dem Betrachter des Bildes die Vermutung auf, dass das Mädchen einem Verbrechen zum Opfer gefallen ist. Wie alle verbrannten, verhungerten, aufgedunsenen, massakrierten Mädchenleichen, die meine Mutter jemals gemalt hat.

Auch ihre zahllosen Bilder, auf denen man nichts Konkretes erkennen kann als ineinander verkrampfte Linien, Striche und strudelähnliche Gebilde, verraten durch ihre Namen, was tatsächlich auf ihnen abgebildet ist: Man blickt in die hundertausendfach vergrößerte ›Pupille einer Toten‹ oder ›Blutstropfen‹ oder in den ›Rachen einer Gequälten‹, in die ›Lunge einer Ertrunkenen‹.

Wie oft habe ich befremdet vor diesen Bildern gestanden und meine Mutter gefragt, warum sie so etwas malt? Aber sie hat nie geantwortet. Sie schweigt und malt weiter Farbstriche und Frauenleichen.

»Weißt du noch?«, sage ich in die Stille hinein. »Damals in deinem Atelier in der Stadt?«

Meine Mutter zuckt zusammen und sieht mich erschrocken an. Dann wendet sie sich mit zusammengekniffenen Augen und dem in blau-graue Verwesungsfarbe getauchten Pinsel wieder dem Bild zu und überlegt, welchen Teil der Leiche sie als Nächstes dem Verfall widmen wird.

»Ich stand vor diesem in kaminrotes Blut getauchten Mädchen«, fahre ich unbeirrt fort. »Sie sah aus, als wäre sie gerade erst gestorben, als könnte man ihren Tod noch rückgängig machen. Ich habe den Pinsel von der Ablage der Staffelei genommen und ihn in die ockerfarbene Ölpaste getunkt.«

Ohne ihren Blick von der Leinwand zu lösen, sagt meine Mutter mit ihrer hellen, leisen Stimme: »Du hast eine furchtbar fette Frau daraus gemacht.«

»Ja«, nicke ich. »Ich habe das ganze Blut mit einer dicken, nackten, lebendigen Frau übermalt. Als du in das Atelier kamst, fiel dir der Kaffeebecher aus der Hand.«

»Ja. So war das wohl«, erwidert meine Mutter nachdenklich. Während sie sich wieder in ihr Bild vertieft, gleite ich in die Vergangenheit und die Szene im Atelier spielt sich noch einmal wie der Ausschnitt eines Schwarz-Weiß-Films in meiner Erinnerung ab.

»Was hast du gemacht?«, flüstert meine Mutter entsetzt.

»Ich hab sie wieder heil gemacht«, antworte ich kleinlaut.

»Aber«, meine Mutter schüttelt verständnislos den Kopf, »sie ist nicht heil, Penelope. Sie ist tot.«

»DU hast sie doch totgemacht! DU hast sie totgemacht«, schreie ich trotzig und renne an meiner Mutter vorbei in Richtung Tür. Da packt sie mich an den Schultern und gibt mir eine halbherzige Ohrfeige. Die erste und einzige in meinem Leben. Dann beugt sie sich so weit zu mir herunter, dass ich direkt in ihre großen braunen Augen sehen kann.

»Sie ist *erst* gestorben, dann habe ich sie gemalt.«

»Du kannst sie in deinem Bild wieder lebendig machen!«, schluchze ich leise.

»Niemand kann sie lebendig machen. Wir müssen alle irgendwann sterben, Penelope-Schneefee.«

Ich reiße mich los und meine Stimme überschlägt sich, als ich schreie: »Ich nicht! Ich muss nicht sterben!«

Wütend springe ich mit beiden Füßen in die Kaffeepfütze auf dem Holzfußboden, sodass der Kaffee in alle Richtungen spritzt. Dann renne ich hinaus auf die Straße.

Ich glaube, Kinder sind manchmal so, wenn sie Dinge erfahren, die sie nicht ertragen können.

»Du hast mir eine Ohrfeige gegeben«, sage ich abschließend in die Stille des Ateliers hinein.

Meine Mutter sieht mich verwundert an. »Daran erinnere ich mich nicht.«

So ist sie. An die Dinge, die sie belasten oder die sie nicht wahrhaben möchte, erinnert sie sich einfach nicht.

»Es hat nicht besonders wehgetan«, füge ich zu ihrer Beruhigung hinzu. Ich will nett zu ihr sein. Abschiede machen mich fertig. Sie fühlen sich an, als hätte jemand mir einen Berg aus Backsteinen auf den Brustkorb gestapelt. Ich kann kaum atmen, aber ich reiße mich zusammen.

Schließlich deute ich auf die Leinwand und frage in der Hoffnung, doch eines Tages eine Antwort zu bekommen: »Wer ist das Mädchen?«

Meine Mutter mustert mich lange, so als würde sie darüber nachdenken, ob man mir ein Geheimnis anvertrauen kann. Dann murmelt sie: »Darüber solltest du dir keine Gedanken machen.«

Aber dieses eine Mal lasse ich nicht locker. »Gibt es dieses Mädchen wirklich oder hast du es erfunden?«

Meine Mutter zögert. »Ich vermute mal, es ist eine Mischung.«

»Bin *ich* dieses Mädchen?«, frage ich, obwohl zwischen mir und dem Leichnam auf der Leinwand keinerlei Ähnlichkeit besteht. Das Mädchen ist groß, blond, sehr weiblich und hat einen skandinavischen Touch. Ich sehe mit meinen in alle Richtung stehenden dunkelbraunen Haaren und meinem dünnen, allzeit quirligen Körper eher aus wie ein sportlich gekleideter Wischmopp auf Speed.

»Nein! Um Gottes willen«, ruft meine Mutter entsetzt aus. »Wie kommst du denn darauf?«

Ratlos zucke ich die Schultern. Keine Ahnung, wie ich darauf komme. Meine Mutter schmeißt den Pinsel auf die Ablage der Staffelei, geht zum Tisch neben der Ateliertür und durchforstet zielstrebig den Stapel von angelesenen Tageszeitungen und Kunstzeitschriften. Endlich zieht sie eine einzelne Zeitungsseite hervor und hält sie mir vor das Gesicht.

In der Mitte der Seite prangt das Foto eines Mädchens, das etwas jünger wirkt als das tote Mädchen auf der Leinwand, ihm aber insgesamt doch sehr ähnlich sieht. Beide haben lange blonde Haare, ein hübsches, etwas rundliches Gesicht, hohe Wangenknochen und große, leicht schräg stehende graublaue Augen. Neugierig lese ich den dazugehörigen Artikel:

Nachdem im Mai dieses Jahres bereits die 15-jährige Schönebergerin Janine S. spurlos verschwand, gilt nun ein zweites Schöneberger Mädchen als vermisst: Die Berlinerin Anna M. (16) verließ am 12. August 2017 gegen 15.00 Uhr das Haus ihrer Eltern unter dem Vorwand, sich mit einer Freundin im Volkspark zu treffen, und kehrte nicht mehr zurück. Laut Aussage der Freundin hatten die beiden Mädchen an diesem Tag keine Verabredung. Die Ermittlungen der Polizei führten bisher zu keinem Ergebnis, eine Verbindung zum Fall Janine S. kann derzeit noch nicht ausgeschlossen werden. Es wird vermutet, dass Anna sich am Nachmittag des 12. August mit einem Unbekannten traf und einem Gewaltverbrechen zum Opfer fiel. Wer Anna M. gesehen hat oder Hinweise auf ihren Aufenthaltsort geben kann, wendet sich bitte an die nächste Polizeidienststelle.

»Sie ist doch nur vermisst gemeldet. Vielleicht ist sie gar nicht tot, sondern einfach nur abgehauen«, überlege ich.

Meine Mutter streicht mir kurz mit dem ausgestreckten Finger über die Wange. Mit zusammengekniffenen Augen. So als wäre ich ein Bild. »Sie ist seit über einer Woche verschwunden. Nicht einmal ihre beste Freundin weiß, wo sie ist.«

»Vielleicht ist sie mit dem Freund ihrer Freundin durchgebrannt.« Im Grunde genommen glaube ich selbst nicht, was ich da sage.

»Und diese Janine? Ist die auch nur mit dem Freund ihrer besten Freundin durchgebrannt? Ich glaube, du weißt es besser, Penelope-Schneefee«, seufzt meine Mutter. »Ich mag dieses Bild. Vielleicht nenne ich es *Verletzung*.«

Verletzung? Verwesung wäre wohl der passendere Titel. Ich bin kein Kind mehr und inzwischen habe ich das Konzept vom menschlichen Ableben ganz gut verstanden. Vermutlich habe ich vom Sterben eine konkretere Vorstellung als die meisten Menschen in meinem Alter, denn in den letzten Monaten war ich dem Tod einige Male beängstigend nahe. Deshalb übermale ich die verwesende Leiche auf der Leinwand dieses Mal nicht mit einer lachenden dicken Frau und springe nicht wütend in eine Kaffeepfütze. Stattdessen betätige ich den Knopf für die schweren grauen Rollläden des Ateliers und ziehe die blickdichten Jalousien auf der Innenseite der Fenster hoch.

Der gleißend helle Morgen ergießt sich in das Atelier und taucht es langsam von unten bis oben in helles Sommerlicht.

»Oh!«, sagt meine Mutter. »Es ist ja schon hell draußen.«

»Es ist schon neun. Ich lasse eben Amigo durch das Atelier. Wir gehen joggen.«

Die Sonne steht noch nicht besonders hoch am Himmel, aber sie hat die Temperaturen schon wieder auf über 20 Grad steigen lassen, denn die Nacht war zu kurz, um die Luft zu kühlen, und der letzte Regen liegt Wochen zurück.

Amigo hüpft in drolligen Schlenkern auf den Wald zu und ich folge ihm lächelnd. Für ihn ist ein morgendlicher Sprint das größte Glück dieser Welt. Wir durchqueren den kleinen Wald, laufen den Schleichweg am Acker entlang und über die Wiese bis an die Vechte. Langsam spüre ich die Kraft in mir hochsteigen, sie sammelt sich in meinen Beinen, in meinem Bauch, wandert meinen Rücken hinauf, weitet meine Lunge, steigt mir zu Kopf. Sie lässt mich ruhig vorwärtsgleiten wie das Wasser des Flusses neben mir. Bis zum nächsten Dorf und wieder zurück sind es vierzehn Kilometer. Vierzehn Kilometer ultimativer Ruhe, meine Schritte im Einklang mit meiner Atmung, mein Herzschlag im Einklang mit mir selbst. Zielstrebig verfolge ich meinen Weg, während Amigo aufgeregt hechelnd und völlig planlos um mich herumtollt. Wenn Amigo bei mir ist, bekommt das Lauftraining eine andere Bedeutung. Es ist kein krankes Weglaufen mehr, sondern das erhabene Gefühl von vollkommener Kontrolle über meinen Körper.

Auf halbem Weg bleibt Amigo bellend zurück. Er scheint etwas entdeckt zu haben. Ich schlage mich querfeldein zu der Stelle, an der er nervös hin und her läuft. Jetzt sehe ich es: Vor ihm auf der Erde liegt ein Eichhörnchen. Es kann nicht mehr laufen und blutet stark an beiden Hinterbeinen. Wehrlos und schwer atmend liegt es da und starrt Amigo mit großen Augen an. Vielleicht ist es vom Baum gefallen. Es wird sterben, das ist nur eine Frage der Zeit. Eine Frage nach dem Jetzt-Sofort oder nach stundenlanger Qual. Ich zücke mein Messer, halte das Eichhörnchen mit der linken Hand fest und setze einen gezielten Stich in seine Brust. Sein Blick wird leer und der geschundene Körper erschlafft. Dann reibe ich die blutige Klinge im Gras sauber. Amigo winselt und will das Eichhörnchen im Maul mitnehmen.

»Aus, Amigo! Lass es liegen«, sage ich »Es wäre sowieso gestorben. Jetzt muss es nicht mehr kämpfen.«

Nach einer halben Stunde bin ich kurz vor der Brücke. Ein Stückchen weiter oben auf dem Feldweg parkt ein abgewrackter schwarzer Kleinwagen. Fahrer und Beifahrer haben die Füße auf die Konsole gelegt und rauchen. Das Auto ist voller Qualm und der süßliche Geruch dringt bis hinunter zu mir an den Fluss. Bestimmt haben die beiden sich gerade im nächsten niederländischen Coffeeshop frisches Dope geholt und kiffen sich jetzt früh am Morgen schon die Birne weg. Ich ignoriere die Insassen des Autos und bringe die erste Hälfte meiner Strecke zu Ende, indem ich zur Brücke laufe und den Pfeiler berühre. Sieben Kilometer.

In diesem Moment höre ich die Autotüren klappen. Meine Nackenhaare stellen sich auf, meine Rückenmuskulatur spannt sich an. Schnell schnappe ich mir einen Stock und werfe ihn möglichst weit unter die Brücke. »Fass!«, rufe ich Amigo zu. Er soll ganz weit weg sein, wenn jetzt etwas passiert. Früher fühlte ich mich mit dem großen Amigo an meiner Seite sicher und geborgen, weil der Irish Wolfhound meiner Meinung nach jedem Angreifer zwangsweise Angst und Schrecken einjagen musste, aber inzwischen weiß ich, dass der treudoofe teddybärbraune Familienhund keiner Fliege etwas zuleide tun kann. Ich bin froh darüber, ich will das nicht. Amigo soll niemanden angreifen, niemanden beißen oder töten. Er soll unschuldig bleiben. Ich kann mich selbst verteidigen. Und wenn es darauf ankommt, kann ich mehr als das. Amigo hetzt dem Stock hinterher. Natürlich wird er den Stock nicht zurückbringen, der dumme Hund, sondern kaputt kauen. Er ist also in Sicherheit.

Hinter mir ertönt unangenehmes Gelächter. Aggressiv aufgeladen. Ich dachte, Kiffen macht friedlich, aber offensichtlich habe ich mich getäuscht oder die Männer haben sich noch etwas anderes eingeworfen.

Langsam drehe ich mich um und analysiere die Situation. Die beiden Typen stehen nur noch etwa fünf oder sechs Meter von mir entfernt und versperren mir den Rückweg. Der eine ist über zwanzig. Er trägt ein ausgewaschenes schwarzes Heavy Metal-Shirt und zerrissene

Jeans. Sein rechtes Ohr ist voller Piercings. Der langhaarige Beifahrer ist maximal sechzehn Jahre alt und seine engen Lederhosen und das schlabberige Rippshirt betonen seinen schmächtigen Körperbau. Er sieht etwas eingeschüchtert aus. Nervös blinzelt er zu mir herüber und macht fahrige Bewegungen mit seinen Händen, als wolle er seinen Kumpel zurückhalten.

»Na, Süße?«, sagt der Gepiercte spöttisch und spuckt vor mir aus. Langsam kommt er auf mich zu und drängt mich unter die Brücke. Dort werden uns die vorbeifahrenden Autofahrer nicht sehen.

Ich spare mir eine Antwort und sammele mich. Der Typ ist sehr groß, schätzungsweise ein Meter neunzig, und muskulös, aber völlig zugedröhnt. Der Beifahrer ist schwach und unentschlossen, doch das kann schnell kippen und dann wären sie zu zweit.

»Kannst du nicht sprechen?«, fragt der Ältere und seine Gesichtszüge verhärten sich.

Ich schweige und warte weiter ab.

»Was meinst du?«, fragt er den Beifahrer. »Kann sie dafür was anderes?«

»Sie ist flach wie ein Brett!«, erwidert der Kleinere und versucht, abfällig zu lachen. »Die ist nichts für mich. Kein Arsch in der Hose und nichts.«

Ich höre die Autos über die Brücke fahren, das Wasser neben mir fließen, Amigo weit genug weg an einem Stock kauen, mein Blut durch meine Adern rauschen, mein Herz klopfen. Keine Panik, Penelope. Bleib ruhig. Du hast alles unter Kontrolle.

»Willst du mal ziehen?«, fragt der Fahrer. »Das entspannt dich ein bisschen.« Er hält mir den Joint so nah vor das Gesicht, dass der Qualm in meinen Augen brennt.

Ich drehe mein Gesicht weg, aber er greift meinen Nacken mit der einen Hand und drückt mir mit der anderen Hand den Joint an den Mund. Ich presse die Lippen fest aufeinander und halte meinen Körper unter Kontrolle, der sich gerade instinktiv auf Verteidigung einstellt. Meine Hände ballen sich zu Fäusten, meine Kiefer drohen meine Zähne zu zermalmen und meine Nackenmuskulatur verhärtet sich schmerzhaft unter der Handfläche meines Angreifers. Meine Gedanken kreisen um das Messer in meiner Hosentasche, ohne das ich das Haus nicht mehr verlasse.

»Lass sie doch!«, höre ich den Jüngeren besänftigend sagen. »Was willst du denn mit der?«

»Ein bisschen Spaß!«, ruft der Ältere, doch seine Stimme klingt bedrohlich und seine Hand in meinem Nacken greift jetzt so fest zu, dass es schmerzt.

Alarmiert stelle ich noch eine andere Veränderung fest. Ein Geräusch unmittelbar hinter mir. Amigo. Er kaut nicht mehr hinter der Brücke auf dem Stock, sondern er knurrt. Es ist ein lautes, aggressives Knurren. Ein Laut, der noch nie zuvor aus Amigos Kehle gedrungen ist.

»Amigo!«, presse ich hervor. »Bei Fuß!« Ich will nicht, dass er mich verteidigt, dass er angreift, dass er zubeißt. Amigo reagiert sofort und stellt sich hechelnd neben mich.

»Sebi, hol die Knarre aus dem Auto!«, befiehlt der Gepiercte leise. »Der Köter stresst.«

Es ist so weit. Ich schalte meinen Verstand ab und verlasse mich auf das, was ich gelernt habe. Den Rest überlasse ich meinem Instinkt. Meine Hand schnellt vor und schlägt den Joint des Gepiercten ins Gras. Ich bücke mich nach vorne und drehe mich unter der Hand in meinem Nacken weg. Den Bruchteil einer Sekunde später landet meine linke Faust mit einem dumpfen Schlag in der Magengrube meines Angreifers und meine rechte Faust prallt hart gegen seinen linken Wangenknochen. Er schreit auf, strauchelt rückwärts und hält sich ungläubig beide Hände vor die linke Gesichtshälfte. Dann krümmt er sich zusammen, erbricht einen übel riechenden Schwall orangegelber Kotze und besudelt damit seine Hände, seine Jeans und seine Schuhe.

Der Jüngere, der das Geschehen mit offenem Mund und erhobenen Händen beobachtet hat, stolpert langsam rückwärts zum Auto und stammelt hilflos: »Ich wollte das nicht. Ehrlich. Ich wollte das nicht.«

Aus den Augenwinkeln sehe ich, wie Amigo bellend auf ihn zuschießt und mit gebleckten Zähnen zum Sprung ansetzt. Ich weiß, was kommt. Dieses Bild kenne ich. Es hat sich in meine Seele eingebrannt und wird dort niemals aufhören zu glühen.

»Aus!«, schreie ich. Amigo winselt und hält kurz vor dem Sprung inne.

»Sitz!«, meine Stimme überschlägt sich. Zu meiner Verwunderung folgt Amigo ein zweites Mal aufs Wort. Er sitzt vor dem Beifahrer und winselt leise. Wie ein großer Teddybär.

Der Junge hat sich in die Hose gepinkelt. Ein dunkler Fleck breitet sich langsam auf seiner Hose aus und wandert nach unten bis zum rechten Knie.

Ich pfeife nach Amigo und renne los. Als ich mich noch einmal umsehe, lehnt der Ältere nach vorne gekrümmt am Brückenpfeiler und würgt. Der Jüngere steht etwas abseits und sein Blick folgt Amigo und mir, bis der Fluss eine Rechtsbiegung macht und wir hinter der Böschung aus seinem Blickfeld verschwinden. Sobald wir außer Sichtweite sind, laufe ich zum Fluss hinunter und wasche mir die Hände im kalten Wasser der Vechte. Dieses Mal klebt nur wenig Blut an meinen Händen und das, was ich getan habe, war richtig. Trotzdem. Es ekelt mich vor dem Menschen, den ich berührt habe, also schrubbe ich an der Haut meiner Hände herum, bis die Erinnerung an die Berührung sich im kühlen Nass auflöst und den Fluss hinuntertreibt.

Pierre sitzt mit einem Milchkaffee auf der Terrasse und winkt mir von Weitem mit der Zeitung zu. Das Gebäude hinter ihm ist schon lange keine alte, baufällige Scheune mehr, sondern ein Landhaus mit riesengroßen Fenstern, das aussieht wie der Wirklichkeit gewordene Traum einer exklusiven Wohnzeitschrift.

Mit einem leisen Pfiff ruft Pierre Amigo zu sich. Ohne zu zögern, setzt Amigo zum Sprint an, macht neben Pierre Sitz und sieht ihn ergeben hechelnd an. Ich schlucke. Es fühlt sich nicht richtig an, dass Pierre sich mehr um Amigo kümmert als ich. Aber ich sollte dankbar sein.

»Morgen, Penelope!«, ruft Pierre. »Frühstück für die beiden Damen?«

»Bei Mama im Atelier, ja?«, rufe ich zurück. Mit einem Blick auf meine Hände versichere ich mich, dass man nicht sieht, was mir unter der Brücke passiert ist.

Pierre runzelt die Stirn und fragt: »Hast du dir wehgetan?«

Seinem scharfen Blick entgeht nichts.

»Nein. Alles in Ordnung!«, rufe ich. Es geht schon wieder. Ich will nicht, dass er sich Sorgen um mich macht. Er soll für meine Mutter da sein und von mir aus auch für Amigo, nicht für mich.

Bevor er noch weitere Fragen stellen kann, laufe ich um die Scheune herum und betrete das Atelier durch die Glastür.

»Frühstück?«, frage ich. Meine Mutter nickt und beendet ihren Pinselstrich. Bald ist nichts mehr von dem armen Mädchen auf der Leinwand übrig.

Wenige Minuten später stellt Pierre zwei Tassen Milchkaffee und zwei Schüsseln Müsli mit aufgeschnittenem Obst auf den weiß lasierten Tisch neben der Tür.

»Danke«, flüstere ich, weil wir im Atelier meiner Mutter immer flüstern, um sie nicht zu stören, selbst wenn sie nicht malt.

Ich setze mich auf einen der beiden alten braunen Ledersessel neben dem Tisch, der vollgepackt ist mit neuen, angebrochenen und leeren Farbtuben, angelesenen Zeitungen und einer Kaffeetasse mit leicht schimmeligen Milchkaffeeresten. Dazwischen steht ein vierzig Jahre altes Telefon mit Wahlscheibe. Meine Mutter hat leider tiefe Aversionen gegen jede Art von Elektronik. Deswegen kommuniziert sie mit der Außenwelt ausschließlich über dieses Gerät. Handys hält sie für krebserregende Abhörgeräte und Computer mit Internetzugang sind für sie gleichbedeutend mit offenen Haustüren in der Nacht. Pierre hat sich – wie in allen anderen Punkten – meiner Mutter angepasst und verzichtet ihr zuliebe auch auf Handy, Computer und Internet. Als ich vor zwei Jahren nach Berlin geholt wurde, um dort die Sportschule Pankow zu besuchen, hat Pierre die Wand vom Flur zum Atelier durchbohrt, das Telefonkabel durchgezogen und das Telefon ins Atelier verlegt, damit ich meine Mutter besser erreichen kann. Genau genommen ist das umsonst gewesen, weil meine Mutter das Klingeln des Telefons ohnehin nicht hört, wenn sie in eines ihrer Bilder vertieft ist. Es dringt einfach nicht zu ihr durch.

»Komm jetzt, Mama, sonst wird dein Kaffee kalt«, rufe ich ungeduldig. Nachdem sie sich hingesetzt hat, beginne ich sofort das Gespräch, denn man muss mit meiner Mutter alle wichtigen Dinge in den wenigen Momenten besprechen, in denen sie nicht malt. »Ich fahre morgen direkt in meine neue Wohnung in Schöneberg.«

»Warum bist du eigentlich schon wieder umgezogen?«, fragt sie. Das ist gut, denn es heißt, sie ist aus ihrem Bild erwacht und bereit, Informationen aufzunehmen.

»Die Wohnung liegt in der Nähe meiner neuen Schule.«

»Wie heißt diese Schule noch mal?«

»Ilse-Aichinger-Gymnasium. Das liegt direkt am Viktoria-Luise-Platz.«

»Ach ja, genau! Dann ist ja gut. Brauchst du Geld?« Meine Mutter stellt die Kaffeetasse ab und betrachtet mich besorgt.

»Nein, lass mal. Ich kann meinen Job als Fahrradkurierin behalten und das Geld vom Kurierdienst reicht mir.«

»Oh, das ist gut.« Ihr Gesicht hellt sich sofort wieder auf. »Aber arbeite nicht zu viel, Schatz. Sag Bescheid, wenn du doch etwas brauchst.«

»Mach ich.«

Pierre ruft aus dem Wohnzimmer: »Deine Mutter hat recht, Penelope. Wenn du zu viel arbeitest, fallen deine Leistungen in der Schule ab.«

»Ich habe einen Notendurchschnitt von 1,8. Ihr müsst euch also keine Sorgen machen. In drei Jahren habe ich mein Abitur in der Tasche, das verspreche ich euch.«

»Das klingt gut, Penelope-Schneefee.« Meine Mutter legt den Kopf schief und sieht mich weiter prüfend an, dann stellt sie erstaunt fest. »Du hast dir die Haare wachsen lassen!«

Es ist einfach unglaublich. Ich bin schon fast zwei Wochen hier und es ist ihr erst jetzt aufgefallen. Sieht sie mich denn gar nicht richtig an?

»Warum?«, fragt sie erstaunt.

»Ich wollte ein bisschen weiblicher aussehen«, erwidere ich und es ist nicht ganz gelogen. Ich musste mir die Haare wachsen lassen, denn für meinen Job darf ich nicht aussehen wie ein kleiner stacheliger Igel, sondern …

»Und wann besuchst du uns wieder?«, fragt meine Mutter und sorgt dafür, dass ich den beängstigenden Gedanken nicht zu Ende führen kann.

Und wann besuchst du mich?, frage ich in Gedanken, aber ich weiß natürlich, dass es besser ist, wenn sie in Kalle bleibt und von meinem Berliner Leben möglichst wenig erfährt.

»In den Weihnachtsferien.«

»Oh«, sagt meine Mutter enttäuscht. »Das ist ja fast ein halbes Jahr.«

»Es geht nicht anders, Mama.«

»Ich weiß. Dafür können wir Weihnachten, deinen Geburtstag und Silvester gemeinsam feiern«, stellt sie etwas zu fröhlich fest.

Sie hat recht. Glücklicherweise kann ich in den Weihnachtsferien alle drei wichtigen Feiern des Jahres im Kreise meiner winzigen Restfamilie hinter mich bringen. Dann wäre das schon mal erledigt.

»Und wenn wir Glück haben, bekommen wir eine weiße Weihnacht und an deinem Geburtstag liegt jede Menge Schnee!« Mit diesen Worten wendet sich meine Mutter wieder der Leinwand in der Mitte des Raumes zu und ihrem abwesenden Blick nach zu urteilen, ist sie gedanklich schon wieder in das blutige Farbszenario des Bildes eingetaucht.

Wie so oft hätte ich mir ein paar weitere Fragen gewünscht, ein bisschen Wut darüber, dass ich meine Mutter grundsätzlich vor vollendete Tatsachen stelle, etwas deutlichere Anzeichen von mütterlicher Sorge. Aber es gibt Dinge, die lassen sich nicht ändern. Also frühstücke ich schweigend weiter, betrachte die Hand, die meinen Löffel hält, und spüre Übelkeit in mir aufsteigen. Natürlich. Ich weiß, dass man Dinge nicht einfach von sich abwaschen kann, Dinge wie Blut, Ekel und Schuld. Im Gegenteil, sie kleben an mir wie zähflüssiger Teer. Sie fliegen schwarzfedrig durch die hintersten Winkel meiner Erinnerungen und verdunkeln meine Träume. Träume von Fichtenwäldern und einsamen Räumen, in denen die Kälte das Leben zerfrisst. Nachts und auch am helllichten Tag, wenn ich meinen Körper zu einem Mittagsschlaf zwinge.

Ich werde noch den ganzen Tag daran denken müssen, was am Morgen unter der Brücke passiert ist oder anders hätte laufen können. Vielleicht hätte der Jüngere den Älteren noch davon abgehalten, mir richtig wehzutun. Vielleicht wäre dem Älteren einfach schlecht geworden von dem Joint und er hätte von mir abgelassen, um sich zu übergeben. Vielleicht hätte ich nicht zuschlagen dürfen. Vielleicht sind nicht die beiden zugedröhnten Idioten gefährlich, sondern ich. Vielleicht hätte ich fast mein Messer gezogen.

Nach dem Frühstück nehme ich ein heißes Bad und starre auf die riesigen dunkelbraunen Deckenbalken der Scheune. Vielleicht hatten die beiden tatsächlich eine Pistole im Auto und hätten damit erst auf Amigo geschossen und später auf mich. Vielleicht wäre aber auch an einem anderen Morgen ein anderes Mädchen am Fluss entlanggejoggt. Eines, das auch dem Beifahrer gefallen hätte, eines, das sich nicht hätte wehren können. Eines wie Anna oder Janine, die vermissten Mädchen in der Zeitung.

Amigo liegt neben der Badewanne und lässt mich nicht aus den Augen. Gleich werde ich meine Tasche packen. Es ist Zeit zu gehen.

2
Der Tod und das Mädchen

Inzwischen hat der Abend von meiner Mutter Besitz ergriffen. Bevor es dunkel geworden ist, hat sie die riesigen Fenster geschlossen, die Rollläden und Jalousien heruntergelassen und die Türen zugesperrt. Niemand von uns darf das Haus bei Dunkelheit verlassen. Als Kind dachte ich, das würde eines Tages aufhören und wenn ich nur groß genug wäre, dann würde ich nach Einbruch der Dunkelheit hinausgehen und in die Nacht lauschen dürfen. Aber bis heute sperrt meine Mutter mich ins Haus, sobald die Abenddämmerung sich wie eine blasslila Decke über das Dorf legt.

Also sitzen Mama, Pierre, Amigo und ich an diesem letzten gemeinsamen Abend auf der riesigen weißen Wohnzimmercouch. Ich fühle mich eingesperrt. Doch ich werde mich am letzten Abend nicht über Dinge streiten, die man nicht ändern kann.

Pierre hat uns ein traditionelles Feiertagsbüfett bereitet, das für jeden von uns etwas bereithält. Er selbst bekommt Fleisch, meine Mutter Meeresfrüchte, Amigo magere Pute und ich italienische Bruschetta. Wir hören die alten Schallplatten meines Vaters, sehen uns Kunstbände und Wohnzeitschriften an und nippen an einem Glas Sekt. Es ist gemütlich und traurig und total krank, denn es ist die einfachste Art, nicht über die Dinge zu sprechen, die uns berühren.

»Drehst du die Platte um, Penelope-Schneefee?«, fragt meine Mutter in die Stille hinein, die das Streichquartett von Schubert in uns und um uns herum hinterlassen hat, nachdem der Arm des Plattenspielers die letzte Rille erreicht hat.

»Och, nee«, protestiere ich.

»Ich habe sie aufgelegt, du bist dran!«, ermahnt mich Pierre.

Seufzend und träge rutsche ich von der Couch und krabbele auf allen vieren zum Plattenspieler. Vorsichtig nehme ich die Platte vom Teller, drehe sie um und lasse den Arm mit der feinen Nadel auf die erste Rille sinken. Zum ersten Mal in meinem Leben lese ich den Aufdruck auf der Plattenmitte. Zum ersten Mal erfahre ich, wie das feierliche Stück heißt, das, seit ich denken kann, am Ende jedes Weihnachtsfestes, jedes Silvesterabends, jedes Geburtstags und überhaupt jedes Feiertages aus unseren großen schwarzen Lautsprechern erklingt.

»Der Tod und das Mädchen?«, frage ich vorwurfsvoll.

Pierre und meine Mutter blicken gleichzeitig von ihren Kunstbänden auf.

»Was stört dich daran?«, fragt meine Mutter irritiert.

»Na ja«, antworte ich schnippisch. »Ich ziehe mir praktisch seit meiner Geburt deine farbenfrohen Mädchenleichen rein und stelle gerade fest, dass wir an jedem Feiertag des Jahres auch noch ein passendes Musikstück zu deinen Horrorvisionen hören.«

»Madita und Penelope«, ermahnt uns Pierre, um den sich anbahnenden Streit im Keim zu ersticken. »Das ist unser letzter Abend.«

»Es ist doch ein wunderschönes Musikstück«, verteidigt sich meine Mutter und sieht dabei abwechselnd zu Pierre und zu mir. »Man kann sich ja auch ganz andere Dinge vorstellen, während man es hört.«

»Sicher«, zische ich. »Man kann ja auch ganz andere Dinge mit deinen riesigen Farbflecken assoziieren oder mit dem, was du gerade mit deiner neuen Muse anstellst.« Ich zeige aufgebracht in Richtung Atelier.

»Ja, genau!«, ruft meine Mutter mit einem gekünstelten Lachen. »Das ist doch kein Problem!«

»Kein Problem?«, frage ich so laut, dass Amigo erschrocken aufspringt und mich geduckt von unten ansieht. Ich weiß nicht, was in mich gefahren ist. Die ganze Scheißwut auf diese dreckigen Kerle von heute Morgen, auf die Bilder meiner Mutter, auf die ausgesperrten Nächte, auf das unsichtbare Blut, das sich nicht mehr von meinem Messer waschen lässt, übermannt mich und raubt mir die Beherrschung. Wutentbrannt renne ich zum Schalter neben der Fensterfront des Wohnzimmers und lasse die Rollläden nach oben fahren.

»Penelope«, sagt meine Mutter in strengem Ton. »Was soll das?«

Aber meine Mutter kann mich mal. Ich habe meine Hände schon an der Schnur, um auch die Innenjalousien hochzuziehen.

»Ich möchte die Nacht sehen!«, schreie ich wütend. »Das ist doch kein Problem, oder? Kein Problem!«

Gebannt beobachtet meine Mutter, wie die hinaufgleitenden Rollläden langsam den Blick in die Dunkelheit freigeben. Wie eine gigantische, schwarz bezogene Leinwand lehnt die sternenlose Nacht hinter den Glasscheiben. Als die Rollläden mit einem leisen Knarren in ihrer Endposition einrasten, dreht meine Mutter sich wortlos um und flieht in ihr Atelier.

»Musste das sein?«, fragt Pierre mich vorwurfsvoll und eilt meiner Mutter hinterher.

Ich aber höre an Amigo gekuschelt »Der Tod und das Mädchen«. Zusammen sehen wir hinaus in die alles umfassende Nacht, die sich wie ein riesiges schwarzes Maul über unser Haus gestülpt hat. Was ist dort draußen? Wovor hat meine Mutter Angst? Sie glaubt, dass da draußen etwas auf uns lauert, und ich weiß nicht, was es ist.

Wie damals, als meine Mutter mir den winzigen Baby-Amigo aus dem Tierheim mitbrachte, schlinge ich meine Arme um ihn und flüstere ihm ins Ohr: »Kleiner Amigo. Du bist mein Freund und ich werde dich beschützen. Du brauchst keine Angst zu haben. Alles wird gut.«

Die Platte ist zu Ende und hinterlässt ein Gefühl von Traurigkeit, das sich langsam in der Stille des Raumes auflöst. Ich lege meinen Kopf auf Amigos Bauch, grabe meine Nase in sein Fell und lausche mit ihm in die dunkle Nacht hinaus. Auch er will nach draußen, das spüre ich, aber wir dürfen nicht.

Irgendwann lasse ich die Rollläden wieder hinunter, lösche das Licht, verziehe mich mit Amigo in mein Zimmer und ziehe meine Erinnerungskiste aus dem Schrank. Amigo beobachtet jeden meiner Handgriffe, während ich die Kiste durchstöbere: meine alten Lieblingsbücher, die Spieluhr, die meine Oma mir zur Geburt geschenkt hat, mein Teddybär, ein altes Spielzeughandy aus rotem Plastik mit riesigen Tasten (das letzte Geschenk meines Vaters) und eine Auswahl meiner besten selbst gemalten Bilder. Ich muss schmunzeln, als ich eins nach dem anderen betrachte. Das Talent meiner Mutter habe ich definitiv nicht geerbt. Den Schuhkarton voller Familienfotos lasse ich heute Nacht geschlossen. Ich bin schon traurig genug.

Bevor mir die Augen zufallen, krabble ich in mein Bett. Amigo kauert sich neben mir zusammen, haart zum Leidwesen meiner Mutter ein letztes Mal den Bezug meiner Bettdecke voll und beschützt mich wie ein riesiger herzensguter Teddybär. Doch auch in ihm steckt etwas, das ihn gefährlich macht. Das ist mir heute bewusst geworden. Wahrscheinlich lauert in jedem von uns ein wütender, scharfzähniger Wolf.

Am nächsten Morgen um halb sieben hieve ich meine Sporttasche in den Kofferraum unseres Volvos und verabschiede mich von Pierre. Meine Mutter wird mich zum Bahnhof fahren. Der Streit von gestern ist vergessen, der Abschied drückt tonnenschwer auf unsere Gemüter.

Amigo winselt, jault und leckt mir die Hände ab. Es ist nicht möglich, die Autotüren zu öffnen, ohne dass er versucht, mit einem Satz hineinzuspringen. Pierre muss ihn mit aller Kraft am Halsband festhalten, damit meine Mutter und ich überhaupt einsteigen können.

»Wir kümmern uns um ihn, Pen«, ruft Pierre, »du brauchst dir keine Sorgen zu machen.«

Ich nicke, steige ins Auto und schlage die Tür zu.

Durch das Heckfenster des Autos beobachte ich, wie Amigo laut bellend am Halsband reißt und dabei stetig kleiner wird. Ihn in Kalle zurückzulassen, fühlt sich jedes Mal an, als würde ich meinen einzigen Freund im Stich lassen.

Ich frage mich, ob ich in den nächsten Jahren einem Menschen begegnen werde, der so bedingungslos treu und gutmütig ist wie Amigo und der mir gleichzeitig das Gefühl geben kann, in Sicherheit zu sein. Auch wenn ich vermutlich niemals wirklich in Sicherheit sein werde. Meine Mutter hat Pierre, aber ich habe niemanden.

3
Vermisst und zuhause

Mit einem Gefühl der Befremdung nehme ich wahr, wie sich in mir ganz automatisch ein Schalter umlegt, sobald der Zug in Berlin einfährt. Meine Mutter, Pierre und Amigo, die Scheune, das Dorf und der Fluss verblassen zu Erinnerungen aus einem anderen Leben, während eine unabdingbare Kälte sich wie ein Schutzfilm auf meine Gefühle legt und von meinem Verstand Besitz ergreift.

Chin wartet bereits auf dem Bahnsteig und nickt mir von Weitem lächelnd zu. Unter all den normalen Passagieren wirkt er völlig deplatziert, wie ein Shaolin-Mönch, der zum ersten Mal die Welt außerhalb seines Klosters betritt. Meinen strengen Lehrer wiederzusehen, bedeutet nicht nur Freude. Seine Anwesenheit weckt unweigerlich Erinnerungen an das, was er von mir verlangt hat, um mich stark zu machen und mich zu wappnen für meine bevorstehenden Aufträge. Ich verdanke ihm alles, was ich kann, und das, was ich jetzt bin. Ohne ihn hätte ich die Situation gestern Morgen vielleicht nicht überlebt. Vielleicht wäre sie mir aber auch erspart geblieben. Schnell schließe ich die Augen, schiebe meine Gedanken weg, an einen Ort in mir, den ich nur selten betrete, und winke meinem Lehrer zu.

Wir geben uns kurz zur Begrüßung die Hand, denn der traditionelle Gruß zwischen Meister und Schülerin wäre auf einem gut besuchten Bahnhof doch etwas unpassend. Dann nimmt Chin mir die Tasche ab, auch das ist wohl eher eine Geste für die Öffentlichkeit, und fährt mich zu meiner neuen Wohnung in der Regensburger Straße. Er parkt in zweiter Reihe und überreicht mir im Schutz der abgedunkelten Autoscheiben ein präpariertes Handy, mein Funkgerät, Tränengas und ein Portemonnaie mit hundertfünfzig Euro »Taschengeld« und meinem Personalausweis, auf dem bereits die Adresse meiner neuen Wohnung steht. Nacheinander verstaue ich alles in den Taschen meiner beigen Cargohose.

Zuletzt hält Chin mir einen Schlüsselbund unter die Nase und erklärt mir die Funktion der vier Schlüssel. Der eckige ist für unten, der runde für oben, der kleine für den Briefkasten und der alte für den Keller.

Als ich mich der Autotür zuwende, fasst Chin mich an der Schulter und hält mich zurück. Er greift meine Hände und führt sie zu seiner Stirn. »Penelope«, spricht er mit geschlossenen Augen, als würde er leise beten. »Stolz lässt sich brechen, Kraft lässt sich brechen, Mut lässt sich brechen, der Glaube an das Gute lässt sich brechen, aber die Liebe, die Liebe kann man nicht brechen. Vertraue nur dir selbst und denen, die dich lieben.«

»Das sind nicht viele«, sage ich leise, ohne Chin dabei anzusehen.

»Es sind nicht viele«, pflichtet Chin mir bei. »Aber sie werden dich beschützen.«

Hat Chin gerade so eine Art chinesische Guru-Weissagung von sich gegeben, furchtbar kitschig, aber hoffentlich wahr? Oder gibt er jedem von uns genau diese Worte mit, der Form halber und um sein Image als weiser alter Chinese zu polieren? Ich habe keine Ahnung. Es spielt auch keine Rolle, was er zu den anderen gesagt hat, weil ich sie nie wiedersehen werde. Man hat uns in unterschiedliche deutsche Einsatzgebiete entsendet. Soweit ich weiß, bin nur ich in Berlin geblieben. Ich bekomme ein flaues Gefühl im Magen bei dem Gedanken, dass ich niemals erfahren werde, wie es den anderen mit ihren Aufgaben ergehen wird.

Chin lässt meine Hände los und starrt durch die Windschutzscheibe, als wäre ich bereits ausgestiegen. Also greife ich meine Tasche, steige aus und werfe die Autotür hinter mir zu. Ohne mich noch einmal nach Chin umzusehen, drücke ich die Haustür auf, eile durch den dunklen Flur, durch den Hinterhof und die drei Stockwerke hinauf. Vor der ersten Wohnungstür links bleibe ich stehen. Neben der Klingel klebt ein weißes Schild mit meinem Namen: Penelope Jansen.

Mein neues Zuhause. Ich bin gespannt.

Vorsichtig stecke ich den runden Schlüssel ins Schloss, drehe ihn um, öffne die Tür zu meiner neuen Wohnung und lausche mit gemischten Gefühlen in die Stille. Nichts. Niemand, der mich erwartet. Niemand, der in der Dunkelheit lauert. Ich öffne die Tür einen Spaltbreit, spähe in den Flur und mein Blick fällt sofort auf das Fahrrad. Nicht schlecht. Sie haben sich nicht lumpen lassen und mir ein nagelneues Single-Speed-Bike für meine Kurierdienste spendiert. Ich wage einen allerersten Schritt in die Wohnung und stelle meine Sporttasche ab. Zufrieden streiche ich über den Sattel und hebe das Rad kurz hoch. Gut, dass es so schön leicht ist, immerhin werde ich es die nächsten Monate täglich drei Stockwerke hoch- und runtertragen müssen.

Oben an der Tür, die links vom Flur abgeht, ist eine Stange für Klimmzüge angebracht worden. Ein Wink mit dem Zaunpfahl. Schön fit bleiben, Penelope, deine Ausbildung ist zu Ende, aber dein Training geht weiter. Durch diese Tür gelange ich in ein komfortabel eingerichtetes Wohnzimmer: ein Holztisch mit vier passenden Stühlen, eine Zweisitzer-Couch und ein runder Sessel aus weißem Kunstleder, davor ein durchsichtiger Acryl-Tisch. An der Wand steht ein kleines weißes Bücherregal mit drei Fächern. Zwei Regalbretter sind mit Büchern bestückt, die anderen sind frei. Was soll ich da hineinstellen? Ich habe doch nichts. Ein kleiner Flachbildschirm, darunter ein DVD-Player und ein Stapel mit etwa zehn DVDs. Das heißt, ich soll zum Filmegucken möglichst nicht das Internet verwenden und ich könnte mal Freunde einladen, falls ich je welche haben werde.

Jede andere Sechzehnjährige würde sich den kleinen Finger abschneiden, um allein in so eine Wohnung ziehen zu dürfen. Ich habe Schlimmeres dafür getan. Sofort kommen die Erinnerungen hoch. Also versuche ich mich auf die Erkundung meiner neuen Wohnung zu konzentrieren.

Ich lege mein Portemonnaie auf die Küchenablage, nehme die offene Küche in Augenschein und stelle fest, dass diese durchaus akzeptabel ausgestattet ist. Sie hat sogar eine Waschmaschine. In der obersten Besteckschublade befindet sich eine beachtliche Sammlung an scharfen Messern und Geflügelbeilen oder so etwas Ähnlichem. In der hinteren Ecke steht ein Kasten mit Sprudelwasser in Glasflaschen. Man kann den Flaschenhals an der Kante der Küchenplatte abschlagen und dem Gegner die geköpfte Wasserflasche in die Halsschlagader rammen.

Mein Blick schweift von der Küche über das Wohnzimmer zum Fenster. In der Ecke direkt unter dem Fenster steht ein Telefon auf der Station. Nicht abhörsicher, nur für private Gespräche. Ich durchquere das Wohnzimmer, öffne das große Fenster und sehe hinunter in den dunklen Hinterhof. Die Wohnung liegt hoch. Niemand kann von außen durch dieses Fenster kommen, um mir etwas anzutun. Als Fluchtweg bleibt mir damit allerdings nur die Wohnungstür, denn aus dieser Höhe springt man in den sicheren Tod. Schnell schließe ich das Fenster wieder und sehe mich weiter in der Wohnung um.

Die Tür hinter dem Wohnraum führt in ein kleines Bad mit Dusche, WC, Waschbecken und Spiegelschrank. Dem Geruch nach zu urteilen, wurde hier erst vor wenigen Stunden geputzt. Der Spiegelschrank ist mit Gegenständen bestückt, die ich anders einzusetzen gelernt habe als normale Menschen: eine Haarschneideschere, eine spitze Nagelschere und Nagelfeilen, Haarlack, ein kleines braunes Fläschchen mit Schlafmittel, Rasierklingen und Rasierschaum als Waffe gegen meine Körperbehaarung.

Auf der gegenüberliegenden Seite befindet sich mein Schlafzimmer. In der Ecke neben dem weißen französischen Bett lehnt ein Baseballschläger. Nicht, weil ich Baseball spiele, sondern weil ich einen potenziellen Eindringling damit von hinten niederstrecken oder ihm wenigstens mit einem gezielten Schlag den Oberschenkelknochen brechen kann. An der Wand gegenüber des Bettes steht ein dreitüriger, weiß lackierter Holzschrank. Er ist zu meiner Freude gut gefüllt mit flauschigen Handtüchern, kuscheliger Bettwäsche und Klamotten im Stil der Fahrradkuriere. Die tragen so einen merkwürdigen Mix aus Skater-, Punk- und Hip-Hop-Szene und man hat mir aus diesem Mix so ziemlich alles in den Schrank gehängt, was für meine beiden Berufe praktisch ist: wind- und wetterfeste Baggy Pants und eng anliegende Jacken mit optimaler Bewegungsfreiheit und mit geräumigen Taschen für mein Funkgerät und mehrere kleine Waffen. Ich bin zufrieden. Meine neue Wohnung ist in jeder Hinsicht funktional.

Um mein neues Zuhause einzuweihen, fische ich die Postkarten meines Vaters aus meiner Tasche und klebe sie mit Tesafilm in chronologischer Reihenfolge auf die Innenseite der rechten Schranktür. Dabei lese ich sie – wie bei jedem meiner Umzüge – alle einmal durch, obwohl ich sie natürlich auswendig kenne. Sie sind nämlich neben ein paar Fotos das Einzige, was mir von meinem Vater geblieben ist.

Sofort holt mich die letzte Erinnerung an ihn ein: Meine Mutter hat sich schön gemacht für den letzten Abend im griechischen Restaurant. Es ist das Ende eines harmonischen Familienurlaubs. Aber meine Mutter weint, lauter als die Wellen, die gegen die Felsen unterhalb des Restaurants branden. Dann schreit sie meinen Vater an, die anderen Gäste blicken empört zu unserem Tisch und wir müssen das Restaurant verlassen. Ich bin erst sechs und begreife überhaupt nicht, was los ist. Am nächsten Morgen fliegen wir nach Hause, meine Mutter und ich. Zum Abschied winkt mein Vater mir am Flughafen noch einmal zu und ich ahne nicht, dass ich ihn nie wiedersehen werde und dass meine Mutter nur noch selten von ihm sprechen wird. Er hat sich auf eine griechische Insel zurückgezogen und allen materiellen Dingen entsagt. Während er ganze vier Jahre nichts von sich hören lässt, holt Pierre meine Mutter, sämtliche ihrer Ölgemälde und mich zu sich nach Kalle. Er baut die Scheune um und kümmert sich aufopferungsvoll um uns. Als enger Freund der Familie weiß er, dass meine Mutter ohne meinen Vater nicht überlebensfähig ist.

Erst nach diesen vier Jahren, ich bin gerade aus meinem ersten Leichtathletik-Trainingslager zurückgekehrt, kommt völlig unerwartet die erste Postkarte meines Vater:

Liebe Penelope, rot gefärbtes Meer im Sonnenuntergang, das sehe ich hier jeden Abend und denke an dich. Sei nicht böse, wenn ich nicht zurückkomme. Ich möchte ganz weit weg leben. Nicht von dir, sondern von mir. Dein Papa

Ich hefte diese erste Postkarte ganz oben an die Schranktür. Es folgen neun weitere mit plumpen Lebensweisheiten über Freiheit und Glück oder einem irrwitzigen Kurzbericht über das ach so erfüllte Leben meines Vaters. Von meinem Leben weiß mein Vater nichts. Inzwischen ist das auch gut so. Eine Lüge weniger, mit der ich leben muss. Egal.

Ich beschließe, meine Klamotten zu wechseln. Die Bahnfahrt von Bad Bentheim nach Berlin und die Autofahrt in der brütenden Mittagshitze des Berliner Hochsommers haben mir den Schweiß aus allen Poren getrieben. Selbst in dieser eher dunklen Hinterhauswohnung steht die Hitze und erschwert einem das Atmen. Ich rieche an meinen Achselhöhlen, aber die gehen noch. Die Dusche spare ich mir für heute Abend auf. Umziehen reicht. Also schiebe ich ein paar Bügel zur Seite, schnappe mir eine khakifarbige kurze Hose und ein enges Spaghettiträger-Shirt, ziehe mich um und werfe meine nass geschwitzte Cargohose achtlos auf das Bett.

Schließlich gehe ich zurück ins Wohnzimmer, nehme das Telefon von der Station und wähle die Nummer meiner Mutter. Es klingelt nur wenige Male, dann hebt sie den Hörer ab. Sie scheint gerade eine Pause zu machen, sonst hätte sie das Telefon nicht gehört.

»Madita Jansen?«

»Hi, Mama, ich bin es, Penelope.«

»Penelope!«, meine Mutter klingt erfreut. »Bist du gut angekommen? Wie geht es dir? Wie gefällt dir deine neue Wohnung?«

»Gut.« Ich gebe meiner Mutter die Festnetznummer durch, die jemand mit Tesafilm auf die Telefonstation geklebt hat. »Wie geht es Amigo?«

»Gut! Er springt wie wild im Garten herum und will ständig raus in den Wald. Du hast ihn zu sehr verwöhnt. Willst du ihn hören? Er liegt neben mir.«

»Ja, gib ihn mir mal.«

Amigo hechelt in den Telefonhörer und winselt kurz.

»Amigo, alter Kumpel«, sage ich und bemerke, wie meine Stimme sanft wird. »Alles klar, mein Kleiner?«

»Er vermisst dich jetzt schon!«, ruft meine Mutter aus dem Hintergrund. »Wann kommst du uns wieder besuchen?«

»Weihnachten, Mama«, sage ich freundlich. Um sie nicht bloßzustellen, tue ich so, als hätte sie mir diese Frage zum ersten Mal gestellt.

»Ist gut. Ich muss jetzt weiterarbeiten, Penelope-Schneefee.«

»Alles klar. Viel Erfolg dann.«

»Ja. Danke und dir einen guten Start an der neuen Schule. Es wird Zeit, dass du wieder unter normale Menschen kommst.«

Es knackt, aber ich höre meine Mutter noch rascheln. Wie so oft hat sie vergessen aufzulegen. Sie beginnt vor sich hin zu summen, doch das Summen wird schnell leiser, denn sie hat sich der Leinwand zugewendet und malt jetzt wieder. Die Mädchenleiche hat sich inzwischen sicherlich in graublaue Hautfetzen aufgelöst. Ich lausche in den Hörer und lege irgendwann auf.

Erst als ich das Telefon zurück auf die Station stelle, sehe ich den Zettel, der unter der Station klemmt. Es ist der Flyer eines Dönerladens mit dem aparten Namen »Kamil« in der Bamberger Straße. Wer hat mir den denn hiergelassen? Die Leute, die mir diese Wohnung bezahlen, legen normalerweise großen Wert darauf, dass ich mich gesund ernähre und sehr gut trainiert bin.

Aber zur Feier meiner ersten eigenen Wohnung und dem Beginn meiner letzten Ferienwoche werde ich zum ersten Mal seit Langem gegen unseren strengen Ernährungsplan verstoßen. Kurz entschlossen stecke ich mein Portemonnaie in die hintere Hosentasche, ziehe die Tür hinter mir zu und drehe den Schlüssel zweimal im Schloss herum. Dann sprinte ich die drei Stockwerke hinunter, über den Hinterhof auf die Regensburger Straße.

Auf dem Weg zum direkt um die Ecke gelegenen Dönerladen fällt mir die Vermisstenanzeige ins Auge, die an einer der Straßenlaternen klebt. Sie zieht mich schlagartig in ihren Bann, denn ich erkenne das Foto des Mädchens sofort. Es ist Anna, das Mädchen aus dem Zeitungsartikel, das Mädchen, das meine Mutter zu ihrem neuen Bild ›inspiriert‹ hat. Ich stelle mich direkt neben die Straßenlaterne, um die Anzeige zu lesen:

VERMISST
Anna M.

Seit dem Nachmittag des 12.8.2017 vermissen wir unsere Tochter Anna. Sie ist 1,78m groß, schlank, hat lange blonde Haare mit leichten Wellen und graublaue Augen. Sie trägt kurze, enge Jeans (Hotpants), ein blaues Spaghettiträger-Shirt mit dem pinken Aufdruck »Live and love!« und blaue Ballerinas mit weißen Punkten. Außerdem hat sie eine große blaue Stoffhandtasche mit Batikmuster bei sich.
Möglicherweise war sie in Begleitung eines Mannes.
Wir sind dankbar für jeden Hinweis. Tel.: 0177-8905766

Haben sie mich deshalb nach Berlin-Schöneberg versetzt? Mir diese schicke Wohnung zur Verfügung gestellt? Mich am Ilse-Aichinger-Gymnasium angemeldet? Wird Anna mein erster Fall sein? Bin ich hier, um sie zu finden oder um ihren Entführer zu stellen?

Meine Gedanken rotieren wie eine Drehscheibe um Annas Foto, als ich den Dönerladen betrete.

»Guten Tag, Mädschen«, sagt der dickbäuchige Türke hinter dem Tresen. »Was darf es sein für disch?«

Ich scanne kurz die beleuchtete Karte über dem Tresen und bestelle dann einen Maxidöner Spezial mit extraviel Soße.

»Einen Maxidöner Spezial mit extraviel Soße?«, fragt der Dönermann erfreut. »Ist gut für dich. Bist du sehr dünne. Welsche Soße?« Er rattert die Soßenauswahl in beachtlichem Tempo runter: »Kräutersoße, scharfe Soße, Joghurtsoße ohne Knoblauch, Knoblauchsoße traditionell, Cocktailsoße, aber nich' mit Alkohol, Sesamsoße oder mit Zitrone?«

»Knoblauchsoße«, sage ich. Wenn schon, denn schon.

»Knoblauchsoße!« Der Dönermann blüht auf. »Ist gut für disch. Knoblauch reinischt die Körper. Nur Deutsche essen Döner ohne Knoblauch. Aber ein eschter Döner muss mit viel Knoblauchsoße.«

»Nimm lieber Cocktailsoße!«, höre ich eine sympathische Stimme aus dem hinteren Raum rufen. »Sonst flippt mein Vater völlig aus vor Begeisterung.«

Der dicke Dönermann entgegnet etwas in schnellem Türkisch, während ein schwarzhaariger mittelgroßer Junge mit einem hübschen, sauber rasierten Kinnbart und einem breiten Grinsen den Verkaufsraum betritt.

»Aha!«, sagt der Junge und mustert mich von oben bis unten. Dann geht er zum Kühlschrank, nimmt etwas heraus, das aussieht wie ein Magermilchjoghurtbecher, und stellt es mit dem Deckel nach unten auf den mittleren der drei Tische. »Hier, der geht aufs Haus!«

»Ein Joghurt?«, frage ich. Die Kombination Döner mit Joghurt erscheint mir doch etwas eigenartig.

»Ayran.«

»Mit Ei dran?«

Der Junge schmunzelt. »Nein. Joghurt.«

»Also doch Joghurt«, stelle ich etwas trotzig fest, weil ich das unangenehme Gefühl habe, dass er sich ein wenig über meine Unwissenheit lustig macht.

»Sturkopf!«, sagt der Junge grinsend.

»Sei lieber nett zu Papas Kunden!«, erwidere ich. Dabei probiere ich ein wenig zu lächeln, aber es gelingt mir nicht.

Vater und Sohn lachen so synchron, als hätten sie es jahrelang einstudiert. Muss schön sein, einen Vater zu haben, mit dem man lachen kann.

»Sie hat Humor«, sagt der Vater erfreut, aber sein Sohn runzelt die Stirn und sieht mich skeptisch an. Er ist siebzehn oder achtzehn Jahre alt und gut durchtrainiert. Das demonstriert er selbstbewusst mit einem eng anliegenden schwarzen T-Shirt. Schwungvoll streckt er mir seine Hand entgegen und sagt: »Ich bin Mo.«

Wieso hat er einen amerikanischen Namen?

»Penelope«, sage ich und sehe zu Boden. Meinen Namen zu verraten, fällt mir schwer. Es fühlt sich so an, als würden die vier Silben dieses Namens mein halbes Leben preisgeben. Die Geschichte mit meinem Vater und die ganze Sache, über die ich nicht reden darf.

»Penelope wie Penelope Cruz?«, fragt Mo.

»Nein. Penelope wie Odysseus' Frau. Und du? Mo wie der Barkeeper von den Simpsons?«

»Nein, wie Kevin Moore. Der Jazzmusiker. Kennst du den?«

Ich schüttele den Kopf. »Ich höre keinen Jazz.«

»Nix Mo!«, schnaubt sein Vater verächtlich dazwischen. »Sein rischtige Name ist Mohammed. Wie der Prophet.«

»Ach so.« Zögernd setze ich mich zu meinem Ayran. Hätte ich die Wahl gehabt, hätte ich mich lieber an den Tisch hinten in die Ecke gesetzt. Auch wenn sich der Platz sehr nah an der Tür zur Toilette befindet. Jetzt habe ich das Fenster im Nacken, die Theke im Blick und die Ausgangstür am Rand meines Blickfeldes. Das fühlt sich nicht gut an. Ich brauche eine Wand im Rücken, einen möglichst umfassenden Blick in den Raum und eine Tür als Fluchtmöglichkeit in meiner unmittelbaren Nähe, auch wenn es einfach nur die Klotür ist, hinter der ich mich zur Not verbarrikadieren kann.

Der Dönermann greift nach dem armlangen Dönermesser und schneidet mit großzügigen Bewegungen das gegrillte Fleisch vom rotierenden Spieß. So ein Dönermesser ist eine ziemlich effektive Waffe. Ich hasse mich für diesen Gedanken, also sehe ich weg.

Mos Vater serviert mir meinen Maxidöner mit einer charmanten, dickbäuchigen Verbeugung. »Ich hoffe, es schmeckt die Dame.«

Der Maxidöner wird seinem Namen gerecht. Das riesige Pita-Dreieck ist bis zum Anschlag mit Fleisch, Salat und Soße gefüllt.

Bevor ich mich über diesen Wahnsinnsdöner hermache, will ich meinen Ayran öffnen, aber Mos Vater ruft: »Warte!«, haut mir kumpelhaft auf die Schulter und sagt: »Du musst Ayran gut schütteln.«

Mit belehrendem Blick nimmt er mir den Ayran aus der Hand und schüttelt ihn herum wie einen Würfelbecher. Dann zieht er den Aludeckel ab und stellt mir den offenen Becher auf den Tisch. »Bitte schön.«

Ich lächle zum Dank und probiere das Getränk. Der erste Schluck schmeckt wie ein zu salzig geratenes Joghurtdressing für Gurkensalat, aber schon beim zweiten Schluck habe ich mich an den leicht bitteren Geschmack gewöhnt und finde das Zeug richtig erfrischend.

»Und?«, fragt Mos Vater, der sich wieder hinter die Theke begeben hat, erwartungsvoll. »Is' gut?«

Ich nicke zustimmend und gebe das Daumen-hoch-Zeichen.

»Eigentlisch is' Ayran zum Nachtrinken!«, sagt er und nickt auffordernd zu meinem Teller. Eigentlich amüsiere ich mich über die nett gemeinten Anweisungen des Dönermanns, aber ich zeige es nicht. Es ist, als würden meine Gefühle nicht in meinem Gesicht ankommen, als würde mein Gesicht sich weigern, anderen Menschen meine Gefühle zu offenbaren. Als würde mich das weniger verletzbar machen.

Nachdenklich beiße ich von der rechten Seite ein kleines Stück ab und arbeite mich von dort aus langsam in die Mitte vor. Mos Vater sieht mir eine Weile mit in die Hüften gestemmten Händen dabei zu, wie ich mich durch die Fleisch- und Salatberge in meinem Mund kämpfe. Schließlich fragt er: »Und?«

Möglicherweise liegt es einfach daran, dass ich tatsächlich seit zwei Jahren keinen Döner mehr gegessen habe. Auf jeden Fall schmeckt diese Dönertasche hervorragend.

»Lecker!«, murmle ich mit vollem Mund und Mos Vater lächelt zufrieden.

Auch Mo beobachtet lässig an die Theke gelehnt und sichtlich amüsiert, wie ich den gesamten Döner in mich hineinhieve, bis eine dünne Mädchenstimme aus dem Hinterzimmer ruft: »Mo! Ich will weiterspielen!«

»Ich komme schon, Burcu!«, ruft Mo zurück. Er tippt sich zum Abschied mit den Fingern gegen die Stirn und verschwindet im Hinterzimmer. Ein bisschen schade, dass er gehen muss.

Noch bevor ich den Dönerladen verlasse, weiß ich, dass der Maxidöner zu meinem Hauptnahrungsmittel und Ayran zu meinem Lieblingsgetränk werden wird. Mos Vater wird seinen Ayran-Bestand wegen mir verdreifachen müssen. Gleich bin ich zu Hause. Zu Hause, der Gedanke fühlt sich gut an.

4
Niemals sicher

Ich laufe über den Hinterhof und blicke zu meiner Wohnung im dritten Stock hinauf. Verdutzt stelle ich fest, dass ich das Wohnzimmerfenster offen gelassen habe. Egal. Die Wohnung liegt zu hoch. Niemand kommt durch die Fenster hinein. Also konzentriere ich mich auf mein ›Schlüsseltraining‹. Das funktioniert so: Ich bilde mir ein, dass mir ein Geisteskranker dicht auf den Fersen ist. Er ist schnell, wendig und gemeingefährlich. Ich muss ihn abhängen und einige Sekunden gewinnen, um noch genug Zeit zu haben, meine Tür aufzusperren, hinter mir zuzuschlagen und vor ihm zu verriegeln. Sonst hat er mich. Deshalb sprinte ich die Treppe hoch, indem ich immer drei Stufen auf einmal nehme, ohne mein Tempo auch nur minimal zu verringern. Während ich renne, greife ich in meine rechte Hosentasche, ziehe den Schlüsselbund mit sicherem Griff heraus und bringe den runden Schlüssel für meine Wohnungstür zwischen meinen Fingern in Position. In dem Moment, in dem ich die Tür erreiche, stecke ich ihn ins Schloss. Bis dahin klappt alles bestens. Doch schon während ich den Schlüssel einmal umdrehe, halte ich kurz inne und lausche, denn mir ist, als hätte ich aus der Wohnung ein leises Atmen vernommen. Ein Atmen?

Kein normaler Mensch hört ein Atmen hinter einer massiven Eingangstür. Aber ich habe ein derart trainiertes Gehör, dass ich das nicht für unmöglich halte. All die Nächte, die ich als Kind wach im Bett gelegen und angespannt durch die Innenjalousien, die Glasscheiben und die Rollläden hindurch in die Dunkelheit der Nacht gelauscht habe, haben meinen Gehörsinn geschärft. Ich habe mich gewappnet für die Monster, die Vampire, die Zombies und all die bösen Männer, die dort draußen lauern, kleine Äste zertreten, im Gebüsch rascheln, Vogelschreie imitieren oder sich in der Deckung der im Wind wehenden Äste und des Nieselregens tödliche Botschaften zuraunen. Tatsächlich hat man mir ein herausragend feines Gehör bescheinigt. Aber jetzt, da ich den Atem anhalte und durch die geschlossene Tür in die Wohnung hineinlausche, scheint drinnen alles friedlich und still zu sein.

Gerade will ich den Schlüssel ein zweites Mal umdrehen, da schnappt die Tür schon auf. Seltsam. Ich bin mir sicher, dass ich den Schlüssel vorhin wie gewohnt zweimal im Schloss gedreht habe. Kaum bin ich im Flur, höre ich wieder dieses merkwürdige Geräusch. Nun kann ich es einordnen. Es ist kein Atmen, sondern ein Hecheln. Ein Mastiff. Oder ein Ridgeback? Auf jeden Fall ein größerer Hund. Instinktiv greife ich in meine Hosentaschen und stelle alarmiert fest, dass ich meine gesamte Ausrüstung in der verschwitzten Cargohose gelassen habe und völlig unbewaffnet bin. Bis zu den Messern in der Küchenschublade werde ich es nicht schaffen und die Wohnzimmertür zu passieren, um an die Haarschneideschere im Badezimmer zu gelangen, ist zu riskant. Innerhalb von Sekunden sehe ich mich im Flur um und packe dann, ohne die Situation noch weiter abzuwägen, mit beiden Händen mein Bike. Mit so viel Anlauf wie möglich schiebe ich es durch die Wohnzimmertür und halte es schützend vor mich. Sofort schlägt mir ein ohrenbetäubendes Jaulen entgegen und ein Schäferhund schießt mit gefletschten Zähnen auf mich zu. Es gelingt mir, das Fahrrad noch etwas höher zu heben, sodass der Hund mit einem krachenden Geräusch auf die Fahrradstange beißt und seinen Kiefer darum verkeilt. Er heult laut auf, fällt zu Boden und springt sofort wieder auf. Ich wuchte das Fahrrad auf ihn, renne in die Küche, ziehe die erste Küchenschublade auf und greife nach einem Messer, ohne den Hund aus den Augen zu lassen. Dieser hat sich inzwischen unter dem Fahrrad hervorgekämpft und rast in einem Wahnsinnstempo unter dem Esstisch hindurch auf die Küche zu. Ich fixiere seinen Brustkorb, hebe meinen Arm, umklammere den Griff des Messers, um genau dann zuzustechen, wenn der Schäferhund sich mit weit aufgerissenem Maul auf mein Gesicht stürzt. In diesem Moment gellt ein schriller Pfiff durch den Raum und zerreißt mir fast das Trommelfell. Der Hund jault auf und macht direkt vor mir kehrt, sodass meine Klinge ihn nur noch leicht an der Schulter streift. Winselnd trabt der Hund aus der Küche und hinterlässt dabei eine Spur aus hellroten Blutstropfen. Ich blicke ihm angespannt nach, das Messer über meinem Kopf erhoben, um gegen eine weitere Attacke gewappnet zu sein, bis ich den Mann neben meiner Wohnzimmertür gewahr werde. Er trägt einen schwarzen Ledermantel, eine schwarze Sturmmütze und eine schwarze Sonnenbrille, damit ich ihn nicht erkennen kann. Der Lauf seiner Pistole zeigt auf den Punkt zwischen meinen Augen. Mit der anderen Hand hält er den Hund am Halsband fest und zwingt ihn zum Sitzen. Mein Körper ist vollgepumpt mit Adrenalin. Ich fühle, wie mein Herz dumpf gegen meine Rippen pocht und meinen Brustkorb zu sprengen droht. Aber ich habe gelernt, mich nicht von meiner Angst kontrollieren zu lassen, sondern gefasst zu bleiben, abzuwägen und zu entscheiden. Wenn ich mein Messer nach ihm werfe, drückt er ab. Seine Kugel ist schneller als mein Messer, also lasse ich das Messer fallen und hebe beide Hände über den Kopf.

Der Mann hält seine Waffe auf mich gerichtet und sagt mit einer mir vertrauten Stimme: »Du bist tot, Penelope.«

»Chin?«, frage ich. Meine Stimme zittert.

Langsam lässt er die Pistole sinken und geht in den Flur, um die Wohnungstür zu schließen. Während ich den hechelnden Schäferhund taxiere, geben meine Beine ein wenig nach, also stütze ich mich möglichst unauffällig auf die Küchenplatte, denn vor Chin darf ich keine Schwäche zeigen.

»Hast du innerhalb von ein paar Wochen verlernt, was ich dir beigebracht habe?«, fragt er mich zornig, als er zurück ins Wohnzimmer tritt und Mütze und Sonnenbrille abnimmt.

Schuldbewusst sehe ich zu Boden.

»Dann sag mir, was dir aufgefallen ist.« Sein Befehlston widerstrebt mir.

»Das Wohnzimmerfenster stand offen, jemand hatte mit nur einer Schlüsselumdrehung abgeschlossen. Außerdem habe ich den Hund atmen gehört.«

»Warum in aller Welt hast du die Wohnung dann überhaupt betreten?«, fragt Chin scharf.

»Ich …«, es wäre unklug, das auszusprechen, was ich beim Betreten der Wohnung dachte: Ich dachte, es würde ein neues Leben für mich anfangen. Ich dachte, ich hätte so eine Art Verschnaufpause bis zu meinem ersten Auftrag. Ich dachte, solange ich keinen Auftrag hätte, wäre ich in Sicherheit.

»Du bist niemals sicher!«, sagt Chin prompt. »Auch wenn wir rund um die Uhr in deiner Nähe sind. Du musst damit rechnen, dass jemand herausfindet, was du wirklich tust und für wen du arbeitest. Das muss dir klar sein. Gehe niemals ohne ein Minimum an Ausrüstung aus dem Haus. Achte auf jede Kleinigkeit, bevor du deine Wohnung betrittst oder jeden anderen Ort, der sich in wenigen Sekunden in eine tödliche Falle verwandeln kann.«

Während ich das Blut des Hundes mit Küchenpapier vom Boden entferne, wische ich mir mit dem Unterarm die Tränen aus dem Gesicht. Chin soll nicht sehen, dass ich weine. Doch der straft mich mit Missachtung und nimmt die Wunde des Schäferhunds in Augenschein.

»Ist er noch einsatzfähig?«, frage ich und meine Stimme zittert.

»Natürlich nicht. Er ist relativ alt. Außerdem ist er bei einem Einsatz ausgerastet und hat einen Polizisten gebissen. Er muss sowieso eingeschläfert werden.«

»Kannst du ihn nicht an irgendjemanden vermitteln? Nur dieses eine Mal? Bitte!«

Ich weiß nicht, warum ich diese Diskussion noch einmal mit Chin führe. Ich kenne seine Argumente inzwischen in- und auswendig. Die Hemmschwelle eines Polizeihundes ist ohnehin stark reduziert. Ein Ausraster gegenüber Menschen zeigt, dass er entweder charakterlich nicht für den Polizeidienst geeignet oder psychisch zu angeschlagen ist. Das alles macht ein normales Hundeleben unmöglich. Er wäre eine Gefahr für jeden Menschen, mit dem er Kontakt hat, also wird er »aussortiert«.

»Du kennst ja das Problem,« antwortet Chin kalt. Noch während er den Schäferhund anleint, verabschiedet er sich mit einem kurzen »Bis bald.« Bevor er die Wohnungstür hinter sich zuzieht, ruft er: »Lass es dir eine Lehre sein, Penelope. Es ist zu deiner eigenen Sicherheit.«

Chin hat mir eine Lektion erteilt und ich habe sie verstanden. Ich habe verstanden, dass meine Wohnung nicht meine Wohnung ist, weil Chin und sicherlich auch Bröker und Dr. Arends einen Zweitschlüssel haben. Ich habe verstanden, dass jeder Ort, den ich in Zukunft betrete, binnen Sekunden in eine potenzielle Todesfalle mutieren kann. Ich habe verstanden, dass ich kein normales, angstfreies Leben führen werde, solange ich für diese Leute arbeite. Außerdem sehe ich Chin vor mir, der seine Pistole nicht sinken lässt, obwohl er den Schäferhund bereits zurückgepfiffen hat und ich schon längst entwaffnet bin. Dieses Bild setzt sich so schmerzhaft in mir fest, als hätte Chin mich gezwungen, eine Glasscherbe zu schlucken. Ohne einander berührt zu haben, habe ich gegen ihn verloren wie unzählige Male zuvor.

Weinend starre ich auf die feine Spur eingesickerter Bluttropfen im Holzparkett. Vielleicht besteht zwischen mir und diesem Hund in Wahrheit kein großer Unterschied. Ich weiß, dass ich mich in naher Zukunft verantworten werden muss für das, was ich getan habe und voraussichtlich noch tun werde. Und ich habe das dunkle Gefühl, dass ich mich schützen muss vor dem, was man mit mir vorhat. Also schnappe ich mir den Laptop aus meiner Sporttasche und beginne zu schreiben. Nur für den Fall des Falles. Um keine Schwierigkeiten zu machen und vor allem auch keine zu bekommen, schicke ich meine Aufzeichnungen in eine hacksichere Cloud irgendwo da oben in den Himmel:

Mein Name ist Penelope Jansen. Ich arbeite für das GJK, das Geheime Jugendeinsatzkommando der Polizei. Man sagte mir, ich werde dazu ausgebildet, Leben zu retten. Laut Vertrag dürfen wir nicht über das schreiben, was wir tun. Wir dürfen nicht einmal darüber sprechen, außer mit dem GJK-Team und unserer Psychologin. Aber nun scheint die ganze Sache komplizierter zu werden, also breche ich diesen kleinen Teil meines Vertrages zu meiner eigenen Sicherheit. Ich schreibe, um mich an die Wahrheit zu erinnern und vor Gericht bestehen zu können, wenn ich eines Tages zur Rechenschaft gezogen werde. Aber vielleicht wird auch jemand das alles lesen müssen, um zu verstehen, warum ich gestorben bin. Jemand, dem ich am Herzen liege, obwohl ich das als letzter Mensch auf dieser Welt verdient habe.

Wenn du meine Aufzeichnungen liest, gibt es genau genommen nur vier Möglichkeiten.

Erstens: Du bist vom Geheimen Jugendeinsatzkommando der Polizei und spionierst mir nach.

Zweitens: Du kennst mich aus meinem normalen Leben und hast auf illegale Weise und eher zufällig meine Cloud geknackt. Dann hör sofort auf zu lesen, wenn du nicht richtig tief in der Scheiße stecken willst, denn du erfährst jede Menge Dinge, die du nicht wissen solltest.

Drittens: Ich bin tot und du hast mich umgebracht. Lies von mir aus weiter, damit du weißt, mit wem du es zu tun hast, und dann schaufel dein Grab.

Viertens: Du bist nicht vom GJK, du bist kein dummer kleiner Hacker und du bist kein Mörder, sondern du gehörst zu den wenigen Menschen, die mich lieben. Lies weiter, damit du weißt, was sie mit mir gemacht haben. Lies weiter, damit du weißt, was ich getan habe und noch tun werde. Lies weiter, damit du mich verstehst. Ich schreibe für dich.

Vorab möchte ich noch anmerken, dass ich ein rein »auditiver Lerntyp« bin. Das heißt, ich lerne fast ausschließlich über mein Gehör. Die meisten Dinge muss ich nur ein einziges Mal hören, um sie mir langfristig merken zu können. Du kannst dich also darauf verlassen, dass die Gespräche, die ich hier protokolliere, ziemlich genau so stattgefunden haben, wie ich sie erinnere. Darauf gebe ich dir mein Wort.

Vor zwei Jahren rekrutierte mich Herr Even, Leiter der Sportschule Pankow, für die Leichtathletikabteilung seiner Schule, in der ich dann die neunte Klasse absolvierte. Am Ende des Schuljahres wurde ich in das Büro der Schulleitung gebeten. In Anbetracht der feierlichen Runde, die mich dort erwartete, war ich mit meinen Joggingklamotten denkbar unpassend gekleidet. Im Büro saßen Herr Even im schwarzen Anzug, die Schulpsychologin Frau Dr. Arends im grauen Kostüm, mein Kampfsporttrainer Chin mit einer für ihn völlig untypischen schicken Seitenscheitelfrisur und ein weiterer Mann, den ich noch nie zuvor gesehen hatte. Auf der gegenüberliegenden Seite des Konferenztisches stand ein Stuhl für mich. Unauffällig ließ ich meinen Kaugummi aus dem Mund in meine Hand gleiten und klebte ihn beim Hinsetzen unter den Stuhl.

»Penelope«, eröffnete Herr Even das Gespräch. »Schön, dass du hier bist.«

Ich nickte mit Pokermiene und sagte nichts, denn ich dachte allen Ernstes, ich würde der Schule verwiesen, weil Chin unzufrieden mit meinen Leistungen in Ju-Jutsu war.

»Wir haben deine Leistungen nun ein Jahr lang verfolgt«, fuhr Herr Even fort. »Möchtest du Profisportlerin werden, Penelope?«

Ich hielt Herrn Evens durchdringendem Blick stand und überlegte, welche Antwort von mir erwartet wurde.

»Zweifeln Sie daran?«, fragte ich schließlich.

Ein angedeutetes Lächeln huschte über Herrn Evens Mundwinkel. »Beantworte bitte einfach meine Frage.«

»Nein«, sagte ich mit vorgetäuschter Gelassenheit. »Bitte beantworten *Sie* erst meine.« Ich hasse diese Art von Gespräch. Ich hasse es, wenn Menschen mir nicht sagen, was sie wirklich von mir wollen.

»Warum?«, fragte Frau Dr. Arends in bewusst sachlichem Ton.

Trotzig richtete ich mich in meinem Stuhl auf, hob mein Kinn und biss die Zähne aufeinander. Egal, was sie von mir wollten, es war nicht fair. Ich hatte hart gearbeitet im letzten Jahr, härter als andere.

»Wenn *Sie* an mir oder meinen Leistungen zweifeln«, erwiderte ich, »werde ich diese Schule nicht weiter besuchen. Ich möchte meine Zeit nicht in etwas investieren, in dem ich nicht gut genug bin.«

Entschlossen schob ich meinen Stuhl zurück und stand auf. Bereit zu gehen. Kein Problem. Einfach abzuhauen liegt bei uns in der Familie, weißt du.

»Wir zweifeln nicht an dir oder deinen Leistungen«, sagte Herr Even freundlich. »Du kannst dich wieder setzen, Penelope.«

Aus Protest blieb ich stehen, die Kiefer aufeinandergepresst, die rechte Augenbraue abfällig nach oben gezogen. Ich tat alles daran, nicht zu zeigen, wie erleichtert ich war.

»Wir zweifeln nicht im Geringsten an dir, Pen«, fügte Frau Dr. Arends hinzu. »Im Gegenteil. Du bist eine sehr gute Schülerin, du bringst sportliche Bestleistungen, du bist psychisch äußerst stabil und du handelst konsequent und unabhängig von der Meinung anderer, wie man auch in diesem Gespräch unschwer erkennen kann.« Sie nickte dem fremden Mann an ihrer Seite bedeutungsschwanger zu.

»Wir möchten dir gerne etwas zeigen«, sagte der fremde Mann. Er stand nun ebenfalls auf, reichte mir über den Tisch hinweg die Hand und stellte sich vor: »Thomas Bröker – Kriminalpolizei.«

Bröker öffnete den Verschluss einer dicken schwarzen DIN-A4-Fächermappe, die vor ihm auf dem Tisch lag, und holte aus dem obersten

Fach einen Stapel Fotos heraus. Sorgfältig breitete er sie vor mir auf dem Tisch aus. Ich setzte mich wieder, um mir die Fotos genau ansehen zu können. Es waren Nahaufnahmen von Blutergüssen, Einstichen, Schusswunden, abgetrennten Fingern und Verbrennungen. Auf einem Bild lag ein Mädchen in der Ecke einer schmutzigen öffentlichen Toilette. Man konnte nicht erkennen, ob es tot oder mit harten Drogen vollgepumpt war. Ich schluckte und schwieg. Warum zeigten sie mir das? Was um alles in der Welt wollten diese Menschen von mir?

»Das sind Mädchen im Alter von vierzehn bis siebzehn Jahren, allesamt Opfer von Verbrechen, die im Großraum Berlin verübt wurden.«

Ich zwang mich, mir die Opfer genau anzusehen. Vielleicht würde ich eines dieser Mädchen identifizieren müssen. Vielleicht kannte ich ihren Mörder.

»Warum zeigen Sie mir diese Bilder?«, fragte ich endlich mit fester Stimme, um meine Betroffenheit zu verbergen. Gefühle zu zeigen gehört nicht zu meinen Stärken.

»Die Chance, diese Verbrecher zu fassen, bevor sie sich ein weiteres Opfer suchen, ist äußerst gering. Wir können diese Chance erfahrungsgemäß um ein Vielfaches erhöhen, wenn wir speziell ausgebildete Jugendliche auf die Verbrecher ansetzen.«

»Sie benutzen Jugendliche als menschliche Köder?«, fragte ich betont langsam.

»Nein. Die Polizei darf laut Gesetz keinen Menschen als Köder auf einen Verbrecher ansetzen«, erwiderte Herr Bröker. »Schon gar nicht eine Minderjährige. Aber um einen Täter zu fassen, der seine Verbrechen gezielt an Jugendlichen verübt, brauchen wir sehr jung aussehende Ermittler, verstehst du?«

»Warum erzählen Sie mir das?«

»Du bist klug, du bist sehr gut trainiert und du bist eine hervorragende Kampfsportlerin.«

Jetzt mischte sich auch Chin ins Gespräch. »Wir brauchen Ermittler, die sich im Notfall wehren können, oder es ist zu riskant. Wir wollen das Leben unschuldiger Opfer retten. Aber wir wollen dabei nicht *dein* Leben aufs Spiel setzen.«

»*Mein* Leben?«, fragte ich. »Warum sollte ich mich auf so etwas einlassen?«

»Weil du es kannst und weil du damit sehr viel Geld verdienen wirst, Pen«, antwortete Frau Dr. Arends wie aus der Pistole geschossen.

»Wie viel Geld?«, fragte ich, während ich gleichzeitig bezweifelte, dass Geld mich dazu bewegen konnte, mich freiwillig auf die Spuren eines Mädchen mordenden Psychopathen zu begeben.

»2000 Euro im Monat«, sagte Herr Bröker. »Und es ist ein Nebenjob, weil du weiter zur Schule gehen wirst, bis du dein Abitur hast. Mal abgesehen davon, dass du eine unserer jüngsten Auszubildenden wärst, bist du mit einer Körpergröße von 163 Zentimetern eher klein und du siehst auch im Gesicht ziemlich jung aus. Wir können dich deshalb voraussichtlich sehr lange beschäftigen, wenn das so bleibt.«

Wäre er etwas deutlicher gewesen, hätte er wohl eher gesagt: »Du bist ein zu schmal geratener Erdnuckel mit schwarzer Igelfrisur und flach wie ein Brett. Lass dir die Haare und die Brüste wachsen, sonst siehst du mit achtzehn immer noch aus wie ein zwölfjähriger Junge.« Aber er blieb höflich.

»Hier ist dein Vertrag.« Er zog einen zusammengetackerten Papierstapel aus der schwarzen Mappe und legte ihn auf die Fotos. »Du hast im Nebenzimmer ausreichend Zeit, ihn zu studieren, und ab heute eine Woche Bedenkzeit. Unterschreibe bitte vorher die Verschwiegenheitserklärung.« Er zog einen weiteren Zettel aus der Fächermappe. »Du verpflichtest dich zu unbedingtem Stillschweigen in Bezug auf das heutige Gespräch und den Inhalt des Vertrags.«

»Ich bin doch noch gar nicht uneingeschränkt geschäftsfähig«, merkte ich an, als Herr Bröker mir den Stift reichte. »Brauchen Sie nicht eigentlich die Unterschrift meiner Eltern?«

»Deine Eltern werden zu ihrer und deiner eigenen Sicherheit nicht über deine Ausbildung und deine Einsätze informiert«, sagte Frau Dr. Arends mit einem gewollt vertrauensvollen Lächeln. Sie alle wussten, dass meine Eltern nichts von alldem mitbekommen würden. Meine Mutter malt den ganzen Tag Mädchenleichen auf Leinwände und vergisst dabei die meiste Zeit, dass sie eine Tochter hat. Mein Vater lebt als Hippie auf einer griechischen Insel und schreibt mir zweimal im Jahr eine Postkarte.

»Ist das legal?«, fragte ich skeptisch

»Nicht im ursprünglichen Sinn des Wortes«, antwortete Herr Bröker. »Wir retten Leben. Da es funktioniert, fragt keiner danach, ob unsere Methoden legal sind oder nicht.«

Ich unterschrieb die Verschwiegenheitserklärung, nahm den Vertrag, verabschiedete mich mit einem Kopfnicken in die Runde und verließ den Raum.

Es ist schon seltsam. Ich habe den 28-seitigen Vertrag sehr gründlich gelesen, Paragraf für Paragraf, und hätte verstehen müssen, was auf mich zukommt.

Auf der ersten Seite stand, dass Penelope Jansen sich durch ihre herausragenden schulischen und sportlichen Leistungen, durch ihr erfolgreiches Engagement im Ju-Jutsu-Training und durch ihr hervorragendes Abschneiden in der psychologischen Testreihe mit Frau Dr. Arends für das Ausbildungsprogramm des Geheimen Jugendeinsatzkommandos der Polizei qualifiziert hat. Obwohl ich mich damals vor dem enttäuschenden Ergebnis fürchtete, hatte ich mich von Even zu einem Intelligenztest überreden lassen. Das Testergebnis schien besser ausgefallen zu sein, als ich erwartet hatte. Außerdem mussten sich Chins Ju-Jutsu-Schüler im zweiten Halbjahr in regelmäßigen Abständen Arends' Sitzungen unterziehen, angeblich um Erschöpfung und Sportbulimie vorzubeugen. Wir wollten alle unbedingt weiter bei Chin trainieren, also saßen wir Woche für Woche bei Arends im Büro, beantworteten endlose Fragebögen und ließen dubiose Testreihen über uns ergehen. Keiner von uns ahnte den wahren Grund für die Durchführung der Tests.

Inzwischen bin ich etwas klüger. Even hätte die Tests nicht ohne das Einverständnis meiner Mutter veranlassen dürfen. Meine Mutter und Pierre hätten diese Tests nicht gewollt. Bestimmt hätten sie mich von der Schule genommen und ich wäre nicht das geworden, was ich heute bin. Aber das Nichtvorhandensein meiner Eltern und ihr offenkundiges Desinteresse an meinem Leben waren eine weitere Grundvoraussetzung für den Eintritt in das GJK.

Auf den folgenden zehn Seiten waren die Verpflichtungen meines Arbeitgebers aufgeführt: eine einjährige kostenlose Ausbildung mit Unterkunft und Verpflegung, dann 2000 Euro monatlich auf ein Konto, verfügbar mit Eintritt in die Volljährigkeit, ein Postfach für die Abrechnungen, 150 Euro Taschengeld wöchentlich für Nahrung, Kosmetika, Kleidung, Schulsachen, Freizeit und Fahrradzubehör, zusätzliche Bereitstellung der notwendigen Waffen, eine miet- und nebenkostenfreie Wohnung von maximal 50 qm in Berlin (ein möglicher Wechsel des Wohn- und Einsatzortes selbstverständlich vorbehalten), ein Single-Speed-Bike, schulfreundliche Arbeitszeiten und optimale Beförderungschancen bei der Polizei.

Die nächsten sechzehn Seiten enthielten meine Verpflichtungen: Verpflichtung zur Ausbildung, zu einer unentgeltlichen Nebentätigkeit als Fahrradkurier, zu lebensgefährlichen Einsätzen im Rahmen der Aufklärung von Verbrechen bis mindestens zur Vollendung des 18. Lebensjahres, Einsatz von Waffen ausschließlich zum Zwecke der Verteidigung, Verpflichtung zur regelmäßigen Trainingsleistung und psychologischen Betreuung, zu mindestens guten schulischen Leistungen, Verpflichtung zur Verschwiegenheit. Auf den letzten beiden Seiten erfolgte eine lange Liste aller Verbrechensarten, die theoretisch mithilfe eines während der Ausbildung noch minderjährigen Ermittlers aufgeklärt werden und möglicherweise zur praktischen Anwendung kommen könnten. Dabei stellten die Wörter »lebensbedrohlich« und »höchste Risikostufe« ungefähr ein Drittel des Vertragswortschatzes.

Die vier Stunden waren noch nicht abgelaufen, als ich den Vertrag zur Seite schob und auf die spiegelglatte Tischplatte starrte. Ich dachte an die letzte Postkarte meines Vaters, die mich einen Tag vor meinem fünfzehnten Geburtstag erreicht hatte:

Liebe Penelope,
neunhundertneunundachtzig Möglichkeiten bietet uns das Leben. Du kannst jeden Tag aufs Neue entscheiden. Keine Entscheidung ist endgültig. Es gibt immer eine Alternative. Vergiss das nicht. Besinnliche Weihnachten und einen glücklichen fünfzehnten Geburtstag. Ich vermisse dich schmerzhaft. Dein Papa

Dann komm zurück, du Arsch, hatte ich damals gedacht und einen weiteren Geburtstag und ein weiteres Silvester ohne meinen Vater gefeiert. Nun war ich mir plötzlich sicher, dass er nicht nur ein Arsch war, sondern auch noch unrecht hatte. Es gibt sehr wohl Entscheidungen in unserem Leben, die endgültig sind. So unterschrieb ich ohne Bedenkzeit meinen Vertrag beim GJK. Als Frau Dr. Arends meine Unterschrift sah, sog sie die Luft mit einem schnellen Atemzug ein und blies sie kaum hörbar wieder aus. Dann fragte sie betont sachlich: »Hast du dir das auch gut überlegt? Du kannst die Woche Bedenkzeit voll ausschöpfen!«

»Ja«, erwiderte ich. »Ich weiß.«

»Hast du dir alles sorgfältig durchgelesen?«

»Ja.«

»Hast du noch Fragen in Bezug auf einzelne Passagen?«

»Nein.«

»Bist du dir darüber im Klaren, Penelope, dass du dazu eingesetzt wirst, Schwerverbrecher zu überführen?«, fragte Herr Bröker. »Selbstverständlich werden wir rund um die Uhr einsatzbereit in deiner Nähe sein. Du kannst dich hundertprozentig auf uns verlassen. Dennoch riskierst du mit jedem Einsatz dein Leben.«

»Das habe ich verstanden.«

»Bist du dir auch darüber im Klaren, dass du im Notfall fähig sein musst, den Täter zu töten, bevor er dich tötet?«, fragte Bröker mit bohrendem Blick.

»Bin ich«, sagte ich und zwang mich dazu, seinem Blick standzuhalten und aufrecht sitzen zu bleiben, anstatt die Kapuze meines Sweatshirts mit beiden Händen über meinen Kopf zu ziehen und mich hineinzukuscheln. Woher sollte ich damals schon wissen, wozu ich im Notfall fähig sein würde?

»Auch wenn dir die eine oder andere Situation das Äußerste abverlangt«, warf Herr Even ein, »Du wirst mit dem, was du tust, Leben retten. Das ist deine Aufgabe. Vergiss das nicht.«

Ich nickte.

Eine Woche später saß ich heulend auf meinem Bett in der Sportschule Pankow, als meine drei Mitbewohnerinnen zur Mittagspause in unserem Zimmer eintrudelten. Das folgende Gespräch war der Anfang einer endlosen Anzahl von Lügen, die ich den mir nahestehenden Menschen seitdem aufgetischt habe.

»Was ist mit dir?«, fragten sie entsetzt und nahmen mich fürsorglich in den Arm.

»Ich kann nicht mehr!«, schluchzte ich. »Ich kann einfach nicht mehr.«

»Du hast dich einfach übernommen. Lass das Kampftraining sein und nimm alles ein bisschen entspannter.«

»Nein«, flüsterte ich und drückte mein Gesicht in das Kissen auf meinem Schoß. »Ich will das nicht mehr! Diese ganze Scheiße hier.«

»Das geht uns doch allen mal so. Das ist nur eine Phase.«

»Nein, ist es nicht. Ich steige aus.«

»Was? Das ist ein schlechter Scherz, oder? Du bist eine der Besten hier. Denk an deine Zukunft. An die Medaillen, an die Olympischen Spiele, an den Medienwirbel, an deine Fans!«

Als ich das hörte, war mir sofort klar, dass ich niemals in meinem ganzen Leben Profisportlerin hatte werden wollen. Ich hatte noch nie einen Gedanken an Medaillen, Pressefotos oder Fans verschwendet. In meiner Welt gab es von jeher nur verschlossene Fenster und Türen, die ich eintreten wollte, und dahinter einen Mädchenmörder, den ich zur Strecke bringen musste. Ich war ein paranoider Freak, kein Profisportler.

»Das brauche ich alles gar nicht«, schluchzte ich leise.

Im Zimmer herrschte betretenes Schweigen. Dann stand ich auf, packte meine Sachen und nahm die Postkarten meines Vaters von der Tür des Spinds, von der letzten bis zur ersten. Die zweite Postkarte las ich laut vor. Sie schien so unglaublich passend:

Liebe Penelope! Handy, Laptop, Fernseher. All das brauche ich hier nicht mehr. Mich beschenkt das Leben jeden Tag aufs Neue. Heute habe ich mit der Harpune einen Thunfisch gefangen, Tomaten und Gurken geerntet und für uns alle ein Essen zubereitet. Man muss sich von einem falschen Leben verabschieden, um das Richtige zu tun. Dein Papa

»Mein Leben ist falsch«, sagte ich leise. »Es ist so falsch, dass mein Vater lieber an einem griechischen Sandstrand Thunfische harpuniert, statt seine Tochter bei Wettkämpfen anzufeuern.«

Da heulten meine Mitbewohnerinnen auch los. Ich dachte damals, sie hätten Angst, bald eine ähnliche Entscheidung treffen zu müssen oder nie eine Goldmedaille zu gewinnen oder nie in der Zeitung zu stehen. Rückblickend glaube ich, dass sie weinten, weil sie Mitleid mit mir hatten und weil sie mich mochten. Aber so etwas kann ich nicht spüren. Ich fühle es einfach nicht, verstehst du?

Noch am selben Tag setzte ich mich in die S-Bahn, fuhr direkt nach Kreuzberg zu Chins Kampfsportschule und bezog eine der kleinen Einzimmerwohnungen im Stockwerk über den Trainingssälen. Ich schmiss meine Sporttasche auf das frisch bezogene Bett, kramte mein Handy aus der Hosentasche und setzte mich auf die breite Fensterbank, um meine Mutter anzurufen. Ich setzte sie darüber in Kenntnis, dass ich die Sportschule zwar weiter besuchen, aber zusätzlich ein einjähriges Praktikum in Chins Kampfsportschule machen würde. Ich gab ihr meine neue Adresse, versicherte ihr, dass Herr Chin ein kleiner, mindestens sechzigjähriger Chinese war, der keinerlei Interesse am sexuellen Verkehr mit Minderjährigen zeigte, dass ich mich gesund ernähren und keine Drogen nehmen würde. Das beruhigte meine Mutter und sie kam ein weiteres Jahr nicht nach Berlin, um mich zu besuchen. Unten im Hof huschte eine große graue Ratte über den vermoosten Asphalt, verschwand für einen kurzen Moment hinter den Mülltonnen und kletterte dann über die Mauer in den Hinterhof des Nachbarhauses.

Die Ausbildung schien auf den ersten Eindruck weniger anstrengend zu sein als die Sportschule. Sechs von uns hatten es in die Ausbildung geschafft und den Vertrag unterschrieben. Drei Jungs und drei Mädchen. Nach dem gemeinsamen Frühstück paukten wir in Einzelarbeit auf unseren Zimmern den Unterrichtsstoff in allen notwendigen Fächern unserer jeweiligen Klassenstufe in Form eines von Fachlehrern der Polizeischule angeleiteten Fernstudiums. Nur zu Tests und Klassenarbeiten kamen wir an Chins großem Esstisch zusammen. Das musste reichen, deshalb hatte man uns ausgewählt.

Das dreistündige Leichtathletik-Training am Nachmittag wurde durch ein einfaches Ausdauertraining ersetzt. Wir liefen schweigend zehn, fünfzehn Kilometer nach einem vorgeschriebenen Trainingsprogramm mit Steigerungsläufen und Sprints. Danach versammelten wir uns zum Kampftraining im Trainingssaal. Neben Ju-Jutsu erlernten wir auch noch den effektiven Einsatz von kleinen und unauffälligen Waffen, die in ganz normale Taschen ganz normaler Teenager passen würden: kleine Schusswaffen, Messer, Schlagringe, Tränengas, Seile, spitze Gebrauchsgegenstände wie Nagelfeilen oder Nägel. Das Schusstraining war am leichtesten. Es fand in einem der schallgedämmten Hinterzimmer statt. Wir schossen regelmäßig auf neue Zielscheiben. Erst auf große, unbewegliche Pappfiguren, später auf kleine bewegliche, dreidimensionale Objekte. Es ging nur darum, zu zielen und den Rückschlag der Waffe zu kontrollieren. Das alles war eine Frage der Übung und machte richtig Spaß. Man schoss ja nicht auf Menschen.

Gegen die anderen zu kämpfen, war am Anfang ein aufregendes, aber ungefährliches Spiel. Wir sahen uns in die Augen, taxierten uns, kämpften, verloren gegeneinander, ärgerten uns erst und lachten dann darüber. Wir lernten uns besser einzuschätzen, schneller zu reagieren, den Angriff des anderen vorwegzunehmen und gegen ihn zu verwenden. Trotz unserer Fortschritte war Chin allzeit unzufrieden mit dem, was wir ihm boten. Wir waren nie schnell genug. Mit Chin selbst zu kämpfen war hart, denn sein Kampf war bitterer Ernst. Ohne mir nennenswert wehzutun, ja manchmal sogar ohne mich überhaupt zu berühren, verletzte er mich am ganzen Körper, bis ich starb. Es ist schwer zu erklären, aber ich spürte, wenn er mir in einem berührungslosen Kampf den Arm brach, die Kniescheibe zertrümmerte, die Schläfen ins Gehirn drückte oder den Kehlkopf in die Luftröhre schlug.

Einmal kniete er am Ende eines Kampfes über mir und zischte: »Du bist tot, Penelope! Warum ziehst du nicht dein Messer? Weißt du nicht, wo es ist?«

»Es ist in meiner rechten Hosentasche«, keuchte ich unter dem Druck seiner Knie auf meinen Rippen.

»Warum stichst du dann nicht zu?«, fragte Chin streng. »Du musst vor deinem letzten Atemzug zustechen. Nicht früher, aber auch nicht später!«

»Weil ich Sie nicht erstechen möchte«, sagte ich irritiert. »Sie sind mein Trainer.«

»Du kämpfst nicht gegen mich, sondern gegen einen Mörder oder einen Vergewaltiger. Er wird immer wieder aufstehen, bis du ihn vollständig außer Gefecht gesetzt hast«, flüsterte Chin. »Ich werde dich töten, ohne auch nur eine Sekunde zu zögern, so wie ich vor dir schon andere Menschen getötet habe. Also musst auch du bis zur letzten Konsequenz mit mir kämpfen, bis zum vorletzten Atemzug.«

»Das mache ich, wenn die Situation gekommen ist«, versprach ich, während mir die Tränen über das Gesicht liefen. Warum tat er mir das an? Warum trieb er mich dazu, ihm wehzutun? Warum zwang er mich, den Kampf auf diese Weise zu Ende zu bringen?

Da schrie Chin: »Stich jetzt zu, verdammt! Oder willst du sterben, bevor du auch nur einen Cent auf deinem Konto hast?«

Noch während er mich anschrie, zog ich das Messer aus der Tasche und ließ es aufschnappen, um es ihm mit voller Wucht in den linken Oberarm zu rammen, aber er war schneller. Er packte mich am Handgelenk, drehte mir das Messer aus der Hand und hielt es mir den Bruchteil einer Sekunde später an die Brust. »Du bist tot, Penelope. Du darfst nicht zögern.«

Dann stand er auf und warf das Messer neben mich auf den Boden. In was für einer kranken Welt war ich gelandet? Mein Ausbilder war wütend, weil mein Messer nicht zwölf Zentimeter tief in seinem Oberarm steckte. Und ich fühlte mich schlecht, weil ich versucht hatte, meinem Ausbilder eine Klinge in den Oberarm zu rammen.

Als ich die Weihnachtsferien bei meiner Mutter und ihrem Freund in Kalle verbrachte, lebte ich dort, wie schon im Jahr zuvor, mein exzessives Erholungsprogramm aus: Ich schlief und lief und badete. Meine Mutter besuchte ich nur noch selten im Atelier und sprach kaum mit ihr. Was hätte ich ihr schon erzählen sollen? Ich hatte mich zur Verschwiegenheit verpflichtet in Bezug auf praktisch alle Aspekte meiner Ausbildung. Meiner Mutter schien gar nicht aufzufallen, dass ich stiller geworden war. Heiligabend überreichte sie mir die Postkarte meines Vaters:

Liebe Penelope, 2468 Tage ohne dich. Oder waren es mehr? Ich habe aufgehört zu zählen. Wie geht es dir, mein großes Mädchen? Bist du noch so sportlich? So ehrgeizig? So perfektionistisch wie damals? Leistung ist nicht alles. Geld ist nicht alles. Lebe so, dass du nicht stolz, sondern zufrieden in den Spiegel siehst. In Liebe. Dein Papa

Ich rechnete mit dem Taschenrechner nach, wie viele Tage seit unserem letzten Griechenland-Urlaub vergangen waren, und kam auf 2733 Tage. Mein Vater ist ein durchgeknallter Hippie, der zuerst seinen Job, dann seine Familie und jetzt auch die Zeitrechnung aufgegeben hat. Er genießt als langhaariger Selbstversorger die unendliche Freiheit seiner kleinen Hütte am Strand und speist sein einziges Kind mit ein paar billigen Weisheiten ab. Ich habe den sehnlichen Wunsch, ihm nur eine einzige Karte senden zu können, auf die ich in Schönschrift schreiben würde:

»Fuck you, Papa. – Deine Penelope – P.S. Mama hat seit Jahren einen Freund. Es ist dein bester Freund Pierre, falls du dich noch an ihn erinnern kannst. Also fuck you auch von ihr.«

Warum erzähle ich dir das? Wer bist du? Und werde ich dich finden, wenn ich richtig traurig bin oder deine Hilfe brauche? Mach bitte, dass es dich gibt.

Es ist inzwischen vier Uhr morgens. Das Licht des Bildschirms flimmert unangenehm. Ich habe die ganze Nacht durchgeschrieben und bin so furchtbar müde, dass mir die Augen zufallen. Vieles ist noch nicht gesagt, aber das muss ich auf eine andere Nacht verschieben. Jetzt lade ich die Datei erst mal unter dem Namen »Kontoauszüge-und-Abrechnungen« direkt von meinem Stick in die Cloud, verschlüssele das ganze Teil und lösche die Daten danach mit einem Spezialprogramm von meinem Stick. You never know. Nachdem ich den Laptop zugeklappt habe, schmeiße ich meine Klamotten über die Couch, stecke den Schlüssel von innen ins Schloss der Wohnungstür und drehe ihn zweimal herum. Vorsichtshalber stelle ich eine leere Wasserflasche auf den Flaschenhals gedreht direkt vor die Tür, damit ich aufwache, falls ein weiterer ungebetener Gast versuchen sollte, die Wohnungstür zu öffnen, während ich schlafe. Alter Trick, aber ziemlich wirkungsvoll. Dann schlüpfe ich erschöpft ins Bett. Hoffentlich lassen sie mich in den nächsten paar Stunden in Ruhe. Ich kann einfach nicht mehr.

5
Stammgäste und Lügen

Ich erwache so spät wie noch nie. Ein Blick auf mein Handy verrät mir, dass es schon elf Uhr morgens ist. Trotzdem fühle ich mich völlig gerädert. Also dusche ich kalt, fische ein Set sommerlicher Sportklamotten aus meiner Tasche und mache mich daran, auch die restlichen Sachen auszuräumen. Während ich vor mich hin arbeite, stelle ich fest, dass sich seit meinem gestrigen Schreibanfall etwas verändert hat in meinem Kopf. Es ist, als würde ich alles, was ich tue, was ich denke, was ich fühle und was ich erlebe, im Kopf mitschreiben. Es ist, als wäre irgendwo da draußen jemand, für den ich das alles aufschreibe; jemand, der lesen wird, was ich geschrieben habe. Es fühlt sich an, als würde mir jemand zuhören, mich auffangen, mich beschützen.

Nachdenklich hefte ich Amigos Welpenfoto mit einem Magneten an den Kühlschrank. Dann blicke ich auf den Küchenboden und denke an den Hund von gestern, an sein Jaulen, an sein Blut. Ich muss mich unbedingt ablenken. Meinen Kopf frei kriegen. Lustlos stöbere ich durch den DVD-Stapel. Die DVDs sind anscheinend auch als eine Art Training gedacht. Sie haben alle drei Terminator-Teile, ein Power-Yoga-Programm für Fortgeschrittene, zwei Jackie Chan-Filme, Das Schweigen der Lämmer und die Spiderman-Trilogie für mich ausgesucht. Jeder Film ein Wink mit dem Zaunpfahl, eine empfindliche Parallele zu meinem Leben. Fehlt nur noch Pippi Langstrumpf. Ihr Papa wohnt auf einer Insel, sie ist übernatürlich stark, lebt in Saus und Braus und legt gleich zwei bösen Männern auf einmal das Handwerk. Ich fand das schon als Kind ziemlich unrealistisch. Im normalen Leben hätte Pippis Vater sie nicht nach Taka-Tuka-Land eingeladen, sondern ihr nur ein paar hübsche Ansichtskarten geschickt. Und die beiden Diebe hätten Pippi erst ausgeraubt, dann vergewaltigt und anschließend getötet. Das ist die Realität, in der ich lebe.

Ich entscheide mich für Terminator und absolviere dabei mein Krafttraining: Liegestütze, Bauchmuskeln, Rückenmuskeln, Klimmzüge, Liegestütze, Bauchmuskeln, Rückenmuskeln, Klimmzüge. Ich kann gar nicht genug davon machen. Die Ausbildung ist vorbei und ich werde nur noch zweimal pro Woche zu Chin gehen können, um meine Kampftechnik aufzufrischen. Wie soll ich so fit bleiben für meinen ersten Auftrag?

Nachdem ich mir alle drei Terminator-Teile hintereinander angesehen habe und völlig verschwitzt mein Training beende, ist es kurz nach vier. Meine Muskeln schmerzen, mein Magen knurrt. Ich dusche mich kalt ab, hole aus meinem Schrank ein weißes Top und eine hellbraune Cargohose, in deren Taschen ich mein Funkgerät, mein Portemonnaie, Chins Taschenmesser und das Tränengas stopfe. Außerdem hänge ich mir meine Kuriertasche um, weil ich mir ziemlich sicher bin, dass ich gleich abgerufen werde. Dann schnappe ich mir mein Bike, schleppe es die drei Stockwerke hinunter, schiebe es über den lichtarmen Hinterhof und durch die Eingangshalle des Vorderhauses. Ich radle einmal gemütlich um die Ecke und schließe das Bike vor Mos Dönerladen an. Die Zähne des Polizeihundes haben tiefe Kratzer in der Fahrradstange hinterlassen, sodass das Rad nicht mehr ganz so neu aussieht.

»Hey!«, ruft Mos Vater erfreut. »Guten Tag, Mädschen.«

»Hi!«, sage ich und bestelle meinen Maxidöner.

»Mit Knoblauchsoße und Ayran?«, fragt Mos Vater.

»Genau.« Während er sich dem Dönerspieß zuwendet, nehme ich mir einen Ayran aus dem Kühlschrank und setze mich an den hintersten Tisch direkt neben die Toilettentür.

»Hey!«, sagt Mo, als er den Vorraum betritt. »Penelope!«

»Hey!«, erwidere ich und nicke ihm zu. Merkwürdigerweise freue ich mich, ihn zu sehen. Zeigen kann ich das nicht.

Trotzdem setzt er sich mit einer charmanten Selbstverständlichkeit zu mir an den Tisch. »Wie war dein Tag gestern?«

»Oh!«, antworte ich. Mos Frage trifft mich wie ein Schlag ins Gesicht. Erschüttert stelle ich fest, dass ich schon in der normalen

Welt angekommen bin. In der Welt außerhalb meiner Ausbildung. Zum ersten Mal seit Langem richtet ein netter, unschuldiger Mensch, der mir nichts Böses will, eine Frage an mich, die ich liebend gerne mit der Wahrheit beantworten würde. Aber das geht nicht. Der gestrige Tag war beschissen, ich habe einen Schäferhund in meiner Wohnung angestochen und kurz darüber nachgedacht, ob ich dem Mann mit der entsicherten Pistole in meinem Wohnzimmer ein Messer ins Herz werfe. Normalerweise ist Lügen kein Problem für mich. Aber Mo anzulügen, der mich so freundlich ansieht und eine nett gemeinte Frage ohne einen bösen Hintergedanken gestellt hat, das ist ein Problem.

»Nett«, antworte ich und versuche ein Lächeln. Dabei weiche ich seinem Blick aus und fixiere einen Fleck auf meinen Turnschuhen. Könnte Hundeblut sein. Man sollte beim Lügen seinen Gesprächspartner ansehen, um glaubwürdig zu wirken, aber ich bringe das einfach nicht fertig gegenüber Mo. Schließlich sage ich: »Ich habe mir alle drei Teile von Terminator auf DVD angeguckt.«

Mo mustert mich kurz, als würde er in meinem Gesicht nach etwas suchen, dann fragt er anerkennend: »Terminator? Ich steh voll auf die Terminator-Filme. Ich finde das total krass, wie sich Linda Hamiltons Körper im zweiten Teil verändert hat. Weißt du, ganz am Anfang, als sie die Klimmzüge im Gefängnis macht?«

Das Erste, was ich heute Mittag bei genau dieser Szene dachte, war, dass ich genauso viele Klimmzüge schaffe wie Linda Hamilton, aber die wurde dabei bestimmt von jemandem hoch- und runtergehoben. Man sieht nämlich in der Szene ihre Beine nicht.

»Ja!«, stimme ich nickend zu. »Ziemlich beeindruckend.«

»Ich habe dich übrigens gegoogelt.«

»Und?«, frage ich gelassen. Das GJK hat dafür gesorgt, dass keinerlei Informationen über mich im Netz stehen. Außerdem kennt Mo meinen Nachnamen gar nicht.

»Du bist eine Prinzessin.«

»Ach was.«

»Dein Ehemann Odysseus war ein listiger und kluger Kriegsheld. Er ist zwanzig Jahre über das Meer gesegelt und hat ein Abenteuer nach dem anderen erlebt, während du zu Hause treu auf ihn gewartet und alle Männer abgewiesen hast, die Interesse an dir bekundet haben.«

»Ja«, sage ich und beobachte, wie Mo meinen Döner entgegennimmt und an meinen Tisch bringt. »Dann kennst du mein Leben ja praktisch schon in- und auswendig. Du hast nur vergessen, dass ich unsterblich bin.« Und ich wünsche, ich wäre es.

In diesem Moment signalisiert eine laute Klingel, dass jemand den Imbiss betritt. Mo, sein Vater und ich sehen gleichzeitig zur Eingangstür. Ein junger Mann mit schulterlangen blonden Haaren, die zu einem Zopf zusammengebunden sind, geht auf die Theke zu und ruft ein freundliches: »Hey, Kamil, hey, Mohammed!« in den Raum. Mo springt auf und begrüßt den Mann mit einem herzlichen Schulterklopfer: »Hey, Volker! Wie geht's dir?«

»Danke! Bis auf die Affenhitze und meinen Bärenhunger ganz passabel!«, antwortet der Mann. Ist der Tierpfleger, oder was?

»Was darf es sein, Volker?«, fragt Mos Vater. »Wie immer?«

»Genau«, erwidert der Mann mit einem neugierigen Nicken in meine Richtung. Er zieht seine Jacke aus, wählt den mittleren Tisch und wirft einen Blick auf das Musikvideo, das auf dem kleinen Flachbild-Fernseher an der Wand hinter der Theke läuft. Volker ist also ein Stammgast. Er ist sehr blass im Gesicht und denkbar unspektakulär, ja fast nachlässig gekleidet. Deswegen sieht er aus wie ein Student oder ein Typ aus der IT-Branche, der hinter heruntergelassenen Jalousien lebt, damit die Sonne sich nicht in den drei Bildschirmen spiegelt, an denen er Tag und Nacht arbeitet.

»Hammer Döner, oder?«, ruft er mir über die beiden Tische hinweg zu.

Ich nicke kauend.

»Öfter hier?«

Ich nicke, immer noch kauend.

»Volker.«

»Penelope«, sagt Mo für mich.

»Seltener Name«, stellt Volker fest.

»Aber echt hübsch!«, bemerkt Mo, als müsste er mich verteidigen. Dann serviert er Volker einen extrascharfen Döner Spezial.

»Mo!«, ruft die feine Mädchenstimme aus dem Hinterzimmer.

»Ich komme gleich, Burcu!«

»Nein, jetzt!«

»Du musst kurz warten!«

»Ich will aber weiterspielen!«

»Warum kommt sie nicht raus?«, frage ich.

»Weil ein Mann hier ist und sie kein Kopftuch trägt.« Ich verschlucke mich, aber verkneife mir einen Kommentar. Jeder hat seinen Glauben.

»Mohammed!«, weist Mos Vater seinen Sohn zurecht.

Einen kurzen Moment später kommt ein kleines, etwa sechsjähriges Mädchen aus dem Hinterzimmer gerannt. Sie hat eine schwarze Lockenmähne, die so lang und so voluminös ist, dass die Haare mehr Raum einzunehmen scheinen als das Mädchen selbst.

»Burcu! Was fällt dir ein?«, ruft Mos Vater dem Mädchen warnend zu. Dann folgen ein paar Ermahnungen auf Türkisch.

»Burcu!«, schimpft nun auch Mo. »Geh sofort wieder nach hinten. Du sollst hier nicht rumturnen.«

Ich fühle, wie meine Hände sich unter dem Tisch zu Fäusten ballen. Möglichst freundlich sage ich: »Lass sie doch einfach. Sie stört uns nicht.«

»Genau! Lass mich!«, ruft das Mädchen und streckt Mo die Zunge raus.

Dann fasst sie mir mit ihren kleinen, kalten Händchen an die Oberarme und sagt: »Boa, hast du Muskeln! Wie viele Liegestütze schaffst du?«

»Zwanzig«, lüge ich. An guten Tagen achtundvierzig, denke ich.

Volker pfeift anerkennend durch die Zähne.

»Mein Bruder schafft mehr!«, kontert Burcu. Sie rollt das R wie ihr Vater.

»Burcu«, warnt Mo, dem diese Information offenbar etwas peinlich ist.

Aufmüpfig fügt Burcu hinzu: »So achthundert Stück.«

»Sie übertreibt ein bisschen. Es sind nur siebenhundertfünfzig,« sagt Mo mit einem Augenzwinkern in meine Richtung. Dann richtet er sich in strengem Ton an Burcu: »Und jetzt geh und hol dein Kopftuch, Burcu.«

Burcu verdreht die Augen. »Hör auf damit. Das ist überhaupt nicht witzig.«

Dann dreht sie sich zu mir und drückt mir noch einmal vorsichtig an den Oberarmen herum. »Ich muss überhaupt kein Kopftuch tragen. Das ist bloß einer von Mos doofen Witzen. Lacht aber keiner drüber.«

Mo grinst breit. »Sie muss in ihrem Alter noch gar kein Kopftuch tragen.«

Volker beobachtet die Szene amüsiert, während er die Salatblätter, die beim Essen auf den Teller gefallen sind, in seine Dönertasche zurückstopft.

»Is aber nicht sooo lustig, Mohammed!«, merkt Mos Vater kopfschüttelnd an. »Da macht man keine Witze drüber.«

Burcu legt ihren Kopf mit der ganzen Lockenpracht auf meinen Tisch und sieht mich von unten mit großen Augen an. »Warum guckst du so traurig?« Ich liebe, wie sie das R zweimal in »traurig« rollt.

»Das tu ich doch gar nicht«, erwidere ich und zwinge mich zu einem freundlichen Lächeln.

»Doch«, sagt sie leise und zeigt mit zusammengezogenen Augenbrauen auf meine Augen.

»Wenn du weiter so grimmig guckst, kriegst du schon mit neun eine Falte genau hier.« Ich tippe ihr mit den Fingern zwischen ihre wie mit schwarzem Kajal gezogenen Augenbrauen.

Sie grinst mich an und die Ähnlichkeit mit ihrem Bruder ist jetzt unverkennbar. »Zornesfalte!«, sagt sie triumphierend.

Zwischen Burcu und mir entsteht ein Moment, in dem nur für uns beide die Zeit still steht. Wir sehen uns in die Augen und die Welt um uns herum friert ein. Ich bin mir sicher, dass sie gerade ein ähnliches Gefühl hat, denn sie sieht mich genauso verwundert an wie ich sie. Es ist die Traurigkeit ihrer Augen in diesem lachenden Gesicht, die mich für diesen Augenblick derart in den Bann zieht.

Bevor ich meine Sprache wiedergefunden habe, gibt mein Funkgerät ein lautes Piepsen von sich. Burcu springt erschrocken zur Seite, Volker, Mo und Kamil erstarren in grenzenloser Bewunderung, als ich es aus meiner Tasche gefummelt habe, auf den Knopf drücke und sage: »Penelope hier. Was gibt's?«

»Hi, Penny, hier ist Jack. Zum Steuerberater bitte.«

»Alles klar! Bin unterwegs!«

»Du bist Fahrradkurierin?«, fragt Mo und es hört sich an, als habe er gerade erfahren, dass ich in Wirklichkeit die Königin von England bin.

»Irgendwie muss man ja sein Geld verdienen. Außerdem hält es mich fit.«

Mo wirft einen anerkennenden Blick auf meinen durchtrainierten Körper und ich laufe sofort rot an.

Volker bläst die Wangen auf und sagt dann: »Das wäre nichts für mich! Sport ist Mord.«

Ich bin kurz perplex, weil der Spruch auf mich bezogen eine bittere Bedeutung erhält. Er klingt so wahr. Dann lege ich einen Fünfeuroschein auf den Tresen und sage: »Stimmt so«, denn mich beschleicht das dumpfe Gefühl, dass der Dönerladen nur halb so viel abwirft, wie ich im Monat verdiene.

Auf dem Weg hinaus rufe ich: »Also bis morgen!«

»Bis morgen!«, singen die anderen im Chor, als wäre es von jeher so gewesen. Aber das stimmt nicht und ich darf nur denen vertrauen, die mich lieben.

6
The Fast and the Curious

Das Kurierdienst-System von »The Fast and the Curious« ist ganz einfach. Man kann »The Fast and the Curious« im Internet finden und ganz normale Kurierdienste in Auftrag geben. Die Zentrale, das sogenannte Office, ist am Ku'Damm. Im Vorderzimmer betreiben drei ehemalige Soldaten einen ganz normalen Fahrradkurierdienst mit ganz normalen, völlig ahnungslosen Kurieren. Sportstudenten, ausgedienten Hochleistungssportlern, aber eben auch Chins Auszubildenden. Die Kurierdienste sind ein wesentlicher Teil unseres Ausdauertrainings. Neben den normalen Kurierdiensten bearbeiten wir aber zwei besondere Arten von Aufträgen.

Auftrag 1: Die Berliner Polizei unterhält drei Scheinunternehmen: Einen Steuerberater in der Nähe vom Rathaus Steglitz, eine Anwaltskanzlei am Stuttgarter Platz in Charlottenburg und einen Laden für sündhaft teure Kosmetik am Hauptbahnhof. Wenn wir von diesen drei Anlaufstellen Post ausgehändigt bekommen, ist sie für uns, egal, an wen sie adressiert ist. Der Umschlag des Steuerberaters enthält unsere Gehaltsabrechnung oder unser wöchentliches Taschengeld. Die Anwaltskanzlei versorgt uns mit Informationen über unsere Einsätze. Aufträge, Fotos, Personenbeschreibungen, Phantombilder, Vermisstenanzeigen, Uhrzeit und Ort für Treffen. In den Päckchen aus dem Kosmetikladen befinden sich die ganzen nützlichen Sachen, also Handys, Abhörgeräte, diverse Gebrauchsgegenstände mit winzigen integrierten Kameras und Waffen. Wir bringen die Post für uns in die Zentrale und öffnen sie dort in aller Ruhe im Hinterzimmer.

Auftrag 2: Wir bekommen in der Zentrale ein Kuvert für Dr. Arends' Praxis in den Hackeschen Höfen oder Chins Kampfsportschule am Südstern. Dann ist es Zeit für eine außerplanmäßige Therapiestunde oder unser Kampftraining oder eine Besprechung an Chins Konferenztisch.

Das klingt nicht nur kompliziert, das ist es auch. Und letztendlich dient das komplizierte System nur dazu, das GJK zu vertuschen. Die Wahrheit wird einfach in möglichst viele winzig kleine Puzzlestücke aufgeteilt und auf diese Weise geschickt verschleiert. Nicht einmal das lustige Soldatentrio Jack, Jones und Luke weiß, wer ich bin, denn niemand außer Bröker, Arends und Chin kennt die ganze Wahrheit. Das funktioniert seit Jahren prima. Der Laden läuft gut und kein Mensch ahnt, dass mitten in einer der quirligsten Straßen Berlins Waffen an Minderjährige ausgeliefert werden.

Es sind exakt fünf Kilometer von mir bis zum Steuerberater in der Lepsiusstraße und ich bin ziemlich neugierig, also beschließe ich auf Geschwindigkeit zu trainieren. Ich schwinge mich auf den Sattel und trete in die Pedale.

Dieser Fahrradkurierjob ist laut, unangenehm und eigentlich nicht mein Ding. Aufheulende Motoren und quietschende Bremsen sind ein echter Stressfaktor für meine Ohren. Viele Kuriere hören deshalb Musik, während sie arbeiten. Ich nicht. Nichts mehr von der Welt um mich herum zu hören, versetzt mich in Panik. Die Geräuschkulisse aus hupenden Autos, schreienden Kindern und donnernden Presslufthammern macht mich zwar halb wahnsinnig, aber die Geräusche helfen mir auch, mich zu orientieren. Sie geben mir das Gefühl, bereit zu sein für alles, was auf mich zukommt oder mich verfolgt. Mit Ohropax würde ich nachts kein Auge zutun und mit den Stöpseln eines MP3-Players in den Ohren würde ich, glaube ich, sofort meinen Gleichgewichtssinn verlieren und vom Rad fallen. Es wäre der totale Kontrollverlust. Also konzentriere ich mich auf den Lärm, der von allen Seiten auf mich eindringt, und auf den Verkehr. Wenn ich auf Tempo fahre, muss ich sämtliche rote Ampeln ignorieren und ständig aufpassen, dass ich nicht selbst verschuldet von einem losrauschenden Lastwagen platt gefahren oder von einem nichts ahnenden Polizisten angehalten werde, der die

Verkehrsregeln kennt, aber nicht das GJK. Fahrradkuriere sind ohnehin nicht sonderlich beliebt. Mütter ziehen ihre Kinder schon auf hundert Meter Entfernung beiseite, als wäre man ein auf sie zurasender Kampfhund ohne Leine und Maulkorb. Und die Anzahl der Mittelfinger, die ich von jungen Berliner Autofahrern gezeigt bekomme, liegen nie unter zehn Stück pro Tag.

Innerhalb kürzester Zeit bin ich am Ziel und stelle fest, dass Annas Eltern Hunderte von Vermisstenanzeigen an die Straßenlaternen und Bushaltestellen von Schöneberg bis zum Rathaus Steglitz geklebt haben. Viele von ihnen hängen direkt neben den Aufrufen von Janines Eltern, doch Janines Fotos sind ausgebleicht, die Folien zerfetzt und die Zettel zum Teil schon zerrissen. Es sieht aus, als hätten Janines Eltern die Hoffnung aufgegeben. Was ist mit ihr? Lebt sie noch? Ist Anna bei ihr? Ich hoffe, die beiden sind einigermaßen wohlauf und haben einander als Trost in der Dunkelheit.

Als ich mein Fahrrad vor dem repräsentativen Berliner Altbau anschließe, hält ein silberner VW Golf in zweiter Spur. Ein Mann mit kurzen Haaren sitzt am Steuer und sieht geradeaus die Straße hinunter. Irgendetwas irritiert mich. Vielleicht ist es die Tatsache, dass er in zweiter Spur hält, aber nicht aussteigt oder wenigstens durch die Autoscheibe nach der richtigen Hausnummer sucht. Stattdessen starrt er nach vorne, obwohl die Straße breit genug ist für den Gegenverkehr. Bevor ich das Büro des Steuerberaters betrete, werfe ich einen Blick auf mein Fahrrad und präge mir ein, in welchem Winkel ich es an die Wand gelehnt und wie ich das Schloss durch die Speichen um das Hinterrad gezogen habe. Nur vorsichtshalber.

Die Vorzimmerblondine Fabienne kenne ich bereits, weil ich hier während der Ausbildung einige Male Abrechnungen für Chin abholen musste, wenn er selbst keine Zeit hatte. Fabienne zeigt ein Lächeln, das zwei beeindruckend weiße Zahnreihen freilegt, und drückt mir einen Umschlag in die Hand. »Hallo, Pen!«

Der Umschlag ist an ein Hotel am Ostbahnhof adressiert, aber natürlich ist er für mich, unabhängig vom Adressaten. So sind die Regeln.

»Hi, Fabienne. Wie geht's denn so?«, frage ich und greife nett zurücklächelnd nach dem Umschlag. Weiß die eigentlich, für wen sie arbeitet?, frage ich mich, als ich mich mit einem aufgesetzten Zahnpastalächeln bei ihr bedanke. Es ist einfach müßig, darüber nachzudenken. Wahrscheinlich hat sie genau wie ich Generalschweigepflicht und gehört zu einem speziell ausgebildeten Vorzimmerdamen-Sicherheitspersonal-Sonderkommando der Polizei. Sie tut nur so hübsch und niedlich und ihr glänzender Nussbaum-Schreibtisch ist ein getarntes Waffenlager.

»Danke«, erwidert Fabienne. »Es geht mir hervorragend! Und dir?«

»Danke, mir auch.«

Small Talk beendet, Umschlag in der Umhängetasche. Tschüs, Fabienne. Draußen vor der Tür werfe ich erst einen Blick auf die Straße, dann auf mein Fahrrad. Der Golf ist weg, mein Fahrrad unberührt. Es steht genauso da, wie ich es zurückgelassen habe. Wer hätte der Mann im Golf auch sein sollen? Vermutlich hat er nur auf jemanden gewartet.

Neugierig auf den Inhalt meines Umschlags mache ich mich auf den Weg zum Office. Es sind sieben Kilometer bis zum Europa-Center. Hauptsächlich Fahrradwege, aber dafür rote Ampeln ohne Ende. Ich überquere die Kreuzungen meist trotzdem in einem halsbrecherischen Manöver, damit ich mein Training abschließen kann und nicht noch abends meine Laufrunden durch den Volkspark drehen muss. Dafür handele ich mir die üblichen Mittelfinger und zwei anzügliche Pfiffe ein. Mein Shirt klebt inzwischen klitschnass an meinem Rücken und der Schweiß rinnt mir die Kniekehlen hinunter.

Vor dem Office schließe ich mein Fahrrad an einen der acht zur Verfügung stehenden Fahrradständer. Dann betrete ich das mager ausgestattete Büro. Auf der Ablage hinter dem Tresen stehen ein PC, eine rote Plastikkiste mit Funkgeräten und einige schwarze Plastikkisten mit Päckchen und Briefen in den unterschiedlichsten Größen. An den Wänden links und rechts hängen ein paar billige Glasrahmen mit DIN-A4-Fotos von lässig in die Kamera grinsenden, echten Fahrradkurieren, die ich allesamt noch nie gesehen habe.

Jones begrüßt mich, indem er mit seinem Zeigefinger gegen sein Cappy schnipst. »Hi, Penny!«

»Hi! Nenn mich nicht immer Pfennig. Das nervt.«

Jones heißt mit bürgerlichem Namen Johannes, aber aus einem mir unbekannten Grund müssen sich alle Leute, die bei »The Fast and the Curious« arbeiten, einen einsilbigen englischen Namen zulegen. Außer Jones gibt es noch einen Jake, der Jakob heißt, und die Aushilfskraft Luke, dessen richtiger Name Lukas ist. Diese alberne englische Namensgebungsgeschichte von »The Fast and the Curious« ist so eine Art Geschäftsphilosophie für ein nicht existierendes Geschäft.

Jake, Jones und Luke sind die männlichen Aushängeschilder von »The Fast and the Curious«. Sie präsentieren sich als muskulöse Daumen hoch- und Victory-Zeichen-Sportskanonen auf völlig überdimensionierten Postern an der hinteren Wand der Zentrale.

Ich verziehe mich ins Hinterzimmer, das nach Männerschweiß riecht, weil Jones, Jake und Luke nach ihrem Triathlon-Training die durchgeschwitzten Trainingssachen über sämtliche Stuhllehnen, Schranktüren und Tische hängen.

»Wir sind nicht in der Kaserne, Jones!«, rufe ich genervt und schiebe ein schweißgetränktes Muskelshirt vom Tisch auf den Boden. »Könnt ihr nicht eine Waschmaschine für das Office beantragen? Hier stinkt es wie im Pumakäfig.«

Jones lehnt grinsend und Kaugummi kauend im Türrahmen und sagt: »Wir könnten auch einen Wäschekorb aufstellen und du nimmst unsere Wäsche abends mit nach Hause.«

»Sehr witzig.« Jones' Macho-Humor ist nicht mein Ding. Bevor ich den Umschlag aufreiße, werfe ich ihm einen bösen Blick zu, weil er im Türrahmen steht und mich unverfroren angrinst.

»Der Winzling wird böse, jetzt kriege ich aber Angst!«, sagt er, hebt die Hände hoch, als würde er sich ergeben, und verschwindet ins Vorzimmer. Jones ist mir körperlich haushoch überlegen. Er ist fast zwei Meter groß, nimmt jedes Jahr am Iron Man teil, war in einer Spezialeinheit in Afghanistan und hat eine riesige dunkelrote Narbe, die sich von seiner linken Schulter bis zu seiner rechten Leiste zieht.

Also lege ich mich nicht mit ihm an, sondern rufe nur: »Ich bin gewachsen, falls es dir noch nicht aufgefallen ist.«

»Klar«, erwidert Jones aus dem anderen Zimmer, »du kannst jetzt schon mit der Nase an der Tischplatte schnuppern, wenn du dich auf die Zehenspitzen stellst.«

Ich öffne den Umschlag und starre verwirrt auf eine DIN-A4-Seite Kleingedrucktes. Mein Gehalt für den Monat August dröselt sich in

Risikozulagen, Steuerfreibeträge und lauter anderen Kram auf, den ich nicht verstehe. Aber ganz unten auf der Seite steht »Auszuzahlender Betrag: 2123 Euro.« Ich bin entzückt. 2123 Euro im Monat, die ich abräumen kann, sobald ich volljährig bin, und ein zusätzliches Taschengeld für hundertzwanzig Mahlzeiten im Dönerladen pro Monat. Willkommen im Paradies.

Schnell stecke ich die Gehaltsabrechnung in den beigelegten frankierten und an mein Schweizer Postfach adressierten Briefumschlag, nicke Jones zum Abschied zu, verlasse die Stinkebude und werfe den Brief in den nächsten Briefkasten. In dem Moment werde ich stutzig. Auf der gegenüberliegenden Straßenseite kommt ein silberner VW Golf vor der roten Ampel zum Stehen. In ihm sitzt ein Mann mit kurzen Haaren, der konzentriert auf die Kreuzung guckt, obwohl es gerade erst rot geworden ist. Es gibt Tausende von solchen Autos und solchen Typen in Berlin. Außerdem kann man den Mann auf die Entfernung kaum erkennen, trotzdem fällt mir die Art auf, wie er nach vorne blickt. Zum Vergleich sehe ich mir die anderen Autofahrer an. Wie erwartet nutzen sie die rote Ampelphase, um einen Blick auf ihr Handy zu werfen oder sich ein wenig am Ku'Damm umzuschauen, bis es wieder grün wird. Möglichst unauffällig überquere ich auf den letzten Drücker die Straße und erhasche einen Blick auf das Nummernschild. Es ist gelb. Vermutlich ein niederländisches Kennzeichen. Ich habe mich wohl geirrt.

Dennoch verfolgt mich dieser Typ aus dem Golf den ganzen restlichen Tag bis in meine Gedanken und hindert mich jetzt daran, einzuschlafen. Ich sollte an meiner Datei weiterschreiben. Das hilft mir, die Dinge, die geschehen sind, mit ein wenig Abstand zu betrachten, anders zu beurteilen, mich selbst zu verstehen. Ich öffne den Laptop und ich weiß, es wird mir unendlich schwerfallen, über das zu schreiben, was Chin noch von uns verlangte.

Seit ich in diese Cloud schreibe, hat sich etwas verändert. Du bist da draußen, ich kann dich spüren. Du wirst lesen, was ich geschrieben habe, du wirst mich verstehen, mit mir fühlen, mit mir kämpfen, dich um mich sorgen. Es fühlt sich an, als würdest du mir zuhören. Hör mich an und mach, dass es dich gibt, denn sonst bin ich verloren.

Im zweiten Halbjahr »verschärfte« Chin sein Trainingsprogramm und ich wünschte, ich könnte sagen, er hätte mich gezwungen, diese Dinge zu tun. In dieser Phase aber hätte ich noch aussteigen können, aussteigen *müssen*. Aber mit seiner neuen »Trainingsmethode« brannte Chin mir einen Überlebenstrieb ein, der mich und all die Menschen, die ich in Zukunft beschützen soll, vor dem Tod bewahren wird.

Am 11. Januar dieses Jahres stattete Chin mich mit Tränengas und einem kleinen Multifunktionstaschenmesser aus und führte mich zu einem der Hinterzimmer in der Kampfsportschule. Er legte mir eine Augenbinde um, die ich erst abnehmen durfte, nachdem er die Tür hinter mir geschlossen hatte. Bevor er mich in den Raum sperrte, sagte er ruhig: »Hinter dieser Tür ist etwas, das du besiegen musst. Es ist krank und hungrig und das Medikament, das wir ihm verabreicht haben, macht es extrem aggressiv und gefährlich.«

Ich war völlig unvorbereitet und hatte keine Ahnung, was mich erwartete. Langsam betrat ich den Raum und stand für den Bruchteil einer Sekunde an der Tür, die hinter mir zuschnappte. Mein Gesicht hielt ich leicht nach oben gerichtet wie ein witterndes Tier. Ein beißender Geruch drang mir in die Nase. Schnell, aber möglichst leise und geschmeidig nahm ich die Augenbinde ab und starrte in die undurchdringliche Schwärze, die mich umgab. Noch bevor meine Augen sich an die Dunkelheit gewöhnt hatten, hörte ich das leise Trippeln und Schaben aus der Ecke. Ich wusste sofort, dass es Ratten waren. Drei hungrige Berliner Hinterhofratten, die sich an den stinkenden Abfällen der Hausbewohner abartig groß und stark gefressen hatten. Ich spürte, wie mein Atem schneller ging und meine Hand nach dem Messer in meiner Hosentasche griff. Meine Anwesenheit machte die Ratten noch nervöser. Ihre trippelnden Krallen verursachten ein kratzendes Geräusch auf dem alten Holzfußboden und ihre Zähne schlugen wie die Nadel einer Nähmaschine aufeinander. Instinktiv wich ich zurück und presste meinen Rücken an die Eingangstür, damit nicht eines der Biester mich von hinten angreifen und seine Zähne in meine Waden schlagen konnte. Nie hätte ich geahnt, dass Tiere, die um ein so vieles kleiner und schwächer sind als wir selbst, derartig bedrohlich wirken können. Alles, was ich bisher von diesen Fleisch- und Kotfressern gehört hatte, zog sich in mir zu einem ekelerregenden Knoten zusammen, der mir die Luft abzuschnüren drohte. Ich kämpfte gegen meinen Brechreiz an, während ich die vorderste Ratte fixierte. Diese gab ein erschreckend lautes Quietschen von sich, das mich unwillkürlich zusammenzucken ließ. Die zweite Ratte antwortete mit einem schnarrenden Fauchen und scharrte mit ihren Füßen auf dem Holzboden. Ich konnte die Tiere zwar nur schemenhaft erkennen, aber ich ahnte, dass sie sich duckten und zum Angriff bereit machten. Langsam beugte ich meinen Oberkörper nach vorne und zog das Messer an meinem Oberschenkel entlang. Dann ließ ich es aufschnappen und hob es mit festem Griff über meinen Kopf, den linken Arm hielt ich schützend vor mein Gesicht. Schon setzte die erste Ratte zum Sprung an. Mit einem unterdrückten Schrei rammte ich ihr mein Messer in den Bauch, bevor sie mir an die unteren Rippen springen konnte. Ihr warmes Blut lief in einem pulsierenden Strom über meine Hände. Angewidert schüttelte ich den schweren Rattenkörper von meinem Messer auf den Boden. Der dumpfe Schlag ließ die anderen beiden Ratten erschrocken zurückweichen. Mit einer ruckartigen Bewegung wischte ich das Messer an meiner Hose ab und verdrängte die Vorstellung, das Blut der toten Ratte würde in das offene Fleisch unter meinen abgekauten Fingernägeln einsickern. Während die eine Ratte sich fiepend in die hintere Ecke des Raumes verzog, pirschte sich die andere nun mit einer für Ratten ganz merkwürdig anmutenden Langsamkeit an mich heran. Sie lauerte für einen kurzen Moment auf den Hinterpfoten balancierend vor meinen Füßen, dann spürte ich, wie sie sich durch den Stoff der Jeans an meine Beine krallte und an mir hochkrabbelte. In panischer Hast zog ich das Tränengas aus der Tasche und sprühte es dem quiekenden Tier direkt in die Augen. Sofort schnürte mir das ätzende Gas die Kehle zu. Alarmiert horchte ich in den Raum. Die dritte Ratte saß verschreckt in der hintersten Ecke des Zimmers und klapperte wie wild mit ihren Zähnen. Instinktiv umfasste ich den Griff meines Messers noch fester und ging einen Schritt auf sie zu, um diesem entsetzlichen Szenario ein Ende zu machen. Rattenblut klebte an meinen Händen und irgendwelche fiesen Krankheitserreger krochen langsam in meine Blutlaufbahn, um mich zu verseuchen. Wie ein Film lief das, was ich nun vorhatte, vor meinen Augen ab: Ich würde erst diesem abscheulichen Vieh den Bauch aufschlitzen und dann Chin, der mir diese kranke Aufgabe gestellt und mich mit Rattenblut infiziert hatte, das Messer so schnell in den Oberarm rammen, dass er nicht mehr dazu kommen würde, es mir aus der Hand zu schlagen. Ich presste die Kiefer aufeinander und sprang mit erhobenem Messer auf die Ratte zu. Doch diese drückte sich panisch quietschend gegen die Wand, bleckte hilflos ihre Zähne und starrte mich an. Da realisierte ich endlich, was wirklich geschah. Die Ratte war das verängstigte Opfer, das sich in der Dunkelheit dieses Raumes verschanzt hatte. Ich war der Eindringling, der gekommen war, um sie zu töten. Sie war das Opfer, ich ihre Mörderin. Entsetzt drehte ich mich um, rannte zur Tür und klopfte wie verrückt mit meinen Fäusten dagegen, bis Chin aufschloss. Japsend sog ich die tränengasfreie Luft des Flurs ein und übergab mich auf den Fußboden.

»Warum hast du nicht alle drei getötet?«, fragte Chin mit einem irritierten Blick auf die zitternde Ratte im Hinterzimmer.

»Sie hatte Angst!«, würgte ich hervor.

»Das ist in so einer Situation nicht von Bedeutung«, sagte Chin ruhig.

»Sie hat mich doch gar nicht angegriffen«, krächzte ich so laut, wie meine vom Tränengas gereizten Stimmbänder es zuließen.

Chin runzelte die Stirn. »Früher oder später hätte sie genau das getan.«

»*Ich* bin die Mörderin, Chin, nicht sie!« Mir schossen die Tränen in die Augen bei dem Gedanken, dass ich zwei Tiere getötet hatte, die nur zu diesem Zweck eingefangen worden waren. Ohne darüber nachzudenken, hatte ich sie innerhalb weniger Minuten abgeschlachtet. Warum um alles in der Welt hatte ich das getan?

»Es ist zu deinem Schutz, Penelope«, hörte ich Chins besorgte Stimme, während meine Hand sich um den Griff des Messers krallte und mit einer für mich selbst überraschenden Geschwindigkeit an Chins Hals schnellte. Er war auf meinen Angriff nicht vorbereitet. Um ihn abzuwehren, war es zu spät. Ich bremste die Klinge direkt an seinem Hals und beobachtete mit zusammengekniffenen Augen, wie ein Blutstropfen aus dem feinen Schnitt quoll und sich in Zeitlupe um meine Klinge schmiegte.

Chin verzog keine Miene. Weder vor Schmerz noch aus Verwunderung. Er sah mich an und wartete.

»Unterschätz mich nicht, Chin!«, presste ich drohend hervor.

Er schwieg, bis ich das Messer von seinem Hals nahm und ohne ein weiteres Wort den Raum verließ. Er rief mir nicht hinterher, sondern ließ mich einfach gehen.

In meiner Wohnung angelangt, scheuerte ich mir mit einer Handwaschbürste die Hände auf, um das Rattenblut zu entfernen. Als Nächstes wusch ich das Messer ab und sah zu, wie das bordeauxrote Blut meiner ersten Opfer das Wasser färbte und in den Abfluss lief. Als das Wasser ganz sauber war, trocknete ich erst die Klinge ab und dann mein tränenüberströmtes Gesicht. Ich ließ das Messer zuschnappen und steckte es in meine Hosentasche. Es ist jetzt meins. Ich habe es Chin nie zurückgegeben.

Ein Blick in den Spiegel über dem Waschbecken machte mich nachdenklich. Meine dunkelbraunen Locken waren in den letzten Monaten ein paar Zentimeter gewachsen und reichten schon ein bisschen über meine Ohren. Mein Gesicht schien unverändert. Keine Falte hatte sich in meine blasse Haut gegraben, kein Schatten hatte sich verräterisch unter meine Augen gelegt und keine unsichtbare Last hatte meine Mundwinkel ein winziges Stückchen nach unten gezogen. Und dennoch fühlte ich mich müde, schuldig und um Jahre gealtert. Ich betrachtete mich noch eine Weile im Spiegel und suchte nach den Veränderungen. Doch das, was ich fühlte, hatte in meinem Gesicht noch keine Spuren hinterlassen. Schließlich setzte ich mich auf das Fensterbrett meines Zimmers und sah hinaus auf die Mauer unten im rattenleeren Hof. Ich hatte eine Grenze überschritten. Körperliche Grenzen zu überschreiten war wie ein befreiender warmer Schrei in der kristallenen Stille der schneebedeckten Felder. Aber diese Grenze war etwas anderes. Sie war das Gegenteil. Ein kaltes an sich selbst Ersticken. Warum hatte ich das zugelassen? Warum hatte ich das getan?

»Du darfst niemals auch nur eine Sekunde vergessen, dass du mit dem, was du tust, Leben rettest. Dass du einen kranken Mörder tötest, um andere Mädchen zu schützen. *Das* ist deine Aufgabe. Vergiss das nicht!«, hallten Brökers Worte in meinem Kopf, aber sie boten keine Antwort auf meine quälende Frage.

Meine Gedanken wurden abrupt unterbrochen, als Chin mit einer Holzkiste unter dem einen Arm und einer Plastiktüte in der anderen Hand auf den Hof trat. Er stellte die Kiste ab und warf die Tüte in eine der Mülltonnen. Dann beugte er sich zu der Holzkiste hinunter und klappte eine Seite auf. Es dauerte mindestens eine halbe Minute, bis die Ratte, die meinen Angriff überlebt hatte, ihre Schnauze aus der Öffnung steckte. Sie verharrte kurz und wagte sich noch einige Schrittchen weiter. Plötzlich schoss sie aus der Kiste unter der Mülltonne hindurch. Innerhalb weniger Sekunden war sie über die Mauer geflohen. Die Befreiung der Ratte war die winzige menschliche Geste, die mich an diesem Tag davon abhielt, meine Sporttasche zu packen, die Treppen hinunterzuschleichen, die nächste U-Bahn zu nehmen und nie mehr zurückzukehren. Ich hoffte inständig, dass wenigstens die Ratte begriffen hatte, was für ein gefährlicher Ort das hier war. Chins Kampfschule war kein guter Ort. Weder für Ratten noch für Menschen.

Zwei Tage nach der Geschichte mit den Ratten erhielt ich eine weitere Postkarte meines Vaters. Meine Mutter, oder noch wahrscheinlicher Pierre, hatte sie in einen Briefumschlag gesteckt und an meine Adresse in Chins Kampfschule geschickt:

Liebe Penelope, wenn du alles zusammen noch einmal auf den ersten Blick betrachtest, mal die Liebe und dich selbst ausgenommen, kommst sicherlich auch du zu dem Schluss, dass wir miteinander verbunden sind. Du sollst wissen, dass ich an dich denke und dass du immer meine Tochter sein wirst. Dein Papa

Nachdem ich die Postkarte gelesen hatte, weinte ich stundenlang in mein Kissen. Mein Vater hatte nicht ahnen können, worauf seine Tochter sich eingelassen hatte. Hätte er die Karte auch geschrieben, wenn er gewusst hätte, wozu seine Tochter fähig ist?

Bevor ich das Hinterzimmer zwei Wochen später ein weiteres Mal betreten musste, um eine ›Aufgabe‹ zu erfüllen, forderte ich von Chin statt des Messers, das er mir in die Hand drücken wollte, zwei Seile. Denn ich hatte einen Entschluss gefasst: Ich würde die Tiere, die er mir in dem verhassten Hinterzimmer servierte, nicht mehr töten. Auch wenn ihr Todesurteil schon längst gesprochen war. Die Schuld sollte ein anderer auf sich laden.

Zuerst weigerte sich Chin, meine Forderung zu erfüllen. »Du solltest das Messer nehmen, Penelope. Du weißt doch gar nicht, was dich dort drinnen erwartet.«

»Dann sag es mir«, erwiderte ich kühl.

»Das darf ich nicht«, sagte Chin. »Im normalen Leben weißt du auch nicht, was hinter der nächsten Tür auf dich lauert.«

»Im normalen Leben lauert gar nichts hinter der nächsten Tür. Also bin ich mit einem Seil doch überdurchschnittlich gut ausgerüstet für das normale Leben.«

»Du weißt, was ich meine. Es sind diesmal keine Ratten«, verriet Chin widerwillig. »Du gehst ein großes Risiko ein.«

»Wenn du mir ein Messer gibst, werde ich es nicht einsetzen!«, zischte ich und kniff meine Augen zusammen, damit Chin sehen konnte, wie ernst es mir war. »Ich werde nicht noch einmal ein Tier abstechen. Und wenn du einen verdammten Büffel in das Hinterzimmer verfrachtet hast.«

Chin seufzte. »In Ordnung, Penelope. Es ist dein Leben. Schrei laut, wenn du mich brauchst. Ich warte hier draußen.«

Er ging an einen der Waffenschränke in seinem Büro, in denen er die Stöcke, Schwerter, Seile, Messer und Pistolen für unser Training aufbewahrte, und kam mit einem langen und einem kurzen Seil zurück.

Ich rollte die Seile sorgfältig zusammen und steckte sie rechts und links in meine obersten Hosentaschen. Das Tränengas beförderte ich in die Hosentasche auf Höhe meines rechten Knies. Dann betrat ich den spärlich beleuchteten, auf den ersten Blick leeren Raum. Schnell schloss Chin die Tür hinter mir ab. Noch bevor ich Zeit hatte, meinen Blick nach rechts oder links gleiten zu lassen, schoss ein riesiges Vieh aus der hinteren linken Ecke direkt auf mich zu. Ich schrie laut auf vor Schreck und hob schützend meinen linken Arm vor meinen Kopf, während ich mit der rechten Hand das lange Seil aus der rechten Hosentasche zog. Kurz bevor das Tier sich mit voller Wucht auf mich werfen konnte, wurde es mit einem Ruck zurückkatapultiert. Es strauchelte und gab einen seltsam gurgelnden Laut von sich. In dem kurzen Moment, den es brauchte, um sich aufzurappeln, stolperte ich einige Schritte rückwärts, straffte das lange Seil in meinen Händen und fokussierte mein Gegenüber. Auf der anderen Seite des Zimmers stand ein Schäferhund. Groß, stark und wütend. Mit einer dünnen, brüchigen Lederleine hatte Chin den Hund an einer Stange festgebunden, die in den Boden geschraubt war. Beim nächsten Sprung würde die Leine reißen. Ich spürte, wie das Adrenalin in meinem Körper sich flutartig ausbreitete und meine Muskeln sich schmerzhaft zusammenzogen. Auf meiner Haut hatte sich ein kalter Film aus Schweißtropfen gebildet.

»Schchchchcht«, sagte ich in einem hilflosen Versuch, den gereizten Hund zu beruhigen, doch der bleckte seine Zähne, legte die Ohren an und knurrte noch lauter. Ich versuchte den Hund zu taxieren, ohne ihm direkt in die Augen zu sehen und ihn so noch aggressiver zu machen, als er ohnehin schon war. In Gedanken verfluchte ich das Seil in meinen zitternden Händen. Niemals würde es mir gelingen, diese wütende Bestie mit dem Seil zu fesseln, wie ich es vorgehabt hatte. Auch mit einem Messer bewaffnet wäre es nicht leicht gewesen, den Hund zu besiegen. Für einen zeitlupenähnlichen Moment sah ich ihm direkt in die Augen. Es ist so erstaunlich, wie ähnlich sich Mensch und Tier, Ratte und Hund sind, wenn es zu dieser einen über Leben und Tod entscheidenden Gegenüberstellung kommt. Ein kurzes Fixieren und Zurückweichen, die letzte Chance zu fliehen, bevor einer die mörderische Entscheidung gefällt hat und es zu spät ist. In dem Moment, in dem du nicht mehr weiter zurückweichst, sondern deine Bewegung stoppst, hast du dich entschieden anzugreifen. Dann schnellst du vor und stichst zu. Während ich mich rückwärts an die Wand drückte, schnellte der Schäferhund zurück und setzte gurgelnd zum Sprung an. Er sprang ab, die Leine riss mit einem Ruck und kurz bevor er seine gebleckten Zähne in meine Kehle rammen konnte, drückte ich mich mit aller Kraft von der Wand ab und duckte mich mit einer schnellen Drehbewegung zur Seite. Die Früchte des Kampftrainings. Schnell, wendig und äußerst effektiv. Jaulend prallte der Hund gegen die Wand und knickte unbeholfen mit den Beinen weg, als er hart auf dem Boden aufschlug. Die beachtliche Größe und Kraft des unberechenbaren Tieres löste in mir das panische Gefühl von totaler körperlicher Unterlegenheit aus. Mit zusammengepressten Kiefern kämpfte ich gegen diese lähmende Angst an und warf mich in ultimativer Selbstüberwindung auf den Schäferhund. Du darfst nicht zögern, Penelope. Deine Angst darf deinen einmal begonnenen Angriff nicht schwächen, sonst bist du tot. Meine Hände schlangen das Seil mit einer erschreckend routinierten Halbkreisbewegung um den Hals meines Opfers. Ich zog es so fest zu, wie ich nur konnte.

Unter mir kämpfte der Hund wie wild. Er wand sich und versuchte nach meinen Armen und meinem Gesicht zu schnappen. Hätte ich ihn losgelassen oder meinen Griff auch nur ein wenig gelockert, hätte er mir die Kehle aufgerissen. Ich hatte also keine Wahl. Mit Befremden beobachtete ich, wie mein Überlebenstrieb mich übermannte und nichts mehr in mir zuließ als den Gedanken, töten zu müssen, um zu überleben. Mein Schluchzen vermischte sich mit dem röchelnden Knurren des Hundes zu den markerschütternden Lauten eines hoffnungslosen Kampfes.

»Es tut mir leid«, schluchzte ich, während das Gurgeln und Knurren des Hundes unter mir immer kläglicher und seine Bewegungen schwächer wurden. »Es tut mir so leid! Das wollte ich nicht!«

Der Hund röchelte leise, bevor seine Bewegungen erstarben und ein merkwürdiges Zucken durch seinen ganzen Körper lief. Als es vorbei war, ließ ich das Seil langsam sinken. Mit dem Handrücken wischte ich mir die Tränen aus dem Gesicht. Dann streichelte ich dem toten Hund vorsichtig über das Rückenfell. Es fühlte sich spröde an und alt.

»Penelope?«, hörte ich Chins besorgte Stimme auf der anderen Seite der Tür.

Ich antwortete nicht, denn ich brauchte noch einen Moment der Stille. Die lebensbedrohliche Bestie lag nun vor mir und wirkte so zahm und friedlich. Das machte das, was ich getan hatte, noch grausamer, noch unerträglicher, als es ohnehin schon war. Unweigerlich musste ich an Amigo denken. Was hatte ich nur getan?

Chin öffnete die Tür einen Spalt und blickte auf den toten Hund und mich hinunter.

»Alles okay mit dir?«

Ich sah nicht auf, sondern schwieg und streichelte weinend den Hund.

»Ich habe dich gewarnt«, sagte Chin leise.

»Erwartest du Dankbarkeit dafür?«, fragte ich, sprang auf und ging auf mein Zimmer.

Nach den Ratten und den ›aussortierten‹ Polizeihunden folgten mit jedem Mal größere und aggressivere Kampfhunde. Ich wusste, dass sie zum Einschläfern verurteilt worden waren, bevor sie an Chin ausgeliefert wurden. Darum änderte ich meine Strategie. Vor dem Betreten des Hinterzimmers bat ich Chin nun um möglichst lange Messer oder schwere Stöcke, damit ich die Tiere schnell und schmerzlos töten und ihnen so unerträglich lange Momente von Todesangst und Schmerzen ersparen konnte. Das war alles, was ich für sie tun konnte, aber es reichte nicht, um mein schuldbeladenes Gewissen auch nur ansatzweise zu beruhigen.

In dieser Zeit dachte ich fast täglich über meinen Ausstieg nach. Ich weiß nicht, warum ich geblieben bin. Ich wollte durchhalten und nicht versagen. Ich wollte die Kampfkunst ganz durchdringen und mich nicht mit einem Gefühl peinlicher Schwäche von Chin und den anderen verabschieden. Ich wollte nicht zurück in die bedrückende Einsamkeit blutiger Ölgemälde und heruntergelassener Rollläden. Ich wollte nicht zurück in eine normale Schule mit einer halbwegs ambitionierten Sportmannschaft und so tun, als wäre das alles nie passiert. Außerdem werteten Chin und Herr Bröker in regelmäßigen Abständen die Videoaufzeichnungen aus dem Hinterzimmer aus und analysierten sie akribisch. Sie waren mit meinen Leistungen äußerst zufrieden und das bedeutete mir etwas. Natürlich rechtfertigt keiner dieser Gründe, dass ich geblieben bin. Ich habe trotzdem weitergemacht, das Blut mit klarem Wasser von meinem Messer gespült und meinen Blick achtsam auf den Spiegel gerichtet. In der Angst, mich eines Tages selbst nicht mehr wiederzuerkennen. Das, was passiert ist, kommt in meinen Träumen zu mir zurück. Manchmal fühlt es sich an, als würden diese Träume mich von innen auffressen. Aber davon erzähle ich dir lieber nichts.

Ich erwarte nicht, dass du verstehst, was ich getan habe, aber ich hoffe, du glaubst mir, dass ich es bereue. Und ich habe Angst davor, dich zu treffen. Was siehst du in meinem Gesicht, wenn du diese Zeilen liest? Was wirst du in ein paar Jahren sehen?

Am nächsten Morgen um neun Uhr reißt mich der hohe Piepton meines Funkgeräts aus dem Schlaf. Es ist Jake aus dem Office, der mich von zwölf bis fünfzehn Uhr zu Chin ins Kampftraining schickt. Das führt dazu, dass ich meinem hungrigen Magen direkt nach dem Training in einem Kreuzberger Café überbackenen Camembert mit einer großen Portion Salat gönnen muss und nicht in den Genuss von Döner, Ayran und Mos Familie komme. Dafür treffe ich bei meiner Rückkehr Volker vor meinem Nachbarhaus in der Regensburger Straße. Er steht im Hauseingang und raucht eine Zigarette. Zur Begrüßung nickt er mir zu.

»Hi, Volker!«, rufe ich. »Wohnst du hier?«

Er schüttelt den Kopf. »Nein. Ich wohne in der Ansbacher. Meine Freundin wohnt da oben.« Er nickt mit dem Kopf in den zweiten oder dritten Stock. Dann deutet er auf seine Zigarette. »Sie mag es nicht, wenn ich in der Wohnung rauche.«

»Verstehe.«

»Und du?«, fragt Volker und lehnt sich entspannt gegen die Mauer.

»Ich rauche nicht.«

»Nein«, er lacht. »Ich meine, wohnst du hier?«

»Ja. Da!« Ich zeige auf meinen Hauseingang.

»Ich habe dich hier noch nie gesehen«, stellt er verwundert fest, »und jetzt treffen wir uns gleich zweimal hintereinander.«

»Wir sind erst vor ein paar Tagen eingezogen.« Das Wörtchen *wir* klingt sicherer als das Wörtchen *ich.* Eine allein wohnende Sechzehnjährige weckt Misstrauen.

»Ach so«, sagt Volker. Er schnipst seine Zigarette weg und tritt den glühenden Stummel auf dem Boden aus. »Dann sieht man sich jetzt wohl öfter.«

»Gut möglich.«

»Ich geh dann mal wieder nach oben.«

Volker ist zwar nett, aber ich bin froh, dass er mir nicht noch mehr Fragen stellt, also verabschiede ich mich schnell und verschwinde im Hausflur. Als ich mich umdrehe, um die Tür hinter mir zuzuziehen, sehe ich einen silbernen Volkswagen so langsam vorbeifahren, als würde der Fahrer einen Parkplatz suchen, doch er passiert zwei Parklücken in unmittelbarer Nähe. Mein Atem geht schneller. Zwischen dem Lenkradgriff meines Fahrrads und meinen Händen bildet sich ein Schweißfilm. Ich kneife meine Augen zusammen und beobachte den Mann am Steuer, der stur geradeaus schaut. Das kann kein Zufall sein: Es ist der Typ aus der Lepsiusstraße. Ohne jeden Zweifel. Er sucht keinen Parkplatz, sondern ist meinetwegen hier. Er verfolgt mich, er kennt eine meiner wichtigsten Anlaufadressen und er weiß, wo ich wohne.

Schnell präge ich mir die Nummer des wegfahrenden Autos ein: B – ZM – 2612. Was zum Teufel will der Typ von mir?

Auf dem Weg nach oben bleibe ich mehrmals stehen und lausche die Treppe hinunter. Ist der Mann ausgestiegen und mir ins Haus gefolgt? Ich höre nichts. Im Treppenhaus herrscht Stille. Bis auf die gedämpften Stimmen anderer Mieter oder Fernsehgeräusche hinter den Wohnungstüren ist nichts zu hören. Sollte ich sofort Chin oder Bröker über den Mann im silbernen Golf informieren? Und was, wenn er für das GJK arbeitet? Wenn er dafür da ist, mich zu beschützen? Ich blamiere mich in Grund und Boden, wenn ich ausgerechnet einen GJK-Mann beim GJK melde.

Vorsichtig öffne ich die Tür. Meine Nackenhaare stellen sich auf wie das Fell eines Tieres, das kurz in seiner Bewegung verharrt, um Witterung aufzunehmen. Ich halte mein Fahrrad schützend vor mich und unterdrücke meine Atmung, damit mir auch nicht das kleinste Geräusch in der Wohnung entgeht. Doch es ist nichts zu hören. Keine Ratte, kein Hund, kein Mensch. Ich bin allein. Also stelle ich das Rad ab, schlage die Tür hinter mir zu und schließe sie von innen ab. Dann hole ich mir einen Joghurt aus dem Kühlschrank. Dabei betrachte ich Amigos Welpenfoto und streichle nachdenklich sein Fell, das sich auf dem Fotopapier kalt und leblos anfühlt. Vielleicht sollte ich Amigo zu mir holen, in seiner Anwesenheit würde ich mich weniger einsam fühlen. Aber ich darf nicht egoistisch sein. Meine Wohnung ist zu klein, Berlin ist zu laut und zu gefährlich für so ein Landei wie Amigo. Er würde überfahren oder von einem Geisteskranken erstochen oder von einem ausrangierten Polizeihund tot gebissen werden. Das hier ist kein guter Ort für meinen treuen, unschuldigen Freund.

Um mich abzulenken, schiebe ich eine Yoga-DVD rein und entspanne mich. Ich höre der tiefen, hypnotisierenden Stimme des Yoga-Lehrers zu und mache grundsätzlich etwas anderes, als er vorgibt. Das ist so eine Art Zwang. Ich habe es nämlich nicht so mit Lehrern. Sie provozieren mich allein dadurch, dass sie permanent damit beschäftigt sind, mir zu zeigen, was ich noch nicht kann. Bei der Vorstellung, dass in nur fünf Tagen ein ganz normales elftes Schuljahr in einer ganz normalen elften Klasse für mich beginnt, krampft sich mein Magen zusammen. Ich werde mich einfügen und gleichzeitig verleugnen müssen, wer ich wirklich bin. Wie soll das funktionieren?

Um neun Uhr stelle ich mich vor das Bücherregal neben der Couch und scanne die Buchrücken. Vielleicht fällt mir das Einschlafen leichter, wenn ich ein paar Seiten lese. Die Auswahl ist skurril. Links oben steht Stieg Larssons Trilogie. Wollen sie ernsthaft, dass ich die lese? Ich bin erst sechzehn und in der Realität näher an diesem Larsson-Psychopathen dran, als überhaupt jemand glauben würde. Der Rest des obersten Brettes ist mit Schullektüre angefüllt: Der Vorleser, Das Parfum, Faust, Maria Stuart, Der Richter und sein Henker, was ich auch in die Hand nehme, es schreit nach Mord und Totschlag. In der Mitte des Regals stehen die Hunger Games und Harry Potter auf Englisch, ein Karatebuch für Anfänger (Sehr witzig, Chin!), ein Anatomiebuch und ein paar Agatha Christie-Krimis, als würden normale Teenager so etwas lesen.

Frustriert schalte ich den Fernseher an, doch es läuft nur Müll. Menschen, die sich in aller Öffentlichkeit über Peinlichkeiten und Probleme auslassen, die mit meiner Welt keinerlei Berührungspunkte haben. Vaterschaftstest, Nachbarschaftsstreit, überdrehte B-Promis. Ich zappe durch die Kanäle, bis ich auf eine Nachrichtensendung stoße, die über die vermisste Anna berichtet. Während im Hintergrund Porträtfotos und Schnappschüsse einer lachenden Anna gezeigt werden, berichtet die Nachrichtensprecherin im rosa Jackett von Janine S., die im Mai dieses Jahres auf ähnliche Weise verschwunden ist. Die Polizei vermutet, dass die beiden Mädchen einem Internetwolf zum Opfer gefallen sind. Als Wölfe, so behauptet es zumindest die Nachrichtensprecherin, bezeichnet man Täter, die mithilfe einer Fake Identität über das Internet gezielt Kontakt mit potenziellen Opfern aufnehmen. Ich habe den Begriff noch nie gehört, aber das muss ja nichts heißen. Ob dieser ›Wolf‹ die beiden schon umgebracht hat? Liegen sie irgendwo in einem schwarzen Müllsack im Grunewald? Oder hat ihr Peiniger sie in einem kalten, dunklen Keller eingesperrt? Welchen kranken, unberechenbaren Trieben sind sie ausgeliefert? Könnte ich ihnen helfen? Könnte ich sie finden?

Nach dem Bericht schalte ich den Fernseher aus, stelle meine leere Wasserflasche innen vor die Tür und lege mich ins Bett. Keine gute Idee. Tagsüber bin ich gut darin, Dinge, die mich bedrücken, in den hintersten Teil meines Gehirns zu verbannen. Nachts funktioniert das leider nicht. Ich wälze mich hellwach im Bett herum und komme einfach nicht zur Ruhe. Sollte ich mich noch einmal anziehen und bei Mo einen Ayran trinken? Ein bisschen unter Leute kommen. Freunde finden. Stattdessen setze ich mich aufs Fensterbrett, die Arme um meine Unterschenkel geschlungen, und beobachte den Hinterhof vom Wohnzimmerfenster aus, um dem Mann aus dem Golf einen Blumentopf auf den Kopf zu schmeißen, wenn er unter meinem Fenster steht und zu mir hinaufsieht. In Gedanken bitte ich meine Mutter, ihre Tochter anzurufen, aber das Telefon in der Ecke des Zimmers bleibt stumm.

Endlich spüre ich, wie meine Augenlider schwer werden und meine Gedanken sich der übermächtigen Müdigkeit meines Körpers ergeben, um in der Dunkelheit des Schlafes zu versinken. Ich speichere meine Erinnerungen, kuschel mich unter eine weiße Wolldecke auf meiner Couch und schlafe ein.

7
Liebeskummer und Psychopathen

Den ganzen Vormittag hänge ich herum und warte auf einen Anruf der Zentrale, aber es kommt nichts. Seit ich hier eingezogen bin, hat mich niemand angerufen. Weder auf meinem Handy noch auf meinem Festnetzanschluss. Keine Mutter, kein Pierre, nicht einmal Dr. Arends.

Also gehe ich um kurz vor halb zwölf mit Fahrrad, Funkgerät und Taschenmesser ausgestattet zum Dönerladen. Als ich an dem Haus vorbeikomme, in dem Volkers Freundin wohnt, sehe ich mir die Wohnungen links vom Hauseingang an. Welche gehört wohl ihr? Auf dem Balkon der Erdgeschosswohnung sitzt ein glatzköpfiger Mann in weißem Unterhemd und lässt sich die Sonne in das abgearbeitete Gesicht scheinen. Er beobachtet teilnahmslos das Treiben auf der Straße und glotzt mich unverfroren an. Vor den Fenstern der Wohnung im ersten Stock hängen schwere dunkelbraune Vorhänge, sodass man nicht in die Wohnung hineinsehen kann. Auf den Fensterbrettern jedes Zimmers steht eine beachtliche Sammlung leerer Weinflaschen und aus der offen stehenden Balkontür dringt laute Jazzmusik zu mir hinunter auf die Straße. Die weißen Gardinen und die goldenen und braunen Blumentöpfe auf den Fensterbänken der Wohnung im zweiten Stock zwingen mir die Vermutung auf, dass hier eine Frau lebt, die mindestens vierzig Jahre älter ist als Volkers Freundin. Im dritten Stock sitzt eine getigerte Katze auf der Fensterbank. Es scheint niemand zu Hause zu sein. Die Fenster und die Balkontür sind geschlossen, die hellblauen Vorhänge zurückgezogen. Die Wohnung liegt zu weit oben, um einen Blick in ihr Inneres preiszugeben. Das muss die Wohnung der Freundin sein. Vermutlich arbeitet sie gerade und Volker ist in der Uni oder bei sich zu Hause.

Der Dönerladen macht erst um zwölf Uhr auf, doch Kamil schließt mir die Tür auf und lässt mich schon rein.

»Penelope!«, ruft er erfreut. »Wir haben dich gestern vermisst.«

Sicherlich ist das nur die höfliche Floskel eines geschäftstüchtigen Imbissbesitzers. Da darf man nichts drauf geben.

»Ich musste arbeiten«, sage ich zu meiner Entschuldigung. »Einen Maxidöner bitte.«

»Maxidöner?«, fragt Kamil mit zusammengekniffenen Augenbrauen. »Noch mal? Kocht deine Mutter nicht heute?«

»Sie ist selten zu Hause.« Ich brauche dringend mein Coaching bei Dr. Arends. Sie wird am Sonntag direkt vor Schulbeginn noch einmal meine offizielle Lebensgeschichte mit mir durchkauen, damit ich sie meinen neuen Klassenkameraden überzeugend verkaufen kann.

»Dein Vater?«

»Lebt nicht mehr.«

»Mein Frau ist auch tot.«

Er nickt mir zu und das bedeutet: Ich weiß, wie du dich fühlst. Ich sehe zu Boden und fühle mich beschissen, denn ich weiß nicht, wie er sich fühlt. Mein Vater ist nicht tot.

»Heute gibt es Börek mit Schafskäse und Salat. Kostet das Gleiche«, sagt Kamil entschlossen und zeigt auf den mittleren Tisch, an den ich mich seiner Meinung nach setzen soll. Ein Blick auf die Karte über dem Tresen sagt mir, dass Börek mit Schafskäse und Salat einen Euro mehr kostet als der Maxidöner. Kamil möchte also meine ausgewogene Ernährung väterlich unterstützen.

»Okay«, seufze ich, schnappe mir einen Ayran aus dem Kühlschrank und setze mich. Ich mag diesen Tisch nicht. Kein Überblick, keine Fluchtmöglichkeit.

»Wo sind Mo und Burcu?«, frage ich möglichst beiläufig.

Kamil zeigt auf die Tür, die zu den Toiletten führt. Ich stehe auf und öffne sie. Die Tür der Damentoilette steht offen und ich höre die Spülung. Neugierig spähe ich um die Ecke und sehe zu meinem Erstaunen Mo, der sich gerade über die Toilette beugt. Mit einem Ruck dreht er sich um und erstarrt. In der einen Hand hält er einen weißen Putzlappen, in der anderen Hand ein Desinfektionsspray.

»Du putzt die Toiletten?«, frage ich und will mir sofort die Zunge abbeißen für diese dämliche Frage. »Das finde ich … toll!«, füge ich etwas zu begeistert hinzu, um die Situation zu retten.

Mo zeigt keinerlei Gefühlsregung.

Schließlich sagt er: »Wir können uns keine Putzfrau leisten.«

»Oh, verstehe.«

»Wir müssen sparen.«

»Verstehe.« Normalerweise bin ich schlagfertig, aber meine Gehirnzellen scheinen sich kurzfristig verabschiedet zu haben.

»Burcu wird nächsten Monat verheiratet«, erklärt Mo.

Ich spüre, wie meine Kinnlade im Zeitlupentempo nach unten fällt.

»Mohammed!« Kamils Stimme dröhnt durch den Raum. Es folgt ein türkischer Wortschwall, in dem Kamil von der Theke aus vermutlich darüber seinen Unmut kundtut, dass sein Sohn die illegale Zwangsverheiratung seiner Tochter ausgeplaudert hat.

»Die Hochzeit ist teuer«, fügt Mo hinzu.

Es folgt ein weiterer erboster Wortschwall, in dem Kamil möglicherweise seinem Ärger über die unverschämt hohen Kosten der anstehenden Hochzeit Luft macht.

»Mohammed! Sag jetzt Wahrheit!«, ruft Kamil im Befehlston.

»Okay!« Mo setzt eine feierliche Miene auf. »Die Hochzeit ist morgen.«

Ich bin unfähig, auch nur den kleinsten Laut von mir zu geben. Neben meinem krankhaften Ehrgeiz ist mein stark ausgeprägtes Gerechtigkeitsempfinden eine weitere Eigenschaft, die sämtliche Handlungen meines Lebens dominiert. Genau wie meinen Ehrgeiz kann ich mein Gerechtigkeitsempfinden kaum kontrollieren. Es übermannt mich und verwandelt mich von einem Moment zum nächsten in eine rasende Furie. Das hat mir früher an den normalen Schulen zwei Verweise und meiner völlig überforderten Mutter mindestens sechs Gespräche mit dem Schuldirektor eingebracht.

»Mohammed!« Kamils Stimme klingt immer wütender, während Mo versucht, seinen Lachanfall zu kontrollieren. Dabei zeigt er mit dem Desinfektionsspray auf mein Gesicht.

Es kommt, wie es kommen muss. Meine Wut geht mit mir durch, aber wenigstens kann ich sie mit einem aufgesetzten Lächeln vor Mo verbergen. Mit der linken Hand schlage ich ihm das Putzmittel aus der Hand, mit der rechten fange ich es auf, um es ihm direkt vor das linke Auge zu halten.

»Sag die Wahrheit«, schnurre ich. »Oder verabschiede dich von deinem Augenlicht.«

»Wow!«, flüstert Mo und starrt mich entgeistert an. »Du bist schnell.«

Ich zwinkere ihm zu. »Gute Reflexe und ein bisschen Ju-Jutsu-Training!«

Mo sieht mich skeptisch an. Es ist schwer einzuschätzen, ob er mir glaubt oder nicht.

»Die Wahrheit!«, wiederhole ich und sehe direkt in Mos weit aufgerissene schwarzbraune Augen. Er hat unglaublich lange Wimpern.

Er nimmt die Hände hoch, als hätte ich eine Pistole auf ihn gerichtet. »Ich will in zwei Jahren Medizin studieren, dafür brauche ich jeden Cent.«

Weil ich mich immer noch nicht bewege, gibt er weitere Erklärungen ab: »Meine Schwester wird nicht verheiratet. Ich werde dafür sorgen, dass niemand sie anrührt, bis sie mindestens fünfundzwanzig Jahre alt ist. Sie ist unser Ein und Alles.«

Ich halte zwar gerade ein Desinfektionsspray auf einen unwitzigen Clown, doch ich bin trotzdem gerührt, auch wenn Mos Beschützerinstinkt ein wenig in die falsche Richtung abdriftet.

»Was ist das für ein Spiel?«, höre ich Burcus Stimme hinter mir.

Langsam drehe ich mich um, lasse das Spray sinken und setze ein Lächeln auf.

»Hi, Burcu!«

»Hi, Penelope.« Unsere Blicke treffen sich. Sie hat ihren Kopf etwas zur Seite gelegt und sieht mich perplex an.

»Ich putze die Toiletten und Penelope bedroht mich mit dem Spray, weil ich nicht will, dass sie mir hilft«, entgegnet Mo.

»Echt?«, fragt Burcu erstaunt.

»Echt.« Ich nicke. »Aber ich habe es mir gerade anders überlegt. Ich esse jetzt doch lieber einen Börek und verschiebe das Toilettenputzen auf später.«

»Börek ist fertisch!«, ruft Mos Vater aus dem Vorraum.

Ich werfe Mo einen bitterbösen Blick zu und rausche aus der Damentoilette, dicht gefolgt von Burcu.

Während ich meinen Börek esse, folgt Burcu aufmerksam jedem meiner Bisse, als hätte sie selbst heute noch nichts gegessen.

»Mal beißen?«, frage ich sie und halte ihr den Börek hin.

Ihr Kopfschütteln bringt Hunderte von schwarzen Löckchen zum Wippen.

»Mein Papa hat gesagt, dass dein Vater tot ist«, sagt sie prompt, ohne den Blick von mir abzuwenden.

Ich nicke. Es ist mir nie schwer gefallen zu lügen, aber hier in diesem blöden Dönerladen bringe ich diese ganzen verflixten Unwahrheiten kaum über die Lippen. Burcu denkt, sie findet in mir eine Gleichgesinnte. Eine Halbwaise, die das gleiche Schicksal teilt wie sie, doch mein Vater lebt noch. Frei und völlig unbesorgt. Er schreibt mir Postkarten.

Aufmerksam beobachtet Burcu mein Gesicht. »Meine Mutter ist auch tot.«

Weil sie Mutter sagt und nicht Mama, klingt sie erschreckend erwachsen. Wieder nicke ich. So wie Kamil mir vorhin zugenickt hat. Ich halte ihrem Blick stand und lächele, aber insgeheim denke ich an die fünfte Postkarte meines Vaters und lese sie mir in Gedanken vor:

Liebe Penelope! Halb eins am Morgen. Ich liege wach und denke an dich und mein altes Leben zurück. Ich sollte mir einen Ofen kaufen, denn es ist kalt hier. Doch so viel Geld wirft unsere kleine Hippie-Bar nicht ab. Es ist trotzdem gut, dass ich hier bin. Es ist richtig, dennoch vermisse ich dich und deine Mutter. Malt sie noch? Feiert schön. Dein Papa

Ich habe einen Vater. Er denkt an mich und er darf leben, recht glücklich sogar.

In diesem Moment kommt Mo an unseren Tisch, greift Burcu in die Haare und sagt: »Komm, Burcu, Zeit für deine Lockenwickler.«

Genervt schlägt Burcu Mos Hand weg. »Lass mich in Ruhe.« Dann versichert sie mir: »Ich brauche keine Lockenwickler. Meine Locken sind echt.«

»Wie die Locken von deiner Mutter!«, ruft Kamil. »Wunderschön!«

»Leider werden allen siebenjährigen Mädchen in der Türkei die Haare abrasiert«, seufzt Mo. »Noch ein paar Wochen. Dann ist es so weit, Burcu.«

Burcu verdreht gelangweilt die Augen in Mos Richtung. Inzwischen habe ich seine Masche durchschaut. Er spielt nur damit, dass ich keine Ahnung von seiner Kultur habe. Gleichzeitig hat er es gerade auf eine erstaunlich geschickte Art und Weise geschafft, die traurige Stimmung an unserem Tisch zu heben. Erleichtert lache ich auf. Nein. Ich lache nicht auf, ich lache. Es ist ein ziemlich lautes Lachen. Erstaunt höre ich mich selbst. Ich glaube, ich habe mich seit Jahren nicht so lachen gehört. Ich finde mein Lachen etwas zu hell und fast ein bisschen kindisch, deswegen laufe ich rot an. Mo starrt mich unverfroren an und in seinem Gesichtsausdruck liegt etwas Eigenartiges. Er wirkt belustigt, aber dahinter steckt noch etwas anderes, das ich nicht greifen kann.

Die Tür öffnet sich und Volker tritt mit zwei riesigen braunen Papiertüten ein, deren Inhalt laut klirrt, als er sie abstellt. Er trägt ein schwarzes T-Shirt, abgetragene braune Shorts und schwarze Billig-Badelatschen.

»Hallo, alle miteinander!«

»Hallo!«, antworten Kamil, Mo, Burcu und ich im Chor.

»Wie immer?«, fragt Kamil.

»Wie immer.«

Warum darf sich der blasse Hungerhaken Volker jeden Tag einen Döner bestellen, während mir nicht einmal in einem Dönerladen erlaubt ist, meinen Speiseplan selbst zusammenzustellen? Da der Schafskäse-Börek lecker ist, halte ich trotzdem meine Klappe und lasse Kamils Fürsorge ohne Widerspruch über mich ergehen.

»Es ist so schweineheiß da draußen!«, flucht Volker. »Man kann sich kaum bewegen, ohne zu zerfließen.« Er nimmt sich eine Cola aus dem Kühlschrank.

Ich bin fertig mit Börek und Salat, aber ich habe keinen Grund zu gehen, denn die Zentrale scheint mich vergessen zu haben. Kein Training, keine Aufträge, keine Sitzungen bei Arends. Das Ausmaß an freier Zeit, das mir so plötzlich zur Verfügung gestellt wird, hat etwas Beängstigendes.

»Darf ich mich zu euch setzen?«, fragt Volker.

»Klar«, sage ich, obwohl ich keine große Lust habe, mich mit ihm zu unterhalten. Er setzt sich zwischen Mo und mich.

Ich bemerke, wie Mo Volker mustert. Nach einer Weile fragt er: »Was ist los mit dir?« Mo schenkt einen guten Riecher für den Gemütszustand anderer Leute zu haben.

»Alles in Ordnung«, antwortet Volker. »Ich habe nur ein bisschen Stress mit meiner Freundin.«

»Frauen!«, sagt Kamil und seufzt demonstrativ.

»Was für Stress?«, fragt Mo, den Kommentar seines Vaters ignorierend.

»Ich bin im elften Semester und habe noch keinen Abschluss. Da stehen Frauen nicht so drauf. Die wollen einen Versorger. Einen Vater für die Kinder. Einen, der das Geld nach Hause bringt.«

Ich frage mich, ob das heute tatsächlich noch so ist. Wenn ich an meine Mutter denke, stimmt Volkers Theorie allerdings. Sie wäre ohne Pierre gar nicht überlebensfähig. Bestimmt würde sie vor einem funktionstüchtigen Waschbecken verdursten, weil sie zwischenzeitlich vergessen hat, wie man den Hahn aufdreht. Dann frage ich: »Was studierst du denn?«

»Informatik an der FU.« Ich feiere mich insgeheim für meine hervorragende Menschenkenntnis. Volker ist Student *und* IT-Mensch. Wahrscheinlich ist er noch nicht fertig mit seinem Studium, weil er jede Nacht irgendwelche stumpfsinnigen Computerspiele zockt.

»Was ist Informatik?«, fragt Burcu.

»Die Wissenschaft von der systematischen Verarbeitung von Informationen, insbesondere mithilfe von Digitalrechnern.«

»Boah«, sagt Burcu beeindruckt.

»Computerwissenschaften«, übersetze ich.

»Ach so«, Burcu nickt. »Schenk ihr doch einen selbst gemachten Computer oder schreib ihr auf dem Computer einen Liebesbrief, dann ist sie nicht mehr böse auf dich.«

Volker grinst. »Prima Idee, Burcu. Am besten du diktierst mir gleich, was ich schreiben soll.«

Burcu springt auf, wedelt mit ihren Armen in der Luft herum, als wären wir ihr Streichquartett und sie unsere Dirigentin: »Liebe ...! Wie heißt sie denn?«

»Wie heißt wer?«, fragt Volker irritiert.

»Na, deine Freundin!«

Er zögert. »Ach die. Anja.«

»Liebe Anja! Ich liebe dich sehr. Bald bin ich fertig mit meiner Wissenschaft. Vorher schenke ich dir noch einen Computer. Ich habe ihn selbst in deiner Lieblingsfarbe angemalt. Dein dich liebender Volker.«

»Toll!«, ruft Mo begeistert. »Du solltest dich in der Schule mal melden, Burcu. Dann wüssten die Lehrer auch, dass du was kannst.«

»Schule ist Arsch!«, schreit Burcu mit überraschender Inbrunst und in einer Lautstärke, die ich ihrem dünnen Stimmchen nicht zugetraut hätte. Sie springt auf und rennt ins Hinterzimmer.

»Mohammed!«, sagt Kamil streng. »Sind Ferien. Lass sie in Ruhe!«

Sofort folgt Mo Burcu, um sie zu trösten. Man hört sie im Hinterzimmer leise vor sich hin schluchzen, während Mo auf sie einredet. Volker isst schweigend seinen Döner, ich nippe unmotiviert an meinem leeren Ayranbecher. Kamil wurschtelt in der Küche herum und spricht in einem Türkisch-Deutsch-Mix mit sich selbst: »Jeder hat Probleme. Zorluk. Zorluk. Zorluk. Muss man mit leben. Muss man aushalten.«

Zur Feier des ohnehin schon beschissenen Tages reißt Volker die eine Papiertüte, als er sie Richtung Ausgang tragen möchte. Der Inhalt fällt erst auf seinen rechten Fuß und verteilt sich dann auf dem Fußboden des Dönerladens: ein Sixpack Bierflaschen, eine Packung Kaffee, ein aufgeplatztes Paket Zucker, Haferflocken und zwei Tetra Pak H-Milch.

»Mist!«, flucht Volker und hält sich mit schmerzverzerrtem Gesicht den Fuß. Kamil eilt mit einer Plastiktüte und einem Handstaubsauger heran und wir sammeln gemeinsam alles vom Boden auf.

»Geht's?«, frage ich.

»Mein Fuß tut höllisch weh«, jammert Volker. Er versucht aufzutreten und verzieht dabei vor Schmerzen das Gesicht. Anscheinend ist er ein waschechtes Weichei. Der Fuß sieht völlig okay aus. Keine Schramme, keine nennenswerte Schwellung. Nur die Haut unter dem Nagel des großen Zehs ist etwas rot.

»Soll ich dir den Einkauf auf dem Gepäckträger nach Hause bringen?«

Volkers Miene hellt sich auf. »Würdest du das machen?«

»Kein Problem. Die Ansbacher ist ja nicht weit.« Dank meiner Kuriertätigkeit kenne ich die Straßen der zentralen westlichen Bezirke Berlins praktisch in- und auswendig.

Ich lege Kamil fünf Euro auf die Theke und schleppe Volkers Plastiktüte nach draußen, um sie auf meinen Gepäckträger zu stellen. Volker trägt übertrieben humpelnd die Papiertüte, in der nur eine Packung Klopapier, Rasierklingen und Shampoo sind. Wie kann man Einkaufstüten nur dermaßen dämlich packen? Typisch Computerfritze. Völlig weltfremd.

»Soll ich dir die Tüten hochtragen?«, frage ich, als wir vor Volkers Wohnhaus stehen. Es ist ein hässlicher mintgrüner Neubau.

»Das ist nett von dir, aber es geht schon.«

»Sicher?«

»Hör mal«, sagt Volker und sieht mich streng an. »Du bist nicht aus Berlin. Das merkt man gleich. Wenn du hier aufgewachsen wärst, würdest du nicht einfach einem fremden Mann die Einkaufstüten direkt in die Wohnung tragen. Hast du mal die ganzen Anna-Flyer bemerkt, die hier an jedem Laternenmast kleben? Und die alten Flyer von Janine? Wir sind hier nicht auf dem Dorf. Hier laufen jede Menge Psychopathen durch die Gegend. Das kann echt gefährlich sein. Vor allem für ein Mädchen in deinem Alter.«

Ich finde es sehr sympathisch, dass Volker sich um meine Sicherheit Sorgen macht. Er kann ja nicht ahnen, dass ich ausgerechnet wegen dieser Psychopathen, vielleicht sogar wegen Anna und Janine, nach Berlin geholt wurde. Sollten wir beide mal in eine fiese Situation vor Kamils Dönerladen kommen, würde nicht *er* es sein, der mich gegen die bösen Berliner verteidigt. So viel ist klar.

Um mich nicht zu outen, sage ich nur: »Okay. Danke für den Tipp. Ich bin mir zwar ziemlich sicher, dass du kein Psychopath bist, aber man weiß ja nie.«

»Ist schon klar. Ich bin keiner«, erwidert Volker und lacht. Er hat ganz süße Grübchen. »Aber du solltest ein bisschen vorsichtiger sein. Die Leute laufen nicht mit einem Blinkeschildchen auf der Stirn herum, auf dem steht, welche Verbrechen sie in ihrem Leben schon begangen haben.«

Ich schließe die Augen und sehe mich. Auf meiner Stirn blinkt ein grellgelbes Schild: »Getötet: zwei Ratten, sieben Hunde«.

»Alles okay?«, fragt Volker und sieht mich irritiert an.

Ich nicke. »Ich musste nur an einen Psychopathen im engeren Familienkreis denken. Also bis bald und gute Besserung für deinen Fuß.«

»Ja, bis denne. Und danke nochmal fürs Tragen.«

In dem Moment, in dem ich mich umdrehe, sehe ich einen silbernen Kleinwagen langsam in die Hohenstaufenstraße einbiegen. Es ist zu spät, um nach dem Nummernschild zu sehen. Schon verschwindet das Auto hinter dem Eckhaus. Entspann dich, Penelope. Ich könnte nicht einmal mit Sicherheit sagen, ob es ein Golf war. Möglicherweise war es auch ein Polo.

Wenige Sekunden später piepst mein Funkgerät.

»Penelope. Was gibt's?«

Es ist Jones. »Hey, Penny. Fahr mal zum Kosmetikladen und kauf dir ein bisschen Lippenstift, dann lassen sie dich vielleicht endlich in einen Kinofilm ab zwölf.«

»Wie witzig, Jones. Ich dachte schon, ihr hättet vergessen, dass ich existiere.«

»Du hast mich vermisst, Penny-Baby, das ist so romantisch.«

»Vergiss nicht, dass ich erst elf bin«, erwidere ich trocken.

»Keine Sorge. Warum sollte ich das vergessen?«

Weil du nicht viel Hirn hast, denke ich. Stattdessen sage ich: »Ich fahre jetzt mal los und hol mir einen Lippenstift.«

»Echt?« Jones ist zu blöd für diese Welt.

Ich stelle das Funkgerät aus und fahre zum Hauptbahnhof. Die Straßen ächzen unter der Last der Autoschlangen und Reisebusse, die sich durch alle Hauptverkehrsstraßen Berlins schieben. Halb Deutschland scheint sich in den Ferien die Hauptstadt anzusehen. Die Hitze steht flirrend in der Luft, die Leute sind verhältnismäßig gut drauf. Wer die Temperaturen nicht aushält, bleibt zu Hause und versorgt sich mit kühlen Getränken. Es sind viele Blader unterwegs und Grüppchen knapp bekleideter Teenager pilgern mit Decken und Rucksäcken voller Mix-Bier zum Grillen in den Tierpark. Es wäre reizvoll, einen kleinen Umweg durch den Park zu nehmen und ein wenig Berliner Sommerfeeling zu inhalieren, aber ich bin zu neugierig auf die Sendung des Kosmetikladens. Dieser beliefert uns vor allem mit Schusswaffen, die wir nicht in unserer Wohnung aufbewahren dürfen. Seltsamerweise habe ich mich in den letzten Tagen weiter weg von jedem Schusswechsel gefühlt als das gesamte vergangene Jahr. Meine einzigen Sorgen sind die mangelnde Auftragslage in der Kurierzentrale und die damit einhergehende Freizeit, mit der ich so schlecht umgehen kann, weil sie mir Minute für Minute vor Augen hält, wie einsam ich bin. Ich trete noch fester in die Pedalen und lasse die Siegessäule hinter mir. Dabei werfe ich vom Fahrradweg in regelmäßigen Abständen einen Blick auf die Straße. Wo ist der silberne Golf? Parkt er schon irgendwo? Verfolgt er mich wieder? Kurz bevor ich am Hauptbahnhof ankomme, beschließe ich Bröker doch darüber zu informieren, dass ich verfolgt werde. Offensichtlich hat der Typ rausbekommen, für wen ich arbeite und ist eine gravierende Gefahr. Nicht nur für mich, sondern für alle Mitarbeiter des GJK.

8 Der erste Auftrag

Ich schließe mein Fahrrad vor dem Meininger Hotel an und sprinte in den Hauptbahnhof. Hier ist es einigermaßen kühl, aber voller Touristen mit Rollkoffern und die Ansagen der Deutschen Bahn hallen im Minutentakt durch den riesigen Bau. Ich arbeite mich auf der Rolltreppe an den stehenden Leuten vorbei in den zweiten Stock hoch, in dem sich der Kosmetikladen befindet. Doreen begrüßt mich und mit jeder ihrer Bewegungen weht mir der penetrante Geruch eines süßlichen Parfums in die Nase. »Penelope. Wie schön, dich zu sehen, mein Kind!«

Wir kennen uns, weil ich während der Ausbildung einige Male in Chins Auftrag bei ihr war, um neue Waffen für die Kampfschule zu besorgen. Jedes Mal, wenn sie mich sieht, zieht Doreen ihre zu einem schmalen schwarzen Strich gezupften Augenbrauen hoch und betrachtet mein Gesicht, als würde sie meinen Hauttyp analysieren, mir in Gedanken die kleinen Mitesser auf der Nase ausdrücken und anschließend eine umfassende Typberatung an mir durchführen. In ihren in schillerndem Türkis geschminkten Augen muss ich aussehen, als wäre ich gerade eben aus dem Bett gestiegen.

»Hallo, Doreen«, erwidere ich und sehe zu Boden. Ihr aufgedonnertes Erscheinungsbild und ihre abschätzige Art verunsichern mich. »Jones hat gesagt, Sie hätten ein Päckchen für mich.«

»Ich hole es eben!«, flötet Doreen. »Nimm doch bitte kurz Platz.«

Ich setze mich in einen mit bordeauxrotem Samt bezogenen Biedermeiersessel und beobachte, wie Doreen mit ihrem viel zu kurzen schwarzen Rock und ihren viel zu hohen Pfennigabsätzen ins Hinterzimmer trippelt. Während ich auf ihre Rückkehr warte, unterdrücke ich das Bedürfnis, meine Füße auf das kleine Mahagoni-Tischchen zu legen, um meine Beinmuskeln zu entspannen und die gediegene Atmosphäre in diesem Laden ein wenig aufzulockern. Schon kommt Doreen zurückgetrippelt. In ihren Händen hält sie ein Päckchen von der Größe eines Kinderschuhkartons.

»Hier ist dein Päckchen, mein Schatz!«, flötet sie. »Es müsste bitte sofort in die Anwaltskanzlei.« Sie hält mir das Päckchen so entgegen, dass ich aufstehen muss, um es zu übernehmen. Ihre Nägel sind dunkelrot lackiert. Das Päckchen ist relativ schwer und sauber zugeklebt.

»In die Anwaltskanzlei?«, frage ich irritiert.

Der Inhalt ist für mich. Ich könnte das Ding also im Prinzip hier auspacken und die Pistole, falls sich in dem Päckchen eine befindet, auf das kleine Beistelltischchen legen, um sie zu laden. Oder ich könnte einfach direkt damit nach Hause fahren. Aber die Regeln besagen, dass ich die Lieferungen des Kosmetikladens in der Zentrale öffnen muss.

»Hättest du dein Funkgerät nicht ausgeschaltet, hätte dir dein Office auch die Zieladresse mitteilen können«, sagt Doreen vorwurfsvoll. Zur Unterstreichung ihrer ganz persönlichen Enttäuschung formt sie mit ihren überschminkten Lippen einen ziemlich albernen Schmollmund.

Von wegen *mein* Office. Doreen ist entweder die Gattin eines Polizeioberinspektors oder sie ist selbst eine Polizistin in hoher Position. Vermutlich ist es eher *ihre* Zentrale als meine, darüber kann auch ihr dämlicher Schmollmund nicht hinwegtäuschen. Sie ist zwar weit über fünfzig, etwas übergewichtig und trägt ein Outfit, das sie kampfunfähig macht, dennoch liefert sie die Waffen aus. Also muss sie eingeweiht sein in das GJK. Ich vermute, dass sie obendrein direkten Zugang zum Waffenarsenal der Bundespolizeiinspektion am Hauptbahnhof hat oder diese beliefert.

Eine Kundin in Schlaghosen und weißem Longshirt mit einer riesigen Sonnenbrille im Gesicht und einer goldenen Handtasche über der Schulter betritt den Laden. Sie begrüßt Doreen überschwänglich, indem sie sie auf die rechte, auf die linke und dann wieder auf die rechte Wange küsst.

Doreen zeigt auf mich und sagt in einem Ton, der deutlich macht, dass sie sich für mein Auftreten entschuldigt und ich nicht zu ihrem

Kundenstamm gehöre: »Eine Fahrradkurierin. Die Bestellung für einen sehr exklusiven Kunden.«

»Nicht ich, das Päckchen!«, füge ich schnell hinzu, um keine falschen Gerüchte aufkommen zu lassen. Doreen wirft mir einen bösen Blick zu.

»Wie niedlich!«, ruft die Kundin und winkt mir mit einer kleinen Handbewegung zu, als wäre ich fünf Jahre alt und hätte ihr gerade ein Gedicht aufgesagt.

Schnell quetsche ich das Päckchen in meine Kuriertasche und mache mich aus dem Staub.

Ich war noch nie in der Anwaltskanzlei des GJK, da die Auszubildenden noch keine Ermittlungsaufträge erhalten. Die Kanzlei liegt am Stuttgarter Platz direkt gegenüber vom Spielplatz im zweiten Stock. Mehr weiß ich nicht.

Ich quäle mich durch die Hitze über all die großen Straßen und spüre die beißenden Abgase der Autos in meiner Lunge. Paulusstraße, 17. Juni, Bismarckstraße. Völlig verschwitzt gelange ich an den netten kleinen Spielplatz am Stuttgarter Platz. Auf ihm tummeln sich um die vierzig Kinder in Unterhosen und die dazugehörigen plaudernden Mütter mit ihren großen Sonnenbrillen, Kinderwägen und Picknickkörben. Ich schließe mein Rad an und nehme mir vor, nach meinem Besuch in der Kanzlei noch ein Mineralwasser auf Eis in dem Café an der Ecke zu trinken.

Unten an der Eingangstür steht ein großes goldenes Schild: »Anwaltskanzlei Schmidt und Söhne«. Das muss ein Deckname sein. Schmidt ist so ein Allerweltsname, dass jeder Anwalt, der Schmidt heißt und eine Karriere anstrebt, schnellstmöglich eine Frau mit einem repräsentativen Nachnamen heiraten würde.

Im zweiten Stock hängt das gleiche goldene Schild noch einmal in etwas dezenterem Format. Soll ich auf den in dunkles Holz gefassten Klingelknopf drücken oder an dem goldenen Löwenkopf ziehen und klopfen? Ich entscheide mich für die Klingel, die einen hellen Glockenschlag auslöst. Jemand zieht den Spion beiseite, dann wird die Tür gerade so weit geöffnet, dass ich durch den Spalt huschen kann. In der Stille des dunklen Vorzimmers riecht es nach altem Porzellan und Holzpolitur. Vor mir steht ein hochgewachsener Mann im grauen Anzug, weißen Hemd und weinroter Krawatte. Seine Haare sind grau. Er erinnert mich an eine etwas schmalere Ausgabe von George Clooney. Wir mustern uns gegenseitig etwas zu lang, bis Clooney mir die Hand reicht. »Schmidt.«

»Penelope Jansen«, erwidere ich ebenso leise. »Doreen schickt mich.«

»Kommen Sie bitte.« Wie merkwürdig, dass er mich siezt. Ich folge ihm durch eine hohe verzierte Holztür in einen Raum, der mit einem gläsernen Konferenztisch und zwölf Stühlen ausgestattet ist. Chin, Arends und Bröker sitzen am Ende des Tisches und nicken mit versteinerten Gesichtern zum Gruß. Etwas muss schiefgelaufen sein.

»Setzen Sie sich bitte, Frau Jansen«, sagt Schmidt mit seiner leisen, sonoren Stimme und weist auf den Stuhl neben Bröker. Er selbst lässt sich neben Chin nieder. Vor ihm auf dem Tisch liegt ein brauner DIN-A4-Umschlag. Die Situation erinnert mich an mein Einstellungsgespräch für das GJK vor einem Jahr. Ich ahne, dass mir nichts Gutes bevorsteht. Schmidt öffnet den Briefumschlag bedächtig. Die Augen aller Anwesenden sind auf Schmidts Hände gerichtet. Seine Fingernägel wurden vor Kurzem einer akribischen Maniküre unterzogen. Aus dem Umschlag zieht Schmidt einen Stapel von zusammengehefteten Papieren und Fotos. Fotos. Nicht gut.

Schmidt sieht mich an. »Wir werden Sie heute mit Ihrem ersten Fall vertraut machen.«

Ich nicke. Bröker räuspert sich, er wirkt kleiner als sonst. Jetzt wird mir einiges klar: Bröker ist der Leiter des GJK, Schmidt steht weit über ihm, wahrscheinlich ist er der oberste Polizeichef Deutschlands. Ein ganz hohes Tier bei der Polizei, wenn nicht das höchste.

»Im letzten Jahr sind zwei vierzehnjährige Mädchen verschwunden.«

Schmidt legt zwei Fotos von auffällig schlechter Qualität auf den Tisch. Ich betrachte die beiden Mädchen. Sie lächeln in die Kamera.

»Birgit verschwand am 14. März, Simone am 16. Mai letzten Jahres«, fährt Schmidt fort und tippt dabei auf die entsprechenden Bilder. »Beide wurden wenige Tage nach ihrem Verschwinden von Passanten tot in der Spree aufgefunden. Sie wurden stranguliert und dann in Unterwäsche in den Fluss geworfen. Die Autopsie ergab, dass sie erstickt sind. Es gab keine Hinweise auf einen sexuellen Übergriff des Mörders.«

Ich werfe einen möglichst kurzen Blick auf die beiden aufgedunsenen Wasserleichen. Die Mädchen sind kaum noch zu erkennen. Nahaufnahmen zeigen den tiefen, blaurot gefärbten Abdruck eines Seils oder einer Schnur auf ihrem Hals. Der Anblick ist fürchterlich. Unweigerlich muss ich an die Bilder meiner Mutter denken. Ihre Mädchenleichen wirken im Vergleich zu diesen Fotos so unwirklich, so künstlich verklärt. Vor mir ausgebreitet aber liegt die nackte Wahrheit. Düster und unerträglich real. Ich schlucke und unterdrücke mühsam den Brechreiz.

»Wir konnten bereits eine Woche nach dem zweiten Mord einen Tatverdächtigen festnehmen. Die Phantombilder, die auf der Grundlage zweier Zeugenaussagen erstellt wurden, ließen vermuten, dass ein und derselbe Mann an beiden Tatorten gesichtet wurde. Außerdem hatten beide Mädchen vor ihrem Tod unabhängig voneinander einigen ihrer Freundinnen erzählt, dass sie einen netten jungen Mann kennengelernt haben. Wir mussten den Tatverdächtigen jedoch vor zwei Monaten aus der Untersuchungshaft entlassen, weil das Beweismaterial nicht ausreichte, um ihn zu verurteilen. Er hat sauber gearbeitet und rein gar nichts hinterlassen. Keine Fingerabdrücke, keine Haare, keine Hautschuppen, nichts, aus dem wir eine zuverlässige DNS-Probe hätten entnehmen können. Natürlich haben wir den Mann seit seiner Entlassung beschattet, weil wir vermuten, dass er sich bald auf die Suche nach einem neuen Opfer machen würde. Und so kam es auch. Sie, Penelope, haben den Mann bereits einige Male gesehen.«

»Ich?«, frage ich krächzend.

Schmidts Aussage ist ein Schlag ins Gesicht. Der Mann im silbernen VW, der mich seit Tagen verfolgt und jeden Blickkontakt meidet, ist ein Mädchenmörder. Mir graut es bei der Vorstellung, dass dieser widerliche Psychopath mir derart nahe gekommen ist; dass ich niemandem Bescheid sagen wollte; dass ich seit Tagen in Lebensgefahr schwebe; dass ich schon längst halb nackt und aufgedunsen in der Spree liegen könnte. In meinem Kopf beginnt sich alles zu drehen. Woher weiß das GJK, dass er mich verfolgt hat? Von wie vielen Menschen wurde ich in den letzten Tagen eigentlich beschattet? Chins Worte klingen mir im Ohr: »Du bist niemals sicher. Auch wenn wir immer in deiner Nähe sind, Penelope.« Weshalb haben sie mich dann nicht gewarnt?

»Penelope!« Brökers Stimme ist laut und eindringlich. Anscheinend hat er wiederholt versucht, mich aus meinen Gedanken zu reißen.

Ich schrecke auf, sammle mich und sage leise: »Ja?«

»Hast du eine Vermutung, wer es sein könnte?«

»Ja.«

»Wer?«

»Der Mann im silbernen VW Golf.«

Arends, Chin und Bröker wechseln irritierte Blicke.

»Welcher Mann in welchem silbernen Golf?«, fragt Arends interessiert. Sie zieht ihre Augenbrauen hoch und hebt ihr Kinn etwas an. Sofort bekomme ich das unangenehme Gefühl, verhört und zu einer Aussage gezwungen zu werden, die gegen mich verwendet werden könnte.

»Da war ein Mann im silbernen VW Golf. In der Lepsiusstraße.«

»Und?«, fragt Bröker fordernd.

»Er parkte in zweiter Reihe, aber stieg nicht aus.«

»Was ist daran so besonders?«, hakt Dr. Arends ungeduldig nach. »Vielleicht hat er nur auf jemanden gewartet.«

Ich weiß, dass der Mann nicht auf jemanden gewartet hat und dass ich ihn nicht nur ein einziges Mal, sondern mindestens zweimal in unterschiedlichen Berliner Vierteln gesehen habe. Doch ich mag die Art, wie sie mich befragen, nicht, also hüte ich mich davor, ihnen weitere Informationen zu geben. Möglicherweise ist es mehr als dumm, nicht die ganze Wahrheit zu sagen, aber ein ganz mieses Gefühl tief in mir drin sagt mir, dass ich jetzt lieber die Klappe halten sollte. Außerdem bilde ich mir ja ständig ein, den Typen irgendwo zu sehen, um dann festzustellen, dass ich mich doch geirrt habe.

»Das ist gut möglich. Ich bin nur etwas nervös«, sage ich kleinlaut. »Wenn es nicht der Typ im silbernen Golf ist, wer ist es denn dann?«

Herr Schmidt legt ein weiteres Foto auf den Tisch und ich spüre, wie das Blut im freien Fall von meinem Kopf in mein Herz stürzt. Der Mann auf dem Foto hat eine Glatze, aber ich erkenne sein Gesicht sofort. Es ist Volker.

»Der Verdächtige sieht im Moment so aus«, Schmidt zieht einen Schnappschuss von Volker mit langen Haaren aus dem Stapel. Nun besteht kein Zweifel mehr. »Er gibt sich im Moment als Volker Waldmann aus. Es ist besser, wenn du seinen bürgerlichen Namen nicht kennst, damit du dich bei eurem nächsten Treffen nicht verplapperst.«

Bei unserem nächsten Treffen?

»Darf ich bitte kurz auf die Toilette gehen?« Meine Stimme zittert.

Arends antwortet sofort: »Sicher. Lass dir Zeit. Das WC befindet sich direkt neben der Eingangstür.«

Ich verlasse den Raum und zwinge mich dabei, aufrecht und zügig zu gehen, denn ich spüre die Blicke der vier Erwachsenen auf mir. In Wirklichkeit drohen meine Beine wegzusacken und ich bin kurz davor, mich zu übergeben.

Das Bad riecht nach Flieder-Raumspray und der süße Geruch verstärkt meine Übelkeit. Schnell sperre ich hinter mir ab, hebe Deckel und Klobrille hoch und beuge mich über die frisch geputzte Toilette. Ich würge ein paarmal, aber es kommt nichts. Ich sollte mir den Finger in den Hals stecken. Allerdings bin ich mir ziemlich sicher, dass die Übelkeit auch bleiben wird, wenn ich mich übergebe. Also drehe ich stattdessen den Wasserhahn auf und spüle mir mit beiden Händen kaltes Wasser ins Gesicht. Dann lehne ich mich an die Wand, starre an die Decke und rekonstruiere meine Begegnungen mit Volker: Wir sehen uns zum ersten Mal in Kamils Dönerbude, in der Volker Stammkunde ist. Das nächste Mal treffe ich ihn im Hauseingang meines Nachbarhauses. Er raucht, weil seine Freundin ein Problem mit dem Zigarettenrauch in ihrer Wohnung hat. Sie wohnt vermutlich im dritten Stock des Vorderhauses. Und – jetzt fällt es mir wie Schuppen von den Augen – all diese Wohnungen haben einen Balkon. Normalerweise wäre ein Raucher zum Rauchen doch einfach auf den Balkon gegangen! Seine Freundin wohnt gar nicht in diesem Haus! Wahrscheinlich existiert sie nicht einmal. Volker, oder wie auch immer dieser Mensch in Wahrheit heißen mag, hat gezielt gelogen, um mir vorzugaukeln, dass er eine ganz normale Beziehung führt und eine ganz normale Freundin hat. Gleichzeitig werde ich an beiden Tagen, an denen ich mit Volker zusammentreffe, von einem Mann in einem silbernen Golf verfolgt. Er muss zum GJK gehören, dessen Mitarbeiter ja, wie Chin mir angekündigt hatte, rund um die

Uhr in meiner Nähe sein werden. Einerseits hat der Golffahrer mich beobachtet und dem GJK gemeldet, dass Volker mit mir Kontakt aufgenommen hat. Andererseits hat er uns dermaßen spürbar bespitzelt, dass er mir sofort aufgefallen ist, worüber Arends, Bröker und Chin gerade sichtlich pikiert waren.

Das dritte Zusammentreffen mit Volker findet wieder im Dönerladen statt. Volker erzählt von den Problemen mit seiner Freundin und findet mein Gehör. Jemand, der so offen von seinen ganz alltäglichen Beziehungsproblemen erzählt, gewinnt schnell unser Vertrauen. Er wirkt normal und vor allem ehrlich. Zu guter Letzt reißt Volker die Einkaufstüte. So ein Missgeschick ist nicht schwer einzufädeln, wenn man die Papiertüte entsprechend präpariert. Der Inhalt der Tüte ist ein weiterer bewusst präsentierter Beweis dafür, dass Volker ein ganz normaler Student ist, der sich von Bier, Kaffee mit massenweise Zucker, Haferflocken und H-Milch ernährt. Volker gibt vor, nicht mehr auftreten zu können. Ich biete ihm meine Hilfe an, womit er anscheinend gerechnet hat. Mein Angebot, ihm den Einkauf nach oben zu tragen, lehnt er jedoch ab. Angeblich findet er so etwas zu riskant, denn ein Mädchen in meinem Alter sollte sich in Berlin deutlich vorsichtiger verhalten. Er erwähnt sogar Anna und Janine! Genauer betrachtet hätte Volker mich an diesem Tag nicht umbringen können. Kamil hätte bezeugen können, dass wir beide kurz vor dem Mord miteinander den Dönerladen verlassen haben, was Volker sofort zum Hauptverdächtigen gemacht hätte.

Spätestens durch seine Warnung gelingt es Volker allerdings tatsächlich, mein Vertrauen zu gewinnen, was an ein Wunder grenzt. Vertraue nur den Menschen, die dich lieben. Chin hatte recht. Wie konnte ich nur auf Volkers Tour reinfallen? Wie konnte ich mich nur so täuschen lassen? Wann bitte haben sich meine Menschenkenntnis und mein Instinkt von mir verabschiedet?

Ich schäme mich zwar in Grund und Boden, aber ich habe meine Angst wieder unter Kontrolle und ich spüre, wie sich in mir allmählich eine immense Wut gegen diesen Volker aufbaut. Er hat mich getäuscht, er hat mich total vorgeführt, er hat es auf mich abgesehen; er hat zwei Mädchen umgebracht, deren Vertrauen er sich erschlichen hat. Diese zwei Mädchen hatten keine Sicherheitseskorte der Polizei, sie hatten keine Ausbildung im Nahkampf, sie hatten keine Waffen, keine Ahnung, keine Hilfe, keine Chance.

Wütend öffne ich die Tür, stürme in den Konferenzraum zurück, setze mich wieder auf meinen Platz, atme einmal tief durch und sage: »Er gibt sich als Informatik-Student aus. In einem Gespräch hat er diese vermissten Schöneberger Mädchen erwähnt. Kann es sein, dass er etwas mit ihrem Verschwinden zu tun hat?«

»Wir halten das für unwahrscheinlich«, erwidert Bröker. »Annas und Janines Entführer ist ein Wolf, er hat mit seinen Opfern, so der Stand der Ermittlungen, über das Internet Kontakt aufgenommen, während Waldmann seine Opfer in seinem unmittelbaren Umfeld sucht. Er erschleicht sich auf sehr geschickte Weise das Vertrauen der Mädchen.«

»Das ist widerlich.«

»In der Tat.« Bröker nickt.

»Du kannst ihn stoppen«, sagt Chin mit Nachdruck. »Deswegen bist du hier.«

»Was muss ich tun?«

»Du gehst morgen um zwölf Uhr in diesen Dönerladen in der Bamberger Straße. Waldmann wird da sein, weil er damit rechnet, dich dort zu treffen. Bleib so lange sitzen, bis er kommt. Falls das zu lange dauert, gehst du nach Hause. Wir sagen dir über das Funkgerät Bescheid, sobald Waldmann im Dönerladen auftaucht. Verwickle ihn beim Essen in ein Gespräch und begleite ihn nach Hause.«

»Unter welchem Vorwand?«

Dr. Arends ergreift das Wort: »Lass dir etwas einfallen. Dir ist langweilig, du willst einen Kaffee, du willst auch Informatik studieren. Sei einfach spontan und kreativ. Es wird sich aus eurem Gespräch schon ein Grund entwickeln, mit ihm mitzugehen.«

»Und wenn ich in der Wohnung bin?«

»Auf das, was passiert, wenn du drin bist, können wir dich nicht vorbereiten, weil wir nicht wissen, wie er vorgeht«, räumt Bröker ein. »Sei auf alles gefasst. Du hast gelernt, dich zu verteidigen, und du kannst dich darauf verlassen, dass wir eingreifen, wenn du nicht mehr weiterweißt. Im Idealfall erwischen wir ihn während der Tat.«

Im Idealfall? »Sie meinen, während er versucht, mich zu erwürgen?«

»Ja.«

Dr. Arends räuspert sich leise und blickt nervös in die Runde. Die Vorstellung von dem, was mir bevorsteht, scheint auch sie nicht unberührt zu lassen.

»Du wehrst dich *vor* dem letzten Atemzug«, erinnert Chin mich an die Regeln. »Möglichst früher, aber auf keinen Fall später.«

»Sicher.« Ich weiß, dass ich viel ruhiger klinge, als ich bin.

»In dem Päckchen findest du eine Abhörwanze und eine Kamera. Wir hören mit, sind direkt vor Ort und werden rechtzeitig intervenieren, wenn du uns brauchst. Mach dir keine Sorgen.« Bröker richtet seinen Blick einen Tick zu lange auf meine Augen. Er will überzeugend und verbindlich wirken, aber es funktioniert genau deshalb nicht.

»In deinem Päckchen befindet sich außerdem eine LOGOV-7. Du hast in der Ausbildung bereits mit ihr gearbeitet, richtig?«

»Richtig.« Um zu beweisen, dass ich weiß, von welcher Waffe wir sprechen, füge ich hinzu: »Ich habe sechs Schuss.«

Bröker nickt. »Im Idealfall brauchst du keine einzige Kugel, Penelope.«

Ich schweige. Der Idealfall, das habe ich schon sehr früh gelernt, tritt im Leben nur äußerst selten ein.

Als ich aus der hohen Eingangshalle des Altbaus auf den Stuttgarter Platz trete, liegt der Spielplatz verlassen vor mir. Nur ein paar rote Schaufeln und Förmchen, vergessen im aufgewühlten Sand, und eine aufgerissene Kekspackung auf einer der Bänke bezeugen, dass hier noch vor Kurzem quirliges Treiben herrschte. Erst jetzt bemerke ich den Wetterumschwung. Dichte Wolken haben sich wie eine riesige Plane über Berlin gezogen und tauchen die Stadt in ein unwirkliches Grau. Die Luft unter der Plane scheint still zu stehen. Die ganze Stadt ringt nach Atem. Binnen weniger Minuten wird sich die angestaute Hitze in einem lang erwarteten Gewitter entladen. Im Osten der Stadt zucken bereits die ersten Blitze auf die Dächer der Hochhäuser herab.

Ich schnappe mir mein Fahrrad und rase damit unter der S-Bahnbrücke hindurch in Richtung Schöneberg. Als ich den Ku'Damm überquere, spüre ich die ersten Tropfen auf meinem Gesicht und meinen nackten Oberarmen. Ein paar Hundert Meter weiter kündigt ein dumpfes Donnergrollen den bevorstehenden Regenguss an. Dann platzt der Himmel auf und ergießt sich auf die Stadt. Die warmen Regentropfen-Massen stürzen auf mich herab und ihre geballte Kraft überwältigt mich. Es ist selten, dass ich mich in dieser von Menschen erbauten Hochhauslandschaft der Natur so nahe fühle. Nur Menschen, die in Berlin geboren und diese Stadt nie für länger als ein paar Wochen verlassen haben, behaupten stolz, Berlin sei die grünste Großstadt der Welt. In regelmäßigen Abständen an den Straßenrand gepflanzte Kastanien-, Linden- und Ahornbäume ergeben noch lange keinen natürlichen Lebensraum. Aber das empfinden nur Landeier wie ich so, die einen Großteil ihres Lebens mit einer Tasse Tee in der Hand durch das Fenster in einen richtigen Wald geguckt haben.

Innerhalb von Sekunden bin ich völlig durchnässt. Ich verlasse den Fahrradweg, biege in eine Nebenstraße ein, wende mein Gesicht dem Himmel zu und lasse das Wasser an meinem Hals und meinem Dekolleté hinabfließen. Als ich wieder nach vorne schaue, muss ich eine Vollbremsung einlegen. Die Ampel an der nächsten Kreuzung ist rot und es sind bereits einige Autos vor mir zum Stehen gekommen. Meine Bremsen quietschen, mein Hinterreifen rutscht weg. Ich fange mich mit dem rechten Bein ab und reiße mein Fahrrad mit aller Kraft nach hinten, damit es nicht in das Auto vor mir hineinrast. Hinter mir hupt jemand, sodass ich mich während der Aktion erschrocken umsehe, weil ich befürchte, von hinten zerquetscht zu werden. Der Blick über die Schulter bringt mich endgültig aus dem Gleichgewicht und mein Vorderreifen rutscht unter das Auto vor mir. Wütend rappele ich mich auf und zeige der aufgetakelten Brillenschlange, die mich soeben angehupt hat, den Mittelfinger. Sie hat mindestens fünf Meter hinter mir angehalten und offensichtlich nur aus erzieherischen Gründen gehupt. Fahr doch vorsichtig, Mädchen. Wie kannst du denn bei diesem Wetter so rasen? Die Frau sieht beleidigt zur Seite und zupft gespielt gleichgültig an ihrer Hochsteckfrisur herum.

Mühsam zerre ich mein Fahrrad unter der Stoßstange meines Vordermanns hervor, der mich im Rückspiegel beobachtet hat und wutentbrannt aussteigt. Er wirft mir einen vernichtenden Blick zu, bevor er mit den Händen über seine Stoßstange fährt und nach Kratzern sucht. Der Lack ist unversehrt.

»Kannst du nicht bremsen, oder was?«, schnauzt er und springt wieder in sein Auto, ohne mich noch eines Blickes zu würdigen.

»Bist du okay?«, fragt da eine Männerstimme hinter mir.

Ich fahre herum und erstarre. Unmittelbar vor mir steht nun der Mann aus dem silbernen Golf. Der dubiose Typ, der stets geradeaus sieht, der jetzt meine dritte wichtige Anlaufstelle kennt. Scheiße. Ich war so abgelenkt von meiner Neugierde auf den Inhalt des Päckchens, auf das Meeting in der Kanzlei, und auf dem Rückweg so fixiert auf diesen kranken Volker Waldmann, auf das bevorstehende Gewitter, dass ich nicht darauf geachtet habe, ob jemand mich verfolgt. Was ist nur los mit mir? In der Ausbildung habe ich funktioniert wie eine Maschine, aber kaum setzt man mich auf freien Fuß, werde ich unvorsichtig.

»Ich bin okay«, sage ich und mustere ihn, während er mein Fahrrad aufstellt. Instinktiv greife ich zu meiner Kuriertasche. Ich kann sie jedoch nicht öffnen, denn das wasserdichte Material wird im Regen aalglatt und rutschig. Hoffentlich ist der Typ wirklich von der Polizei, sonst habe ich gleich ein gravierendes Problem. Und wenn dieser Waldmann nichts mit Anna und Janine zu tun hat, wer dann? Der Mann, der mich seit Tagen verfolgt und nun unmittelbar vor mir steht? Wird er mich am helllichten Tag vor den Augen der anderen Autofahrer in sein Auto zerren? Bin ich sein nächstes Opfer?

Meine Tasche ist jetzt offen, aber die Waffe befindet sich in einem sorgfältig zugeklebten Päckchen. Im Notfall habe ich noch mein Messer.

Die Autos um uns herum beginnen Gas zu geben, weil es gerade grün geworden ist. Der Mann hält mir mein Fahrrad entgegen und fragt: »Kannst du weiterfahren?«

Ich nicke, nehme mein Fahrrad und bedanke mich. Seine kurzen schwarzen Haare und seine stechend blauen Augen verleihen dem Mann ein südländisches Aussehen. Er ist schätzungsweise Ende dreißig und wirkt gut durchtrainiert. Wenn ich ihm einen Namen geben müsste, würde ich ihn Toni nennen. Er sieht aus wie jemand, der Toni heißt.

»Für wen arbeiten Sie?«, frage ich schnell.

Er sieht mich verdutzt an. »Ich bin Zahnmediziner. Warum?«

Vergiss es, denke ich, aber ich sage höflich: »Nur so. Sie kommen mir irgendwie bekannt vor.«

Toni zuckt etwas ratlos mit den Schultern und sagt: »Du solltest ein bisschen besser auf den Straßenverkehr achten.«

Dann springt er in seinen Golf, der direkt hinter dem Auto der aufgetakelten Hup-Tussi steht. Schnell schiebe ich mein Fahrrad an den Straßenrand und werfe der Hup-Tussi einen bitterbösen Blick zu, aber sie sieht demonstrativ in die andere Richtung, als sie an mir vorbeifährt.

Kurz schließe ich die Augen, um mich zu sammeln. Die ganze Toni-Aktion wirkte eher wie ein Schutzprogramm als der Annäherungsversuch eines Mädchenmörders. Anscheinend arbeitet dieser Toni alias Zahnmediziner – was ist das? Ein Zahnarzt oder ein Zahntechniker? – also tatsächlich für das GJK. Auch wenn er dabei ziemlich unprofessionell vorgeht, nehme ich mir vor, seine Anwesenheit in Zukunft als etwas Beruhigendes anzusehen. Letzten Endes soll er mich ja nicht bespitzeln, sondern beschützen.

Ich schwinge mich auf mein Fahrrad und kämpfe mich durch den abklingenden Regen nach Hause. Es gibt viel zu erledigen. Ich muss meine Waffe auspacken und ich muss mich von den Menschen verabschieden, die mir etwas bedeuten.

9
Töten und getötet werden

Nachdem ich das Päckchen griffbereit oben auf den Duschrand gelegt habe, zerre ich mir im Badezimmer die klatschnassen Sachen vom Leib und verteile sie überall zum Trocknen. Es hat aufgehört zu regnen und ist angenehm warm. Der Regenschauer hat die Hochsommerhitze für einen Moment erträglich gemacht. Trotzdem stelle ich mich unter die Dusche und lasse heißes Wasser über meinen Körper laufen. Ein Teil meiner verstörenden Gedanken fließt mit dem Wasser in den Abguss und was bleibt, ist der Duft nach Olive auf meiner Haut.

Dann ziehe ich mir eine graue Schlabberhose und ein weißes Longshirt an und bringe das Päckchen in die Küche.

Mit einer Küchenschere öffne ich die Tesafilm- und Verpackungsschichten, bis mir die weißen Styropor-Kugeln entgegenkommen, in die Doreen meine Ausrüstung gebettet hat. Vor mir liegen drei Plastikhüllen unterschiedlicher Größe. Ich packe zuerst die Wanze aus. Sie hat die Größe einer halben Streichholzschachtel und eine dementsprechend große Reichweite. Man muss sie nur unauffällig und strategisch günstig platzieren. Im zweiten Päckchen ist eine silberne Kette mit einem passenden runden Anhänger. Er ist so groß wie ein Zweieurostück. Der Rand ist mit sechs kleinen, runden Verzierungen bestückt, in der Mitte befindet sich ein schwarzer Stein. Die Verzierung an der einen Seite ist der Knopf zum Ein- und Ausschalten der Kamera, der schwarze Stein in der Mitte des Anhängers ist eine perfekt getarnte Kameralinse. Ich trage zwar normalerweise keinen Schmuck, doch das weiß dieser Volker ja nicht.

Als Drittes nehme ich die LOGOV-7 aus der Plastikhülle, prüfe das Magazin, in dem sich bereits sechs Schuss Munition befinden. Seltsam, dass sie mir eine geladene Waffe mitgeben. Vorsichtig nehme ich zwei Patronen heraus und betrachte sie. Diesen Patronen-Typ kenne ich nicht, aber die Dinger wirken funktionstüchtig und unversehrt. Ich drehe und wende die Pistole vorsichtig in meinen Händen. Sie sieht neu aus. Die Vorteile dieser Waffe sind mir ausreichend bekannt. Sie ist so klein, dass ich sie unauffällig in der Tasche unterbringen kann. Dank ihrer abgerundeten Ecken wird sie sich nicht im Stoff verhaken, wenn ich sie zu Hilfe nehmen muss. Ich streiche prüfend über den Griff. Die Gummi-Ummantelung macht ihn rutschfest und sicher.

Während ich die Pistole prüfe, fühlt sich alles plötzlich ganz anders an als in der Ausbildung. Jede Pistole wurde hergestellt, um damit auf Menschen zu schießen, aber solange man nur zur Übung auf eine Zielscheibe oder kleine bewegliche Gegenstände schießt, denkt man selten an die eigentliche Bedeutung dieser Handlung. Nun aber ändert sich alles. Insbesondere das Gefühl zu der geladenen Pistole in meiner Hand. Wie ein bedrohlicher Fremdkörper liegt sie auf meiner Haut. Das hier ist keine Übung mehr. Dieses Ding in meiner Hand kann töten. Ich kann töten. Und ich kann getötet werden.

Töten und getötet werden.

Töten und getötet werden.

Töten und getötet werden.

Nervös wie ein eingesperrter Tiger laufe ich in meiner Wohnung umher und mein Kopf lässt keinen anderen Gedanken mehr zu als diesen.

Ich muss meine Mutter anrufen. Ich muss mich von ihr verabschieden. Wer weiß schon, was morgen passiert. Es wäre gut, ein letztes Mal ihre Stimme zu hören. Sicherlich auch für sie. Dann kann sie sich für den Rest ihres Lebens damit beruhigen, dass sie am Abend vor meinem Tod noch einmal mit mir telefoniert hat, ein gutes Gespräch hatte und ein gutes Gefühl.

Es klingelt über zwanzig Mal, bis jemand abhebt.

»Pierre Navis.«

»Hallo, Pierre, hier ist Penelope. Wie geht es dir?«

»Hallo,Penelope!« Pierre klingt erfreut. »Uns geht es gut.« Er spricht immer in Wir-Form, er scheint nur in Kombination mit meiner Mutter zu existieren. »Deine Mutter malt. Warte kurz.«

Seine Stimme wird leise und sanft, weil er nicht in den Hörer, sondern zu meiner Mutter spricht: »Madita, Penelope ist am Telefon.«

Meine Mutter hat also unmittelbar neben dem Telefon gemalt und das Klingeln trotzdem nicht gehört.

»Oh!« Ihre Stimme klingt noch ganz benommen von dem Bild, an dem sie gearbeitet hat. Manchmal erinnert sie mich an eine verzauberte Prinzessin, an Jorinde. Ihr Atelier ist der goldene Käfig, in dem sie gefangen ist und singt. Nur Joringel sitzt auf einer griechischen Insel und kümmert sich einen Scheiß um seine Prinzessin. Er wird nicht kommen, um sie zu erlösen. Also wird sie in ihrem Käfig alt werden und nur Pierre, der gute Wächter, wird auf sie achten.

»Hallo, Mama. Wie geht es dir?«

»Gut. Ich male. Es ist ein schweres Bild. Es macht mit mir, was es will.«

»Wie heißt es denn?«

»Ich habe noch keinen Namen gefunden, weil es sich ständig verändert. Es ist unberechenbar.« Sie seufzt.

»Dein Vater hat eine Karte geschrieben. Soll ich sie dir zuschicken?«

Eine Karte. Jedes Mal, wenn ich eine Postkarte von meinem Vater erhalte, überkommt mich traurige Sehnsucht nach einem Mann, an den ich mich kaum mehr erinnern kann. Doch die Postkarte bedeutet, dass mein Vater auch im nächsten Jahr nicht zurückkommen wird.

»Lies sie mir doch bitte vor.«

»Nein.«

»Warum denn nicht?«

»Weil die Postkarte für dich ist!« In diesem Satz steckt ein Vorwurf. Meine Mutter ist gekränkt, weil mein Vater ihr nie schreibt. Ich frage mich, ob Pierre noch im Atelier ist und die kurz aufkeimende Verbitterung meiner Mutter spürt. Meistens sitzt er in dem braunen Ledersessel und wartet, bis meine Mutter aufgehört hat zu telefonieren. Dann legt er den Telefonhörer zurück auf die Telefongabel, weil sie das in der Regel vergisst. Sie legt den Hörer einfach neben das Telefon und wendet sich wieder ihrer Leinwand zu.

»Lies sie mir bitte trotzdem vor«, sage ich ruhig.

»Nein. Ich lese nichts, was nur für dich bestimmt ist. Meine Mutter hat meine Tagebücher gelesen und ich habe es gehasst. Ich habe gekifft und sie hat es rausgekriegt, indem sie meine Tagebücher *und* meine Briefe gelesen hat. Das war schrecklich.«

»Mama!«, rufe ich genervt ins Telefon. »Eltern kiffen nicht! Und wenn sie es tun, dann erzählen sie es nicht ihren Kindern! Kannst du nicht *einmal* normal sein?« Schon beiße ich mir auf die Lippen. Dies ist vielleicht das letzte Gespräch mit meiner Mutter. Es sollte ein Abschied sein, ich sollte ihr etwas Liebes sagen.

Meine Mutter murmelt: »Dein Vater ist anders.« Es klingt wie eine Entschuldigung.

»Er sitzt auf einer griechischen Insel und kifft sich seit Jahren den Schädel weg«, erwidere ich wütend.

»Dein Vater ist anders.« Die Stimme meiner Mutter ist nun so klar und stark, als wäre die Prinzessin für einen kurzen Moment aus ihrem goldenen Käfigtraum erwacht und hätte in das Leben außerhalb ihres Märchens geblickt.

»Mama«, bettle ich. »Lies mir bitte einfach die Karte vor.«

Meine Mutter seufzt. Ich höre, wie sie den Telefonhörer auf den Tisch legt und zwischen den Stapeln von Zeitungspapier und Ölfarben herumkramt, bis sie die Karte findet. Hoffentlich vergisst sie nicht, dass ich noch am Telefon bin, und fängt nicht wieder an zu malen.

»Liebe Penelope!« Sie hat es zurück zum Telefon geschafft. »Es gibt Menschen, die alles um sich herum wahrnehmen. Andere Menschen haben ihr Ziel stets vor Augen, sie sehen nicht nach rechts und nicht nach links, so wie der Zen-Mönch im Augenblick höchster Konzentration, bevor er den silbernen Pfeil abschießt, um eine heilige Kostbarkeit zu beschützen. Und einen Tag zu früh: Happy Birthday! Pass auf dich auf! Dein Papa.«

»Happy Birthday?«, frage ich verärgert.

»Dein Vater weiß, wann du Geburtstag hast.«

»Es ist Sommer. Ich habe zwei Tage nach Weihnachten Geburtstag.«

»Ich weiß. Ich werde dir die Karte zusenden, Penelope-Schneefee, dann kannst du sie noch einmal lesen.«

»Ja.« Vielleicht bin ich ja noch am Leben, wenn sie ankommt. Es ist an der Zeit, sich zu verabschieden.

»Mama?«

»Ja?«

»Danke.«

»Wofür?«

»Dafür, dass du mich geboren hast, meine Geburtstage nicht vergisst und mir Amigo geschenkt hast, als ich einsam war.«

Meine Mutter antwortet nicht. Hat sie den Telefonhörer schon zur Seite gelegt?

»Hallo?«, frage ich verunsichert.

»Es tut mir leid, dass es nicht mehr war als das.« Ich glaube, meine Mutter weint.

»Es war mehr«, sage ich schnell. »Du hast mir stundenlang aus diesem Märchenbuch vorgelesen, weißt du noch?«

Meine Mutter hat ein uraltes Märchenbuch mit über sechshundert Seiten. Als ich noch klein war, hat sie mir daraus vorgelesen, so wie ihre Mutter ihr daraus vorgelesen hatte. Grimms Märchen haben mit unserer Familiengeschichte gewisse Berührungspunkte. Man muss sich nur mal den erfolglosen, wiederholten Mordanschlag auf Schneewittchen vorstellen, oder diese Kannibalismus-Geschichte von Hänsel und Gretel. Die Monsterhecke von Dornröschen, in der Hunderte von verwesten Jünglingen herumhängen, oder den Serienmord an den sechs Geißlein. Ich habe diese Märchen geliebt, auch wenn sie mein Leben möglicherweise mehr geprägt haben, als es meiner Mutter lieb ist.

»Ja. Einäuglein, Zweiäuglein und Dreiäuglein«, sagt meine Mutter nachdenklich. »Du wolltest dieses Märchen immer und immer wieder hören, weil es so gerecht war und niemand darin sterben musste. Du hattest schon als Kind einen ausgeprägten Sinn für Gerechtigkeit.«

»Stimmt.« Vor meinen Augen sehe ich das merkwürdige Bild der einäugigen und der dreiäugigen Schwester, das sich damals in meinem kleinen Kopf manifestiert hat. An den Inhalt des Märchens erinnere ich mich nicht.

»Weißt du, was?«, fragt meine Mutter. »Ich glaube, ich werde mein neues Bild *Penelope* nennen.«

»Oh nein.«

»Es ist dieses Mal kein Mädchen. Wie gesagt, es macht mit mir, was es will. Es ist ein Bild über die Gerechtigkeit. Ein schweres Bild. Wie malt man Gerechtigkeit in unserer Welt?«

»Ich freue mich auf Weihnachten. Dann werde ich es sehen.«

Das erste Bild meiner Mutter zu betrachten, auf dem keine Mädchenleiche abgebildet ist, wäre ein guter Grund, den morgigen Tag zu überleben.

»Oh … Hoffentlich ist es bis dahin schon fertig.«

»Das sind noch über drei Monate.«

»Noch über drei Monate? Das ist eine lange Zeit. Ich freue mich auf dich.« Es klackt. Meine Mutter hat den Telefonhörer auf den Tisch gelegt. Ich höre, wie ihre Schritte sich von mir entfernen. Dann raschelt es. Pierre hat den Hörer übernommen.

»Du kommst sicher erst Weihnachten?«, fragt er beiläufig.

»Ja.«

»Das ist sehr schade. Wir vermissen dich.«

»Es geht nicht früher.« Das ist nicht einmal gelogen.

»Verstehe.« So ist Pierre. Er könnte mir jetzt vorwerfen, dass ich noch Ferien habe und länger hätte bleiben können oder dass andere Kinder ihre Eltern öfter besuchen. Aber er nimmt meine Antwort einfach hin, weil er mir vertraut.

»Penelope?«, fragt er eindringlich.

»Ja?«

»Du *musst* mir sagen, wenn du Hilfe brauchst.« Sein Angebot ist ernst gemeint, seine Sorgen berechtigt. Doch wie sollte er mir helfen? Er tut doch schon mehr für meine Mutter, als jeder andere Mensch je für einen anderen Menschen tun würde.

»Mach dir keine Sorgen, Pierre. Und danke, dass du auf Mama aufpasst. Und auf Amigo.«

»Schon gut«, sagt er leise. Ich habe das Gefühl, dass er noch etwas sagen möchte, aber schon klickt es im Hörer. Er hat aufgelegt.

Ich seufze. Der gute Pierre. In Anbetracht dessen, dass wir seit Jahren unter einem Dach leben und er meine Mutter auf Händen trägt, weiß ich so gut wie nichts über ihn, außer dass er Niederländer ist und vormittags an einer Schule in Coevorden so etwas Ähnliches wie praktische Kunstgeschichte unterrichtet. Einmal im Jahr fährt er mit meiner Mutter (und früher durfte ich mit) drei Tage nach Amsterdam, um dort eine Fortbildung zu besuchen. Sein Atelier hat er vollständig an meine Mutter abgetreten. In seiner Freizeit liest er, spielt Klavier, meditiert, kümmert sich um Amigo, das Haus und den Garten. So ist er einfach da für die wenigen Momente, in denen meine Mutter ihr Atelier verlässt und sich daran erinnert, dass sie in einem Haus wohnt, in dem ihr Freund lebt und ein Telefon steht, mit dem sie ihre Tochter anrufen könnte.

Ich habe die Stimme meiner Mutter gehört und gesagt, was ich sagen wollte. Es ist gut gelaufen. Jetzt muss ich meinen Körper vorbereiten. Ich gehe die Bewegungsabläufe der wichtigsten Angriffs- und Verteidigungstechniken durch, absolviere ein sanftes Rücken-, Bauch- und Armmuskeltraining. Dann versuche ich zu meditieren. Ich atme, ich zähle, ich wiederhole mindestens dreihundertmal: »Was du tust, ist richtig. Morgen wird alles gut gehen.« Es funktioniert nicht, ich kriege meinen Kopf nicht frei.

Was kann ich noch tun?

Ich dusche ein zweites Mal, weil es guttut, stehe in Unterhose vor dem Spiegel und betrachte mein Gesicht, kämme mir die Haare, schneide mir die Fingernägel, wiege die Pistole in der Hand, lege sie unter mein Kissen, sehe hinaus in den Hinterhof, setze mir einen Tee auf, höre Songs von Velvet Underground, hole die Pistole unter dem Kopfkissen hervor, fühle den Griff, esse einen Joghurt, versuche auf der Couch zu schlafen, denke an meine Mutter, an das schemenhafte Gesicht meines Vaters, an Amigo, der auch ohne mich klarkommen wird. Sie werden alle ohne mich klarkommen. Obwohl ich das heute Morgen bereits getan habe, rasiere ich mir die Achselhaare und überlege dabei, ob ich mir mit der Rasierklinge einen Strich in den Unterarm ritzen soll, Schwachsinn. Ich höre »Is there anybody out there?« von Pink Floyd. Ich höre es gleich noch mal. Dann schiebe ich die Pistole wieder unter mein Kissen, ziehe mir die Decke über den Kopf und versuche die Bilder wegzuschicken, die mich vom Schlafen abhalten, indem ich meine Augenlider zusammenpresse: meine Mutter vor einer dunkelroten Leinwand, Amigo im Schnee, Volker mit einer Zigarette im Mundwinkel, Pierre, der Amigo am Halsband zurückhält, Burcus Blick in meine Augen, Chin, die Pistole auf mich gerichtet, wieder Volker, lächelnd, Mo mit erhobenen Händen in der Toilette, die beiden Mädchen auf Schmidts Fotos. Die sechste Postkarte meines Vaters. Warum? Sie hat nichts mit dem zu tun, was mir bevorsteht.

Liebe Penelope! 6 Uhr 9. Es ist noch dunkel, aber ich kann nicht mehr einschlafen. Das Rauschen des Meeres erinnert mich so kurz vor Weihnachten schmerzhaft an unsere gemeinsamen Urlaube in Griechenland. Du warst immer viel zu früh auf und hast uns dann geweckt. Wer früh erwacht, erlebt mehr Sonnenaufgänge. Dein Papa.

Ich habe solche Angst. Wird heute Morgen zum letzten Mal für mich die Sonne aufgehen? Mit einem Mal fühle ich mich klein, schwach und völlig unvorbereitet. Wie kann ich diesem Monster begegnen? Warum sollte ausgerechnet ich es schaffen, ihn zu überführen? Werde ich sterben müssen, damit andere Mädchen leben können? Ich möchte so gerne mit jemandem reden. Die Gespräche mit Dr. Arends sind eine Farce. Ihre Versuche, die psychischen Strapazen der Ausbildung in ihren Therapiestunden aufzufangen und mein Privatleben zu analysieren, waren bisher völlig erfolglos. Obwohl sie mit unerträglicher Penetranz mit ihren lästigen Fragen in meinem Leben herumstochert, speise ich sie seit zwei Jahren in teilnahmsloser Freundlichkeit mit denselben Antworten ab. Sie ist genauso alt wie meine Mutter und anscheinend genauso unfähig. Der einzige Mensch, mit dem ich über all das reden könnte, ist irgendwo in Deutschland, unerreichbar, undercover und blickt vielleicht gerade einem ähnlichen Schicksal ins Auge wie ich. Also schreibe ich über ihn, das lenkt mich wenigstens ab. Das ist alles, was mir in diesem Moment übrig bleibt.

Hey. du da draußen. Es gibt noch andere Menschen außer mir, die möglicherweise einen ungewöhnlichen Tod sterben, weil sie nur ein kleiner Teil des großen GJK-Wahrheitspuzzles sind. Bill ist so ein Mensch und ich möchte mich an ihn erinnern. Ich möchte, dass du dich an ihn erinnerst, so wie du dich hoffentlich an mich erinnerst, wenn ich nicht mehr existiere.

Bill fiel in die Kategorie gut aussehend und trotzdem unscheinbar. Er war eher klein für einen Sechzehnjährigen und ausbildungsbedingt sehr muskulös. Seine halblangen schwarzen Haare trug er während des Trainings zu einem Zopf zusammengebunden. Das Schönste an Bill waren die dunkelblauen Augen in seinem auch in den Wintermonaten leicht gebräunten Gesicht. Ich glaube, seine Mutter war Spanierin. Manchmal fluchte er im Training leise auf Spanisch und hörte diese typische spanische Gitarrenmusik. Wenn wir mal vor dem Training in der Gruppe zusammensaßen und uns warm machten, machte er nie einen flachen Witz oder einen blöden Spruch. Er war still, aber er antwortete höflich auf Fragen und lachte leise über die Witze und Sprüche der anderen.

Anfang Juli, kurz vor den Sommerferien, kam Herr Even auf einen Sprung vorbei und wir demonstrierten auf Chins Anweisungen hin unser Können. Damit Herr Even auch in Zukunft guten Gewissens Schüler in Chins Hände geben würde, präsentierten wir eine kleine, für Außenstehende zweifelsohne beeindruckende Show. Ohne jeden Lebendköder und weit entfernt von endlos langen Tagen voller Hunger, Kälte, Schmerzen und Angst, eingesperrt im Keller eines Psychopathen. Weit entfernt von dem, was uns wirklich bevorstand. Ich absolvierte in diesem Rahmen einen Nahkampf mit Bill. Am Ende dieses Kampfes saß Bill auf meinem Rücken und presste meinen Bauch und mein Gesicht gegen die Matte. Kurz lockerte er den Griff um meine Handgelenke, beugte sich schnell noch ein bisschen weiter zu mir herunter und flüsterte: »Heute Abend um neun bei mir.« Ich nutzte den Moment, um mich umzudrehen, meinen Fuß gegen sein Brustbein zu setzen und ihn mit einem festen Tritt von mir weg zu katapultieren. Er rollte sich rückwärts ab und zischte lächelnd: »Du Biest!«, bevor er sich mit einem Hechtsprung auf mich warf. Es gelang mir gerade noch, mich zur Seite zu rollen und meine Beine um seinen Hals zu schlingen. Er hätte noch nicht aufgeben müssen, denn seine Beine waren frei und er hätte mir seine Füße rücklings in den Bauch rammen können. Aber anstatt sich zu wehren, verharrte er mit dem Kopf zwischen meinen Beinen, das Gesicht zur Matte gedreht, und sagte ruhig: »Alles klar. Ich gebe auf. Du musst mir nicht das Genick brechen.«

Als ich meine Beine etwas öffnete, drehte er seinen Kopf lächelnd zu mir und biss mich in den Oberschenkel. Ziemlich weit oben. Vier Zentimeter weiter und ich hätte ihm ein blaues Auge verpasst. Außerdem biss er mich gerade mal so fest, dass es nicht sonderlich wehtat. Dabei hatte er einen Gesichtsausdruck, den ich eher einem achtjährigen Jungen auf einem neuen Mountainbike als einem Sechzehnjährigen zwischen den Beinen eines gleichaltrigen Mädchens zugeordnet hätte.

Bill war damit der erste Junge, der mich zu einem Date eingeladen hatte. Zuerst war ich mir nicht sicher, ob ich seine Einladung annehmen sollte, aber die Art, wie er mich am Vormittag gefragt hatte, war irgendwie süß. Außerdem konnte das Date mit Bill nicht schlimmer werden als ein weiterer einsamer Abend in meinem Zimmer oder der hundertste unspektakuläre Fernsehabend im Gemeinschaftsraum. Das straffe Ausbildungsprogramm in der Kampfsportschule machte es praktisch unmöglich, einander näher kennenzulernen. Wir konnten uns in den Kämpfen gegenseitig beobachten und studieren. Wir konnten uns mit Tampons, Shampoo und Deo aushelfen. Wir konnten uns von der Matte aufhelfen, nachdem wir besiegt worden waren, oder uns umarmen, nachdem wir den anderen ein weiteres Mal getötet hatten. Es war an der Zeit, jemandem nahe zu sein, der dasselbe Leben führte wie ich, also stand ich um zehn nach neun vor seiner Tür. Wir hatten eine knappe Stunde, denn um zweiundzwanzig Uhr war Nachtruhe und kurz vorher kontrollierte Chin, ob wir in unseren Betten lagen und das Licht aus war. Das Ganze war riskant, aber die Ausbildung war bald vorbei und sie würden uns nach allem, was sie in uns investiert hatten, nicht in den letzten Wochen vor die Tür setzen. Schließlich brauchten sie uns noch. Also gingen wir das Risiko ein.

Ich hatte als zusätzlichen Kick zwei Schokoriegel mitgebracht. Der Verzehr von Schokolade und anderen Süßigkeiten war in Chins Kampfschule eine Todsünde, deswegen kauften wir uns während der Kurierdienste von unserem Trinkgeld heimlich die XXL-Tankstellen-Schokoriegel und stopften sie sofort in uns hinein. Zwei Riegel in Bills Zimmer zu schmuggeln grenzte an Vertragsbruch, aber das war es wert. Da wir uns extrem zuckerarm ernährten und der Konsum von Alkohol und Drogen unseren Rausschmiss bedeutet hätte, gaben uns die Schokoriegel einen ziemlichen Flash. Vermutlich war das nur ein Placeboeffekt, aber das war in diesem Moment egal.

Bill schloss die Tür hinter mir ab, wir setzten uns an seinen Tisch, packten die Riegel aus, versteckten die leere Plastikverpackung in Bills Kuriertasche und zählten bis drei. Dann stopften wir uns um die Wette den Schokoriegel in den Mund. Bill gewann, aber er hatte geschummelt.

In seiner Hand hielt er ein kleines abgebissenes Stück versteckt, das er mir nun anbot. Ich nahm es, obwohl die Schokoladenglasur in Bills Hand schon etwas geschmolzen war, und steckte es mir in den Mund.

»Willst du reden?«, fragte Bill und ich verstand sofort, was er meinte. Im Ausbildungsalltag hatten wir keine Zeit und kaum etwas, über das wir sprechen durften oder wollten, aber er wollte mich nicht überrumpeln.

Ich schüttelte den Kopf und lächelte schüchtern. »Ist schon okay.«

»Sicher?«

»Sicher.«

»Dann komm«, sagte er leise. Er kam um den Tisch herum auf mich zu und bot mir seine Hand an. Als ich meine Hand in seine legte, zog er mich sanft zum Bett.

Ich zögerte. »Es ist aber ...«

»Was?«

»Du bist mein erstes Date«, murmelte ich und lief rot an.

»Was?«, fragte Bill ungläubig. »Das glaube ich nicht.«

»Ist aber so.«

»Ist okay. Kein Problem«, antwortete er. »Dann weiß ich Bescheid. Es wird nichts laufen, was du nicht willst.«

»Gut.«

Er hatte sich auf sein Bett gesetzt und ich kuschelte mich neben ihn. Es war ungewohnt, seinen Arm um meine Schultern zu spüren. Ich konnte mich nicht erinnern, wann mich das letzte Mal jemand so eng gehalten hatte, mal abgesehen von den eher unzärtlichen Schwitzkastenübungen im Nahkampftraining.

»Wie sieht deine Zukunft aus?«, fragte er. Über die Zukunft zu sprechen, war leicht. Es war pure Spekulation. Träumerei, die mit der Realität nichts gemeinsam hatte. Unverfänglich und schön.

»Ich möchte ein Haus auf dem Land mit schweren dunkelbraunen Holzbalken und einer weißen frei stehenden Badewanne unter einem Fenster, das den Blick in den Himmel öffnet, und jeden Tag ein Stück Käsesahnetorte«, antwortete ich und hörte mir dabei mit großem Erstaunen zu. Diese Gedanken waren mir selbst völlig neu.

»Und Kinder?«

»Zwei. Ein Mädchen und einen Jungen. Mia und Tom. Tom ist zwei Jahre älter als Mia und beschützt seine Schwester vor allem Übel dieser

Welt. Ich sehe aus dem Küchenfenster und beobachte sie beim Spielen im Garten, aber ich koche nichts.«

Bill lachte. »Kannst du nicht kochen?«

»Nein. Und Kochen gehört nicht zu den Dingen, die ich noch unbedingt lernen will. Du stehst stundenlang am Herd und schmeißt tausend Zutaten und zehnmal so viel Kalorien in eine Pfanne, damit die anderen das Ganze in zehn Minuten in sich hineinschlingen. Man selbst hat sich beim Vorkosten schon so überfressen, dass man keinen Hunger mehr hat, aber aus Höflichkeit würgt man sich auch noch einen Bissen rein. Jedes Jahr wird man fetter und eines Morgens wacht man auf und ist tot.«

Reden tat doch gut, stellte ich fest.

»In zehn oder fünfzehn Jahren, wenn du mal Mutter wirst, gibt es bestimmt schon sich selbst zubereitendes Gemüse.«

Ich musste lächeln. »Ja, das wär's. Und sich selbst schlachtende Hühner.«

»Und sich selbst tötende ausrangierte Polizeihunde«, fügte Bill verbittert hinzu.

»Ja«, sagte ich mit belegter Stimme. Über die Ratten und die Hunde sprachen wir nicht. Das machte jeder mit sich selbst aus. Aber ich verstand sofort, warum er das tat. Niemals wieder würden wir mit jemandem über das reden können, was im Hinterzimmer geschehen war. Schon allein deshalb war es gut, an diesem Abend für diesen kurzen Moment zusammen zu sein.

»Es ist schlimm, oder?« Ich schluckte.

»Ja«, pflichtete Bill mir bei.

»Ich versuche es immer möglichst schnell und schmerzlos hinter mich zu bringen.«

Bill überschüttete mich mit warmen Küssen auf meine Augen und auf meine Stirn. »Egal wie man es macht, es bleibt so ...«, er zögerte, »... so unmenschlich.«

Ich nickte und grub mich in seinen Hals. Er roch nach Aftershave.

»Zeig mir deine Hände«, flüsterte Bill.

Zögernd hob ich meine Hände hoch und hielt sie ihm hin. Er streichelte mir über die Handflächen und sagte: »Deine Hände sind so schmal und so weich. Man kann gar nicht glauben, dass ...« Dann stockte er, »... ein so selbstbewusstes Mädchen wie du an den Nägeln kaut.«

»Zeig deine!«, sagte ich schnell, weil ich nicht wollte, dass er weitersprach.

Seine Hände waren breit und muskulös und darauf trainiert, eine Waffe zu halten oder zuzuschlagen. War es wohl richtig, sich ausgerechnet von diesen Händen streicheln zu lassen?

»Wir tun das, um unschuldige Menschen zu beschützen«, sagte Bill, als wäre er ausgerechnet mir eine Rechtfertigung schuldig. »Das darf man bei der ganzen Sache nicht vergessen.«

Er klingt wie Bröker, dachte ich befremdet und eine peinliche Stille entstand.

»Und wie sieht *deine* Zukunft aus?«, fragte ich zurück.

»Ich werde die nächsten vierzig Minuten mit einem Traum von einer Frau verbringen«, erwiderte Bill, als hätte er auf die Frage gewartet. Er lächelte mich ermutigend an und wuschelte mir zärtlich durch meine inzwischen schon mehr als kinnlangen Strubbelhaare.

»Aha!«, bemerkte ich trocken. »Und wann kommt die?«

»Sitzt vor mir.«

Ich schwieg verlegen.

»Pen, jetzt mal ehrlich. Hast du dich im letzten halben Jahr mal im Spiegel angesehen?«

Täglich, dachte ich und vertiefte mich in ein kleines Haar, das unter meinem rechten Knie wuchs.

»Du bist superhübsch. Diese riesigen blauen Kulleraugen sind der Wahnsinn.«

»Ich bin winzig.«

»Du bist im letzten Jahr ziemlich gewachsen.«

Er hatte recht. Ich war mindestens sechs Zentimeter gewachsen. Klein war ich nicht mehr.

Also fügte ich hinzu: »Meine Lippen sind zu schmal.«

»Zu schmal wofür?«

»Zum Schminken und zum Küssen.«

»Okay, also das Erste kann ich nicht beurteilen, aber das Zweite müsste ich jetzt mal ausprobieren.« Er nahm mein Kinn, drehte mein Gesicht zu sich und gab mir den ersten Zungenkuss meines Lebens. Bill war ein hervorragender Küsser. Ich brauche keinen Vergleich, um das beurteilen zu können. Er hatte volle, weiche Lippen und sein Kuss hatte nichts Forderndes, sondern er war einfach nur zärtlich.

»Deine Lippen sind definitiv nicht zu schmal«, flüsterte Bill in einer kurzen Kusspause. »Sie sind perfekt.«

Sonst passierte nichts zwischen Bill und mir. Die verbleibende Zeit küssten wir uns ununterbrochen. Ich ließ ihn nicht unter mein T-Shirt und schon gar nicht irgendwo anders hin, denn ich hatte damals ein A-Körbchen und ich war mir ziemlich sicher, dass kein Junge auf dieser Welt das sexy finden würde. Außerdem wollte ich nicht, dass diese Hände, die genauso grausam waren wie meine eigenen, mich an Stellen anfassten, die mit alldem nichts zu tun hatten. Die sich noch unberührt anfühlten.

Wir verabschiedeten uns um 21.52 Uhr mit einem Zungenkuss, von dem wir beide wussten, dass es unser letzter war. Wir wussten bereits, dass wir in unterschiedliche Städte entsendet werden würden und dann keinen Kontakt mehr haben durften. Es war also besser, keine Gefühle füreinander zu haben. Es war ohnehin schwer, sich in jemanden zu verlieben, der ebenso viel Blut vergossen hatte wie ich. Ich glaube, ich kann mich gar nicht verlieben. Wie soll das gehen?

»Das war's, oder?«, fragte Bill.

Ich nickte.

»Wäre nicht gut, wenn sie uns erwischen, was?«

»Nein. Wir sollten das lieber nicht mehr tun.«

»War aber trotzdem schön«, stellte Bill lächelnd fest.

»Ja. Das war es«, stimmte ich ihm zu und es war die Wahrheit.

Damit drehte ich mich um, verzog mich in meine Wohnung und redete mir ein, es wäre ein Leichtes, ihn zu vergessen. Bill und ich hatten nur eine Stunde, aber Bill war mein erstes Date und diese Stunde war etwas Besonderes. Ich vermute, als wir in seinem Zimmer zusammensaßen und redeten und uns küssten, haben wir uns gegenseitig unsere Namen ins Gedächtnis geritzt. Perfekt versteckt, aber für alle Zeit, die uns blieb.

Am letzten Abend im Juli feierten wir unseren Abschied. Nach einem selbst gekochten asiatischen Festmahl kletterten wir mit Chin auf den Dachboden des Hauses. Es war unerträglich stickig. Die Sommerhitze der staubigen Berliner Straßen hatte sich seit Wochen in dem riesigen Dachstuhl eingenistet. Chin führte uns über verwesende Taubenleichen, weiß verkrusteten Vogelkot und verlassene Eier zu einem der hinteren

Dachbalken. Dort ritzten wir gut versteckt unsere Namen unter mindestens dreißig andere. Ich werde dir weder die Namen der anderen nennen noch verraten, wo sie eingesetzt wurden, weil sie ein Recht darauf haben, beschützt zu werden. Aber wenn du ihre Namen eines Tages wissen musst, um sie zu retten oder zu erfahren, was mit ihnen geschehen ist, weißt du, wo du sie finden kannst. Leider musst du dann an Chin vorbei. Leg dich lieber nicht mit ihm an, wenn du der Sache nicht gewachsen bist.

10
Das Lamm und der Schlachter

Es ist ein paar Minuten nach zehn, mein Wecker muss schon mindestens zwanzig Mal geklingelt haben. Ich weiß nicht genau, wann ich eingeschlafen bin, aber ich hatte weniger als sechs Stunden Schlaf. Auf einen Schlag bin ich hellwach. Ich öffne die Augen, stelle den Wecker aus und setze mich auf. Es ist so weit. Es geht los. Mein Autopilot übernimmt das Steuer. Ich kenne dieses Gefühl nur allzu gut aus meiner Ausbildung, denn ich hatte es jedes einzelne Mal vor den Übungen im Hinterzimmer. Es ist ein bewusstes, äußerst konzentriertes Herunterfahren aller Emotionen, die für die bevorstehende Aufgabe nicht relevant sind. Überflüssige Gefühle, die bei allen zu treffenden Entscheidungen und bei allen auszuführenden Handlungen stören würden. Ich schalte sie aus. Ein Teil von mir schaltet sie aus. Eine Kombination aus klarem Verstand und in meinem Nacken sitzendem Instinkt übernimmt von jetzt an die volle Kontrolle. Sie bewirkt eine Fokussierung meiner gesamten Wahrnehmung auf meine Aufgabe, mein unmittelbares Umfeld und meinen Körper.

Mir ist etwas schlecht, aber ich zwinge mich, gesund zu frühstücken, denn ich werde Kraft brauchen. Also esse ich eine riesige Schüssel Haferflocken mit Bananenstücken und trinke zwei Gläser Orangensaft. Dann rüste ich mich: Ich ziehe die Kette an, prüfe, ob die Kamera auf Knopfdruck anspringt. Aus dem Kleiderschrank wähle ich eine Hose mit vielen weiten Taschen und ein enges Oberteil. Das Oberteil muss eng sein, weil ich versuche, der Logik eines Mädchenmörders zu folgen. Vielleicht ist das naiv, aber ich will das Ganze möglichst schnell hinter mich bringen. In der linken Hosentasche platziere ich die kleine Wanze, in die rechte

Tasche, die sich auf der Höhe meines Oberschenkels befindet, lasse ich vorsichtig die LOGOV-7 gleiten. Immer wieder greife ich in die Tasche und zücke die Pistole, um sicherzugehen, dass diese korrekt liegt und keine Fäden oder Nähte in meiner Hosentasche das weiche und schnelle Herausgleiten verhindern. Es funktioniert. Jedes Mal. Dennoch verstaue ich in der linken gegenüberliegenden Tasche noch Chins Messer.

Mein Fahrrad nehme ich mit, damit ich auch einen Grund habe, mir die Kuriertasche umzuhängen. Darin transportiere ich das Funkgerät. Eventuell ergibt sich die Möglichkeit, es zu benutzen, wenn die Wanze versagt.

Auf dem Weg zur Tür wägt mein Verstand alles noch einmal ab und kommt zu dem Urteil, dass in dem mir bevorstehenden Szenario technisches Versagen unwahrscheinlicher ist als menschliche Unberechenbarkeit. Das heißt, die Wahrscheinlichkeit, dass Volker meine Ausrüstung findet, sich ertappt fühlt und völlig ausflippt, ist größer als die Wahrscheinlichkeit, dass Wanze, Kamera und Pistole versagen. Also lege ich das Messer und das Tränengas wieder zurück in eine der unteren Küchenschubladen. Die LOGOV muss reichen. Es wird schnell vorbei sein.

Ich schließe die Tür hinter mir und drehe den Schlüssel zweimal im Schloss. Dann hieve ich das Fahrrad die drei Stockwerke hinunter, fahre um die Ecke und schließe es vor Kamils Dönerladen an. Die Straße ist unauffällig. Wenige Passanten mit Einkaufstüten bewegen sich träge über die Bürgersteige und die Sonne brennt um die Mittagszeit erbarmungslos auf die Straßen, als wolle sie den Berlinern nach dem Regenschauer von gestern ihre Macht aufs Neue demonstrieren.

»Hallo, Penelope!«, ruft Kamil mir entgegen.

»Hi, Kamil«, grüße ich zurück.

»Was darf es heute sein für dich?«, fragt er.

»Was würden Sie mir denn empfehlen?«

»Mach ich dir türkische Pizza mit Salat.« Er weist zum mittleren Tisch. »Bitte. Setz dich.«

Ich schnappe mir einen Ayran aus dem Kühlschrank und wähle einen Stuhl, von dem aus ich Tür und Fenster im Auge habe. Falls Volker vorbeikommt, werde ich ihn hereinwinken. Im Moment habe ich keine Angst. Sie ist ausgeschaltet. Ich will es hinter mir haben.

»Wo sind Burcu und Mo?«, frage ich. Ich würde mich gerne verabschieden.

»Schulsachen kaufen.«

Ich sollte froh sein, dass sie nicht da sind. Wer weiß, wozu dieser Volker fähig ist.

Kamil öffnet den Pizzaofen, um die Pizza hineinzuschieben, und fährt dabei fort: »Was für ein Theater. Sie hasst Schule so sehr.«

»Warum?«

»Ich weiß nicht. Ich weiß wirklisch nicht. War von Anfang an ein Problem. Mohammed ist perfekt in der Schule. Hat ein Talent für Sprache. Ist sehr ehrgeizig und arbeitet hart. Für Medizinstudium brauchst du gute Noten. Sehr gute Noten. Mohammed macht mir viel Freude, kümmert sisch um seine Schwester, hilft mir im Geschäft. Ist sehr guter Sohn.«

Ich kann Kamils Worte nicht in mir aufnehmen. Ich höre sie, aber sie greifen nicht, setzen sich nicht fest, rutschen nicht in mich hinein und lösen nicht das aus, was sie auslösen sollten. Mitleid für Burcu und Bewunderung für Mo. Es kommt nicht in mir an, sondern prallt an meinem Verstand ab wie an einer unsichtbaren Mauer. Für Kamils Worte ist kein Platz in mir. Ich muss mich konzentrieren.

»Das tut mir leid für Burcu«, sage ich, aber ich empfinde nichts. Stattdessen beobachte ich die Straße.

Kamil dreht sich zu mir um und mustert mich irritiert, als hätte er gespürt, dass ich nicht meine, was ich sage.

Er murmelt: »Es wird besser. Es kann nur besser werden.«

Dann schweigen wir beide, bis er die Pizza aus dem Ofen zieht.

Genau als Kamil mir mein Essen serviert, sehe ich Volker entspannten Schrittes auf die Eingangstür zukommen. Er ist bester Laune. Sofort greife ich an die Kette und schalte die Kamera an. Es geht los. Konzentriere dich, Penelope.

Ich spüre, wie mein Herzschlag sich beschleunigt und sich eine Gänsehaut auf meinem Rücken und meinen Unterarmen bildet. Für einige Sekunden driften meine Gedanken ab zu den Bildern der beiden Wasserleichen. Dieser so erschreckend harmlos wirkende Volker hat die zwei Mädchen auf dem Gewissen. Unvorstellbar. Tief durchatmen, Penelope. Fokussiere dich. Bring deinen Körper unter Kontrolle. Verrate dich nicht.

Ich setze ein Lächeln auf. »Hi!«

»Hi, Penelope!« Volker ist sichtlich erfreut. »Wie geht es dir?«

»Gut! Wie geht es deinem Fuß?«

»Ist schon wieder in Ordnung.« Volker grinst. Warum wirkt er nur so sympathisch? »Ich bin ziemlich wehleidig.«

Ich kichere kurz. Es klingt albern. »Dann ist ja gut.«

Volker bestellt ausnahmsweise einen Börek und setzt sich wie selbstverständlich zu mir. Seine Haare sind noch nass und riechen nach Vanilleshampoo. Offensichtlich kommt er frisch aus der Dusche.

»Und? Übermorgen wieder Schule?«

Ich nicke. »Ach, Schule ist schon okay.« Ich schlucke ein Stück Pizza runter.

»In welche Klasse kommst du denn jetzt? In die neunte?«

»In die elfte.«

»Na, dann hast du's ja auch bald hinter dir.«

Ich glaube, ich weiß, worauf er sich bezieht.

»Wie läuft's mit deiner Freundin?«, frage ich.

»Das hat sich wieder eingerenkt.«

»Freut mich für dich.« Ich zwinge ein weiteres Lächeln auf mein Gesicht.

Kamil serviert Volker das Essen, verzieht sich dann wieder hinter die Theke und dreht uns den Rücken zu. Er ist heute weniger gesellig und weniger gesprächig, weil Mo und Burcu nicht hier sind.

»Und?«, fragt Volker. »Dienstlich unterwegs?« Er weist mit seinem Kinn auf meine Tasche.

»Jawohl! Aber an Samstagen ist kaum was los.« Das ist gelogen. »Da bin ich nur abrufbereit.«

»Abrufbereit? Ist das nicht lästig? Dann kannst du ja nicht so richtig was unternehmen.«

»Na ja, ins Kino gehe ich nicht, aber von hier oder vom Volkspark aus kann ich ja auch losfahren, wenn ich angefunkt werde.«

Volker nickt. »Cool.«

»Und du?«, frage ich. »Was machst du heute noch?«

Er zuckt mit den Schultern. »Keine Ahnung. Keinen Plan. Im Park abhängen. Ein bisschen lernen. Ich müsste heute auch noch mal in die Unibibliothek.«

Ich nicke und sehe ihm beim essen zu. Erstaunlich, wie entspannt er ist. Er wirkt so gar nicht wie ein Serienmörder, aber vermutlich wirkt kein Serienmörder in der Öffentlichkeit wie ein Serienmörder. Das sind doch meistens unscheinbare, höfliche, hilfsbereite, völlig durchschnittliche Typen. Nette Nachbarn. Einkaufstüten-Hochträger. Trotzdem. Wenn Volker mich jetzt würde umbringen wollen, dann müsste er doch den ersten Schritt machen. Er könnte mich zum Beispiel fragen, ob wir noch zusammen für eine Stunde in den Volkspark fahren. Aber es kommt nichts. Stattdessen sammelt er mit einer Gabel die aus dem Börek gefallenen Hackfleischstückchen vom Teller und steckt sie sich in den Mund. Es bleibt mir also nichts anderes übrig, als das Ganze in die Wege zu leiten. Das Lamm verabredet sich mit seinem Schlachter, flüstert meine innere Stimme. Ich hasse es, wenn sie sarkastisch wird. Bevor ich zu sprechen beginne, muss ich meine Atmung noch einmal unter Kontrolle bringen, um meinen Puls niedrig zu halten und meine Nervosität zu verbergen.

»Also, gehen wir eine Stunde in den Volkspark? Dann hast du noch genügend Zeit für einen Abstecher in die Uni und ich habe nette Gesellschaft, während ich auf einen Auftrag warte.«

Ich lächele und ich spüre, dass es echt aussieht.

Volker überlegt kurz, indem er den Kopf ein wenig hin und her wiegt, dann sagt er: »Okay, aber nur für eine Stunde. Du weißt ja. Elftes Semester.«

Warum ist er so zögerlich? Was wäre, wenn Schmidt und Bröker sich irren und Volker wirklich nur der verpeilte Informatik-Student ist, als der er sich ausgibt?

»Alles klar.«

Wir zahlen und verabschieden uns von Kamil.

Draußen zeigt Volker auf mein Fahrrad. »Willst du laufen oder soll ich fahren und du setzt dich hinten drauf?«

Mein Bike ist heilig, aber das sage ich nicht. Und ich brauche keinen Körperkontakt mit Volker, aber das sage ich auch nicht. »Ich schiebe. Das ist am einfachsten.«

»Okay.«

»Ich hole mir zu Hause noch eine Cola aus dem Kühlschrank.«

Es geht los. Die Cola hätte er sich auch bei Kamil kaufen können.

»Das ist billiger als bei Kamil«, sagt Volker mit einem unsicheren Lächeln, als wüsste er, was ich denke. Seine Erklärung klingt plausibel. Als Student hat er sicherlich nicht viel Geld. Vielleicht holt er die Cola deswegen von zu Hause.

»Ich muss sowieso noch meine Unterlagen für die Uni zusammensammeln«, fügt er hinzu.

»Kein Problem«, erwidere ich. »Ist ja kein großer Umweg.«

»Willst du auch eine Cola?«, fragt Volker.

»Nein danke.«

»Ein Glas Wasser?«

»Nein. Nichts.«

»Auf welche Schule gehst du eigentlich?«

»Auf das Ilse-Aichinger-Gymnasium.«

»Das ist doch direkt hier am Viktoria-Luise-Platz.«

»Genau.«

Wir stehen vor seinem Haus.

»Willst du hier warten oder kurz mit hochkommen?«

Ich will hier warten. Am liebsten würde ich mich hier an den Straßenrand setzen, weil meine Beine sich so weich und schwach anfühlen wie die Beine einer ausgestopften Stoffpuppe. Am liebsten würde ich jetzt Pierre anrufen und ihn bitten, mich abzuholen und für den Rest meines Lebens mit nach Kalle zu nehmen und alle Fenster und Türen zu verriegeln.

Ich lache gekünstelt und sage: »*Du* hast doch letztens noch gesagt, ich soll nicht mit fremden Männern mitgehen!«

Volker verpasst mir einen freundschaftlichen Klaps auf mein linkes Schulterblatt. »Ich bin kein fremder Mann. Zumindest weiß ich jetzt, auf welche Schule du gehst.«

Er lacht und öffnet die Haustür. »Nein. Spaß beiseite. Bei mir ist es nicht aufgeräumt. Ich hoffe, das stört dich nicht.«

Ich schüttle den Kopf, doch er sieht es gar nicht, weil er sich nicht einmal nach mir umdreht. Aber *ich* sehe mich noch einmal um, bevor ich ihm die Treppe hinauf folge, und stelle erleichtert fest, dass Toni mit seinem silbernen VW Golf in zweiter Reihe auf der gegenüberliegenden Straßenseite wartet. Vor ihm parkt ein Auto aus und fährt weg. Sie sind da. Alles ist gut.

Meine Hand ruht auf der LOGOV, bis wir oben sind, und in Gedanken rede ich mir gut zu: Ich habe gute Chancen, er hat keine Ahnung, wie trainiert ich bin und wie gut ich bewaffnet bin. Aber mein Unterbewusstsein schiebt mir mit stummer Kraft die Fotos von den beiden ermordeten Mädchen ins Gedächtnis.

11
Vor dem letzten Atemzug

Wir betreten Volkers Wohnung im zweiten Stock. Der Flur ist fensterlos und dunkel. Volker betätigt ein paar Mal erfolglos den Lichtschalter: »Mist. Ich muss unbedingt die Glühbirne wechseln.«

In der Ecke des Flurs steht ein Bierkasten. Vier Paar abgewetzte Turnschuhe liegen achtlos durcheinandergeworfen auf dem Boden. Bei einem Paar fehlen die Schnürsenkel. Ich beuge mich nach unten und tue so, als wolle ich mir die Schuhe ausziehen. Auf diese Weise kann ich die Turnschuhe mit den fehlenden Schnürsenkeln filmen. Hoffentlich ist der Flur nicht zu dunkel und auf dem Film ist nachher überhaupt etwas zu erkennen. Nachher? Nach was?

Während ich mich vorbeuge, gehe ich mögliche Verteidigungsstrategien durch. Es gibt mindestens drei Möglichkeiten, einen Angreifer von hinten abzuwehren. Wenn Volker jetzt über mich herfällt, werde ich mich mit beiden Händen am Boden abstützen, ihm mit dem rechten Fuß in den Magen oder in die Weichteile treten und dann den rechten Ellbogen ins Gesicht rammen. Ich muss das Szenario jedoch nicht weiter mental durchlaufen, weil Volker sagt: »Lass die Schuhe bitte an. Es ist sowieso dreckig hier.«

»Okay.« Meine Stimme ist etwas kratzig. Beruhige dich, Penelope, verdammt noch mal.

Volker führt mich in das einzige Zimmer seiner Wohnung und knipst das Deckenlicht an, weil die Rollläden der beiden Fenster heruntergezogen sind. In der Mitte des Zimmers hängt eine runde Glaslampe, die den Raum in ein gedämpftes gelbes Licht taucht.

»Ich lasse die Rollläden immer unten, sonst scheint mir die Sonne direkt auf den PC. Dann kann ich nicht arbeiten.«

Natürlich. Volker hat für alles eine plausible Erklärung. Oder eine billige Ausrede. Ein Fenster bietet Einblicke. Menschen aus dem gegenüberliegenden Wohnhaus könnten uns beobachten, könnten ihn beobachten, wie er mich mit den Schnürsenkeln stranguliert, bis ich nichts mehr sehen, nicht mehr atmen und nicht mehr schreien kann. Volker will keine Zeugen für das, was kommen wird.

Ich muss mich beruhigen. Das, was kommen wird, spielt jetzt keine Rolle. Einzig und allein das, was in diesem Moment geschieht, ist wichtig. Es birgt eine Chance, Volkers Plan zu durchschauen, mitzuspielen und dann zu zerstören, ein für allemal.

Das Zimmer ist knappe zwanzig Quadratmeter groß und versinkt in heillosem Chaos: Auf der Matratze liegt Schmutzwäsche verteilt, als hätte jemand gerade einen Wäschekorb ausgekippt. Alarmiert stelle ich fest, dass zwei Gürtel wie zufällig unter die Wäsche gemischt auf der Matratze liegen. Scheiße. Gürtel sind eine lebensgefährliche Bedrohung, wenn sie in der Wohnung eines Mörders liegen, der sich darauf spezialisiert hat, seine Opfer zu erwürgen.

Die Arbeitsfläche des weißen Schreibtisches ist rund um den alten Bildschirm und das Keyboard mit Papierstapeln und Büchern bedeckt. Auf dem Boden um den Schreibtisch herum stapeln sich weitere Bücher. Aus dem überfüllten Papierkorb quillen zerknüllte Zettel. Daneben hängt ein iPhone am Ladekabel.

Volker beobachtet, wie mein Blick über sein Chaos wandert und sagt zu seiner Entschuldigung: »Ich schreibe gerade eine Hausarbeit. Setz dich doch kurz, bis ich mein Zeug zusammengekramt habe.« Er weist auf zwei Rattansessel mit riesigen blauen Kissen, zwischen denen ein kleiner, runder Glastisch steht. Auf dem Tisch türmen sich fünf Kaffeetassen und Teller mit undefinierbaren Essensresten.

Ich setze mich auf einen der Sessel und lasse das Brotschneidemesser vom Glastisch unter das blaue Kissen hinter mir gleiten, während Volker um seinen Schreibtisch herumwuselt und ein paar Bücher, ein altes Federmäppchen aus hellbraunem Leder und zwei Hefter in einen schwarzen Rucksack packt.

»Ich mache mir noch eben einen Kaffee, ja? Willst du auch einen?«, fragt er freundlich.

»Nein danke.« Ich hasse Volkers Freundlichkeit, je länger ich sie ertragen muss. Wie viele Mädchen sind schon darauf reingefallen? Was geht gerade in ihm vor?

Volker verschwindet in der winzigen Küche, die vom Wohnzimmer abgeht. Was holt er aus der Küche? Ein Messer? Ein Seil?

»Wo ist denn bitte die Toilette?«, frage ich etwas zu laut, auch wenn ich die Tür zum Badezimmer bereits entdeckt habe. Sie befindet sich direkt neben der Eingangstür im Flur.

»Gleich neben der Eingangstür!«, ruft Volker aus der Küche.

Als ich mich in den Flur begebe, vernehme ich aus der Küche bereits das röhrende Geräusch einer alten Kaffeemaschine. Ich öffne die Tür zum Badezimmer. Der Spiegel über dem Waschbecken ist zerbrochen und die großen Scherben liegen in der Dusche, deren Vorhang halb zurückgezogen ist. Toilette und Waschbecken sind einigermaßen sauber. Während ich die Spülung betätige, entsichere ich meine LOGOV-7 in der Tasche und rücke mit dem Fuß einige Spiegelsplitter griffbereit an den Rand der Duschwanne. Die Dusche ist trocken, aber Volker ist frisch geduscht. Er muss noch eine weitere Wohnung haben! Hat er doch eine Freundin, bei der er eben noch unter der Dusche stand? Merkwürdig. Ich wasche mir die Hände mit einem gelblichen Stück Seife. Hier im Badezimmer befinden sich keine Schnüre oder Seile oder Gürtel.

Ich kehre ins Wohnzimmer zurück und lasse die aktivierte Wanze im Vorbeigehen in den Papierkorb neben dem Schreibtisch gleiten.

»Penelope?«, ruft Volker. Ich fahre zusammen und eile in Richtung Küche. Volkers Stimme hat sich verändert. Sie wirkt rauer und kälter. Hat er mich beobachtet? Ich spüre, wie sich das Adrenalin über einen heißen Blutschub in meinem Körper ausbreitet, meinen Atem beschleunigt und mir den Schweiß ins Gesicht treibt.

Hastig wische ich mir mit dem Unterarm über die Stirn, stecke meine linke Hand in die Hosentasche und betrete betont gelassen die Küche.

Volker hat sich gerade Milch eingegossen. Er lächelt mich an, während er sich zwei gehäufte Teelöffel Zucker in die kleine Tasse schaufelt.

Ich lehne am Türrahmen, erwidere sein Lächeln, die Muskulatur nur scheinbar entspannt. In Wirklichkeit unterdrücke ich meinen Brechreiz und presse meine gesamte Rückseite gegen den Türrahmen, um mich rechtzeitig abdrücken zu können. Meine rechte Hand streckt sich Richtung LOGOV und meine Augen fixieren mein Ziel. Volker hat eine hohe Stirn. Seine Bewegungen sind langsam. Er ist ein einfaches Ziel. Das ist gut.

»Willst du echt keinen Kaffee?«

»Ich trinke keinen Kaffee.«

Er kommt auf mich zu, die Kaffeetasse in der Hand haltend. »Vielleicht ein Wasser oder Apfelsaft?«

Ich weiche zurück und antworte: »Nein. Passt schon.«

Er folgt mir ins Wohnzimmer. Wir stehen so nah beieinander wie noch nie zuvor. Für einen kurzen Moment verharrt Volker neben mir. Es ist ohnehin sehr warm im Zimmer, aber selbst in der stickigen Atmosphäre dieser Wohnung spüre ich die Wärme seines Körpers. Und er spürt meine. Wie er da so steht, erinnert er mich an ein Raubtier, das Witterung aufgenommen hat und nun seine Beute anvisiert. Das Raubtier muss eine Entscheidung treffen. Die Entscheidung über den perfekten Zeitpunkt für den Angriff.

Dann löst Volker sich aus seiner Erstarrung und stellt die Kaffeetasse auf den runden Tisch, um das iPhone vom Ladekabel zu nehmen und in seine Hosentasche gleiten zu lassen.

»Man sollte nach dem Laden den Stecker ziehen.« Er nimmt das Kabel und fasst es mit beiden Händen. Seine Stimme ist belegt. Etwas hat sich verändert. Seine Entscheidung ist gefallen. »Sonst zieht man weiter Strom. Wusstest du das?«

»Willst du das Kabel auch mit in den Park nehmen?«, presse ich möglichst laut in Richtung Papierkorb heraus. Sie müssen wissen, dass es losgeht, dass er das Kabel benutzten wird. Meine Wangenmuskulatur beginnt nervös zu zucken, bevor meine Stimme langsam wegbricht.

»Ich möchte nicht mehr in den Park. Lass uns hierbleiben.« Volkers Stimme schnurrt, als er sich in Zeitlupe auf mich zubewegt und das Ladekabel zwischen seinen Händen spannt. Panik steigt in mir auf. Soll ich mir wirklich von diesem Psychopathen das Kabel um den Hals legen lassen?

»Du wolltest doch noch ...«, sage ich unsicher.

»Zur Uni?«, Volker lacht laut auf. »Hast du mir diese Story echt abgekauft?«

Dann erstarrt er und ich weiß sofort, warum: Bevor du anfängst zu kämpfen, siehst du deinem Gegenüber für einen kurzen Moment in die Augen. Während dein Blick in seinem ruht, haben beide eine allerletzte Chance, eine andere Entscheidung zu treffen. Nicht zu kämpfen. Wegzulaufen. Versöhnende Worte zu finden. Aus den Augenwinkeln taxierst du den anderen, seinen Körper, sein Gesicht, denn du suchst nach dem kleinsten Anzeichen einer Regung. Ein Zucken in der rechten Wangenmuskulatur, ein nachgebendes Knie, ein kaum merkliches Vorwärtsgleiten der Hand. Das ist der Auslöser, der dich zum Sprung ansetzen lässt oder zur Flucht. Je besser du deinen Gegner kennst, desto schneller erkennst du, wann der Kampf beginnt.

Warte, Penelope!, rufe ich mir in Gedanken zu. Ich muss ihn beginnen lassen. Das Kabel muss um meinen Hals gewickelt sein, wenn sie die Wohnung stürmen, sonst haben wir nichts gegen ihn in der Hand und alles war umsonst. Aber eine atemlose Stimme in mir schreit: Das ist doch Wahnsinn! Das ist Selbstmord!

Und dann passiert es. Mit einem heftigen Stoß schmeißt Volker mich auf seine Matratze. Ich lande relativ weich in dem Wäschehaufen. Meine Hände ballen sich zu Fäusten, mein Kiefer schmerzt. Im Normalfall hätte ich mich schon längst gewehrt. Zugetreten, zugeschlagen, die Pistole gezogen und sie ihm auf den Schädel geschmettert, aber ich darf das nicht. Erst kurz vor dem letzten Atemzug. Nicht früher.

»Oh Mann, Penelope. Ich dachte, du bist etwas klüger als die anderen!«, fährt Volker verächtlich fort, während er sich langsam auf meine Rippen setzt, das Kabel direkt vor meinem Gesicht. Mit seinen Knien drückt er meine Arme auf die Matratze. Ich spüre, wie der Anhänger mit der Kamera an der rechten Seite meines Halses hinabrutscht. Scheiße, verdammt! Sie filmt nun die Wand neben der Matratze oder ein dunkelgraues Wäschestück. Meine Muskeln versteifen sich. Volkers Knie bohren sich schmerzhaft in meine Ellbogenbeugen, aber ich darf mich noch nicht wehren. Verflucht, Chin. Euer System funktioniert nicht! Ich habe gelernt, mich zu verteidigen, nicht, mich töten zu lassen!

Alles in mir sträubt sich dagegen, sich in diese Situation zu ergeben. Ich zwinge mich, still zu halten. Gleichzeitig spüre ich, wie mein Überlebenstrieb den Kampf gegen meinen Verstand aufnimmt. Das hier funktioniert nicht. Wenn ich mich nicht wehre, werde ich sterben.

»Warum wehrst du dich nicht wie die anderen?« Volker redet sich in Rage. »Warum liegst du so hilflos da und wehrst dich nicht?«

»Was hast du vor?«, frage ich laut genug, damit meine Worte noch zur Wanze dringen.

»Was ich vorhabe? Rate mal! Ich habe dich gewarnt, Penelope! Gehe nicht mit fremden Männern. Das habe ich dir doch gesagt, oder?«

Dann schlägt er mir hart ins Gesicht. Es war nur seine flache Hand und ich kann den Schmerz ertragen, aber ich zwinge mich zu schreien. Sie sollen mich schreien hören. Sie stehen bestimmt schon vor der Tür. Gleich werden sie die Tür eintreten und dann wird alles vorbei sein. Natürlich werden sie nicht warten, bis Volker mich stranguliert. Die Wanze und die Kamera liefern Beweismaterial genug!

Volker sieht plötzlich ganz bestürzt aus und fragt: »Habe ich dir wehgetan?«

Was für ein krankes Schwein er ist.

Er mustert mich noch einige Sekunden verunsichert, dann strafft er das Kabel, seine Hände zittern. »Warum tue ich das nur? Warum lasse ich mich nur immer wieder darauf ein? Es tut mir leid, Penelope. Es tut mir aufrichtig leid!« Volker redet unaufhörlich auf mich ein, während er das Kabel um meinen Hals legt und es ein kleines Stückchen zu weit oben am Hals zuzieht. Will er mich foltern? Will er, dass ich ganz langsam sterbe? Warum platziert er das Kabel falsch? Warum zieht er nicht ganz zu?

»Du bringst mich um!«, würge ich hervor. »Hör auf damit, Volker! Du bringst mich um!«, aber er hört nicht auf und niemand kommt, um mir zu helfen.

Wo bleibt Toni? Wo ist das Scheiß-GJK? Warum lassen sie mich hier hängen? Hier stimmt doch etwas nicht. Hier stimmt etwas ganz und gar nicht. Haben sie mich in eine Falle gelockt? Wollen sie mich umbringen? Nein. Das ergibt keinen Sinn. Sie haben zu viel in mich investiert. Ich bin keine Gefährdung für das GJK. Das hier ist nicht das, was es zu sein scheint, aber was ist es dann? Denk nach, Penelope!

Konzentriere dich. Noch einmal ganz von vorne. Was will das GJK von dir? Wer ist Volker?

Unser erstes Treffen im Dönerladen, nur einen Tag, nachdem ich selbst zum ersten Mal dort essen war. Volker bestellt »Wie immer.« Heißt das, er ist Stammkunde? Nein, denn Kamil wusste auch schon bei meinem zweiten Besuch, was ich bestellen würde. Ich sehe vor mir, wie es abgelaufen sein könnte: Volker betritt nur wenige Tage vor mir zum ersten Mal den Dönerladen, zum Abschied drückt er Kamil und Mo die Hand. »Ich heiße Volker. Ich komme jetzt öfter!« Und im Hinausgehen ruft er noch: »Für mich Döner Spezial extrascharf. Merkt euch das schon mal!«

Vor meinen Augen färbt sich alles rot, doch durch die Nase bekomme ich noch etwas Luft, weil Volker das Kabel nicht richtig zuzieht.

Das zweite Treffen im Hauseingang meines Nachbarhauses ist eingefädelt. Volker raucht vor der Wohnung seiner Freundin. Wenn diese gar nicht existiert, dann steht er dort, weil er meine Adresse kennt. Woher? Nur meine Mutter und das GJK hätten ihm an diesem Tag darüber Auskunft geben können.

Jedes Mal, wenn ich Volker treffe, werden wir von Toni verfolgt, aber Volker merkt es nicht. Oder kennt er Toni sogar? Selbst heute hat er sich nicht einmal umgesehen, bevor er mich mit in seine Wohnung genommen hat. Außerdem hat Kamil unser Gespräch gehört und uns zusammen weggehen sehen. Ein geübter Mörder würde viel vorsichtiger vorgehen.

Volker zieht jetzt so fest zu, dass ich nicht mehr atmen kann, ich lausche in den Raum, aber ich höre nur mein Blut, das schmerzhaft in den Ohren pocht. Mein Schädel droht zu platzen. Mein Überlebenstrieb tritt mit gewaltiger Kraft von innen gegen mein Gehirn und legt den Schalter um. Blind schnelle ich mit meinem Oberkörper nach vorne und verpasse Volker eine Kopfnuss. Er schreit auf. Seine Knie rutschen von meinen Armen, während er sich mit beiden Händen an die Nase greift und stöhnt. Ich greife nach der LOGOV und ziehe sie. Sofort stürzt Volker sich wieder auf mich und windet mir noch einmal das Kabel um den Hals. Aber er entwaffnet mich nicht. Ich könnte ihn erschießen. Will er das? Und warum schieße ich nicht?

Wer sagt, dass dieser Volker ein Mörder ist?

Schmidt.

Bröker.

Chin.

Arends.

Alles scheint so einfach. Ich treffe den Mörder im Dönerladen, gehe mit ihm mit, lasse mir ein verdammtes Ladekabel um den Hals legen und schon ist er überführt. Aber der Mörder zögert, weil er kein Mörder ist.

Zweimal hintereinander ramme ich Volker mit voller Wucht mein rechtes Knie in den Rücken und nutze den Schreckmoment, um hochzuschnellen und ihm kräftig in den Unterarm zu beißen. Er schreit auf und lässt das Kabel los. Während ich ein Bein von hinten um seinen Oberkörper schlinge, drehe ich mich unter ihm und bringe ihn so aus dem Gleichgewicht, dass er mit den Knien von meinen Armen rutscht. Blitzschnell falte ich meine Hände und stoße Volker beide Ellbogen in den Solarplexus. Stöhnend kippt er nach hinten. Ich springe auf und richte die LOGOV-7 auf ihn.

»Ich werde jetzt auf dich schießen, du Arschloch!«, sage ich ruhig. Volker hebt die Arme über den Kopf und sieht auf den Boden. »Und ich wette, dass die Pistole nicht funktioniert.«

Ohne Volker aus den Augen zu lassen, schreie ich in Richtung Wanze: »Ihr habt das alles eingefädelt! Von Anfang an! Mit dem Scheißflyer für Kamils Dönerladen unter dem Telefon! Das ist NUR ein beschissener Test! Was zum Teufel wollt ihr testen? Ob ich Ruhe bewahre? Ob ich zu früh abdrücke? Ob ich wild um mich schieße?«

Dann richte ich die Waffe auf sein Knie. »Ich hoffe, du arbeitest für das GJK, sonst wirst du den Rest deines Lebens mit Krücken verbringen!«

Ich hoffe mit allem, was mich ausmacht, dass ich mich nicht irre, und drücke ab.

Die Waffe klickt leise.

Der Schuss löst sich nicht.

Volker sieht mich ausdruckslos an. Dann rappelt er sich auf. Wir stehen einander gegenüber. Schweigend. Niemand kommt.

»Nimm die Waffe runter«, sagt Volker. Seine Stimme bricht. »Nimm das verdammte Ding endlich runter.«

In diesem Moment öffnet sich die Tür mit einem derart lauten Knall, dass Volker und ich gleichzeitig zusammenzucken. Vier vermummte Männer stürmen innerhalb weniger Sekunden das Zimmer. Zwei von ihnen packen Volker und zwingen ihn zu Boden, einer hat sich zwischen Volker und mir positioniert, die Pistole auf Volker gerichtet. Ich spüre, wie kräftige Hände mich an meinen Schultern nach hinten reißen. Weg von Volker. In Sicherheit.

Volker liegt schon auf dem Bauch, das Gesicht nach unten. Einer der Männer hat ihm beide Arme schmerzhaft über dem Rücken verdreht. Er wehrt sich nicht.

»Ist gut, Mann! Ich habe es verstanden!«, presst Volker hervor. Nichts passiert. Wie eingefroren verharren die Männer in ihrer Position und auch ich traue mich nicht, mich auch nur einen Millimeter zu bewegen. Schweiß bildet feine, lauwarme Rinnsale auf meiner Stirn und meinen Schläfen und mischt sich auf meinen Wangen mit Tränen. Flach und lautlos atme ich durch die Nase, um in dieser furchtbaren Stille, die sich über die erstarrten Menschen im Raum gelegt hat, auch nicht das leiseste Geräusch zu verursachen.

»Gut!«, sagt schließlich der Mann, der sich zwischen Volker und mir platziert hat. »Es ist vorbei.«

Seine strenge, tiefe Männerstimme kann ich sofort identifizieren: Bröker. Mein Verdacht bestätigt sich, als der Mann seine Sturmmütze abnimmt. Nun ziehen sich auch die anderen drei Männer die Mützen vom Kopf. Chin nickt mir zu. Den Mann, der gerade eben noch Volker auf den Boden gepresst hat, und den, dessen Hände auf meinen Schultern ruhen, kenne ich nicht. Toni ist nicht dabei. Vielleicht steht er im Treppenhaus und sorgt dafür, dass kein neugieriger Nachbar dem Lärm nachgeht und die Wohnung betritt.

Volker rappelt sich langsam auf und sieht mich an wie ein misshandelter Hund. Bröker kommt auf mich zu, nimmt mir die Pistole aus der Hand und nickt anerkennend. »Gut gemacht. Unten wartet ein Taxi. Wir fahren zu Dr. Arends' Praxis und werten deinen Einsatz sofort aus.«

»Okay«, sage ich leise, ohne den Blick von Volker abzuwenden.

Als Volker den Bann endlich bricht, ist seine Stimme noch kratzig: »Du hattest recht. Ich arbeite für das GJK.« Der letzte Satz klingt wie eine Entschuldigung.

Ich fühle mit der Erwartung in mich hinein, dass mein Hass auf diesen Mann, der gerade noch auf mir gekniet und mir ein Kabel um den Hals gezogen hat, von einem Moment auf den anderen verschwindet, weil wir im Grunde genommen Kollegen sind und jeder doch nur seine Aufgabe erledigt hat. Aber der Hass ist noch da. Nichts hat sich geändert. Angewidert stehe ich diesem Volker gegenüber, meine Sinne, meine Nerven und meine Muskeln bis zum Anschlag gespannt, als könnte die Situation noch einmal kippen.

Um mich herum kommt langsam Bewegung in die Gruppe. Die Männer verteilen sich in der Wohnung und beginnen, das Szenario aufzuräumen. Das Drama ist vorbei, man sammelt die Requisiten von der Bühne und zieht den Vorhang zu. Und ich kapiere erst jetzt, dass ich die Hauptrolle gespielt habe. Gespielt. Seit ich sprechen kann, habe ich noch nie ein unpassenderes Wort gedacht. Was hätten sie getan, wenn ich Volker in einem Anfall von Panik mit einer Spiegelscherbe aus dem Badezimmer die Halsschlagader aufgeschnitten hätte?

»Penelope!«, ruft Chin leise, als würde er mich aus einer Ohnmacht wecken wollen. »Nimm die Wanze und dein anderes Zeug und geh mit Herrn Bröker runter zum Taxi. Ich komme gleich nach.«

Während Bröker und Chin ein paar leise Worte mit Volker wechseln, die offensichtlich nicht für meine Ohren bestimmt sind, greife ich nach meiner Kuriertasche. Dann gehe ich zum Papierkorb, fische die Wanze heraus und lasse sie in meine Tasche gleiten.

12
Versagt

Bevor ich die Wohnung hinter Bröker verlasse, spüre ich Volkers Hand auf meinem Arm. Ich drehe mich noch einmal um und sehe ihm direkt in die Augen. Das sind nicht die Augen eines Mädchenmörders. Sein schlechtes Gewissen steht ihm quasi in gelben Leuchtbuchstaben auf der Stirn geschrieben. Und trotzdem hasse ich ihn für das, was er mir angetan hat. Ich meine nicht die Ohrfeige, die war wenigstens ehrlich, ich meine all diese verlogenen Gespräche. Nichts als nahtlos aneinandergereihte Lügen. Das tut auch weh. Und das Kabel. Wie konnte er das nur tun?

»Mach es gut, Penelope«, flüstert er, während er meinen Arm noch einmal zum Abschied drückt. Wir werden uns nicht wiedersehen. Es ist ein endgültiger Abschied. Das ist gut. Wenn ich ihn noch einmal treffe, tue ich ihm richtig weh.

Ich schaffe ein »Tschüs!«, dann renne ich die Treppe hinunter durch die offen stehende Haustür und springe auf den Rücksitz des Taxis, das in zweiter Spur auf mich wartet. Bröker sitzt bereits auf dem Beifahrersitz. Wir schweigen uns an, bis der Taxifahrer direkt vor den Hackeschen Höfen zum Stehen kommt, bis wir die beiden Höfe überquert haben, der Glasfahrstuhl uns in den obersten Stock des linken Seitenflügels befördert hat und wir Arends' großzügige Praxis betreten.

Durch die riesigen Fenster fluten die Strahlen der Nachmittagssonne und tauchen den Raum in weißgelbes Licht. Vier schwarze Ledersessel und eine dazu passende Liege komplementieren den weißen Hochglanzschreibtisch mit den glänzenden Chrombeinen. Neben dem Schreibtisch stehen zwei Chromregale mit akribisch beschrifteten Aktenordner-Reihen. An den Wänden hängen große, quadratische Ölgemälde. Geometrische Formen in aufeinander abgestimmten Grautönen. Eine deckenhohe dunkelgrüne Yuccapalme und Arends' dunkelroter Lippenstift setzen die einzigen Farbakzente im Raum.

Arends sitzt mit übergeschlagenen Beinen und ihrer klassischen Hochsteckfrisur in einem der Sessel. Sie springt hastig auf und heißt uns willkommen. Vor ihr auf dem Acryl-Tisch stehen eine Thermoskanne mit Tee und vier weiße Tassen auf Untersetzern. Ihr Lächeln ist aufgesetzt, ihre Mundwinkel zucken nervös.

»Hallo, Penelope!«, sagt sie, um einen mütterlichen Tonfall bemüht. »Setz dich doch bitte, ich muss mit Herrn Bröker noch einige Formalien klären, wir sind in ein paar Minuten wieder bei dir.«

Ich lasse mich in den hintersten Sessel fallen, ziehe meine Beine an, schlinge meine Arme um meine Knie, starre auf die Tischplatte und nicke als Zeichen meines Einverständnisses. Haut doch einfach ab.

Kaum haben sie den Raum verlassen, ist es vorbei mit meiner Selbstbeherrschung. Die Tränen stürzen unaufhaltsam über meine Wangen und tropfen auf meine Unterarme. Ich kann mein Schluchzen kaum unter Kontrolle halten. Die ganze Anspannung, die ganze Angst, die ganze Wut, der ganze Hass. All diese Scheißgefühle brechen aus mir heraus und entladen sich in einem überwältigenden Weinkrampf, der meinen Körper bis in die Füße und die Fingerspitzen erbeben lässt. Sie wussten, dass ich nicht vor ihnen weinen würde, deswegen haben sie sich für einen Moment zurückgezogen. Jetzt, da ich alleine bin, lasse ich es aus mir herausstürzen und über mich ergehen. Heulen heilt. Psychische Verarbeitung, Abbau von Stresshormonen und all das Zeug. Lass es zu, Penelope. Lass es raus. Sieh es dir an. Konfrontiere dich damit, wie kaputt du bist.

Als Arends, Bröker und auch Chin zurückkehren, habe ich mich beruhigt, sehe aber bestimmt total verheult aus. Sie setzen sich auf die schwarzen Sessel, gießen sich Tee ein und lassen meine verquollenen Augen unkommentiert.

»Wie geht es dir?«, fragt Arends sanft.

Wie soll es mir gehen nach diesem Tag? Blendend, oder was? Ich zucke mit den Schultern und greife nach meiner Tasse. Sie ist warm und ich schließe meine Hände um sie, als wäre es Winter.

»Sie können mit der Auswertung anfangen«, sage ich trocken, damit Arends aufhört, sich emotional in mich einzufühlen. All ihre Versuche in diese Richtung sind ohnehin zum Scheitern verurteilt. Sie erledigt ihren Therapeutenjob ungefähr genauso plump wie Toni seinen Überwachungsauftrag.

Bröker räuspert sich, bevor er zu einer langen Erklärung ausholt. »Der Mörder von Simone und Birgit wurde bereits vor elf Jahren gefasst, musste aber wegen mangelnder Beweislage auf freien Fuß gesetzt werden. Mithilfe einer unserer ersten GJK-Ermittlerinnen gelang es uns, ihn ein halbes Jahr später zu überführen und hinter Gitter zu bringen. Leider hat unsere Ermittlerin damals mit ihrem Leben bezahlt. Sie war äußerst talentiert und hervorragend ausgebildet, aber sie hat zu lange gewartet, sich zu spät gewehrt und letztendlich nicht abgedrückt, als sie dazu Gelegenheit hatte. Wir haben daraus gelernt, dass die Ausbildung nicht reicht, um unsere Ermittler auf die ihnen bevorstehenden Situationen vorzubereiten. Also haben wir die Ausbildung um diesen letzten Test erweitert. Dank der Kamera und der Wanze unserer damaligen Ermittlerin konnten wir den Tatablauf rekonstruieren und authentisch nachstellen. Jeder GJK-Ermittler durchläuft diesen Test, bevor er mit einem realen Fall betraut wird. Wir müssen sichergehen, dass ihr richtig handelt, dass ihr euch rechtzeitig wehrt und im Notfall bereit seid, den Täter zu töten. Wir möchten keine weiteren Ermittler verlieren.«

»Sie haben getestet, ob ich fähig bin, meinen Angreifer rechtzeitig totzuschießen?«, fasse ich Brökers Ausführungen zusammen.

»So ist es.«

»Dann habe ich in Ihren Augen auf ganzer Linie versagt.«

»Wie kommst du darauf?«, fragt Bröker erstaunt.

»Ich habe mich zu spät gewehrt und Volker nicht erschossen.«

Nun schaltet sich Chin ins Gespräch ein. »Was deine Verteidigungsstrategien betrifft, hast du dich hervorragend geschlagen. Volker hat dich in den höchsten Tönen gelobt. Die Kameraaufzeichnungen bestätigen seinen guten Eindruck. Abgesehen davon hast du genau das getan, was ich dich gelehrt habe, und bis zum vorletzten Atemzug gewartet.«

»Das hast du uns gelehrt, Chin, aber in der Praxis hast du uns nicht darauf vorbereitet«, erwidere ich vorwurfsvoll. »Du hast uns beigebracht, uns zu wehren, nicht, uns töten zu lassen.«

»Das ist richtig«, stimmt Chin mir ruhig zu. »Die Faustregel ›vorletzter Atemzug‹ soll dich in Zukunft nur daran erinnern, so lange wie möglich Ruhe zu bewahren, abzuwarten und abzuwägen.«

Nur? Ein weiteres denkbar unpassendes Wort in dieser ganzen Geschichte.

»Durch die Aufnahmen der Wanze und der Kamera haben wir Beweismaterial genug, um den Täter wegen einer versuchten Straftat zu überführen«, ergänzt Bröker. »Dennoch solltest du den Angreifer aber zumindest mit seiner rechtswidrigen Handlung beginnen lassen, damit wir auf der sicheren Seite sind.«

Damit *wer* auf der sicheren Seite ist?, denke ich, doch ich verkneife mir die Frage, weil ich die Antwort darauf nicht hören möchte.

»Du bist die erste Ermittlerin, die durchschaut hat, dass es sich bei dem Fall Volker Waldmann um einen weiteren Test handelt. Damit hast du ein exzellentes Kombinationsvermögen bewiesen. Willst du uns verraten, wie es dir gelungen ist, Volker zu enttarnen?«

Ich spule all die Gedanken ab, die mir vorhin in der Wohnung durch den Kopf geschossen sind: »Der Flyer unter meinem Telefon, die zeitliche Abfolge unserer Treffen, die altmodische Kleidung der Mädchen auf den Fotos, Volkers Passivität bei den Verabredungen, seine Unvorsichtigkeit, die trockene Dusche, seine frisch gewaschenen Haare, dass er wusste, wo ich wohne, die Art, wie er das Kabel zugezogen hat; die Tatsache, dass ihr nicht rechtzeitig interveniert habt. Tausend Kleinigkeiten. Ich weiß es nicht.«

»Beachtlich«, sagt Bröker. »Äußerst beachtlich.«

»Ich hätte mich irren können«, gebe ich zu bedenken und trinke einen Schluck Tee, um die Trockenheit in meinem Mund und die Übelkeit in meinem Magen hinunterzuspülen.

Bröker mustert mich eine Weile nachdenklich, während Arends sich angespannt auf einem Klemmbrett Notizen macht. Chin blickt mit gefalteten Händen und ausdruckslosem Gesicht zum Fenster hinaus über die Dächer Berlins.

Bröker räuspert sich laut und fragt: »Was meinst du, Penelope? Hättest du ihn erschossen oder nicht?«

Ich zucke mit den Schultern. »Ich weiß es nicht.« Und es ist die Wahrheit. Ich weiß es wirklich nicht.

»Gab es viele, die nicht abgedrückt haben?«, frage ich möglichst beiläufig.

»Etwa zwanzig Prozent haben nicht abgedrückt, knapp vierzig Prozent konnten in ihrer Panik nicht mehr rational handeln und haben viel zu früh abgedrückt.«

Werden sie mich jetzt der ersten Gruppe zuordnen? Bin ich verdammt noch mal durchgefallen? Ich spüre, wie die Wut in mir zu brodeln beginnt. Wut auf mich selbst. Auf die Ausbildung. Auf den ganzen verdammten Test. Auf mein Versagen.

»Und welche Konsequenzen hat ein negatives Testergebnis für die Auszubildenden?«, frage ich und versuche, mir meine Enttäuschung und meine Wut nicht anmerken zu lassen.

»Vielen bieten wir an, das Ausbildungsjahr zu wiederholen, aber die meisten nehmen das Angebot bedauerlicherweise nicht an«, antwortet Chin.

»Was bedeutet das für mich?« Auf keinen Fall wiederhole ich. Nicht noch mal. Nicht noch mehr Ratten und Hunde und Demütigungen und Waffen und Blut und Einsamkeit und Schuldgefühle und furchtsame Blicke in den Spiegel.

»Du wirst eingesetzt. Du hast Ruhe bewahrt, du hast hervorragend kombiniert. Du bist eine exzellente Ermittlerin. Es ist uns eine große Freude, mit dir zu arbeiten.« Bröker steht auf und reicht mir feierlich die Hand. Ich nehme sie. »Willkommen im Team, Penelope.«

Chin lächelt und nickt. Arends hält mit dem Schreiben inne und sieht mich nachdenklich an. Ich meine in ihren Augen etwas wie Hilflosigkeit zu erkennen, oder Mitleid. Aber sicher bin ich mir nicht.

Es geht mir schon etwas besser, weil ich geschmeichelt bin von Brökers Kompliment. Obwohl ich mein lächerliches und dennoch unstillbares Bedürfnis nach Anerkennung durchschaue, kann ich es nicht unterdrücken. Stolz auf sich selbst zu sein, ist einfach ein echt erhebendes Gefühl.

»Brauchst du noch etwas, Pen? Oder willst du heute Nacht bei Chin in der Schule schlafen?«, fragt Arends fürsorglich.

»Nein danke. Es geht mir gut.«

Ich werde heute Abend schreiben, die gesamte verdammte Volker-Geschichte in meinen Laptop prügeln. Nichts werde ich auslassen.

Kein Wort, keinen Gedanken, kein Gefühl. Ich werde auch schreiben, dass ich geweint habe. Und dass ich bestanden habe. Dann schicke ich die Geschichte in die Cloud.

»Gut!« Arends lächelt. »Ich bin morgen gegen sechzehn Uhr bei dir für das Coaching! Mach dir keine Umstände, ich bringe Kuchen mit!«

Ich hätte mir keine Umstände gemacht. Arends in meiner Wohnung zu haben, fühlt sich jetzt schon an wie ein Fremdkörper in meiner Luftröhre. Es ist mir überhaupt nicht recht, aber die Wohnung gehört nicht mir, Arends ist mein Coach, ich werde für all das bezahlt, also muss ich mich fügen.

Schon schiebt Bröker mich zur Tür. »Das Taxi wartet unten. Es bringt dich nach Hause.«

13
Baseballschläger und Liebesbriefe

Es ist schon nach acht. Ich klappe den Laptop zu, stelle die Flasche vor die Tür, putze mir die Zähne und kuschele mich in mein Bett. Eine Weile liege ich dort reglos und empfinde nichts außer schrecklicher Müdigkeit. Keine Traurigkeit, keine Angst. Nur Schwere, die meinen ganzen Körper nach unten drückt. Einsamkeit.

In einer Frauenzeitschrift beim Arzt habe ich mal gelesen, dass es am Menschen selbst liegt, ob er die Momente des Alleinseins genießen kann oder sich einsam fühlt. Meistens kann ich sehr gut mit mir allein sein, weil mein Tag oft so voll ist, dass ich froh bin, wenn ich mal ein bisschen Zeit für mich habe. Ich mache ein paar Übungen, dusche lange, rasiere an mir herum oder sortiere meine wenigen Habseligkeiten. Musik höre ich selten, weil ich die Stille liebe. Und seit Neuestem schreibe ich meine Gedanken abends auf. All das habe ich heute bereits getan und jetzt liege ich da, winzig und allein, als hätte man erst meine Haut und dann alle darauffolgenden Schichten abgeschält.

Ich wünschte, Amigo läge schwer und träge auf meinen Füßen, aber Amigo ist kein Mensch, sondern nur ein Tier. Und der Wunsch, ihn gerade jetzt in meiner Nähe zu haben, hält mir noch deutlicher vor Augen, wie wenigen Menschen ich mich ehrlich nahe fühle.

Gefühlte tausend Gedankenfetzen, Erinnerungen, Zwiegespräche und Einschlafversuche später höre ich ein leises Quietschen, dann ein Klacken im Flur. Den Bruchteil einer Sekunde später klirrt Glas.

Die Flasche ist umgefallen.

Jemand hat die Tür geöffnet.

Ich rolle mich aus der Bettdecke, greife nach dem Baseballschläger, ducke mich hinter das Bett, verharre dort einige Sekunden.

Nichts ist zu hören, also rappele ich mich auf und renne auf leisen Füßen zur Zimmertür.

Den Rücken an die Wand gelehnt, lausche ich in die Wohnung.

Nichts.

Ich spähe in den Flur, den Baseballschläger bereit zum Schlag.

Die Wohnungstür ist zu.

Die Flasche ist umgefallen, aber heil.

Neben der Flasche liegt ein weißes Kuvert.

Jemand hat es durch den Briefschlitz geschoben und die Flasche getroffen.

Ich habe keine Schritte auf der Treppe gehört, also steht er noch vor der Tür.

Es hat keinen Sinn, durch den Spion zu gucken, wenn der Mann da draußen eine Schusswaffe hat. Sobald ich die Klappe des Spions zur Seite schiebe, bin ich tot. Also renne ich los und ziehe die Tür auf, den Baseballschläger über den Kopf erhoben. Die Flasche rollt klirrend an die Wand.

Vor mir stehen Mo und Burcu. Burcu stößt einen kleinen Schrei aus. Gleichzeitig stellt Mo sich vor seine Schwester, breitet seine Arme schützend vor ihr aus und ruft: »Alter, bist du bescheuert, oder was?«

Wir starren uns an. Langsam lasse ich den Schläger sinken. Meine Hände zittern, meine Augen tränen. Ich muss völlig verrückt sein, fast hätte ich Burcus Schädel zerschmettert! Was ist nur mit mir los? Dann wird mir meine Nacktheit bewusst. Ich trage Unterhose und Top.

»Ach, ihr seid es«, murmle ich peinlich berührt.

Ich sehe, wie Mo versucht, sich zu sammeln und seine Wut herunterzupegeln. Burcu lugt hinter seinem rechten Arm hervor, ihre weit aufgerissenen Augen sind auf den Baseballschläger gerichtet.

»Volker war bei Kamil, um sich zu verabschieden. Er zieht weg. Er hat mir einen Brief für dich gegeben.« Mo zeigt auf das Kuvert am Boden. Er klingt sauer.

»Woher weißt du, wo ich wohne?«, frage ich und ärgere mich sofort über meinen unfreundlichen Ton.

»Deine Adresse steht auf dem Brief«, erwidert Mo ebenso schroff.

»Unten hängen Briefkästen.«

»Soll ich ihn wieder mitnehmen und in den Briefkasten werfen?«, fragt Mo. Seine dichten schwarzen Augenbrauen haben sich über seiner Nasenwurzel zu einem bitterbösen Blick zusammengezogen.

»Nicht streiten jetzt«, ermahnt uns Burcu und zieht Mo am Arm.

Ich bin zwar seit dem Klirren der Flasche hellwach, komme jedoch erst jetzt richtig zu mir und überreiße die eigentliche Situation. Ich habe Besuch von zwei netten Menschen, die nichts Schlimmes mit mir vorhaben, sondern nur einen Brief übergeben wollten. Also gebe ich mir einen Ruck und frage kleinlaut: »Wollt ihr reinkommen?«

»Ja!«, sagt Burcu und kommt hinter Mo hervor.

»Aber nur kurz«, ergänzt Mo. »Sonst wird es zu spät für Burcu. Mein Vater arbeitet, ich lasse sie abends ungern allein zu Hause. Darum habe ich sie dabei.«

Ich weiche zurück und führe sie ins Wohnzimmer. Mo riskiert noch schnell einen Blick auf meine Beine, bevor ich mich in die Couchdecke wickle. Unsere Blicke treffen sich und ich gebe ihm stumm zu verstehen, dass er mir gefälligst ins Gesicht gucken soll. Er lächelt frech und beginnt sich neugierig in meinem Wohnzimmer umzusehen. Dabei nickt und nickt und nickt er und sagt mindestens dreimal: »Schick. Richtig schick.«

»Wollt ihr etwas trinken? Wasser? Tee? Apfelschorle?«

Burcu ruft: »Eine Cola bitte!«, aber Mo gibt ihr einen leichten Klaps auf den Nacken und bittet um Wasser.

»Ich durfte schon mal Cola trinken«, protestiert Burcu.

»An deinem Geburtstag«, weist Mo sie zurecht.

»Ich habe gar keine Cola zu Hause«, füge ich hinzu. »Cola ist ungesund. Purer Zucker.«

Wir setzen uns mit unseren Wassergläsern auf die Couch und Burcu sorgt dafür, dass eine Unterhaltung zustande kommt: »Spielst du Baseball?«

»Gelegentlich«, antworte ich und ignoriere Mos Seitenblick.

»Ist deine Mutter da?«

»Sie ist weg.«

»Wo denn weg?«, fragt Burcu beharrlich.

»Burcu«, sagt Mo scharf.

»Ist schon okay.« Ich kann es nicht haben, wenn er so mit ihr spricht. »Meine Mutter wohnt in der Nähe von Amsterdam.«

Das GJK hat ihr eine perfekte Künstler-Identität mit Website, E-Mail-Adresse und Telefonnummer verpasst. Sie heißt nicht Madita Jansen, sondern Mareike Sand-Jansen. Im Internet werden unglaublich kitschige Bilder unter ihrem Decknamen zu unverschämt hohen Preisen angeboten, damit sich ja kein Käufer findet. Eventuelle Interessenten werden automatisch mit einem extra eingerichteten Anrufbeantworter des GJK verbunden, Mails landen auf einem E-Mail-Account des GJK und werden dort bearbeitet.

Ich kann also relativ unverfänglich über sie plaudern.

»Weißt du, sie hat ein kleines Atelier und malt den ganzen Tag Landschaftsbilder, die sich nicht besonders gut verkaufen.«

»Warum hängen hier keine Bilder von ihr?«, fragt Mo und deutet auf die leeren weißen Wände des Wohnzimmers.

»Ich mag ihre Bilder nicht«, rutscht es mir heraus.

»Das darfst du nicht sagen!«, flüstert Burcu entsetzt.

Tatsächlich schäme ich mich dafür, das zu sagen. Andererseits schäme ich mich auch jetzt schon für den Moment, in dem Mo eine Malerin namens Sand-Jansen googelt und auf diese geschmacklosen Aquarelle stößt, die das GJK ins Netz gestellt hat. Die Motive auf den echten Bildern meiner echten Mutter wären mir auch peinlich, aber sie sind wenigstens fantastisch gemalt. Ich nehme mir fest vor, sie bei unserem nächsten Telefonat um ein paar ihrer farbenfrohen abstrakten Bilder zu bitten und diese in meiner Wohnung aufzuhängen. Es muss ja niemand wissen, was sie wirklich darstellen.

Burcu legt ihren Kopf schief, wickelt eine Locke um ihren rechten Zeigefinger und sieht mich fragend an. »Also wohnst du hier allein?«

»Ganz allein.«

»Hast du keine Angst?«

»Ein bisschen. Deswegen stelle ich die Flasche vor die Tür. Wenn jemand reinkommt oder mir heimlich einen Brief durch den Briefschlitz steckt, fällt sie um.«

Burcu nickt und sagt: »Mache ich auch.«

»Burcu?«, fragt Mo mit strengem Blick.

»Ab jetzt!«, erklärt sie.

Mo räuspert sich, dann fragt er: »Warst du mit Volker befreundet? Ich meine, weil er dir einen Brief schreibt.«

»Nicht, dass ich wüsste.«

»Oh. Verstehe.«

Ich fasse es nicht. Mo glaubt tatsächlich, dass ich mit Volker etwas hatte.

»Nein, du liegst falsch. Wir haben uns nur ein paarmal ganz gut unterhalten. Das ist alles«, korrigiere ich seine Vermutung.

»Man schreibt jemandem nicht einfach so einen Brief«, stellt Mo fest. »Vielleicht war er in dich verliebt.«

»Ja«, pflichtet Burcu ihm bei, »sehr verliebt. Weil du so schön bist.«

Ich lache. »Danke, Burcu, aber ich glaube nicht, dass er in mich verliebt war.«

»So schön ist sie auch wieder nicht!«, sagt Mo zu Burcu. Es soll ein Witz sein, aber in Wirklichkeit ist es ein kleines Payback und es tut ein bisschen weh.

»Doch«, sagt sie, als gäbe es keine andere Erklärung. »Komm, wir lesen den Brief mal.«

Was soll ich jetzt sagen? Mo hilft mir sofort mit einem strengen »Burcu!« aus der Patsche. Es ist erstaunlich, wie schnell er spürt, wann ich seine Hilfe brauche. Ist das Instinkt oder Menschenkenntnis oder etwas anderes, das ich noch nicht einordnen kann?

»Ich lese ihn später allein und morgen erzähle ich dir, was drinstand, okay?«

Burcu überlegt kurz, dabei presst sie ihre Lippen aufeinander, dann seufzt sie. »Na gut! Warum wohnst du denn nicht da, wo deine Mutter wohnt?« Das Thema scheint sie schwer zu beschäftigen.

»Ich war die letzten zwei Jahre auf der Sportschule und dann wollte ich nicht noch einmal umziehen. Meine Mutter arbeitet sehr viel und hat sowieso kaum Zeit für mich.«

»Das ist schlimm«, sagt Burcu traurig.

»Ich bin ja schon älter. Da muss man nicht mehr so viel Zeit mit seinen Eltern verbringen.«

»Wie alt bist du denn?«

»Sechzehn.«

»Oh!«, sagt Mo erstaunt. »Du siehst jünger aus.«

»Jupp. Ich weiß.«

»Und du warst auf der Sportschule in Berlin-Pankow?« In seiner Stimme liegt Bewunderung.

»Ja. Genau.«

Einen unangenehm langen Moment schweigen wir, bis Mo schließlich feststellt: »Du sprichst nicht viel, was?«

Ich nicke ernst. Als Kind habe ich geredet wie ein Wasserfall, aber seltsamerweise verschwanden nach und nach alle Menschen, mit denen ich mich unterhalten konnte. Mein Vater in Griechenland, meine Mutter im Atelier, meine Oma in den Himmel und meine Mitschülerinnen in den Armen irgendwelcher Jungs, mit denen ich nichts anfangen konnte, weil ich weder Zeit noch Brüste hatte. Wohin werden Mo und Burcu verschwinden?

Ich gebe mir einen Ruck und beschließe, ihnen ein paar Sachen zu erzählen. Unverfängliches von der Sportschule. Da ist doch nichts dabei. Und das, was ich nicht erzählen möchte, lasse ich halt weg.

»Als ich vierzehn Jahre alt war, kam der Leiter der Sportschule Berlin an meine damalige Schule und sah bei den Bundesjugendspielen zu. Er suchte Nachwuchs für seine Kaderschmiede und hatte dafür den ganzen Weg von Berlin bis an die niederländische Grenze auf sich genommen. Dort wohnten wir damals. Noch am selben Tag stand er bei uns vor der Tür, drückte meiner Mutter eine Broschüre in die Hand und bot mir einen kostenlosen Platz im Internat der Sportschule an.«

»Fett«, sagt Mo.

Ich muss lachen. »Meine Mutter war sehr stolz auf mich. Sie wusste, dass ich auf der Sportschule besser aufgehoben sein würde als in ihrem Atelier. Der Freund meiner Mutter versuchte uns die Sportschule auszureden, aber ich wollte unbedingt hin.«

Mo zuckt die Schultern. »Ist ja klar.«

»Meinst du?«, frage ich und seine Antwort ist mir wichtig.

»Hätte jeder gemacht«, sagt er voller Überzeugung.

Ich nicke, starre auf meine Hände und spreche in Gedanken weiter. Erzähle schweigend das, was Mo und Burcu nie erfahren dürfen. Ich schwöre, ich hatte keine Ahnung, auf was ich mich einließ. Herr Evens Angebot war damals nur der perfekte Weg, meinem ursprünglichen Ziel ein Stückchen näher zu kommen: Ich lief ja, um im Notfall vor dem bösen Mann in unserem Garten weglaufen zu können, und ich kämpfte, um mich gegen ihn wehren zu können, wenn er mich eingeholt hatte. Ich brauchte jemanden, der mich an meine Grenzen trieb und mich dann zwang, sie zu überwinden, um in Zukunft zu überleben.

»Dann ging alles ganz schnell«, fahre ich fort. »Wenige Wochen nach Herrn Evens Besuch sammelte ich mein ganzes Zeug vom Dachboden und aus den Regalen meines Zimmer zusammen, stopfte es in zwei große Rote-Kreuz-Tüten und brachte es in die Kirche im nächsten Dorf.«

Burcu sieht mich mit großen Augen an und sagt nachdenklich: »Das war gut. Spenden ist gut. Manche Menschen haben ja *gar* nichts.«

Was geht nur in dem Kopf dieses kleinen Mädchens vor? Es macht sich so viele Gedanken. Was sie aufschnappt, sackt so tief in sie hinein und drückt auf ihr Gemüt. Ich spreche weiter, für sie. Weil sie mir zuhört. Weil sie an meinen Lippen hängt und jedes meiner Worte in sich aufsaugt.

»Nur die wichtigsten Erinnerungsstücke habe ich in einer beschrifteten Umzugskiste in meinem Kinderzimmer zurückgelassen. Dann habe ich mich von meiner Mutter und Pierre und meinem Hund Amigo verabschiedet.« Ich zeige auf das Foto an der Kühlschranktür. Burcu springt auf, läuft zum Kühlschrank, betrachtet das Foto und quietscht entzückt. »Ist der süüüüüß!«

»Ja.« Ich lache. »Ich habe ziemlich geheult.«

»Wegen Amigo und weil du bald ganz allein sein würdest«, flüstert Burcu verständnisvoll, ohne ihren Blick vom Foto abzuwenden.

Ich lächele sie an. »Wegen Amigo. Genau.«

Ich habe geheult, als wir von unserer Auffahrt auf die holprige unbeleuchtete Dorfstraße fuhren, ich habe auf der Landstraße geheult und auf der Autobahn, ich habe auf dem Parkplatz der Sportschule in Berlin-Pankow geheult. Ich habe geheult, während ich meine Siebensachen in die vier großen Fächer meines weißen Spindes stopfte und Amigos Welpenfoto und die Postkarten meines Vaters in chronologischer Reihenfolge auf die Innenseite der Tür klebte. Meine Mutter saß still auf meinem Bett und sah mir gedankenverloren zu. Unfähig, mir zu helfen. Unfähig, Entscheidungen zu treffen.

Burcu ist auf die Couch zurückgekehrt und lehnt sich müde an Mos Schultern. Er legt einen Arm um sie und drückt sie an seinen Brustkorb.

Ich möchte auch so einen großen Bruder, einen zum Anlehnen, einen, der mich beschützt.

»Erzähl weiter von der Sportschule«, sagt Mo leise und streichelt Burcus Gesicht. Er möchte, dass sie einschläft.

»Die Zeit an der Sportschule war schon okay. Vormittags war ich ganz normal in der Schule und nachmittags stand ein dreistündiges Leichtathletik-Training auf dem Stundenplan. Ich hatte drei Mitbewohnerinnen auf meinem Zimmer. Sie waren auf andere Sportarten spezialisiert, Volleyball, Schwimmen und Tennis. Wir sahen uns nur vormittags in der Schule, nachmittags machte jede von uns ihr Ding und abends waren wir meistens zu erschöpft, um uns noch über tiefsinnigere Themen als effektives Bauchmuskeltraining und eiweißhaltige Ernährung zu unterhalten.«

Bei der Erinnerung an die drei muss ich lächeln. Ich mochte diese Mädchen. Unter ihnen fühlte ich mich zum ersten Mal wieder halbwegs normal, denn jede von uns hatte einen Hang zum Extremen, zur Selbstkasteiung und zu massiven Zweifeln, ob das, was wir leisteten, jemals ausreichen würde. Als ich aus meinen Erinnerungen auftauche, sehe ich, dass Burcu in Mos Armen eingeschlafen ist. Er streichelt ihr Gesicht und lächelt mich an. »Wenn sie mal eingeschlafen ist, schläft sie wie ein Elefant.«

»Du meinst wie ein Murmeltier.«

»Nein, wie ein Elefant. Wir können leise weiterreden. Was war da mit Jungs? Ich meine, lauter attraktive Sportler. Da muss es ja ziemlich abgegangen sein.«

Mit Mo zu reden, fühlt sich gut an, also rede ich weiter über Dinge, die ihn nichts angehen.

»Ich weiß zwar nicht, warum dich das interessiert, und es geht dich eigentlich gar nichts an, aber ja, es ging ziemlich ab. Meine Mitbewohnerinnen haben Schwarmlisten und Kusslisten geführt und sich gegenseitig mit der sportlichen Leistung ihrer zahlreichen Kurzzeitfreunde übertrumpft.«

Ich muss grinsen, weil Mos Miene sich zusehends verfinstert.

»Und du?«, fragt er möglichst gefühlsneutral, aber es gelingt ihm nicht ganz.

»Ich hatte einfach keine Zeit für Jungs. Abgesehen davon, haben sich die Jungs unserer Schule für lange Haare und große Brüste interessiert.«

»Lange Haare und große Brüste? Ist ja widerlich.«

Er bringt mich zum Lachen und ich mag das so sehr.

»Ja, total abartig. Und ich sah damals aus wie ein Strichmännchen mit Igelfrisur.«

»Hast dich ja kaum verändert.«

»Sehr witzig.«

»Und die bieten da auch Karate an?«

»Ju-Jutsu. Die Teilnahme ist freiwillig, steht aber nur denen offen, die auch gut in der Schule sind. Das Training war total klasse. Unser Trainer lächelte genau einmal pro Tag zur Begrüßung.« Mo amüsiert sich sichtlich darüber, wie ich Chin imitiere. »Er konnte ausnahmslos alles: Bretter mit dem Fußballen zertreten, Bretter mit der Handkante zerschmettern, stundenlang in der Hocke kauern, Judo-Wurftechniken, Kickboxen, Messerwerfen. Sein Training war knallhart. Wenn wir einen Fehler machten, mussten alle die Übung von vorne anfangen, bis unsere Muskeln versagten. Wer das nicht aushielt, brach das Training ab und kam nie wieder. «

»Du bist dabeigeblieben?«

Ich nicke. Natürlich blieb ich. Ich hatte endlich jemanden gefunden, gegen den ich kämpfen konnte. Chin konfrontierte mich mit meinen Grenzen und zeigte mir, wie mein Wille meinen Körper bezwingen konnte. Dieser Akt der Bezwingung war ein unbeschreiblicher Moment. Ein Schrei. Ein kurzes, die Seele veränderndes Glück.

»Das erklärt unsere romantische Begegnung auf der Toilette«, stellt Mo anerkennend fest.

»Ja!«, ich lache kurz auf. »Weißt du, bei diesem Training hatte ich zum ersten Mal in meinem Leben das Gefühl, gegen meine Angst ankämpfen zu können.« Ich höre mich selbst sprechen und glaube nicht, was ich da gerade sage. Was ist los mit dir, Penelope? So lenkst du das Gespräch in eine ganz ungute Richtung.

»Wovor hast du denn Angst?«, fragt Mo leise und legt seine Hand auf Burcus Ohr, als wolle er sie vor der Wahrheit beschützen. Aber vorsichtshalber erzähle ich ihm nicht von dem bösen Mann, der in unserem Garten lauert, seit ich denken kann. Von dem Mann, der all die Mädchen auf den Bildern meiner Mutter getötet hat.

»Du weißt ja. Ich bin oft allein gewesen.«

Mo nickt und wartet, aber mehr gebe ich nicht preis. Heute nicht. Als Mo spürt, dass er an diesem Punkt nicht weiterkommt, lenkt er seine unbändige Neugier in eine neue Richtung. »Du bist ganz schön ehrgeizig, was?«

Ich nicke.

»Ich auch«, sagt Mo. »Ich kann das einfach nicht ertragen, wenn ich an meine Grenzen stoße, verstehst du?«

Ich verstehe ihn nur allzu gut, aber ich sage lieber nichts.

»Etwas nicht zu wissen, nicht zu kapieren oder zu vergessen, macht mich fertig. Kennst du das Gefühl, das in dir hochkommt, wenn du dich durch die Level eines Computerspiels kämpfst?«

Ich habe eine vage Vorstellung, also nicke ich wieder.

»Ich zocke echt nicht viel, dazu habe ich gar keine Zeit, aber dieses Gefühl, diese Anspannung, dieses Fieber, schlechte Laune, wenn es nicht klappt, und der Adrenalinkick, wenn es fast funktioniert. Das habe ich auch im normalen Leben. Dieser Kick, der treibt mich an, verstehst du? Beim Krafttraining zum Beispiel oder beim Joggen.«

Wahnsinn. Wer hätte gedacht, dass dieser Mensch auf meiner Couch mir so ähnlich ist. Das haut mich um. Das haut mich um.

»Gute Voraussetzungen für ein Medizinstudium«, sage ich. Gute Voraussetzungen für einen Job beim GJK, denke ich. »Geht mir so ähnlich. Deswegen musste ich aufhören mit der Sportschule. Ich habe mich fertiggemacht, weißt du. Ich war nie zufrieden mit mir selbst. Das machte dich kaputt. Also habe ich die Notbremse gezogen. Jetzt jogge ich nur noch. Das ist etwas anderes. So eine Art Ausgleich. Reine Entspannung.«

Mir dreht es den Magen um, weil ich Mo anlüge. Aber er hat das Recht auf einen wahren Moment. Ich muss die Reißleine ziehen und einen fairen Ausstieg finden. »In den Weihnachtsferien besuche ich meistens meine Mutter. Vormittags laufe ich mit Amigo durch den weiß gepuderten Wald an einem zugefrorenen Fluss entlang. Es ist so schön, durch die eisige Kälte zu joggen und langsam von innen heraus warm zu werden. Du läufst über den unberührten Schnee, der vor dir ausgebreitet liegt wie eine perfekt gewebte, watteweiße Decke.«

»Klingt gut.« Mo sieht mich unverwandt an.

Warum erzähle ich ihm das? Vielleicht weil er nichts mit all den schrecklichen Dingen zu tun hat, die passiert sind und noch passieren werden. Und es tut gut, sich an die unschuldigen Momente des Lebens zu erinnern. In meinem Fall sind es ohnehin zu wenige, um daraus genug Kraft zu schöpfen. Viel zu wenige, um behaupten zu können, mein Leben sei gut gelaufen. Und wie es so ist: Das Schöne verschwimmt wie ein Foto, das langsam auf den Grund meiner Erinnerungen sinkt, aber die Grausamkeiten, die wir erleben, meißeln immer schwärzere Bilder in unsere Seele.

»Was denkst du?«, fragt Mo und sieht mich forschend an. Ich habe eine zu lange Gesprächspause zugelassen. Ich denke zu viel und rede zu wenig. Aber so viel von dem, was ich denke, darf ich nicht erzählen. Also versuche ich wenigstens, nicht zu lügen. Das bin ich Mo schuldig.

»Ich denke an meinen Vater. An die vielen Weihnachtfeste und Geburtstage, die ich ohne ihn gefeiert habe.«

»Ich denke auch gerade an meine Mutter«, sagt Burcu und sieht mich mit wachen Augen an.

»Du bist wach?«, fragen Mo und ich gleichzeitig.

»Die ganze Zeit!« Burcu grinst.

»Stimmt nicht!«, sagt Mo und boxt Burcu sanft in den Arm.

»Stimmt wohl! Du hast gesagt, Penelope sieht aus wie ein Strichmännchen, weil sie keine Brüste hat.«

»Das habe ich überhaupt nicht gesagt!«, ruft Mo und läuft rot an.

»Hast du wohl«, pflichte ich Burcu bei.

»Wenn es brenzlig wird, halten Frauen zusammen«, entgegnet Mo gelassen. »Die Nummer kenne ich schon. Komm, Burcu, wir gehen. Du musst ins Bett.«

Als sie sich verabschieden, schlingt die kleine Burcu ihre Arme um meine Taille und drückt Stirn und Nase an meine Rippen. Mo küsst mich rechts und links auf die Wange. Ich fühle mich etwas überrumpelt, aber seine Küsse haben etwas Warmherziges, Familiäres. Nichts anderes schwingt mit und das ist auch besser so.

»Tschüs, Strichmännchen«, murmelt er und zieht Burcu ins Treppenhaus.

Sobald die beiden zur Tür raus sind, schnappe ich mir das Kuvert und setze mich damit auf die Couch. Wieder und wieder drehe und wende ich Volkers Brief im meinen Händen, aber ich will ihn nicht öffnen. Ich spüre noch Burcus Gesicht an meinen Rippen und Mos

Küsse auf meiner Haut und ich habe Angst, dass das Gefühl verschwindet, sobald ich diesen Brief lese.

Was für eine kranke Scheiße hat Volker mir geschrieben? Weitere Lügen? Bruchstücke einer Wahrheit? Die ganze Wahrheit? Und wenn es die Wahrheit ist, will ich sie wissen? Lebe ich nicht glücklicher, wenn ich die schlimmsten Wahrheiten niemals erfahre? Nein. Definitiv nicht. So bin ich nicht. Ich lebe lieber mit einer unerträglichen Wahrheit als mit dem unerträglichen Gefühl, eine Lüge zu leben. Mach das Ding auf, Penelope. Mach es einfach auf. Face it.

Liebe Penelope,

ich schreibe dir diesen Brief, um dir zu sagen, dass mir das, was zwischen uns passiert ist, aufrichtig leidtut. Ich hatte mir beim letzten Mal geschworen, mich nicht noch einmal in diese Situation zu begeben, aber letztendlich haben wir wohl beide nur unseren Job gemacht.

Vielleicht wird es dich gar nicht interessieren, aber es ist mir ein Bedürfnis, dir nach all den Lügen, die ich dir auftischen musste, die Wahrheit über mich zu sagen: Ich heiße Volker Waldmann und bin neunundzwanzig Jahre alt. Nach der neunten Klasse habe ich die Schule geschmissen und an einer privaten Schauspielschule eine Ausbildung gemacht. Den Sprung auf eine der wenigen staatlichen Schulen habe ich nie geschafft und nach meinem Abschluss habe ich keinen Fuß in die Tür gekriegt. Ein paar Komparsenrollen beim Film, ein paar schlecht bezahlte Auftritte auf Kleinkunstbühnen. Mehr war nicht drin. Mein Geld habe ich vor allem als Kellner verdient. Vor zehn Jahren erhielt ich einen Anruf von einem Mann namens Bröker, der mich zu einem Casting einlud. Er hatte mein Profil auf einem Portal für Schauspieler auf Jobsuche gefunden und gab vor, Schauspieler für die Rolle des Mädchenmörders in einem Tatort zu casten. In Wirklichkeit suchte er einen sportlichen Schauspieler, der dem Mörder von Simone und Birgit ähnelte. Der Fall ging damals wochenlang durch die Medien.

Nach dem Casting boten sie mir eine Ausbildung bei der Polizei an, wenn ich dazu bereit wäre, gegen ein (ziemlich verlockendes) Honorar den »Abschlusstest« mit den GJK-Ermittlern durchzuführen. Ich nahm das Angebot an und ging bei Bröker unter Vertrag.

In all diesen Jahren habe ich daran geglaubt, dass das, was ich tue, richtig ist, weil es euch Ermittlern eines Tages das Leben retten wird. Trotzdem war jeder einzelne Test für mich der blanke Horror. Es ist schwer in Worte zu fassen, aber in jedem dieser Tests gab es diesen alles verändernden Moment, in dem das Mädchen mir gegenüber über Leben oder Tod, über Versagen oder Schuld entscheiden musste. Ich kann nur ahnen, wie so etwas sich anfühlt, weil ich selbst eine derartige Entscheidung nie treffen musste. Aber ich habe in ihren Augen gesehen, wie etwas in ihnen zerbrochen ist in diesem einen, alles entscheidenden Moment, in dem sie abgedrückt haben oder eben auch nicht. In dem sie von vornherein nur versagen konnten, egal, wie sie sich entschieden hatten. Ich denke, jeder von uns hat seinen persönlichen Albtraum, der Blick dieser Mädchen wird mich mein Leben lang verfolgen.

Du, Penelope, bist die erste Ermittlerin, die dieser Entscheidung entkommen ist, weil du die Situation rechtzeitig durchschaut hast. Deswegen glaube ich, dass du etwas ganz Besonderes bist. Zumindest für mich.

Trotzdem tut es mir aufrichtig leid, dass ich dich in diese Situation gezwungen, dich belogen und dir wehgetan habe.

Nachdem ich mich seit über zwei Jahren um einen anderen Posten bemüht habe, hat Bröker vor drei Wochen endlich eine neue Verwendung für mich gefunden. Hinter dem Schreibtisch, wie man so schön sagt. Ich werde aus Berlin wegziehen und ein neues Leben anfangen.

Ich hoffe, dass du auch in Zukunft in der Lage sein wirst, die richtige Entscheidung zu treffen, wenn andere die Fähigkeit verloren haben, zwischen richtig und falsch zu unterscheiden. In diesem Sinne wünsche ich dir für deine bevorstehenden Aufgaben und deinen weiteren Lebensweg alles nur erdenklich Gute.

Volker

Ich setze mich sofort an meinen Laptop, um Volkers Brief fein säuberlich abzutippen. Dann zerreiße ich ihn in hundert winzige Fetzen und entsorge ihn im Müll unter meiner Spüle. Wofür überhaupt? Für wen? Mir kommt es gerade so furchtbar lächerlich vor, diese ganzen krassen Geschichten für irgendjemanden aufzuschreiben, den es vermutlich gar nicht gibt. Genau genommen jage ich doch nur meine Sorgen durch ein Bündel irdischer Glasfaserkabel, um sie auf der gigantischen Festplatte eines noch gigantischeren Computers zu speichern. Aber weil mir nichts anderes übrig bleibt, weil ich eben niemanden habe, dem ich mich anvertrauen kann, schreibe ich trotzdem alles auf.

Was denke ich jetzt? Ich horche in mich hinein und versuche herauszufinden, was ich fühle. Es ist erschreckend, wie sich meine Gefühle von meinem Verstand abkoppeln und in dem dunkelsten und tiefsten und stillsten Ort in mir verstecken können. Langsam tastet sich mein Verstand in mich hinab und lauscht dem dumpfen Geflüster meiner zusammengekauerten Gefühle.

Da ist Erleichterung. Erleichterung darüber, dass meine Menschenkenntnis in Bezug auf Volker nicht völlig versagt hat. Volker ist kein kranker Mörder, sondern ein ganz normaler Mensch, der nicht viel zustande gebracht hat in seinem Leben. Wenigstens schafft er es, sich schriftlich für seine Fehler zu entschuldigen.

Was ist da noch? Da ist ein Cool down. Ein Gefühl der Komprimierung. Mein Hass auf den Menschen, der mir vor wenigen Stunden noch als todbringender Psychopath gegenüberstand, kühlt ab. Zorn und Wut und Feindseligkeit, die vorhin noch jede Zelle meines Körpers besetzt haben, verkriechen sich tief in meinem Inneren und warten still und reglos auf ihren nächsten Einsatz.

Was bleibt, ist das Gefühl, in einer Höhle zu tauchen und nicht mehr sicher zu sein, ob das Licht, das ich sehe, auch der Ausgang ist. Das Gefühl, vom GJK belogen worden zu sein. Ich werde mir nicht die Mühe machen, nachzuzählen, wie viele einzelne Lügen sie mir (und den anderen Auszubildenden) aufgetischt und wie viele Versprechen sie gebrochen haben. Angefangen von der lächerlichen Anweisung, erst vor dem letzten Atemzug zu töten, bis hin zu dem Versprechen, rechtzeitig einzugreifen. Und haben sie es mit Volker nicht genauso gemacht? Sie haben ihn für einen ›Tatort‹ gecastet, um ihn dann jahrelang durch seinen ganz persönlichen Albtraum zu schicken, damit die neuen Ermittler eine höhere Überlebenschance haben.

Sie lügen, um zu beschützen. Heiligt der Zweck die Mittel? Mag sein. Aber woher weiß ich, was und wem ich in Zukunft glauben soll?

14
Eine neue Vergangenheit

Ich habe geschlafen bis in die Puppen. Ein schwarzer, traumloser Schlaf. Der Schlaf eines gefühllosen Steins.

Bis Arends kommt, absolviere ich mein gesamtes Sportprogramm: Joggen im Volkspark, ein paar Ju-Jutsu-Abfolgen, Krafttraining, Yoga.

Ich dusche, rubbel meine Haare trocken, schlüpfe in eine Jogginghose und ein weites T-Shirt, setze einen Tee auf und als ich ihn aufgieße, klingelt es an der Tür.

Durch den Spion erkenne ich Arends' Gesicht, selbst in der starken Verzerrung des gewölbten Glases wirkt es perfekt geschminkt.

Ich öffne die Tür und lasse sie herein. Sie balanciert Kuchen vom Bäcker auf einem Pappteller.

»Hallo!«, sagt sie freundlich, fast schüchtern und sieht sich um, als würde sie die Wohnung zum ersten Mal betreten.

»Schön hast du's hier, oder?«, ruft sie aus.

»Möchten Sie einen Früchtetee?«, frage ich, um ihre geheuchelte Begeisterung auszubremsen.

»Danke!«, flötet sie. »Sehr gerne.«

»Wohin wollen Sie sich setzen?«

»Auf die Couch?«, fragt sie zurück. »Das ist gemütlicher.«

Dann bringt sie den Kuchen in die Küche, holt zielsicher Teller aus dem Schrank über der Spüle und ein Kuchenmesser aus der Besteckschublade. Wahrscheinlich hat sie die Küche für mich eingerichtet.

»Von mir aus«, erwidere ich und gieße uns beiden Tee ein. Sie deckt den Tisch und bringt den Kuchen. Käsesahnetorte. Ich liebe Käsesahnetorte, kann mich aber nicht daran erinnern, das ihr gegenüber mal erwähnt zu haben.

Wie immer beginnt unsere Sitzung mit einem beidseitigen Schweigen. Arends möchte, dass ich beginne, ich will, dass sie mit diesem albernen Therapeuten-Spielchen aufhört und mich einfach das fragt, was sie wissen will.

Also schweigen wir. Sie lächelt und sieht mich erwartungsvoll an. Ich gucke desinteressiert in meine Teetasse.

»Nun!«, bricht sie endlich das Schweigen. Natürlich. Entweder hält sie das Schweigen schlecht aus oder sie möchte die Sitzung nicht unnötig in die Länge ziehen, weil sie statt eines Stundenlohns nur eine Pauschale für mich kassiert.

»Wie geht es dir?«

»Gut.«

»Vermisst du deinen Vater, Pen?«

»Selten. Würden Sie mich bitte bei meinem vollständigen Namen nennen?«

»Aber natürlich. Hast du Kontakt mit deinem Vater, Penelope?«

»Nein.«

»Wie geht es deiner Mutter?«

»Gut.«

»Telefoniert ihr regelmäßig?«

»Ja.«

»Ist sie glücklich mit ihrem neuen Freund?«

»So neu ist er inzwischen ja nicht mehr. Aber ich denke, dass sie glücklich ist mit ihm. Soweit man das von außen beurteilen kann.«

»Malt sie denn noch?«

»Sie wird nie damit aufhören.«

»Verkauft sie ihre Bilder?«

»Das weiß ich nicht. Ich glaube nicht.«

»Hat sie finanzielle Probleme?«

»Nicht, dass ich wüsste.«

»Fühlst du dich manchmal allein, Pen?«

»Selten. Bitte nennen Sie mich Penelope.«

»Was für eine dumme Angewohnheit von mir. Entschuldigung.« Arends tastet ihre Frisur ab. Eine reine Übersprungshandlung. Die

Haare sitzen. »Wie kommst du mit dem selbstständigen Training klar, Penelope?«

»Es geht bis jetzt.«

»Und sonst?«

»Ich komme klar.«

»Wie geht es dir mit Volker?«

»Es war nur ein Test.«

»Das ist wahr. Es war eine gute Vorbereitung. Zu deinem Schutz, Pen.«

»Ich weiß. Danke.« Ich weiß nicht, wie viele dieser unergiebigen Gespräche ich mit Arends bereits geführt habe. Sie ist eine unfassbar miese Psychologin und ich frage mich, warum das GJK sie engagiert hat. Beziehungen. Etwas anderes kann es nicht gewesen sein. Ich wette, sie vögelt mit Bröker.

»Nun«, sagt sie und klatscht in die Hände. »Du kommst in eine neue Klasse. Ein ganz normales Umfeld. Für dich sicherlich erst einmal etwas gewöhnungsbedürftig. Also besprechen wir zunächst einmal Möglichkeiten der ersten Kontaktaufnahme.«

»Okay«, ich nicke und dann rassle ich die Liste herunter: »Erstens: Ich bitte um Hilfe, Beispiele: ›Bei wem gebe ich die Entschuldigungen ab? Wie komme ich noch mal zum Sekretariat?‹ Zweitens: Ich mache ein Kompliment für Kleidung oder Haarschnitt, Beispiele: ›Schickes Kleid. Tolle Schuhe. Echt eigenwilliger Stil, aber gefällt mir. Cooler Haarschnitt, bei welchem Friseur bist du?‹ Drittens: Ich täusche eine Verwechslung vor, Beispiele: ›Bist du Klassensprecher? Bist du nicht der zweite Schülersprecher? Bist du nicht Bens Schwester?‹ Viertens: Ich kaufe in der Cafeteria zwei Getränke und setze mich mit an den Tisch. Bei allen vier Möglichkeiten lächle ich mein Gegenüber offen an und halte den Augenkontakt. Keine verschränkten Arme, nicht zu viel Gewicht auf ein Bein verlagern, beides wirkt abweisend. Füße nicht zu weit auseinanderstellen, das wirkt überlegen. Hände nicht in die Hüften stemmen, das wirkt angriffslustig, Schultern nicht einziehen, das wirkt zu schüchtern und uninteressant, nicht zu viele Bewegungen ausführen, das wirkt nervös und unsicher.«

Während meines Vortrags halte ich meine Arme verschränkt, lehne mich eine Nummer zu lässig in die Couch und blicke desinteressiert an Arends vorbei auf die gegenüberliegende Wand. Kurzum: Ich signalisiere Arends genau das Gegenteil von dem, was ich gerade zu erfolgreicher zwischenmenschlicher Kontaktaufnahme referiert habe. Ich weiß nicht, warum ich das tue. Vermutlich, weil ich Arends einfach nicht besonders mag.

»Gut. Das sitzt«, sagt Arends und sieht mich nachdenklich an. Dann fügt sie mit deutlich ironischem Unterton hinzu: »Kontaktaufnahme und vor allem Sympathiegewinnung sollten dann ja kein Problem für dich sein.« Sie hält ihre Wirbelsäule etwas zu aufrecht, ihren Kopf etwas zu hoch. Allzeit angespannt, allzeit kontrolliert. Trotzdem lässt sie mich spüren, dass die Arroganz meiner emotionslosen Aufzählung deplatziert ist, da ich ihre Hilfe noch brauchen werde.

Keine Ahnung, ob eine Therapeutin ironisch sein darf. Es spielt auch keine Rolle, Arends hat nämlich recht. Ich werde auf ihr Coaching angewiesen sein, wenn ich an meiner neuen Schule und in meinem neuen Leben klarkommen und dabei auch noch erfolgreich ermitteln möchte. Also reiße ich mich am Riemen, setze mich etwas aufrechter hin und sehe Arends ins Gesicht. Unsere Blicke treffen sich.

»Besprechen wir als Nächstes deine Biographie. Erzähl mir bitte von deinem Vater«, fordert sie mich auf. In ihrer Stimme liegt wenig Hoffnung.

Ich versuche dieses Mal nicht ganz so gelangweilt zu klingen, damit wir uns beide besser fühlen. »Er war Grieche und hieß Angelos Sand. Wir haben zu Hause nur Deutsch gesprochen. Schade, ich hätte gerne Griechisch gelernt. Na ja. Wenigstens mein Name ist griechisch. Mein Vater ist gestorben, als ich fünf Jahre alt war.« Ich zögere etwas. Selbst wenn es diesen Angelos nie gegeben hat und mein Vater nicht gestorben ist, fühlt es sich traurig an, über seinen Tod zu sprechen. »Bauchspeicheldrüsenkrebs. Das ging sehr schnell. Acht Wochen nach seiner Diagnose war er tot. Meine Mutter war bei ihm, als er starb.« Diesen Teil der Geschichte habe ich dazuerfunden, weil ich ihn beruhigend finde. »Ich kann mich kaum mehr an meinen Vater erinnern. Mir sind nur ein paar Fotos geblieben und ich weiß nicht, ob ich mich wirklich an meinen Vater erinnere oder nur an den Mann auf den Fotos.« Und das entspricht der Wahrheit. »Mein Vater arbeitete im Vertrieb für einen japanischen Textilhersteller. Er war viel unterwegs. In ganz Europa, in Asien, in den Vereinigten Emiraten. Er hat uns sehr viel

Geld hinterlassen. Damit finanziere ich meine Wohnung und später mal mein Studium.«

»Sehr gut.« Arends nickt zufrieden. »Klingt authentisch.«

Ich gieße uns noch einen Tee ein und halte ein Referat über meine Mutter. Mareike Sand-Jansen, die Malerin, wohnhaft in der Nähe von Amsterdam.

Arends macht mit ihrem Mont Blanc Füller einen Haken auf die Liste, die sie auf ihr Klemmbrett gelegt hat. Der Füller hat mindestens vierhundert Euro gekostet. Wie viel Geld bekommt sie eigentlich für eine Sitzung mit mir? Ich sehe, wie sie mit Augen und Stift zum nächsten Punkt wandert. Da ich die Liste mehrfach mit ihr durchgearbeitet habe, weiß ich, was nun folgt: Sie hat so eine Art Anleitung zur Erschleichung des Vertrauens der Mitmenschen konzipiert. Sie nennt es lächerlicherweise Laff, das heißt »Leitfaden zum Aufbau einer festen Freundschaft«. Der Leitfaden besteht aus sieben, meiner Meinung nach ziemlich platten Handlungsanweisungen. Sie weiß, dass ich die Punkte wie alles andere auswendig gelernt habe, es wäre also sinnlos, die Punkte stumpf abzufragen. Ich befürchte deshalb, sie schlägt eine Simulation vor.

»Wir werden jetzt ein Gespräch simulieren, in dem du versuchen sollst, möglichst viele der Laff-Punkte anzuwenden.«

Ich unterdrücke mein Bedürfnis, laut aufzustöhnen und die Augen zu verdrehen, weil ich genau weiß, was jetzt kommt: Arends spielt eine zukünftige Schulfreundin, ich spiele eine nette Penelope. Ihr machen diese Simulationen richtig Spaß. Wahrscheinlich denkt sie, dass sie das geistig jung hält oder so. Mich öden diese Gespräche an. Ganz offensichtlich versucht Arends als zukünftige Schulfreundin genau die Sachen über mich in Erfahrung zu bringen, die ich ihr in den normalen Sitzungen nicht anvertrauen will. Sie glaubt allen Ernstes, dass sie in der Rolle einer ›Freundin‹ erfährt, wie es mir wirklich geht. Das ist doch peinlich. Also beschließe ich, den Spieß umzudrehen. Richtig umzudrehen. Jeden einzelnen Laff-Punkt an Arends abzuarbeiten. Nicht an der Arends, die als mittelmäßige Amateurschauspielerin eine potenzielle Freundin simuliert, sondern an der allzeit angespannten, kontrollierten, überkorrekten, unzugänglichen Dr. Nina-Maria Arends.

»Wollen wir nicht eine kurze Pause machen?«, frage ich sie und bemühe mich, freundlich zu klingen. »Nur ein paar Minuten? Ich setze uns noch einen Tee auf.«

»Gerne!«, erwidert Arends. »Dann benutze ich mal eben dein Badezimmer.«

»Die nächste Tür links!«, sage ich, obwohl sie natürlich weiß, wo das Badezimmer ist. Sie wird nicht die Toilette benutzen, sondern nur ihren Lippenstift nachziehen und ihr Gesicht etwas pudern.

Als Arends einige Minuten später frisch geschminkt auf der Couch Platz nimmt, starte ich meinen Angriff: »Darf ich Sie etwas fragen?«

»Sicher.« Sie greift nach ihrem Tee.

»Wie lange arbeiten Sie schon für das GJK?« Ich lasse unbefangene Neugierde in meiner Stimme mitschwingen.

»Seit zwölf Jahren. Seit das GJK ins Leben gerufen wurde.«

Ich gehe ins Wohnzimmer und lehne mich dort an die Anrichte. Nicht zu lässig, nur entspannt. »Das heißt, Sie kennen alle GJK-Ermittler, die jemals ausgebildet wurden?«

»Ja.« Arends sieht mich aufmerksam an, da sie nicht weiß, worauf ich hinauswill. Damit sie sich nicht in die Ecke gedrängt fühlt, aber beim Thema bleibt, schlage ich einen kleinen Umweg ein. »Diejenigen von uns, die aus Berlin weggehen, sehen Sie die jemals wieder?«

»Nein. Ich höre nur ab und zu von ihnen. Über Bröker. Außerdem stehe ich mit ihren neuen Coachs in Kontakt.«

»Fällt es Ihnen nicht schwer, die Ermittler an andere Therapeuten abzugeben?«

Arends behält die Kontrolle. »Die anderen Coachs leisten mindestens ebenso gute Arbeit wie ich.«

»Das meinte ich nicht«, sage ich leise. »Ich habe mich gefragt, ob Ihnen der Abschied von Ihren Patienten schwerfällt.«

»Ich betrachte euch nicht als meine Patienten!«, ruft Arends mit einem gekünstelten Lachen aus. Es wurmt sie, dass ich unser Verhältnis in die Therapeuten-Patienten-Schublade stecke.

»Na ja«, räume ich ein. »Die Arbeit mit uns ist sicherlich nicht besonders leicht. Wir sind ja alle ein bisschen extrem.«

»Du empfindest dich als extrem?«, fragt sie. Sie lenkt gekonnt von sich ab, aber ich arbeite am obersten Laff-Punkt: Höre deinem Gegenüber zu und frage dich vorsichtig in sein Inneres hinein. Genau dort, wo der andere beginnt, den Fragen auszuweichen, befindet sich eine Mauer, die unser Ich vor den Angriffen der Außenwelt schützt. Aber jede dieser Mauern hat eine Tür und mit jeder Frage probiert man einen anderen Schüssel, bis einer passt und die Tür in unsere Innenwelt sich öffnet. Also frage ich, auf der Suche nach einem Schlüssel, um diese erste Tür zu öffnen: »Bin ich das nicht?«

»Woran machst du das fest, Penelope?« Ganz offensichtlich kämpft sie mit denselben Mitteln wie ich.

»Vornehmlich an meiner Art, mit meiner Familiensituation umzugehen. Ich denke, andere Mädchen würden sich vielleicht ritzen oder magersüchtig werden oder depressiv, während ich nicht einmal besonders oft traurig bin. Ich weiß nicht, inwieweit Sie das nachempfinden können. Wie waren *Ihre* Eltern denn so?«

»Schwierig«, seufzt Arends. »Anders schwierig. Im Gegensatz zu deinen Eltern waren sie zwar da, aber sie waren überall. Sie haben alles, was ich tat, mit Argusaugen beobachtet und ein gnadenloses Urteil gefällt, wenn meine Leistungen nicht reichten, meine Partner nicht standesgemäß waren und mein Zeitmanagement nicht perfekt funktionierte.«

»Verstehe«, ich nicke. »Wenigstens hat der Ehrgeiz Ihrer Eltern etwas gebracht. Ich meine, Sie machen Ihren Job sehr gut.«

»Findest du?«, fragt Arends sichtlich erstaunt.

»Ja.« Ich schäme mich ein bisschen für diese Lüge. »Anscheinend kann ich es nicht besonders gut zeigen, aber ich fühle mich bei Ihnen gut aufgehoben. Ich glaube, das liegt daran, dass Sie mir das Gefühl vermitteln, sich um mich zu sorgen. Das ist ja nun nicht gerade die Stärke meiner Eltern und es tut gut, wenn das jemand anderes übernimmt. Jemand, dem man vertraut.«

Mit Erstaunen beobachte ich mehrere Veränderungen gleichzeitig: Ein schüchternes Lächeln legt sich über Arends' Gesicht und sie wird rot wie eine Tomate. Nervös greift sie nach ihrer Handtasche, überlegt es sich jedoch anders und nimmt sich noch ein Stück Kuchen. Zwei Übersprungshandlungen hintereinander. Wow.

»Dürfen Sie sich nicht um uns sorgen?«, frage ich. Es ist eine ehrliche Frage, ohne Hintergedanken.

»Doch.« Frau Arends hält sich die Hand vor den Mund, kaut und schluckt. »Ich darf euch mögen, unsympathisch finden, bemitleiden, mich über euch ärgern und mich um euch sorgen. Aber ich sollte es euch nicht zeigen.«

Die Tatsache, dass sie mich nicht mögen könnte, gefällt mir nicht. Bis jetzt habe ich nur darüber nachgedacht, wie wenig ich sie mag. Dass es auch andersherum sein könnte, stört mich. Wie bescheuert. Ich spüre, wie der Ehrgeiz sich in mir regt. Mein beschissener, alles kontrollierender Ehrgeiz. Er will, dass Arends mich mag. *Ich* will, dass sie mich mag.

»Sie brauchen sich keine Sorgen um mich zu machen«, sage ich bestimmt. »Wir werden nicht umsonst so hart ausgebildet.«

»Sicher. Wusstest du denn wirklich, worauf du dich einlässt?«, fragt sie. »Ich meine, die Ratten, die Hunde, Volker. Und das war ja nur der Anfang.« Ihr Interesse wirkt aufrichtig.

»Sie meinen, ob ich wusste, wie schlimm es in Wahrheit sein würde?«

»Ja.« Sie hat sich angelehnt, beide Ellbogen auf die Lehne der Couch gelegt und sieht mit leicht zur Seite geneigtem Kopf zu mir herüber. So privat habe ich Dr. Arends noch nie erlebt.

»Nein. Keiner kann sich vorstellen, wie schlimm es wirklich ist.« Warum erzähle ich ihr das? Damit sie Mitleid mit mir hat? Ich besinne mich auf das Laff-Programm und sage: »Es ist für eine gute Sache, oder? Was wir tun, ist richtig.«

»Ja, davon bin ich überzeugt. Sonst würde ich das hier schon lange nicht mehr unterstützen.« Dr. Arends betrachtet die Spitzen ihrer Schuhe.

»Ich auch nicht!«, pflichte ich ihr bei.

»Das weiß ich, Pen.«

Ich sehe darüber hinweg, dass sie schon wieder meinen Spitznamen benutzt. Das erfordert die Situation. Von ihr und von mir. In mütterlichem Ton fügt sie hinzu: »Du kannst mir jederzeit Bescheid sagen, wenn du etwas brauchst.«

»Danke. Gut zu wissen.«

Ich habe mein Ziel erreicht und mithilfe des Laff-Programms etwas zwischen uns entstehen lassen, das vorher nicht da war. Es funktioniert. Selbst bei der Erfinderin des Programms.

»Sollen wir jetzt weitermachen?«, frage ich. »Sie wollten ja noch ein Laff-Gespräch simulieren.«

Ein breites Lächeln zieht sich über Dr. Arends' Gesicht. »Das hast du doch gerade getan! Und ich muss sagen, ich bin äußerst zufrieden.«

Diesmal bin ich diejenige, der das Blut in den Kopf schießt und das Gesicht zum Glühen bringt. Sie hat das Spiel von Anfang an durchschaut. Wie peinlich! Beschämt sehe ich zu, wie Dr. Arends in lautes Lachen ausbricht.

»Komm schon!«, ruft sie aufmunternd. »Das war doch gut!«

Jetzt lache ich auch. Das Ganze ist nicht gerade der Brüller, aber es ist schon ziemlich komisch.

»Sie sind besser, als ich dachte«, gestehe ich schließlich grinsend.

»Und du bist netter, als ich dachte«, erwidert Dr. Arends.

Dann nimmt sie aus ihrer Handtasche ein großes schwarzes Buch und legt es auf den Tisch. Es ist ein Fotoalbum. Jemand hat in geschwungenen silbernen Buchstaben meinen Namen darauf geschrieben: Penelope.

»Hier«, sagt Dr. Arends. »Dein neues Leben.«

»Das fühlt sich beinahe so an, als würde ich unter mein altes Leben einen Schlussstrich ziehen«, erwidere ich traurig.

Arends springt unvermittelt auf und stellt sich ans Fenster. Sie sieht kurz hinaus, dann dreht sie sich um und lehnt sich an die Fensterbank. »Das solltest du niemals tun. Vergiss niemals, wer du wirklich bist, sonst verlierst du dich in einer Identität ohne Vergangenheit. Und wenn du zweifelst, denk an die Postkarten, die dein Vater dir schickt, und die Märchen, die deine Mutter dir als Kind erzählt hat.«

»Okay«, sage ich. Auch wenn es im Zweifelsfall nicht helfen sollte, so zeigt es mir doch, dass Dr. Arends meine Eltern wenigstens würdigt und nicht aus praktischen Gründen ausblendet wie Bröker, Even und Chin.

»Okay«, sagt sie, nimmt ihre Handtasche von der Couch und will gehen. In der Tür dreht sie sich noch einmal um. »Oh, und keine Waffen in der Schule. Das verstößt gegen den Waffenerlass. Ich soll dir von Bröker ausrichten, dass du in den nächsten vier Wochen keinen Auftrag bekommen wirst, damit du dich in Ruhe in deiner neuen Schule einleben kannst. Montags und mittwochs ist reguläres Training bei Chin, samstags hast du im 2-Wochen-Rhythmus um achtzehn Uhr eine Sitzung bei mir. Wir fangen diesen Samstag an. Dienstags und donnerstags musst du dich für das Office bereit halten. Am Wochenende hast du frei. Keine Überwachung von unserer Seite. Chin lässt dir ausrichten, dass du dein tägliches Training nicht vergessen und dich nicht jeden Tag mit Döner vollstopfen sollst.«

»Mach ich gar nicht«, entgegne ich trotzig. Kamil achtet auf meine Ernährung, möchte ich hinzufügen, aber ich lasse es. Es ist besser, Kamil da rauszuhalten. »Haben Sie noch mehr Botschaften oder war es das jetzt?«, frage ich.

»Deine Therapeutin lässt dir ausrichten, dass du auf dich aufpassen sollst, weil sie sich Sorgen um dich macht.«

»Richten Sie meinem Coach aus, dass ich mich auf Samstag freue.« Punkt Nummer Sieben des Laff-Programms: Gib einen verbindlichen Ausblick auf eine zukünftige gemeinsame Unternehmung.

Dr. Arends lächelt. Sie sieht aus, als würde sie mich umarmen wollen, aber sie überlegt es sich anders und zieht die Tür hinter sich zu.

Ich setze mich auf die Couch, nehme mir den letzten Rest Tee, wickle mich in eine dünne Wolldecke und schlage vorsichtig die erste Seite des Albums auf:

Meine Eltern, Hand in Hand. Nicht meine echten Eltern natürlich, sondern die, an deren Aussehen ich mich jederzeit erinnern können muss: Mareike und Angelos Sand. Angelos. Ein passender Name für einen Toten.

Ich blättere weiter: Fotos kurz nach meiner Geburt, Geburtstagsfotos, meine Einschulung, Urlaubsfotos von Norderney, Florenz und Lanzarote. Ich bin niemals dort gewesen, sie haben mich nur in die Fotos hineinkopiert, aber es sieht erstaunlich real aus.

Es folgen einige große Fotos von meiner ›Mutter‹ in ihrem Atelier. Sie hat dem Fotografen den Rücken zugewandt und arbeitet an einem Aquarell: eine fürchterliche Berglandschaft in Hellgrün und Türkis. Ich frage mich, wer diese Frau wirklich ist. Wir dürfen niemanden mit reinziehen in diese Geschichte, deswegen handelt es sich bei der Frau auf dem Bild wahrscheinlich um eine Polizistin, die obendrein noch nie in ihrem Leben einen Pinsel in der Hand hatte. Meine richtige Mutter würde einen hysterischen Anfall bekommen, wenn sie wüsste, um welch geschmacklose Bilder man meine ›Biografie‹ ergänzt hat.

Dann ein Foto von meinem Vater mit dem siegessicheren Lächeln eines erfolgreichen Geschäftsmannes im teuren Anzug vor einem S-Klasse Mercedes. Er sieht reich aus. Offiziell lebe ich von dem, was er mir vererbt hat. Das ist so ungefähr das Gegenteil der Wahrheit.

Dann die Beerdigung meines Vaters. Ich könnte heulen. Er liegt natürlich nicht in dem Sarg, aber es fühlt sich oft genug so an, als wäre er vor Langem gestorben. Die Menschen, die um das Grab herumstehen, habe ich noch nie gesehen. Ich selbst stehe sauber direkt vor die dunkle Öffnung in der Erde montiert. Den Kopf gesenkt. So als würde ein Kind am Grab seines Vaters stehen und trauern.

Zum Schluss kommen ein paar echte Fotos von der Sportschule, auf denen ich zum Sprint ansetze, in der Luft über der Sprunggrube hänge, im Siegestaumel meine Arme hebe, mich dehne. Es sieht so aus, als hätte ich jede Menge Freundinnen. Man sieht uns von hinten Arm in Arm, flüsternd oder lachend im Halbdunkel, im Gras liegend, unsere Hände zum Schutz vor der Sonne über das Gesicht haltend. Aber unsere Gesichter erkennt man logischerweise nicht. Auf keinem der Fotos.

Zweimal bin ich noch als Fahrradkurierin zu sehen, mit verbissenem Blick und Kuriertasche auf dem Rücken in voller Fahrt. Jemand hat das Foto aus einem vorbeifahrenden Auto aufgenommen. Möglicherweise Toni.

Ich sollte ein paar Fotos aus dem Album nehmen und auf den Kühlschrank, die Zimmertüren und den Schlafzimmerschrank kleben, so wie das andere Mädchen in meinem Alter tun würden. Aber da diese Fotos kaum etwas mit meinem richtigen Leben zu tun haben, würde ich mir lauter fremde Menschen in die Wohnung hängen.

Das sind nicht meine Freunde, das ist nicht meine Familie, das bin nicht ich. Trotzdem habe ich verstanden, wer ich sein soll. Und die Fotos helfen mir dabei, selbst ein wenig daran zu glauben. Ich habe keine Angst davor, mich in diesem neuen Leben zu verlieren. Immerhin habe ich eine talentierte, Märchen erzählende Mutter und die Postkarten meines Vaters habe ich auch.

Ein Blitz durchfährt meinen Schädel, spaltet sich auf in lauter feine Blitze, die durch meinen Körper jagen wie Stromschläge. Ich habe die Postkarten meines Vaters und die Märchen meiner Mutter gegenüber Arends nie erwähnt! In all diesen nutzlosen Sitzungen habe ich meine gesamte Energie darauf verwendet, genau diese Art von Details vor ihr zu verbergen! Woher verdammt weiß sie also davon? Postkarten und Märchen? Postkarten und Märchen? Dann fällt es mir ein. Vorgestern. Das Telefonat mit meiner Mutter! Keine abhörsichere Leitung. Das GJK hört mein Telefon ab und zwar jedes einzelne Telefonat!

Ich will das nicht. Ich will nicht, dass diese Menschen über mich Bescheid wissen. Mich abhören. Mich verfolgen. In meine Vergangenheit eindringen. Dass ich mein Leben für das GJK riskiere, war mir klar, aber dass ich es völlig offenbaren muss, das wusste ich nicht.

Wütend renne ich ins Schlafzimmer und reiße die Schranktür auf. Hier hängen die Postkarten meines Vaters und Bröker, Arends und Chin gehen in dieser Wohnung ein und aus, wie es ihnen gerade passt? Auf keinen Fall. Die Karten sind alles, was ich habe, und ich werde sie mit niemandem teilen. Also löse ich sie unsanft von der Schranktür, dabei fällt die vierte Postkarte zu Boden:

Liebe Penelope, Dach, Boden und Wände meiner kleinen Hütte am Strand sind fertig. Wieder etwas Eigenes zu haben nach all den Jahren, ist doch schön. Meine Haare sind lang geworden. Ich trage einen Bart. Du würdest deinen alten Papa nicht wiedererkennen. Feiert schön Silvester. Dein Papa

Während ich die Karten zu einem erbärmlich dünnen Stapel zusammenlege, formuliere ich im Kopf eine Antwortkarte, die ich nie abschicken werde, weil ich sie ja nicht einmal adressieren kann:

»Lieber Papa, eine eigene kleine Hütte am Strand zu haben, klingt traumhaft. Ich habe eine schicke Zweizimmerwohnung in der Regensburger Straße, aber sie gehört nicht mir. Genau genommen gehört mir sehr wenig. Du würdest mich auch nicht wiedererkennen. Nicht nur, weil meine Haare jetzt viel länger sind, sondern weil ich mich verändert habe. Ich wünschte, du würdest zurückkommen, deine Penelope-Schneefee.«

Vorsichtig wickele ich die Karten in eine Plastiktüte und klebe diese fein säuberlich zu, damit sie nicht schimmeln. Außerdem lege ich siebzig Euro aus meinem Portemonnaie mit in die Tüte. Am Dienstag bekomme ich Taschengeld vom Office, bis dahin müssen die restlichen fünfzehn Euro reichen.

Ohne einen genauen Plan schnappe ich mir den Schlüsselbund vom Tisch, meine Armee-Taschenlampe aus dem Schrank und Chins Messer aus meiner Kuriertasche. Dann renne ich die Treppe hinunter in den Keller. Ich brauche ein gutes Versteck.

15
Im Keller

Mit dem alten Schlüssel öffne ich die Kellertür. Die Luft riecht abgestanden und modrig. Der Keller scheint nicht oft benutzt zu werden. Ich taste an der Wand nach dem Lichtschalter und spüre Spinnweben unter meinen Fingern. Wie unpraktisch, dass der Schalter nicht im Flur vor der Kellertür angebracht ist. Ich ertaste den Schalter und betätige ihn. Es knackt mehrmals. Dann flackert ein unfreundliches gelbes Licht auf und geht sofort wieder aus. Ein weiteres Knacken und Flackern, dieses Mal bleibt das Licht an. Ich streife die grauschwarzen Spinnweben von meiner Hand und gehe langsam den engen Gang entlang. Die Decke ist keine zwei Meter hoch. Am Ende des Ganges verzweigen sich die typischen Berliner Holzverschläge zu einem Miniaturlabyrinth. Ich muss einen weiteren Schalter betätigen, um in der Dunkelheit der weiterführenden Gänge überhaupt etwas sehen zu können.

Meine Nackenhaare stellen sich auf und eine Gänsehaut krabbelt mir wie ein Heer aus Hunderten von Spinnen über Rücken und Arme. Ich fühle mich wie ein kleines Kind. Soll ich laut singen? Oder ein leises »Hallo? Ist da jemand?« in die Gänge rufen? Reiß dich zusammen, Penelope. Hier ist niemand.

Der linke der beiden Gängen ist kürzer, also beginne ich mit dem. Schritt für Schritt gehe ich die Holzverschläge ab und leuchte zwischen den Brettern hindurch. Es leben sechzehn Parteien in diesem Haus, also müssen hier unten mindestens sechzehn von diesen Holzverschlägen sein. Vor den ersten vier Verschlägen hängen Vorhängeschlösser. Sie sind ziemlich vollgestopft, wirken aber einigermaßen organisiert. Auf den Kisten, ausrangierten Spielsachen, alten Fahrrädern, zerbrochenen

Blumentöpfen, Keramikwaschbecken, Liegestühlen und Regalen liegt eine graue Staubschicht. Dieser Keller scheint eher ein Sperrmüllersatz zu sein als ein sinnvoll genutzter Aufbewahrungsort. Gut für mich.

Es folgen zwei leere Verschläge ohne Schloss. Der letzte Verschlag des Ganges ist von oben bis unten vollgestopft mit blauen und grauen Müllsäcken, Rote-Kreuz-Säcken und zerrissenen Umzugskisten, deren Inhalt wie ein Wasserfall vom Müllberg herabfließt und aus der halb offenen Tür hinausquillt. Zuletzt hat jemand eine hellblaue Matratze längs über den ganzen Stapel geworfen. Der Besitzer dieses Kellers ist entweder tot, umgezogen oder ein hoffnungsloser Messie.

Ich laufe den Gang zurück und begutachte die restlichen neun Verschläge auf der anderen Seite. Hier bietet sich mir ein ähnliches Bild. Die ersten Verschläge werden benutzt, wenn auch nur selten. Dann folgen zwei leere Verschläge und einer, in dem nur ein einzelner weißer Gartentisch steht, sonst nichts. Am Ende des Ganges stehen vier Fahrräder nebeneinander und versperren die Eingänge der beiden letzten Verschläge. Die Fahrräder stammen aus den Siebzigerjahren und ich frage mich, ob man sie bei eBay verkaufen und einen Wahnsinnssammlerpreis für sie erzielen könnte. Ich zerre das tonnenschwere dunkelgrüne Klappfahrrad, das direkt neben den Verschlägen steht, aus der Reihe und leuchte zwischen den Holzlatten hindurch. In beiden Räumen ist Schrott, purer Schrott bis an die Decke gestapelt. In welchem der Verschläge sind meine Sachen in Sicherheit? Die Räume, die noch in Benutzung sind, kann ich von vornherein ausschließen. Jemand wird kommen und etwas aussortieren oder dazustellen, etwas umräumen oder sauber machen. Der Schrott wird sicherlich in absehbarer Zeit entsorgt. Vielleicht erst in zehn Jahren. Vielleicht aber auch morgen. Ich könnte einen der leeren Räume benutzen, aber eine zugeklebte Plastiktüte in einem sonst leeren Raum wirkt auffällig. Also bleibt nur der Raum mit dem Tisch.

Ein Tisch, ein Stuhl, ein Bett, Papas Postkarten, ein paar Kisten mit Konserven, ein paar Wasserflaschen. Ein Zufluchtsort für was auch immer kommen mag. Ein Versteck.

Kurz entschlossen mache ich mich an die Arbeit. Ich zerre die Matratze aus dem hintersten Verschlag des ersten Ganges. Dabei kommt mir eine kaputte Umzugskiste mitsamt Inhalt entgegen und die mottenzerfressenen Klamotten ergießen sich auf dem Boden. Dahinter liegt mitten in einem weiteren Kleiderhaufen eine kleine Nachttischlampe. Die hole ich gleich, mit ein bisschen Glück funktioniert sie noch. Ich schleppe die Matratze in meinen Verschlag, lehne sie an die Wand und schiebe die Plastiktüte mit den Postkarten und dem Geld darunter. Die Matratze riecht modrig und hat einige größere dunkle Flecken, Urin oder Blut. Ekelhaft. Ich brauche mindestens zwei Bettlaken, wenn ich darauf schlafen muss. Dann hole ich die Lampe und stelle sie auf den Tisch.

Aus dem Schrottkeller klaue ich mir einen Eisenstuhl mit ehemals weißem Plastikbezug. Er ist nicht besonders bequem, aber stabil.

Zufrieden schließe ich die Tür und betrachte meinen Verschlag. Morgen nach der Schule werde ich ein Vorhängeschloss kaufen. Dann sind die Postkarten in Sicherheit und ich habe ein perfektes Versteck. Plötzlich klackt es und das Licht geht aus. Ich lausche in die Stille. Nichts. Keine Schritte, keine Tür, die zuklappt, kein Atmen in der Dunkelheit. Eine Zeitschaltuhr also. Ich knipse meine Taschenlampe an und sehe auf die Uhr. Nach circa einer halben Stunde geht das Kellerlicht von alleine aus. Gut zu wissen. Schnell suche ich den Weg zum Ausgang und verlasse den Keller, ohne mich noch einmal umzusehen. Ich drehe den alten Schlüssel zweimal im Schloss, rase nach oben in meine Wohnung und fertige eine Liste mit all den Sachen an, die ich innerhalb der nächsten Woche einkaufen und in den Keller bringen werde.

- 1 Minikamera, 1 Wanze, 1 Pistole
- 12 mal 1,5 Liter Wasser ohne Kohlensäure (reicht für mindestens eine Woche, wenn man es auch zum Waschen verwendet)
- einen Karton Orangensaft (Vitamin C und Flüssigkeit)
- einen Karton H-Milch, 3,5 % Fett (Eiweiß und Flüssigkeit)
- Dosen mit Obst, Bohnen, Erbsen, Tomaten, Sauerkraut, Pumpernickel (in Papier verpackte Produkte schimmeln da unten, Nudeln, Reis und Kartoffeln muss man kochen)
- Dosenöffner
- 2 Gläser Honig (Kalorien, macht auch verschimmeltes Essen einigermaßen schmackhaft)

- 1 Liter Öl, 2 Packungen Margarine (Kalorien, hilft beim Speichern der Vitamine, meinen besten Dank an Chins Ernährungsplan)
- Erste-Hilfe-Kasten
- Batterien für die Taschenlampe
- 2 Bettlaken, 1 Decke, 1 Kissen in großen blauen Säcken
- 8 dicke Kerzen, Feuerzeug, Streichhölzer
- Gabel, Messer, Löffel
- Bürste, Zahnbürste, Zahnpasta, Tampons, Mülltüten
- Ersatzklamotten
- Messer, Seil, Baseballschläger, Schlagringe
- 1 Reiserucksack
- 1 Eimer mit Deckel, 4 Rollen Klopapier, 1 Packung Feuchttücher, 2 Rollen Küchenpapier
- blonde Perücke, große Sonnenbrille

Abschließend stelle ich fest, dass ich das ganze Zeug wahrscheinlich niemals brauchen werde, weil ich mich niemals für längere Zeit da unten im Keller verstecken muss. Vor wem auch? Diejenigen, die eventuell nach mir suchen könnten, würden vermutlich als Erstes im Keller nachsehen.

Jetzt bin ich müde. Ich packe meine Schultasche für morgen und gehe nicht mehr zu Mo und Burcu, obwohl ich es mir fest vorgenommen hatte. Heute Abend will ich mit niemandem mehr reden, niemanden mehr sehen. Ich möchte einfach nur allein sein und alles aufschreiben. Das Gespräch mit Arends, die Geschichte mit den Postkarten und den Märchen, mein Lager im Keller. Ich werde früh ins Bett gehen und versuchen, diesen Tag zu vergessen. Ein weiterer Tag in meinem Leben, der letztendlich eine Enttäuschung war. Wie viele solcher Faustschläge werde ich noch einstecken müssen? Mal sehen, was mich morgen in der Schule erwartet.

16
Der erste Schultag

Ich stehe etwas unentschlossen vor der Schulpforte und beobachte die Unmengen von Schülern, die in das wenig einladende Gebäude strömen. Es ist lange her, dass ich eine normale Schule besucht habe. Fast hätte ich vergessen, wie viele Kinder jeden Tag in die Schule gesaugt und nachmittags wieder ausgespuckt werden. Der Lärmpegel ist immens. Ich reagiere überempfindlich auf Lautstärke und Körperkontakt. Bei jeder zufälligen Berührung und jedem Pfiff oder Schrei fährt meine rechte Hand in die Hosentasche und tastet nach dem Griff meines Messers. Natürlich habe ich es eingesteckt und verstoße damit nicht nur gegen das deutsche Waffengesetz, sondern auch gegen den Waffenerlass der Schule. Das Ilse-Aichinger-Gymnasium ist eine Schule mit einem guten Ruf. Niemand wird sich also erlauben, die neue Schülerin zu filzen, und ich werde mich hüten, das Messer zu ziehen. Ich fühle mich nur sicherer, wenn ich es dabeihabe.

Nachdem die Eingangspforte fast alle Schüler verschluckt hat, eile ich ins Gebäude und spreche den ersten Lehrer an, den ich treffe: »Entschuldigen Sie bitte, ich bin neu hier. Wo finde ich die 11c?«

Der Lehrer schickt mich in den entsprechenden Klassenraum. Die Treppe hinauf in den zweiten Stock, geradeaus den Flur hinunter, letzter Klassenraum links. Kurz vor acht stehe ich vor meiner neuen Klasse. Auf den letzten Drücker. Das ist besser. Dann haben sich alle schon ihren Lieblingsplatz neben ihrem Lieblingsmitschüler geschnappt und ich kann nehmen, was übrig bleibt. Einige Schülergruppen lehnen entspannt an der Wand des Flurs, quatschen, lachen, tippen auf ihren Handys herum und begutachten mich neugierig. Ich nicke ihnen zu.

Mir ist kotzübel. Heute Morgen war ich so nervös, dass ich nicht frühstücken konnte.

Ich stelle mich in die Tür und scanne den Raum. Ganz hinten links neben einem Emo-ähnlich gekleideten, stark übergewichtigen Mädchen ist ein Platz frei. Von dort kann ich den Raum überblicken, bin allerdings weit weg von Tür und Fenster. Längster Fluchtweg des Raumes. Egal. Ich habe keine andere Wahl.

Als ich an der Wand entlang auf den Platz zulaufe, fühle ich die Blicke der gesamten Klasse auf mir.

»Hi!«, ich lächele. »Ist neben dir noch frei?«

Das Mädchen sieht mich leicht genervt an, quetscht ihren Kaugummi ein paarmal zwischen ihre Vorderzähne. Dann nickt sie und nimmt ihre Schultasche von meinem zukünftigen Stuhl. Sie hat schwarz gefärbte Haare, Unmengen von winzigen Steckern in beiden Ohren und schwarze Netzstrumpfhosen unter einem engen schwarzen Rock. Vorteilhaft ist etwas anderes.

»Penelope«, sage ich und sehe sie an.

Sie guckt zurück, anscheinend muss sie darüber nachdenken, ob sie mir überhaupt antworten möchte. »Lina«, sagt sie schließlich mit voller, rauchiger Stimme. Sie sieht nicht aus wie jemand, der Lina heißt.

Es klingelt und ein junger Lehrer mit kurz geschorenen blonden Haaren rast in den Klassenraum, knallt seine Tasche auf den Tisch und ruft: »Na? Schöne Ferien gehabt?«

Von allen Seiten werden ihm Antworten zugerufen, die alle mehr oder weniger den gleichen Inhalt haben: Ferien sind super, Schule ist doof.

»Alles klar!« Die Klasse beruhigt sich. »Jetzt wird wieder gearbeitet. Neue Chance, neues Glück.« Er lässt seinen Blick durch den Raum wandern. Als er mich entdeckt, ruft er: »Penelope Jansen?«

Die gesamte Klasse dreht sich fast synchron in meine Richtung. »Willst du uns kurz erzählen, wer du bist, woher du kommst und warum du hier bist?«

Nein, will ich definitiv nicht, aber ich reiße mich zusammen und mache einen guten Eindruck. »Ja. Ich bin Penelope Jansen und war die letzten zwei Jahre auf der Sportschule Pankow.«

Einige anerkennende Kommentare fliegen durch den Raum. Das blonde Muskelpaket ganz vorne rechts pfeift anzüglich durch die

Zähne. »Tja. So cool ist es dann auch wieder nicht. Ich habe die Schule nämlich abgebrochen.« Autsch. Das tut weh.

Lina lässt ihre Kaugummiblase platzen und sieht mich von der Seite an: »Warum?«, fragt sie laut.

»Weil ich nicht klargekommen bin. Der ganze Leistungsdruck und so.« Innerlich winde ich mich bei jeder Lüge, die ich aus mir herausquäle. Sich selbst derart zu verleugnen, fühlt sich furchtbar an.

»Du kannst eines unserer Schulteams bereichern!«, unterbricht der Lehrer das Gemurmel der Klasse.

Sicherlich nicht, denke ich, aber ich sage: »Mal sehen!«

Der Lehrer nickt und schickt die Jungs der Klasse ins Sekretariat, um die Schulbücher zu holen.

»Wie heißt der?«, frage ich Lina.

»Zwerfing. Mathe, Bio. Ist okay. Einigermaßen faire Noten, flache Witze, erklärt ganz gut.«

Ich muss unwillkürlich grinsen, weil ich merke, dass ich völlig vergessen habe, wie normale Schule funktioniert.

Die chaotischen ersten Schulstunden bis zur Pause, in denen alle durcheinanderrennen und -rufen, während Zwerfing mit organisatorischen Kram beschäftigt ist, nutze ich und erstelle ein Profil der Klasse: neun Jungs, fünfzehn Mädchen. Unter den Jungs vier Sportler, die zwei gut aussehenden haben das Sagen in der Klasse. Zwei Nerds, klug, ein wenig außen vor, aber keine Außenseiter, den Rest stellen drei unscheinbare Mitläufer. Unter den Mädchen: eine Handvoll Tussis, ihre Themen sind Kleidung, Youtuber, Partys, Kinofilme und Jungs, über Geschmack lässt sich streiten, drei biedere Streberinnen, die eine Zwangsfreundschaft führen, um nicht in die Außenseiterposition zu rutschen, eine Clique türkischer Mädchen, eine mit Kopftuch, zwei eher burschikos wirkende Fußballerinnen, die den ganzen Vormittag still beisammensitzen, und Lina, mein Gothic-Emo, die selbst ernannte Außenseiterin der Klasse.

Dann ist Pause. Ich frage eine der Tussis nach dem Weg zum Kiosk. Sie heißt Hanna und führt mich netterweise persönlich in die Cafeteria. Nachdem ich mich in der Schlange bis zur Kasse vorgekämpft habe und ganz im Sinne des Laff-Programms zwei Käsebrötchen und zwei Gläser O-Saft mit an den Tussi-Tisch bringe, sehe ich es. An der hinteren Wand pinnt Annas Vermisstenanzeige und außenrum jede Menge Zettel: Ich vermiss dich, Anna. Best friends forever. Wo bist du? Ich hab dich lieb. Komm zurück. Dazwischen Rosen, kleine, selbst gemalte Bilder, Fotos, ausgeschnittene Zeitungsberichte über Anna. Vor der Pinnwand stehen Schülerinnen und lesen, flüstern oder pinnen ihre Zettelchen und Andenken neben die der anderen.

Ich zeige auf die Wand und frage: »Sie ist von dieser Schule?«

Hanna nickt und macht ein trauriges Gesicht. »Anna. Sie haben heute früh gleich als Erstes die Wand eröffnet für die ganzen Zettel, die in den letzten beiden Wochen draußen an die Pforte geklebt wurden. War in der Parallelklasse. Erst dachten wir, sie ist abgehauen. Aber die hatte überhaupt keinen Grund dazu. Keinen Stress mit ihren Eltern, keinen Stress in der Schule, keinen Stress mit der Polizei. Gar nichts.«

»Anna kommt nicht mehr zurück. Diese Janine ist auch nie mehr aufgetaucht. Dahinter steckt derselbe Typ. Wenn sie das in den Nachrichten schon sagen. Anna ist was Schreckliches passiert«, sagt ein rothaariges, hochgewachsenes Mädchen, das Laura heißt. Die Stimmung ist gekippt. Alle Mädchen am Tisch starren betroffen auf Annas Wand. »Irgendein krankes Schwein hat …«

Betroffenes Schweigen.

»Und wenn sie noch lebt?«, frage ich leise in die Runde.

Ein zierliches, unauffälliges Mädchen mit extrem langen Wimpern, das bisher gedankenverloren mit dem Daumen über das Display seines iPhone gestrichen hat, sagt: »Stell dir vor, sie ist entführt worden und sie lebt noch. Ich meine, man hat Janine doch auch noch nicht gefunden. Das heißt doch, der Typ hält sie gefangen. Ich muss die ganze Zeit daran denken, was er mit ihr macht. Wie er ihr wehtut.«

»Hör auf, so zu reden, Jule!«, sagt Hanna entsetzt.

Es ist genug. Mein Entschluss steht. Ich werde nicht ›ein paar Wochen‹ warten, bis Bröker oder Schmidt oder Arends mir diesen Auftrag geben. Ich muss mich nicht erst eingewöhnen. Mich in die Klasse zu integrieren und an den normalen Unterricht zu gewöhnen, wird kein Problem sein. Ich komme klar. Aber Anna, Anna ist hier, vielleicht ganz in der Nähe. Vielleicht sogar zusammen mit Janine. Und wenn ich den beiden nicht mehr helfen kann, dann werde ich wenigstens verhindern, dass der Typ sich ein weiteres Mädchen schnappt.

Hanna oder Jule oder eines der vielen anderen Mädchen hier in der Cafeteria. Schöneberg ist sein Jagdrevier.

In diesem Moment fahre ich zusammen und springe instinktiv auf. Jemand hat mir von hinten auf die rechte Schulter gefasst. Vor mir steht Mo und lacht sichtlich amüsiert, weil ich mal wieder wie ein Vollidiot auf eine Überraschung reagiert habe.

»Hi, Penelope«, sagt er und küsst mich rechts und links auf die Wange. Das tut gut. Mo, mein Anker. Ich mag ihn so.

»Hi, Mo«, erwidere ich, ohne meine Freude zu verbergen. »Du hast mir gar nicht erzählt, dass du hier auf die Schule gehst.«

»Du hast mich nicht gefragt.«

Mo lächelt und ich könnte mich in seinem Lächeln verkriechen, mich darin einmummeln und all diese fremden Menschen und die vielen traurigen Botschaften an Annas Wand vergessen. Freundschaftlich greift Mo mich am Arm und fragt: »Kommst du heute vorbei?«

Ich nicke.

»So ab vier Uhr ist weniger los. Direkt nach der Schule haben wir alle Hände voll zu tun.«

»Ich muss nach der Schule arbeiten«, sage ich. Einzeltraining bei Chin. »Aber ich schau am frühen Abend mal vorbei.«

»Cool, dass du jetzt hier auf der Schule bist«, ruft Mo, bevor er sich umdreht und zu seinen wartenden Freunden zurückkehrt. Sie sehen zu mir rüber und nicken mir freundlich zu. Er hat von mir erzählt. Ich kann spüren, dass sie wissen, wer ich bin. Möglichst freundlich winke ich zurück, um für Mo einen guten Eindruck zu hinterlassen. Es ist strategisch nicht so verkehrt, dass sie mich dem Tussi-Tisch zuordnen. So schlimm sind diese Mädchen gar nicht. Ich muss mich nur wieder an normale Leute gewöhnen.

Um kurz nach sechs betrete ich frisch geduscht, aber völlig ausgelaugt vom Training Kamils Dönerladen. Er bedient gerade einen Mann mit zwei Kindern, der sich etwas zum Mitnehmen bestellt hat. Kamil wirkt gestresst. Offenbar hatte er am ersten Schultag einen ziemlichen Ansturm von Schülern zu bewältigen.

»Penelope«, ruft er, aber er schenkt mir nur einen flüchtigen Seitenblick. »Setz disch. Isch komm sofort.«

»Wo ist Mo?«, frage ich.

»Hinten!«, sagt Kamil und zeigt auf das Hinterzimmer, sofort merke ich, dass etwas nicht in Ordnung ist.

»Was ist?«, frage ich.

»Geh gucken!«, antwortet Kamil und nickt in Richtung Tür. Anscheinend will er mir nicht vor seiner Kundschaft erzählen, was los ist.

Langsam betrete ich das Hinterzimmer. Es ist dunkel, durch das Hinterhoffenster fällt kaum Licht. Hier stapeln sich Pizzakartons und große weiße Plastikeimer mit Gemüsebeilagen. In der Ecke am Fenster sitzt Mo an einem Holztisch und blättert unmotiviert in einem Schulbuch. Burcu ist nirgends zu sehen.

»Wo ist sie?«, frage ich Mo, statt ihn zu begrüßen.

»Unter dem Tisch«, sagt er und zeigt auf die Tischplatte.

Ich komme näher und bücke mich. Dort unter dem Tisch zusammengekauert sitzt Burcu. Die Knie angezogen, die Arme um die Knie geschlungen, das Gesicht darin verborgen. Sie ist wie ich, denke ich.

»Was ist?«, flüstere ich und sehe Mo fragend an.

»Der erste Schultag. Sie hasst die Schule. Sie wird den Rest des Jahres unter diesem Scheißtisch sitzen.« Mo reibt sich mit beiden Händen die Augen und dann das ganze Gesicht.

»Hey«, flüstere ich Burcu zu.

Sie reagiert nicht, also krabbele ich unter den Tisch und kauere mich neben sie. Hier unten im Dunkeln ist es nicht schlecht, muss ich zugeben. Der Platz ist klein und still und man kann sich selbst gut spüren.

Und dann beginne ich zu erzählen, ganz leise: »Meine Mutter hat mir Amigo geschenkt, als ich noch klein war, damit ich nicht so allein bin. Amigo heißt auf Deutsch ›Freund‹. Ich habe ihn so genannt, weil er damals mein einziger Freund war.« Ich spüre, dass Burcu mir zuhört. Und Mo. »Meine Mutter hat ihn für mich aus dem Tierheim geholt. Man hat ihn zu früh von seiner Mama getrennt und er hatte schreckliche Angst. Deswegen saß er in den ersten Wochen den ganzen Tag unter dem Tisch. Unter dem Tisch im Atelier meiner Mutter. Sie summt, wenn sie malt. Das hat ihn beruhigt.«

Eine halbe Ewigkeit passiert nichts, dann fragt Burcu in ihre Knie hinein: »Holst du Amigo bald nach Berlin?«

»Nein. Er bleibt bei meiner Mutter.«

Burcu hebt den Kopf und sieht mich mit verweinten Augen an.

»Warum?«

»Weil ich keine Zeit für ihn habe. Ich muss vormittags zur Schule und nachmittags arbeite ich. So wie Mo.« Ich sehe Mos Beine unter dem Tisch. Er winkt mir mit der Spitze seines rechten Fußes zu.

»Deine Mutter hat keine Zeit für dich und du hast keine Zeit für Amigo.«

Ich seufze. Da ist etwas Wahres dran.

»Wenn du nicht zur Schule müsstest, hättest du Zeit für deinen Hund. Schule ist so ein Arschloch!«, flüstert Burcu und kneift hasserfüllt die Augen zusammen.

»Was ist denn für dich so schlimm an der Schule?«, frage ich, aber Burcu droht wieder in trotziges Schweigen zu verfallen. Also erzähle ich weiter: »Weißt du, was für mich das Schlimmste an der Schule ist?«

Sie schüttelt den Kopf und starrt auf ihre Knie.

»Die vielen Menschen.«

»Warum?« Mit großen Augen sieht sie mich an.

»Ich bin gerne allein!«, flüstere ich ihr ins Ohr, dann füge ich hinzu: »Man gewöhnt sich schnell ans Alleinsein.«

Sie hört es. Sie zögert. Sie nickt. Dann sagt sie laut, damit Mo es auch ja hört: »Ich will nicht Deutsch lernen.«

»Du sprichst doch schon Deutsch!«, merke ich erstaunt an.

»Mein Türkisch ist besser! Aber Mos Türkisch klingt wie Deutsch. Sein Türkisch ist schlecht«, erwidert Burcu trotzig.

»Das stimmt!«, bestätigt Mos Stimme über dem Tisch. »Du lebst nun mal in Deutschland, Burcu, und du musst zur Schule gehen und hier gibt es keine türkische Schule.« Sein Ton wird so unwirsch, dass ich fest nach seiner Wade greife, um ihn zu beruhigen. So macht er nur alles kaputt.

»Türkisch klingt sehr schön«, sage ich und schäme mich dafür, dass ich mich selbst in diesem Moment an das Laff-Programm halte.

»Findest du?«, fragt Burcu erstaunt.

Ich nicke, dann rezitiere ich mit möglichst authentischer Aussprache das Wort, das ich von Kamil aufgeschnappt habe: »Zorluk. Klingt doch toll. Zorluk.«

Burcu kichert leise. »Du musst das R rollen. So: Zorluk.«

»Kann ich nicht«, erwidere ich. »Aber bei dir klingt es schön. Weißt du, was ich glaube? Ich glaube, jede Sprache ist eine andere Welt. Wenn du zwei Sprachen sprichst, dann darfst du in zwei Welten leben. Deswegen bin ich ein bisschen neidisch auf dich und Mo.«

Burcu lässt meine Worte sacken, dann schimpft sie abfällig: »Mo lebt nicht in zwei Welten. Sein Türkisch ist beknackt. Und meine Mutter konnte gar kein Deutsch.«

»Verstehe«, sage ich. »Meinst du, je besser du in der Schule bist, desto schlechter wird dein Türkisch?«

Sie antwortet nicht, weil sie nicht versteht, worauf ich hinauswill.

»Ich will nicht auf Deutsch lesen lernen und ich will keine Hausaufgaben machen, weil Hausaufgaben große Arschlöcher sind.«

»Okay. Weißt du, was?« Burcu schweigt trotzig. »Wir machen jetzt erst einmal zusammen Mathe und dann schreibst du deine Deutschhausaufgaben einfach auf Türkisch ins Heft.«

»Ich hab gar keine Hausaufgaben auf, weil heute der erste Schultag war, aber morgen.« Dann fängt sie hoffnungslos an zu schluchzen.

»Morgen ist ein neuer Tag«, sage ich unbeholfen.

»Du kannst ihr nicht helfen«, höre ich Mo über der Tischplatte sagen und Kamil ruft aus der Küche: »Penelope! Essen is fertisch!«

Als ich unter dem Tisch hervorkrabbeln will, greift Burcu schnell nach meinem Arm und hält mich fest. Schon kommt Kamil in das Hinterzimmer und beugt sich mit dem Teller in der Hand zu uns unter den Tisch.

»Was ist? Sitzen jetzt alle Kinder unter den Tisch? Soll isch Essen auf den Boden servieren?«

»Ja«, erwidere ich. »Ich esse hier unten, wenn es Ihnen nichts ausmacht. Hier ist es ziemlich gemütlich.«

»Macht nischt aus.« Kamil stellt mir den Teller vor die Füße. »Guten Appetit.«

Burcu sagt etwas auf Türkisch und wenige Minuten später bekommt auch sie einen Teller.

»Darf ich auch zu euch unter den Tisch?«, fragt Mo und sieht mich mit Hundeaugen an.

»Bleib, wo du bist!«, zische ich. »Hier unten ist kein Platz für drei.«

»Ich wollte mich neben Burcu setzen«, entgegnet er etwas säuerlich.

Nachdem er sich neben seine Schwester gezwängt hat, fügt er hinzu: »Sie hat heute noch nichts gegessen.« Und über ihren Kopf hinweg formt er mit den Lippen das Wort »Danke.«

»Was stand eigentlich drin?«, fragt Burcu kauend.

»Was stand wo drin?«

»In Volkers Brief.«

»Ach so.« Ich überlege kurz. »Dass er einen tollen Job in einer anderen Stadt gefunden hat und mir alles Gute wünscht.«

»Warum dir und nicht Mo?«

Gute Frage. »Weil ich ihm seine Einkaufstüten in die Wohnung gebracht habe.«

»Ach ja?«, Mo sieht mich erstaunt an. »Und dann? Hat er dir seine Briefmarkensammlung gezeigt?«

»Ich bitte dich, Mo. Sei nicht albern. Hau ihn, Burcu.«

Burcu knufft Mo erfreut in den Oberarm. Dann sagt sie: »Mein Bruder hat ihm jeden Tag Döner serviert und keinen Brief bekommen. Also?«

»Okay.« Es hat keinen Sinn. Ich muss lügen, auch wenn sich in mir alles dagegen sträubt. »Ich glaube, dass er sich ein klitzekleines, winziges bisschen in mich verguckt hat.«

»Ich wusste, er ist in dich verliebt!«, ruft Burcu triumphierend. Ihre Laune ist für heute gerettet.

»Und du? Was ist mir dir?«, fragt Mo.

»Was soll mit mir sein?«

»Na, hast du dich auch in ihn verguckt?«

Ich lache. »Nein! Hilfe. Der war überhaupt nicht mein Typ. Zu alt, zu verpeilt, Raucher und so.«

Mo grinst zufrieden. »Habe ich mir gedacht. Der war nicht dein Typ. Zu langhaarig, zu unsportlich und so, ne?«

Dabei lässt er seine Oberarmmuskeln spielen und sieht mich neckisch an.

»Hau ihn, Burcu!«, kichere ich. »Hau richtig fest zu.«

Als ich gehe, überlege ich kurz, ob ich Mo nach Anna fragen soll, aber ich entscheide mich dagegen. Mo und Kamil und Burcu, dieser

Dönerladen und der Platz unter dem Tisch im Hinterzimmer, das ist meine Oase, eine Art Zweitfamilie. Mein Job und die Seite an mir, die ich hasse, die haben hier beide nichts verloren. Hier bin ich keine Kriegerin, hier bin ich Penelope, die treu auf ihre eigene Rückkehr wartet.

17
Verdächtige

Diese Woche erledige ich hundert Dinge gleichzeitig. Mein Leben fühlt sich an, als hätte jemand die Schnellvorlauftaste gedrückt. Ich kümmere mich um die Schule und mache einen guten Eindruck bei den Lehrern. Das ist nicht ganz so schwer. In Anbetracht dessen, dass ich mir im letzten Jahr alles in Eigenarbeit beibringen musste, serviert mir hier selbst der schlechteste Lehrer den Stoff auf dem Silbertablett. Mithilfe des Laff-Programms arbeite ich mich in Hannas Tussikreis ein, respektiere gleichzeitig Linas wanna-be-outsider-Gehabe, halte meinen Wochenplan für das GJK ein, helfe Burcu bei den Hausaufgaben, was mühselig ist, aber ein wenig besser klappt als bei Mo. Nebenbei fülle ich meinen Keller mit all den wichtigen Dingen auf meiner Kellerliste und vor allem suche ich nach Annas und Janines Entführer.

Noch taste ich mich durch eine dunkle Masse endloser Möglichkeiten. Er könnte Schöneberger sein, möglicherweise ist Schöneberg aber auch nur sein Jagdrevier. Er könnte sich die Mädchen live aussuchen, indem er sie auf der Straße auswählt, verfolgt und beobachtet. Sobald er sie im Visier hat, kontaktiert er sie über das Internet. Wie nennt man so einen Täter? Wolfsmensch? Halbwolf? Egal. Im Moment hilft nur, die Augen offen zu halten bei jeder meiner Erledigungen, in der Schule möglichst viel über Anna herauszukriegen und ausgiebig im Internet zu recherchieren.

Ich lege mir ein gefaktes Facebook-Profil unter dem Namen Julia B. zu. Dafür hole ich die blonde Perücke und die riesige Sonnenbrille aus dem Keller und mache ein Selfie mit Push-up-BH und Duckface. Es sieht hochgradig peinlich aus, aber ich wirke wie eine durchschnittliche Dumpfbacke meines Alters und man erkennt mich nicht. Das ist die Hauptsache.

Annas Facebook-Seite ist leicht zu finden, weil sie sich dort unter ihrem vollen Namen Anna Martiny angemeldet hat. Ihre Seite sieht so ähnlich aus wie die Pinnwand in der Cafeteria: Man scrollt durch Hunderte von Ich-vermiss-dich-Posts mit weinenden Emojis und zerbrochenen Herzchen. Hanna hat mir erzählt, dass Anna nicht überdurchschnittlich beliebt war, sondern in einem ganz normalen Freundeskreis verkehrte. Anscheinend haben auch viele Menschen, die Anna nur entfernt kannten, nun plötzlich das Gefühl, ihr sehr nahegestanden zu haben und sie schmerzlich zu vermissen. Der Mensch ist ein merkwürdiges Wesen.

Am Samstagmorgen ist mein Keller vollständig ausgestattet. Alles, was ich dort unten brauche, habe ich fein säuberlich in Umzugskartons verstaut. Es ist Zeit für meinen Termin in Arends' Praxis. Die Begrüßung ist herzlicher, die Atmosphäre entspannter. Ich erzähle von der Schule, von Hannas Clique, den Lehrern. Mo lasse ich aus. Meine Bemühungen, Licht in Annas Fall zu bringen, auch. Arends scheint zufrieden mit meiner Eingewöhnung und hört mir aufmerksam lächelnd zu.

»Wann darf ich endlich anfangen zu ermitteln?«, frage ich am Ende der Sitzung. »Uns läuft die Zeit weg.«

Wir wissen natürlich beide, dass ich früher oder später auf Annas und Janines Entführer angesetzt werde. So viel ist sicher.

»Du kannst Bröker vertrauen. Er ist ein hervorragender Stratege und wird dich genau zum richtigen Zeitpunkt einsetzen. Seine Erfolgsquote ist enorm hoch.«

»Worauf wartet er denn noch?«, frage ich, ohne meine Ungeduld zu verbergen.

»Du musst dir die Operation wie ein Schachspiel vorstellen zwischen Bröker und dem Mann, den er überführen möchte. Bröker setzt seine Figuren Zug um Zug. Bis er den anderen schachmatt setzt.«

Die Vorstellung gefällt mir nicht. Was passiert mit den Figuren, die der andere Mann vom Spielfeld wirft? Welchen Bauern hat Bröker vorgeschickt, um sich an den Kerl heranzutasten?

Ich schüttele den Kopf. »Das klingt nicht sonderlich überzeugend.«

»Wie gesagt. Brökers Ermittlungen sind extrem erfolgreich. Seine Verluste äußerst gering.«

»Und welche Figur bin ich in diesem Spiel?«

Arends denkt nach. »Ich würde sagen, ein Pferd.«

Ein Pferd? Das ist ja fast eine Beleidigung. »Und Sie sind die Dame?«, frage ich schnippisch.

Arends tippt mit ihrem Zeigefinger auf den Ehering an ihrer rechten Hand. »Nein.«

Sie ist mit jemand anderem verheiratet. Ich sehe mich in der Praxis um. Keine Fotos von Mann oder Kindern. Offensichtlich hält sie Privates und Berufliches streng getrennt. Das ist bestimmt so eine Therapeuten-Regel.

»Wer sind Sie dann?«

»Wie du ja bereits weißt, entscheide ich mit, wer überhaupt eingesetzt wird.«

»Sie meinen, welche Figuren auf das Spielfeld dürfen?«

»Wenn du es so ausdrücken willst«, seufzt sie.

Ich muss dafür sorgen, dass unser Verhältnis entspannt bleibt und darf sie nicht so vor den Kopf stoßen. Immerhin ist sie die Einzige im GJK, die überhaupt vernünftig mit mir redet.

»Ich will dieser Anna doch nur helfen«, sage ich leise. »Und was ist mit Janine? Ist da schon einer von uns dran? Es macht mich einfach fertig, dass ich tatenlos rumstehe und nichts für die beiden tun kann.«

Arends nickt verständnisvoll. »Ich weiß. Aber ich kann dir versichern, die Ermittlungen laufen auf Hochtouren und Bröker hat *alles* unter Kontrolle.«

Ich stutze, weil sie das Wort ›alles‹ so seltsam betont.

»Alles, Mädchenmörder, Postkarten, Märchenbücher …«, sage ich süffisant.

Arends legt den Finger auf den Mund und nickt. Während sie zu einer der Fensterbänke geht, spricht sie weiter, aber ich weiß, dass sie mir etwas zeigen will: »Dein Telefon wird zu deiner eigenen Sicherheit abgehört, aber abgesehen davon bewegst du dich völlig frei.« Sie deutet mit dem Finger links unter die Fensterbank, dann an ihr Ohr. »Im Moment kannst du nichts für dieses Mädchen tun. Halte dich bereit. Absolviere dein Training gewissenhaft. Integriere dich in deine

Klasse. Arbeite für die Schule. Dann kann Bröker dich umso effektiver einsetzen, sobald der Zeitpunkt gekommen ist.«

»Ich werde warten«, erwidere ich und gebe ihr ein Daumen hoch-Zeichen. Wenn ich sie richtig verstanden habe, befindet sich unter einer der Fensterbänke in meiner Wohnung eine Wanze. »Sie können sich auf mich verlassen.«

Ich flitze die Treppe hoch, sperre die Tür auf, knall sie hinter mir zu und kontrolliere die Unterseite der Fensterbänke vorsichtig mit den Händen. Tatsächlich, links unten ist eine kleine Wanze befestigt. Meine Wohnung wird permanent vom GJK abgehört und Arends hat es mir gesteckt. Warum? Warum arbeitet sie gegen das GJK? Wovor wollte sie mich warnen? Auf welcher Seite steht sie? Darüber werde ich mir bis zum nächsten Gespräch den Kopf zerbrechen, aber es ist gut zu wissen, dass ich in meiner Wohnung nicht frei reden kann. Wer weiß, wofür diese Information noch gut ist.

Natürlich halte ich mein Versprechen, meinen offiziellen Einsatz abzuwarten, nicht ein, sondern mache genau das Gegenteil und verbringe mein gesamtes Wochenende damit, Annas Kontakte in einem Zeitraum von drei Monaten vor ihrem Verschwinden zu durchforsten. Ihr Facebook-Account ist ein offenes Buch, ich muss nicht einmal eine Freundschaftsanfrage stellen, um an alle wesentlichen Informationen zu gelangen. Sicherlich hat das GJK das gesamte Ding schon vor mir ausgewertet. Trotzdem mache ich mir die Arbeit. Dabei stoße ich auf drei Profile, die im Mai und Juni zunehmend mit Anna über Facebook Kontakt hatten, ab Juli aber nur noch sporadisch mit ihr kommunizierten. Meine Theorie ist, dass diese Leute sich seit Juli mit ihr persönlich getroffen haben und der schriftliche Austausch deshalb weniger wurde. Da ist ein Mädchen namens Pia, zu deren Facebook-Account ich nur einen stark limitierten Zugang bekomme. Sie hat dreiundfünfzig Freunde und ihre Lektion ›Sicherheit im Internet‹ brav gelernt. Ich sehe lediglich ein Foto von ihrer Katze. Sonst nichts. Dasselbe bietet mir ein sogenannter Maik. Man sieht ihn mit dem Rücken zum Fotografen in einem Park sitzen. Er hat sich eine Baseballcap über die fast schulterlangen Haare in den Nacken gezogen. Der dritte Kontakt heißt Ygor, sein Account ist komplett einsehbar. Er scheint ununterbrochen Party zu machen und post auf Dutzenden von Fotos mit seinen Freunden. Außerdem bekommt er Unmengen von dämlichen Youtube-Videos und ist praktisch permanent zum Skaten und zum Feiern verabredet. Seine Kommentare unter Annas Posts zeugen von offensichtlichem sexuellen Interesse und sind genauso öffentlich wie all die Videos und dummen Kommentare seiner Freunde. Anna flirtet ebenso öffentlich zurück. Dann bricht der Kontakt plötzlich ab. Abgesehen davon ist Ygor der Einzige, von dem ich nach Annas Verschwinden keine Beileidsbekundung auf Annas Facebook-Seite finde.

Es ist Sonntagabend. Ich habe drei Verdächtige auf meiner Liste: Pia, Maik und Ygor. Ygor ist mein Hauptverdächtiger. Vorsichtshalber sende ich Pia und Maik trotzdem eine Freundschaftsanfrage. Nun gilt es, in der Schule möglichst unauffällig an Informationen heranzukommen.

Es klingelt.

Ist das Mo? Ich war heute nicht im Dönerladen, er bringt mir bestimmt etwas zu essen. Der Blick durch den Spion bestätigt meine Vermutung. Mit der linken Hand öffne ich die Tür, meine rechte Hand umfasst das Messer in meiner Hosentasche. You never know.

»Pizzaservice!« Mo strahlt mich an. In der einen Hand hält er einen Pizzakarton, in der anderen eine kleine Plastiktüte.

»Ich habe keine bestellt«, entgegne ich mit gespielter Verwunderung.

»Doch, das joggende Strichmännchen braucht Kalorienzufuhr, sagt der Ernährungsspezialist Kamil. Du hast dich das ganze Wochenende nicht bei uns blicken lassen. Was hast du gegessen?«

Ich schließe die Tür hinter ihm und folge ihm ins Wohnzimmer. »Das Strichmännchen kann sich manchmal auch selbst ernähren. Es hat einen riesigen Salat mit Hühnerbrust gegessen.«

Demonstrativ strecke ich meinen Bauch raus und klopfe mit beiden Händen drauf.

»Oh. Das Strichmännchen hat sich über Nacht in ein Michelinmännchen verwandelt.«

»Sehr witzig. Ich habe keinen großen Hunger.«

»Macht nichts. Mo, dein Freund und Helfer, isst die andere Hälfte.«

Wir sitzen uns gegenüber am Küchentresen, essen die Pizza mit der Hand aus der Box und plaudern über die vergangene Woche. Das heißt, Mo redet wie ein Wasserfall. Er erzählt von seinen Freunden aus der

Schule, von den Abrechnungen für den Laden, vom Fitnessstudio. Ich höre lächelnd zu, beobachte, wie er das Gesagte mit weit ausholenden Armbewegungen unterstreicht. Wenn das nicht ausreicht, springt er vom Stuhl auf und imitiert unter Ganzkörpereinsatz einen Freund, einen Lehrer, einen Typen aus dem Fitnessstudio. Dann schmeißt er den Pizzakarton mit einer Selbstverständlichkeit in den Mülleimer unter der Spüle, als wäre er hier zu Hause. Wir sind Freunde. So fühlt sich also Freundschaft an, stelle ich erstaunt fest. Schade, dass Bröker mithört. Ich hätte mit Mo gerne einen Raum für uns ganz allein.

Geschafft lässt Mo sich auf die Couch plumpsen und kramt eine DVD aus seiner Plastiktüte. »Ich habe einen asiatischen Kampfsportfilm mitgebracht. Hast du Lust, den zu gucken?«

Während ich mir die Inhaltsangabe auf dem Cover durchlese, höre ich ihn plötzlich ausrufen: »Ein Fotoalbum! Wie cool! Darf ich mir das ansehen?«

Entsetzt fahre ich herum. Er hat Arends' Fotoalbum in der Hand und wedelt damit in der Luft herum.

»Nein!«, erwidere ich unwirsch.

»Warum nicht?« Mo ist sichtlich konsterniert.

»Weil.«

Sein Tonfall wird schärfer. »Weil? Was soll denn das heißen? Ist da dein Ex-Freund drin?«

»Nein.«

»Warum darf ich dann nicht reingucken?«

Ich sage nichts. Ich will nicht lügen. Das ganze verflixte Album ist ein so übler Fake. Auf keinen Fall soll Mo das Foto sehen, auf dem ich am Grab meines Vaters stehe. Was für ein Albtraum.

»Bist du jetzt beleidigt, oder was?«, fragt Mo. Seine Laune könnte nicht schlechter sein.

»Nicht so beleidigt wie du.«

Mo legt das Album enttäuscht zurück auf die Ablage unter dem Tisch. Ich muss vom Thema ablenken. »Hättest du ein Problem damit, wenn da Bilder von meinem Ex-Freund drin wären?«

»Sind jetzt doch Bilder von deinem Ex drin?«

»Wenn du meine Frage beantwortest, beantworte ich deine.«

»Okay.« Mo zögert. »Ich hätte kein Problem mit deinem Ex-Freund.«

»Gut. Ich habe keinen, okay? Aber ich muss sicher sein, dass das, was wir hier haben, nicht auf etwas anderes hinausläuft als einen DVD-Abend.«

»Klar.« Mo sammelt sich. »Du hast also keinen Ex-Freund?«

»Nein.«

Er kann seine Erleichterung nicht verbergen.

»Nur ein Fernsehabend?«, versichere ich mich.

»Nur ein Fernsehabend.« Mo nickt und setzt sich ans andere Ende der Couch. »Ich sitze hier. Und du da«, er zeigt auf den gemütlichen Platz direkt vor dem Fernseher, »zehn Meter entfernt von mir, da sitzt Prinzessin Penelope.«

»Okay. Tee?«

»Tee.«

Der Film heißt ›Tiger and Dragon‹ und ist der absolute Hammer. Mo hat ihn für mich ausgeliehen, weil es in dem Film um eine Frau geht, die die Kunst des Kämpfens perfekt beherrscht. Während des Films bewegt er sich keinen Millimeter in meine Richtung, sondern bleibt schön brav auf seinem Platz. Er verabschiedet sich mit Küsschen rechts und links. Alles ist gut. Keine zwei Minuten nachdem er gegangen ist, klingelt es noch einmal an der Tür. Ich sehe mich in der Wohnung um. Mo hat nichts vergessen. Mein Messer habe ich in der Tasche.

»Wer ist da?«, rufe ich vom Wohnzimmer aus.

»Ich noch mal. Mach auf.« Es ist Mos Stimme.

»Alles okay?«

»Ja. Mach auf!«

Ich öffne vorsichtig die Tür.

Mo schiebt die Tür forsch auf, tritt einen Schritt zurück und nestelt dann nervös an seinem Sweatshirt herum.»Da unten sitzt so ein Typ in einem VW Golf. Er saß schon da, als ich gekommen bin, und jetzt steht er da immer noch. Verstehst du?«

Mist. Toni. Mein tollpatschiger, nichtsnutziger Schutzengel. Die Zahnfee. Wie blöd kann man sein? Zeit für eine Lüge.

»Ist das ein silberner Golf?«, frage ich.

»Ja. Genau. Ich mach mir Sorgen, Mann. Wegen Anna. Vielleicht hat der Typ es auf dich abgesehen.«

»Nein. Das ist dieser Toni«, erkläre ich und drehe mich dabei extra in Richtung Fensterbank, damit auch Bröker mithören kann. »Der pflegt und versorgt mehrere alte Damen hier im Viertel. Eine wohnt im Vorderhaus, deswegen steht der ganz oft abrufbereit da unten.«

»Bist du dir sicher?«

»Sicher.«

Welche Figur spielt eigentlich dieser Toni auf Brökers ach so genialem Schachbrett? Einen Bauern? Warum ist er dann noch nicht rausgeflogen? Der Typ verspielt hier gerade meine mühsam und kostspielig aufgebaute Identität. Ich muss an Arends' Worte in meiner Wohnung denken: »Keine Überwachung von unserer Seite.« Man darf denen echt nichts glauben.

Am nächsten Morgen komme ich völlig unausgeschlafen in die Schule und quäle mich durch die ersten Stunden bis zur Pause. Freunde fördern nicht gerade die Disziplin. So viel steht schon mal fest. In der Pause sitze ich mit Hannas Clique in der Cafeteria. Auf Annas Pinnwand gibt es kein freies Fleckchen mehr und nach einer Woche Schule ist das Thema Anna nur wenig abgeebbt, weil die Suche läuft und die Nachrichten täglich von ihr berichten. Dass das GJK mich immer noch nicht offiziell mit dem Fall betraut hat, macht mich richtig wütend. Wollen die , dass Anna und Janine sterben? Oder dass ihr Mörder auch ja genug Zeit hat, die Stadt zu verlassen oder sich ein neues Opfer auszugucken? Ich verstehe es einfach nicht.

»Sagt mal, wer ist denn dieser Ygor?«, frage ich möglichst nebensächlich in die Runde.

Hanna sieht mich mit hochgezogenen Augenbrauen an. »So ein Russe. Geht auf die Realschule. Woher kennst du den denn?«

»Ich habe gehört, dass Ygor und Anna zusammen waren.«

»Wer erzählt denn so einen Schwachsinn?«, fragt die rothaarige Laura.

»Keine Ahnung, wo ich das aufgeschnappt habe.«

Jule erklärt mit der für sie so typischen nachdenklichen Stimme: »Ygor wollte was von Anna.«

»Stimmt«, fügt Hanna hinzu. »Er ist ihr richtig hinterhergelaufen.«

»Voll der Stalker!«, ruft Laura.

Jule wirft ihr einen strafenden Blick zu. »Hör auf damit.« Dann wendet sie sich mir zu. »Die Polizei hat ihn mehrmals verhört. Er soll danach total fertig gewesen sein, weil die Polizisten mit den Russen wohl viel härter umgehen. Nicht, dass ich ihn besonders mögen würde, ich kenne ihn ja kaum, aber trotzdem.«

»Warum bist du dir so sicher, dass er es nicht war?«, fragt Jil. Sie ist klein, etwas pummelig und hat ein rundliches Gesicht. Die Jungs kleben an ihr wie die Fliegen. Vermutlich wegen ihres geschickt in Szene gesetzten D-Körbchens.

»Anna hat mit ihm rumgeflirtet. Das wisst ihr genauso gut wie ich«, sagt Jule. »Und dann hat sie ihn abserviert, weil er ihr nicht gut genug war. Mehr war da nicht. Deswegen bringt man niemanden um. Ygor ist nicht ganz legal unterwegs, aber ein Mörder ist der nicht.«

»Jule hat recht«, pflichtet Hanna ihr bei. »Der wird doch nur beschuldigt, weil er Russe ist und sich mit kiffenden Skatern und Kleinkriminellen herumtreibt.«

»Der tut mir einfach nur leid«, seufzt Jule. »Seit der Geschichte wird er voll geächtet und wenn Annas Mör… ich meine, Annas Entführer nicht gefunden wird, dann wird ihm die Sache das ganze Leben lang nachhängen.«

Jil schüttelt den Kopf. »Du bist immer so fatalistisch, Jule. In einem Jahr ist schon Gras über die ganze Geschichte gewachsen.«

»Was für eine geschmacklose Bemerkung«, sagt Jule leise und steht auf, um sich noch einen Kaffee zu kaufen, bevor es zum Unterricht klingelt.

Wenn die Polizei Ygor bereits in die Mangel genommen hat, gibt es gegen ihn keine Beweise. Und dass er Anna öffentlich auf Facebook hofiert hat, spricht eher dafür, dass er nicht vorhatte, ihr etwas anzutun.

In der zweiten Pause handele ich meine Fragen zu Pia ab. Das Ganze ist schnell geklärt: Pia ist Schülersprecherin und hat zusammen mit Anna und einigen anderen Leuten einen Programmpunkt für das letzte Sommer-Schulfest organisiert. Keinerlei privater Kontakt. Keine gemeinsamen Freunde. Keine außerschulische Clique. Keine Kontakte zu erwachsenen Männern. Alles total harmlos. Bleibt nur noch Maik. Ich habe nicht viel Zeit und nur wenig Anhaltspunkte. Ich muss meinem Instinkt folgen, etwas anderes bleibt mir nicht übrig.

Also frage ich Jule, ob sie mit mir morgen nach der Schule im »Joy« am Viktoria-Luise-Platz noch eine Cola trinken möchte. Heute habe ich ja Training bei Chin, der Tag ist jetzt schon im Eimer. Montags und mittwochs schaffe ich es wegen des Trainings nicht einmal, Burcu bei den Hausaufgaben zu helfen. Sie fertigt die Mathe-Hausaufgaben inzwischen einigermaßen wutfrei unter dem Tisch im Hinterzimmer an. Die Deutsch-Hausaufgaben verweigert sie nach wie vor. Mo wird seinen Nachmittag zwischen dem Laden und dem Hinterzimmer verbringen und abwechselnd mit Engelszungen auf Burcu und mit kumpelhaftem Grinsen auf die Kunden einreden.

Jule ist vor mir da und hat einen Platz draußen an der Ecke des Cafés gewählt. Der Platz ist strategisch total ungünstig, aber ich muss da jetzt durch.

Wir reden erst über ein paar allgemeine Dinge. Jule ist ganz nett. Sie fragt mich, warum ich kein WhatsApp habe, wie ich mich eingewöhnt habe, ob es mir an der Schule gefällt, ob ich meine alten Freunde vermisse. Lauter nette, unverfängliche Fragen, die ich guten Gewissens beantworten kann.

»Sag mal«, beginne ich den interessanten Teil des Gesprächs, »diese Anna geht mir einfach nicht mehr aus dem Kopf.«

»Ich merke schon. Du redest ständig von ihr. Warum denn?«

»Na ja. Für euch ist es ein bisschen leichter. Ihr habt alles mitbekommen, kennt die Leute, mit denen sie etwas zu tun hatte, wisst, wer bei der Polizei war. Ich komme neu an die Schule und werde mit einem vermissten Mädchen konfrontiert, ohne die Vorgeschichte zu kennen.«

»Letztendlich wissen wir doch alle nicht, was passiert ist,« erwidert Jule traurig.

»Das meine ich nicht. Ihr wisst, wem ihr vertrauen könnt. Ich weiß es nicht.«

Jule denkt kurz nach. »Verstehe. Was willst du denn wissen?«

»Wer Maik ist.«

»Maik? Maik Bruckner?« Jule lächelt nervös und sieht schnell weg, als würde sie den Kindern auf dem Platz beim Spielen zusehen. »Der hat nichts mit der Sache zu tun.«

»Du wirkst nervös.«

»Ja?«

»Bist du mit ihm befreundet?«

»Ich? Nein, ich habe nichts mit Maik zu tun. Er geht in die Zwölfte. Ich kenne ihn nur vom Sehen.«

»Und was hatte er mit Anna zu tun?«

»Die kannten sich auch nur flüchtig.«

»Ich habe etwas anderes gehört.«

Jule wird ernst und sieht mir lange in die Augen, so als würde sie abwägen, ob sie mir vertrauen kann. Schließlich seufzt sie und sagt: »Hör zu. Maik hat sich mit Anna gedatet. Er ist total am Ende, seit sie verschwunden ist. Hat mit tausend Leuten drüber geredet, in der Schule geheult. Er hat tierisch Angst, dass man ihn mit der Sache in Verbindung bringen könnte. Sein Vater trinkt, hat ständig Probleme mit der Polizei, ist auf Bewährung draußen. In unserem Jahrgang kennen viele Maik seit der Grundschule. Er hat von Anfang an versucht, alles richtig zu machen, gut in der Schule zu sein, aus der Scheiße rauszukommen, verstehst du?«

Ich nicke schweigend, während Jule erzählt. Ich mag die Art, wie sie sich in die Geschichte hineinsteigert. Ihre Stimme bebt fast vor Mitgefühl mit diesem Maik. Sie hat ein Herz so groß wie ein Wal.

»Wir halten alle zu ihm«, fährt sie fort, »die Schüler und die Lehrer. Sein Vater prügelt ihn windelweich, aber er will auf keinen Fall ins Heim, also lässt er es über sich ergehen und hält den Mund.«

»Klingt übel.«

»Ist es. Aber er hat seit ein paar Monaten eine Psychologin, die ihn intensiv betreut. Er kann sich jederzeit an sie wenden und hat fast täglich mit ihr Kontakt. So eine vom Jugendamt.«

»Woher weißt du das?«

»Da geht er relativ offen mit um. Er sagt, das hilft ihm sehr, und man sieht auch, dass er mehr Selbstbewusstsein hat, seit diese Frau ihn betreut.«

»Und was war zwischen ihm und Anna?«

»Sie haben sich ein paarmal getroffen. Ich glaube, er war ziemlich verliebt in sie. Anna hat sich allerdings nicht besonders viel aus ihm gemacht, befürchte ich. Sie war kein Kind von Traurigkeit, hat gleichzeitig mit diesem Ygor rumgeflirtet.«

Aha. Das wäre eventuell ein Mordmotiv.

»Was macht dich so sicher, dass Maik nichts mit der Sache zu tun hat?«

»Wir sind uns *alle* sicher. Maik ist die Charakterschnitte der Schule. Der kann keiner Fliege etwas zuleide tun.«

Das klingt aber nicht nach einem hieb- und stichfesten Beweis für seine Unschuld. Jule merkt, dass ich Zweifel habe und sagt mit Nachdruck: »Er ist das Gegenteil von seinem versoffenen Vater. Ich zeige ihn dir morgen mal.«

Alles klar. Morgen lerne ich Maik Bruckner kennen und ich habe das dumpfe Gefühl, auf dem richtigen Weg zu sein.

Maik ist die ganze verdammte Woche nicht in der Schule. Wahrscheinlich hat sein Vater ihn krankenhausreif geschlagen und ich sitze herum und kann *nichts* tun. Rein gar nichts. Janine ist seit Mai verschwunden, Anna seit Mitte August und jetzt ist Mitte September. Wenn das so weitergeht, finden wir die armen Mädchen nie. Zusätzlich drückt das Wetter auf die allgemeine Stimmung. Es ist, als hätte sich der Herbst über Nacht heimlich in die Stadt geschlichen, um sie zu belagern und von innen heraus mürbe zu machen. Er färbt die Berliner Blätter blutrot, bis sie leblos zu Boden fallen. Dort werden sie im Regen braun und glitschig und vermischen sich mit der Hundescheiße auf den Bürgersteigen. Auf meinen Kurierdiensten bläst mir der Wind ins Gesicht, bis mir die Augen tränen. Die Sonne kämpft sich noch ab und zu durch die Wolken, aber die Strahlen haben ihre Kraft verloren, scheinen auf halbem Weg zu brechen und die Luft um uns herum kühlt aus. Es ist, als würde der Herbst dieser Stadt langsam das Leben aushauchen. Ich muss an Anna und Janine denken und kann nichts für sie tun.

Ende September. Maik hat meine Freundschaftsanfrage angenommen. Das heißt, ich kann jetzt auf seiner Facebook-Seite herumstöbern und ich werde doppelt fündig: Erstens befindet sich unter einem der Posts Maiks Handynummer als Kommentar, sodass ich ihn ab jetzt per GSM orten kann. Ich schicke ihm sofort eine stille SMS und bekomme relativ schnell ein Signal aus der Welserstraße. Gut. Zweitens stelle ich fest, dass sich unter seinen neuen Freunden ein Mädchen namens

Elisa befindet, das wiederum eine Facebook-Freundin von Ygor ist. Warum haben Ygor und Maik, die nichts miteinander zu tun haben, seit einigen Wochen eine gemeinsame Facebook-Freundin, die sich noch dazu so ähnlich verhält wie Anna? Erst bandelt sie offensiv mit Ygor an, dann wechselt sie schnell und deutlich zu Maik und hält den Kontakt zu Ygor nur noch sporadisch aufrecht. Noch dazu neigt diese Elisa zu einer in heutiger Zeit gefährlichen Art der Selbstinszenierung. Hat das Kind keine Eltern? Man kann zwar ihr Gesicht auf keinem der Bilder erkennen, aber sie präsentiert sich auf zahlreichen Fotos in aufreizendem Outfit und sexy Posen. Verkehrt das Mädchen im Rotlichtmilieu? Ist sie Maiks neues Opfer? Machen Ygor und Maik gemeinsame Sache?

Montagmorgen. Erste große Pause. Endlich. Maik ist wieder in der Schule. Wir sitzen in der Cafeteria und Jule nickt in die Richtung eines hochgewachsenen, aber trotzdem unscheinbaren Jungen. Ich habe ihn längst erkannt. Er steht mit ein paar anderen Jungs in der Nähe des Kiosks und lauscht ihrem Gespräch. Hände in den Hosentaschen. Entspannte Körperhaltung. Seine Schultern hängen etwas nach vorne. Bescheidenes Auftreten. Kein großes Selbstwertgefühl. Wenn seine Therapeutin das tatsächlich in den letzten Monaten aufgebaut hat, war da vorher rein gar nichts. Maik sieht die meiste Zeit auf den Boden vor seinen Füßen. Es kann losgehen. Mein Hauptverdächtiger. Ich bin dran.

18
Entdeckung

Ich schwänze die letzte Schulstunde und verkleide mich. Mit blonder Perücke, Sonnenbrille, schwarzer Lederjacke, Jeans-Minirock, einem Picklock in der hinteren Rocktasche, zerfetzter schwarzer Strumpfhose und Stiefeln sehe ich ziemlich abgefuckt aus und bin definitiv nicht zu erkennen. Abgesehen davon, dass Maik mich bisher ja ohnehin nur flüchtig in der Cafeteria gesehen hat. Nach der letzten Schulstunde warte ich mit einer Bierflasche in der Hand in sicherer Entfernung an der Bushaltestelle vor der Schule und verfolge Maik. Er begibt sich auf direktem Weg nach Hause in eine dunkle Erdgeschosswohnung mit schmutzigen Fenstern in der Welserstraße. Ich warte bis um sechzehn Uhr an die Mauer eines dunklen Hauseingangs gelehnt, eine unangezündete Kippe im Mund, aber Maik lässt sich nicht mehr blicken. Dafür fährt Toni zweimal an mir vorbei. Chin spricht mich im Training nicht auf meinen heutigen Auftritt an. Folglich duldet das GJK meine eigenmächtigen Ermittlungen. Nach dem Training setze ich mich in die Eckkneipe schräg gegenüber der Bruckner-Wohnung. Es ist schon schweinekalt am Abend und ich hasse die Kälte in Berlin. Sie hat nichts von der glasklaren Winterluft in Kalle, aber wenigstens kann ich mir meine Jacke tief ins Gesicht ziehen. Ich nippe an einem alkoholfreien Bier. Es schmeckt nicht, aber es erfüllt seinen Zweck. Um neunzehn Uhr verlässt Maik mit einer großen Sporttasche das Haus. Ich zahle und folge ihm bis zur Sporthalle der Schule. Basketballtraining. Um zwanzig Uhr dreißig geht er wieder direkt nach Hause. Ich habe Maik den ganzen Tag in regelmäßigen Abständen stille SMS geschickt und zufrieden festgestellt, dass die Ortung zuverlässig ist. Von seinem Vater sehe ich heute nichts.

Dienstag, zweite große Pause. Jules Clique ist auf dem Hof, ich habe Maik geortet und bin unter dem Vorwand, auf die Toilette zu müssen, in Richtung Cafeteria abgebogen. Maik geht etwa zwanzig Meter vor mir. Ich stelle mich einige Leute hinter ihm in die Schlange, beobachte, wie er sich ein belegtes Brötchen und eine Apfelschorle kauft, hole mir selbst einen Kaffee mit Zucker, obwohl ich ihn normalerweise schwarz trinke. Während ich in meinem Kaffeebecher herumrühre, taxiere ich mein Ziel. Wenige Sekunden später rempele ich Maiks Freund an und schütte dabei »aus Versehen« meinen Kaffee auf Maiks weißes Kapuzensweatshirt.

»Scheiße, scheiße«, stammle ich aufgeregt. »Tut mir leid. Tut mir echt leid. Scheiße, dein ganzes Sweatshirt ist eingesaut.«

Maik sieht an sich herunter und wischt mit beiden Händen über die Kaffeeflecken. Er ist die Ruhe in Person. »Schon gut. Das wäscht sich wieder raus. Überhaupt kein Problem.«

»Kann ich dir was vom Kiosk ausgeben? Oder soll ich das Sweatshirt mit nach Hause nehmen und durchwaschen?«

»Lass mal gut sein. Ist schon in Ordnung.«

»Sorry noch mal.«

Nächste Stunde. Bio bei Zwerfing. Ich schiebe Lina einen Zettel zu:

Habe gerade diesem Maik aus der Zwölf meinen Kaffee übergeschüttet. Peinlich.

Maik is ne arme Sau.

Warum?

Vater säuft und is ständig im Knast.

Arbeit?

Trägt glaube ich Zeitungen aus.

Und Maik?

Jobbt nicht. Voll der Streber. Lehrerliebling. Mir egal, der Typ.

Stimmts, dass er was mit Anna hatte?

k. A. Die hatte doch mit jedem was.

Ach so. Und mit dieser Elisa?

Kenn ich nicht. Was ist eigentlich mit deinen Eltern?

Okay. Ich habe verstanden. Linas Deal ist Info gegen Info.

Papa tot. Mama in Amsterdam

Sorry.

Macht nichts.

Geschwister?

Keine. Du?

Papa weg, Mama frustriert, großer Bruder schon in der Lehre.

Auch sorry.

»Jou, die beiden Damen in der letzten Reihe! Darf ich euer Briefchen laut vorlesen?«, ruft Zwerfing. Ich finde es ziemlich seltsam, dass Zwerfing uns anjout. Offensichtlich will er jünger sein, als er ist.

»Mir egal«, schnoddert Lina ihn an.

»Pack weg, das Ding«, schnoddert Zwerfing zurück.

Ich nehme den Zettel, zerknülle ihn demonstrativ, stecke ihn in meine Schultasche und sage: »Okay. Wir sind wieder dabei.«

»Was für eine Ehre!«, ruft Zwerfing und erzählt weiter von der chemischen Reaktion bei der Photosynthese.

Nach der Schule frage ich Hanna und Co, aber die kennen auch keine Elisa. Wer ist dieses Mädchen? Während ich schnell einen Döner bei Kamil esse und dann unspektakuläre Kurierdienste ohne Ende erledigen muss, kann ich an nichts anderes denken als an Elisas Facebook-Seite. Wer ist sie? Wie komme ich an sie ran?

Mittwochmorgen, vier Uhr. Ich sitze an meinem Laptop und verfolge den gestrigen Weg von Maiks Handy. Er hat nach der Schule seine Wohnung nicht mehr verlassen. Um vier Uhr siebenunddreißig platziere ich mich wieder mit einer Wolldecke im Hauseingang. Toni ist auch schon wach. Der Rest der Stadt scheint noch zu schlafen. Die wenigen Autofahrer, die mich passieren, interessieren sich nicht für ein besoffenes Straßenkind. Lang lebe Berlin. Um fünf Uhr verlässt ein etwas dickbäuchiger Mann mit Dreitagebart, brauner Cordhose, grünem Parker und einer Sackkarre voller Zeitungen das Haus. Bruckner. Ich bleibe weit hinter ihm, während er sich langsam, aber stetig durch den Straßenzug arbeitet. Seinem Gang nach zu urteilen, ist er noch leicht alkoholisiert. Wo hat er gestern Abend getrunken? Zu Hause? Um sieben Uhr achtunddreißig kehrt er nach Hause zurück. Ich habe gerade mal Zeit genug, um mich umzuziehen und völlig übernächtigt in die Schule zu flitzen.

Mittwochvormittag. Über Zwerfing erhalte ich die Liste mit sämtlichen Sportangeboten der Schule und der Vereine, die die Sporthalle der Schule nutzen. Das Basketball-Training findet montags, mittwochs und freitags um dieselbe Uhrzeit statt. Zwerfing ringt mir ein Lächeln und das Versprechen ab, mir baldmöglichst die Leichtathletikmannschaft der Schule anzusehen. Übel, aber da muss ich wohl durch.

Mittwoch, nach der Schule. Am Haupteingang. Ich passe Maik ab und rufe: »Hier!« Dabei überreiche ich ihm ein nagelneues Sweatshirt, das so ähnlich aussieht wie sein altes.

»Bist du verrückt?«, sagt er leicht beschämt. »Du brauchst mir doch kein neues Sweatshirt zu kaufen.«

Seine ruhige Art ist äußerst sympathisch. Kein Wunder, dass ihn jeder mag. Er wirkt so normal, so unverstellt.

»Erzähl mir nicht, du hast die Kaffeeflecken rausgekriegt.«

Er lächelt. »Habe ich nicht. Aber trotzdem. Das Sweatshirt war schon über ein Jahr alt. Du hättest mir echt kein neues zu kaufen brauchen.«

»Ist schon okay. Daddy pays.«

»Verstehe.« Er mustert mich, dann sagt er: »Du bist Penelope, die Neue aus der Elften, oder? Die aus der Sportschule.«

Ich nicke. »Hat sich wohl schon rumgesprochen.«

Maik grinst. »Ich bin eine Klasse über dir. Maik.« Er streckt mir die Hand entgegen.

»Ich nehme die nur, wenn du das Sweatshirt annimmst.«

Er lacht. »Geht klar.«

Ich gebe ihm die Hand. Seine Hand ist angenehm warm. »Bis morgen also. Kannst mir ja in der ersten Pause einen Kaffee ausgeben, dann sind wir quitt.«

»Mach ich doch gerne.«

Mittwochmittag. Ein Salat bei Kamil. Hausaufgaben mit Burcu. Sie wirkt still und traurig. Die Schule setzt ihr zu, aber ich kann mich nicht um sie kümmern. Habe keine Zeit. Wie meine Mutter? Ein totes Mädchen ist schlimmer als ein trauriges. Man muss Prioritäten setzen. Ich gehe kurz nach Hause, um zu duschen.

Als ich meine Wohnung betrete, liegt etwas auf dem Boden im Flur. Jemand hat einen gelben Zettel im DIN-A5-Format in meinen Briefschlitz geworfen. Erst denke ich, es ist Werbung. Doch auf dem Zettel steht in Times New Roman, pt 12: Finger weg von Maik.

Wer auch immer den Zettel eingeworfen hat, weiß, wo ich wohne. Ich bin auf der richtigen Spur und ich bin in Gefahr. Ich werde das GJK informieren, aber zuerst muss ich noch herausfinden, was Maik mit der ganzen Sache zu tun hat. Also renne ich in den Keller, hole die Kamera und installiere sie so im Treppenhaus, dass sie meine Wohnungstür filmt. Dann inspiziere ich mit größter Vorsicht und Aufmerksamkeit meine Wohnung. Niemand hat sie betreten. Alles scheint unverändert.

Mittwochabend. Maik ist erst einkaufen, dann beim Basketballtraining. Sein Leben ist völlig unspektakulär. Keine Verabredungen, keine Wege in leer stehende oder in anderer Weise verdächtige Gebäude, keine Treffen mit Erwachsenen, zwielichtigen Gestalten oder wehrlosen Mädchen. Sein Vater verlässt gegen zwanzig Uhr das Haus, sieht mich im Hauseingang sitzen und spuckt in meine Richtung aus. Das muss nicht mir gegolten haben, wirkt aber so. Bruckner verzieht sich in die Eckkneipe schräg gegenüber. Um ein Uhr siebenundzwanzig torkelt er nach Hause. Ich bin total durchgefroren. Maik tut mir leid. Was für ein beschissenes Zuhause.

Die Filmaufzeichnungen meiner im Flur platzierten Kamera sind wenig aufschlussreich. Nur die Menschen, die über mir wohnen, haben das Kamerabild passiert. Keiner von ihnen hat etwas in meinen Briefschlitz geworfen.

Donnerstag. Ich melde mich in der Schule und im Office krank, um gleich festzustellen, dass das GJK meine Krankmeldung nicht sonderlich ernst nimmt, Toni folgt mir nämlich trotzdem auf Schritt und Tritt. Im Laufe des Tages stellt sich außerdem heraus, dass Maiks Vater morgens angetrunken, aber zuverlässig die Zeitungen austrägt und den Rest des Tages das Haus nicht mehr verlässt, bis er abends wieder in seiner Eckkneipe verschwindet. Deutlich nach Mitternacht kehrt er sternhagelvoll zurück. Das einzig Auffällige an den Bruckners ist bis jetzt, dass praktisch durchweg jemand zu Hause ist. Maik und sein Vater sind äußerst selten gleichzeitig außer Haus. Es könnte also durchaus sein, dass sie Janine und Anna oder zumindest eines der beiden Mädchen in der Wohnung versteckt halten. Um das herauszufinden, muss ich die Zeit, in der Maik noch beim Basketballtraining und sein Vater schon in der Kneipe ist, nutzen, um die Wohnung der Bruckners zu inspizieren. Da führt kein Weg dran vorbei.

Als ich nach Hause komme, hängt eine Tüte mit einer Pizza Vegetaria und einem Flyer von Kamil an meiner Tür. Ich habe große Lust, die Pizza zu essen, aber ich muss mir erst mal die Aufzeichnungen ansehen, um sicherzugehen, dass sie wirklich von Mo ist. Falls nicht, schmeiße ich sie weg. Die Aufnahmen zeigen einen Mo, der es ziemlich eilig hat, Sturm klingelt, an meine Tür klopft und dann die Tüte mit der Pizza an meine Klinke hängt. Wahrscheinlich will er Burcu nicht so lange allein lassen. Nach ihm kommt niemand mehr an meiner Wohnung vorbei. Also kann ich die Pizza guten Gewissens in mich reinstopfen. Danke, Mo, danke, Kamera.

Freitag. Erste große Pause. Jule und die anderen gucken nicht schlecht, als Maik mir einen Kaffee spendiert.

Ich gehe kurz an Jules Tisch, zwinkere den Mädels zu und flüstere: »Der ist doch putzig!«

In den letzten Tagen wundere ich mich über mich selbst. Ich habe mich schneller integriert, als ich dachte, das Ganze fühlt sich fast ein bisschen gut an und ich höre mich wahrlich merkwürdige Sachen sagen. Egal. Der Zweck heiligt die Mittel.

Während ich mit Maik am Tisch sitze und meinen Kaffee schlürfe, kommt Mo an und ruft von Weitem: »Hey, Prinzessin! Alles klar?«

Markiert er sein Revier? Wie lächerlich. Ich habe ihm gestern die Kaffee-Geschichte sofort erzählt. An der Schule spricht sich so etwas sowieso in Rekordzeit herum.

»Hi, Mo!«, ich stehe auf, gebe ihm ein Küsschen auf jede Wange und strubbele ihm durch das gegelte Haar.

Mo winkt Maik zu. »Maik! Alles klar?«

»Hi! Ich wusste nicht, dass ihr …«, setzt Maik zu seiner Verteidigung an.

»Sind wir nicht!«, falle ich ihm ins Wort.

Mo nickt. »Reine Freundschaft.«

»Willst du dich zu uns setzen?«

»Ja!«, pflichtet Maik mir bei. »Setz dich doch zu uns!«

»Lass mal, Prinzessin, ich wollte nicht stören!« Mo wirft mir einen Luftkuss zu und tippt sich für Maik zum Abschied mit zwei Fingern an die Stirn.

»Du störst nicht«, sagt Maik, aber Mo hat sich schon umgedreht.

Freitagabend. Maik ist mit seiner Sporttasche losgezogen. Sobald Bruckner Richtung Kneipe aufgebrochen und außer Sichtweite ist, haste ich über die Straße. Zwanzig Uhr vier. Jetzt oder nie. Mir bleiben maximal zwanzig Minuten Zeit.

Ich sprinte die paar Stufen hoch zu den Wohnungen im Erdgeschoss. Es ist die Tür auf der rechten Seite. Sie hat einen simplen Schließzylinder. Gut. Mein Picklock wird funktionieren. Keine Geräusche im Treppenhaus. Picklock einführen, drücken, drehen. Das Schloss schnappt zurück. Die Tür öffnet sich. Danke, GJK, für die hervorragende Ausbildung. Dunkler Flur. Es stinkt nach Zigaretten und Alkohol. An der Wand lehnen einige Tüten mit leeren Bierflaschen.

Leise und freundlich rufe ich in die Wohnung: »Hallo? Ist da jemand? Ihre Tür stand offen! Alles in Ordnung?«

Keine Antwort. Ich schließe die Wohnungstür hinter mir. Zwanzig Uhr acht.

Alte Küche mit Essplatz. Einigermaßen aufgeräumt. Nicht gerade sauber. Schubladen und Schränke völlig normal bestückt. Dutzende von Einkaufszetteln überall verteilt. Es wurden hauptsächlich Alkohol und Grundnahrungsmittel gekauft. Kleine Vorratskammer mit Nahrungsmitteln und einem halb vollen Bierkasten. Alles unauffällig. Ich scanne die Größe des Zimmers, keine versteckten Hohlräume. Zwanzig Uhr elf.

Das Wohnzimmer ist kaum größer als die Küche. Sporadisch eingerichtet. Abgewetzte Ledercouch, Sessel, Couchtisch, Fernseher, übles dunkelbraunes Sideboard mit Bierglassammlung. In den einzelnen Fächern und Schubladen finde ich nichts von Bedeutung. DVDs, Feuerzeug, Zigaretten, alte Fernsehzeitschriften. Gold umrandetes Geschirr. Vermutlich geerbt. Ich klopfe die Wände ab. Keine Hohlräume. Zwanzig Uhr dreizehn. Stimmen im Flur. Schritte die Treppe hinunter, bleiben nicht stehen. Bewohner des Hauses. Weiter. Schlafzimmer des Vaters. Doppelbett, nur eine Bettgarnitur, nicht gemacht. Vollgestopfter Kleiderschrank. Auf dem Schrankboden Schmutzwäsche. Keine Geheimtür im Schrank. Nichts unter dem Bett. Keine Hohlräume hinter den Wänden. Zwanzig Uhr fünfzehn. Winziges Badezimmer ohne Möglichkeit für ein Versteck. Ohne Blutspuren. Ohne die langen blonden Haare eines vermissten Mädchens. Fußnägel in der Emaille-Badewanne. Zu groß. Sehen nach Bruckners aus. Zwanzig Uhr sechzehn.

Maiks Zimmer. Bett. Schrank. Schreibtisch. Alles billiges Sperrholz. PC und gut organisierte Schulsachen auf dem Schreibtisch. Ersatzsporttasche unter dem Bett. Nur leere Flaschen, Duschgel und Deo drinnen. Wenig im Kleiderschrank. In der obersten Schublade ein kleiner Terminkalender. Der November liegt obenauf. Außer dem Basketballtraining nur zwei Termine: Treffen mit Elisa! Letzten Samstag und Sonntag um achtzehn Uhr dreißig und nächsten Samstag, achtzehn Uhr dreißig, Volkspark, und Sonntag achtzehn Uhr dreißig, Joy. Verdammt! Kein einziger Termin beim Jugendamt oder sonst irgendwo. Die Therapeutin ist ein Fake, sonst würde sie im Kalender stehen. Schnell zurückblättern. Was war am 12. August? Ein Treffen. Um fünfzehn Uhr dreißig. Mit wem, ist nicht vermerkt, aber das ist der Tag, an dem Anna verschwunden ist. Maik. Dieser Scheißkerl!

Ein Geräusch direkt hinter mir. Zu früh. Bevor ich herumfahren kann, eine Hand auf meinem Mund. Fest. Schock. Kurze Panik. Der Hebel in meinem Hirn kippt auf Automatik. Ich ramme meinem Angreifer den Ellbogen in den Magen, aber der weicht rechtzeitig aus. Zweiter Versuch. Scheitert. Der Mann dreht mich um. Ich sehe Toni ins Gesicht. Schlage mit der Handkante auf seine Handgelenke. Keine Reaktion. Sehr guter Kämpfer.

»Nicht schreien!«, zischt er.

Ich nicke. Er lässt los. »Raus hier! Er kommt.«

Er zieht mich am Arm aus der Wohnung, lässt die Tür hinter uns zufallen. Ich höre Schritte auf der Treppe.

Toni schmeißt mich gegen die Wand und stellt sich vor mich. Presst seinen Körper an mich, bedeckt mein Gesicht mit seinem. Ich muss es über mich ergehen lassen, bis Maik uns hüstelnd passiert hat.

Nachdem Maik in seiner Wohnung verschwunden ist, flüstert Toni: »Sorry. Ging nicht anders«, zieht mich wortlos aus dem Haus und lässt mich auf dem Bürgersteig stehen, um in sein Auto zu steigen.

»Du musst besser aufpassen!«, sagt er verärgert.

»Zahnmediziner, ja?«, schnappe ich zurück. »Der Typ steckt in der Sache mit drin, Mann!«

»Musst du das unbedingt im Alleingang klären?«

»Alleingang? Wollen Sie mich verarschen? Wer hat mich denn gerade zu Tode erschreckt und aus der Wohnung geholt?«

Er sieht mich nachdenklich an, zuckt mit den Schultern, steigt ein und fährt davon. Dieser Typ ist mir ein Rätsel.

19
Kameraaufzeichnungen

Als ich zurückkomme, schnappe ich mir sofort die Kamera und sperre die Wohnungstür auf. Auf dem Boden im Flur liegt – was für eine Überraschung – ein weiterer gelber Zettel im DIN-A5-Format. Wieder Times New Roman, pt 12: »Finger weg von Maik. Kapierst du es nicht?« Ich freue mich diebisch. Wer hätte gedacht, dass es so leicht sein würde, den Zettelschreiber zu überführen? Ich mache es mir auf der Couch bequem und sehe mir gespannt die Aufnahmen an.

Die ersten zwanzig Minuten passiert nichts, dann läuft jemand die Treppe hoch ins Bild. Man sieht unverkennbar Burcus kleinen Lockenkopf. Sie klingelt ein paarmal, wartet und setzt sich vor meine Tür. Nach einer Weile klappt sie den Briefschlitz ein wenig nach innen und spricht hinein. Dann fängt sie bitterlich an zu weinen. Ihre Schultern beben und sie reibt sich mit der einen Hand die Augen und die Nase, während sie mit der anderen Hand unablässig den Briefschlitz aufhält. Ich verfluche die Tatsache, dass die Kamera kein Mikrofon hat und ich keinen blassen Schimmer habe, was die kleine Burcu mir gerade erzählt. Einige Minuten später erscheint ein Kopf mit langen blonden Haaren im Bild. Der Kopf gehört zu einem Mädchen, das die Treppe hochkommt. Sie hält vor meiner Wohnung und beugt sich zu Burcu hinunter. Es sieht so aus, als würde das Mädchen beruhigend auf Burcu einreden, aber Burcu redet nicht mit Fremden. Gott sei Dank. Sie legt ihre Arme auf die Knie und verbirgt ihr Gesicht darin, sodass das blonde Mädchen keinen Kontakt zu ihr kriegt. Also wirft die Blonde einen kleinen Zettel in meinen Briefschlitz, streicht Burcu einmal tröstend über den Kopf und dreht sich um. Es ist Elisa! Elisa schreibt mir Eifersuchtszettelchen? Meine Herren, muss die in Maik verliebt sein. Das Ganze wirkt ein wenig krank, aber ich bin trotzdem äußerst erleichtert. Elisa ist so ziemlich der dämlichste und ungefährlichste Mensch in meinem ganzen Leben. Sobald sie weg ist, rennt auch Burcu die Treppe runter. Danach kommt niemand mehr.

Obwohl ich völlig fertig bin, muss ich noch zu ihr rüber. Wer weiß, was los war. Mo und Kamil können sich jetzt nicht um sie kümmern. Der Imbiss ist am Freitagabend rappelvoll. Ich gehe nur eben für eine halbe Stunde zu ihnen, nehme ich mir vor. Um Burcu zu trösten und um mich zu verabschieden, denn wer weiß, was morgen passiert.

Bei Mo und Kamil ist die Hölle los. Warum zum Teufel muss sich halb Berlin um kurz vor zehn noch den Bauch mit Döner vollstopfen? Na ja, es ist wenigstens gut fürs Geschäft. Die beiden nicken mir inmitten ihrer routinierten Handbewegungen zu.

»Wo ist Burcu?«, rufe ich über den Tresen.

»Ist schon oben!«, ruft Kamil zurück. »Mo gibt dir Schlüssel.«

Mo holt den Schlüssel aus seiner Hosentasche und wirft ihn mir zu. »Vorderhaus, erster Stock, rechte Tür.«

Was für ein Vertrauen. Werde ich jemals irgendjemandem so sorglos meinen Haustürschlüssel zuwerfen können? Werde ich jemals irgendwo zu Hause sein?

Ich fange den Haustürschlüssel, gebe ein Daumen hoch-Zeichen, verlasse den Dönerladen und betrete das Vorderhaus. Am Klingelschild der rechten Tür im ersten Stock steht »Melek«.

Als ich die Vordertür aufsperre und das Licht in dem engen Flur anknipse, ruft Burcu: »Mo?« Sie schläft noch nicht. Anscheinend sitzt sie noch vor dem Fernseher. Den quäkigen, überdrehten Stimmen nach zu urteilen, läuft ein Zeichentrickfilm.

»Nein! Ich bin's, Penelope!«

»Penelope!« Burcu kommt mit Trippelschritten aus einem Zimmer am Ende des Flurs auf mich zugestürmt und umarmt mich. Sie trägt ein Blümchennachthemd und sieht sehr putzig aus. »Ich habe den ganzen Abend hundert Stunden vor deiner Tür gesessen.«

»Hast du?«, frage ich und schließe sie in die Arme.

»Ja!« Burcu hat offenbar nicht vor, mich noch einmal loszulassen. »Und du warst nicht da.«

»Ich war mit dem Fahrrad unterwegs.«

»Kurierjob?«

»Kurierjob.« Jede Lüge ist ein Stich in mein Gewissen, aber ich schütze die Kleine ja auch.

»Was wolltest du denn?«, frage ich und löse mich vorsichtig aus Burcus Klammergriff. »Hattest du Stress mit den Hausaufgaben?«

Burcu schüttelt den Kopf und ruft vehement: »Nein!«, so als sei ich ganz verrückt, zu denken, sie hätte überhaupt jemals Probleme mit der Schule.

»Was war es dann?«, hake ich nach.

»Willst du einen Tee?«, fragt Burcu zurück und ich stelle fasziniert fest, wie früh Menschen Strategien entwickeln, um unangenehmen Fragen auszuweichen.

»Oh, sehr gerne! Kannst du den denn schon allein kochen?«

Burcu sieht mich mit zusammengezogenen Augenbrauen an. »Ich bin fast neun. Was denkst *du* denn?«

Ich nehme auf einem der vier Holzstühle in der kleinen Küche Platz und beobachte, wie Burcu mit erstaunlicher Routine einen schwarzen Tee zubereitet.

»Du trinkst aber keinen Tee mehr, oder? Der macht wach und du müsstest schon längst im Bett sein.«

»Morgen ist keine Schule, dann darf ich aufbleiben, solange ich will«, erklärt Burcu im Plauderton. »Ich gucke ›Die Schöne und das Biest‹. Kennst du den Film? Da entführt ein ganz schreckliches Tier eine schöne Prinzessin.« Sie seufzt. »Aber ich weiß, wie es ausgeht. Supergut. Das ist nämlich ein Kinderfilm und am Ende von Kinderfilmen ist immer alles gut. Alle sind verheiratet und keiner ist tot. Das nennt man Kinderverarsche.«

»Na, na, na, Prinzessin. Was benutzt du denn für Wörter?«

»Scheißwörter«, erwidert Burcu, grinst und stellt mir den Tee auf den Tisch.

»Also«, frage ich noch einmal. »Warum hast du hundert Stunden vor meiner Tür gesessen?«

»Weil mir langweilig war.«

»Aha. Du hättest Fernsehen gucken können«, gebe ich zu bedenken.

»Langweilig«, sagt Burcu abwinkend. »Kinderverarsche.«

»Bei mir zu Hause ist es jetzt auch nicht sooo spannend.«

»Doch«, Burcu nickt eifrig und ich amüsiere mich über ihre ausgeprägte Körpersprache. »Du kennst so viele traurige Geschichten und Geschichten von Amigo und Mo und du, ihr seid ein Paar.«

»Sind wir nicht«, widerspreche ich ihr.

»Verliebt, verlobt, verheiratet.« Burcu kommt mit ihrem Gesicht ganz nah an meines heran und kneift die Augen zusammen. »Das weiß jeder.«

»Ich bin *nicht* in Mo verliebt.«

»Mo aber in dich.« Ich werde rot, aber in der Küche ist es zu dunkel, als dass Burcu es bemerken könnte.

»Quatsch. Wir sind nur sehr gute Freunde.«

»Geht nicht«, Burcu stellt mir Milch für den Tee auf den Tisch, »weil ihr Mädchen und Junge seid.«

»Mädchen und Junge können auch Freunde sein.«

»Nein, die können Kinder machen.« Burcu bricht in sehr albernes Gelächter aus.

»Oh, oh«, sage ich. »Themawechsel. Ich mache keine Kinder mit Mo, erst mal müssen wir *dich* groß kriegen.«

»Du sollst niemals Kinder machen«, erwidert Burcu und wird plötzlich sehr ernst.

»Warum denn nicht?«

»Sage ich nicht.«

Es ist anstrengend, fies zu werden, um Informationen zu bekommen, aber Burcu lässt mir ja keine andere Wahl. »Wenn du es mir nicht sagst, petze ich Mo, dass du mir erzählt hast, dass er in mich verliebt ist, und dann gibt's Haue.«

Burcu reißt entsetzt die Augen auf. »Das darfst du ihm aber nie erzählen, sonst macht er mich kaputt!«

»Dann sag mir, warum ich keine Kinder kriegen soll.«

Burcu überlegt, ihre Mimik lässt erkennen, dass sich in ihrem Inneren ein gewaltiger Kampf abspielt. Schließlich sagt sie: »Ich flüster es dir ins Ohr.«

Ich halte ihr mein Ohr hin und sie kommt mit ihrem Mund so nah an mich heran, dass ihre Lippen meine Haut kitzeln. »Meine Mutter ist wegen mir tot.«

Ich sehe sie verwundert an und ziehe sie auf meinen Schoß. »Wie kommst du denn darauf?«

Die ersten Tränen kullern über Burcus Gesicht. »Sie hat zu viel Blut verloren, weil ich nicht rauswollte bei der Geburt. Weil ich ein ewiger Dickkopf bin.« Sie beginnt, herzzerreißend zu schluchzen.

»Deine Mama ist bei deiner Geburt gestorben?«, frage ich betont sachlich nach und stelle ein weiteres Mal fest, dass ich mit solchen überwältigenden Gefühlen überhaupt nicht umgehen kann.

Burcu nickt. »Wegen mir.«

Mir fällt nichts dazu ein. Wie kann ich der verzweifelten Burcu begreiflich machen, dass sie nichts für den Tod ihrer Mutter kann? Ich wünsche mir Frau Arends her. Die hätte sofort eine psychologisch hochwertige, kindgerechte Erklärung für diese himmelschreiende Ungerechtigkeit parat. Für diese verdammte Scheiße, für die es keine Erklärung gibt, die Menschen an Gott zweifeln lässt oder an Allah. Oder an sonst irgendeinen Sinn in einem Leben, das dir schon morgen ohne erkennbaren Grund die Seele aus dem Leib reißen kann.

»Was sagen Mo und Kamil denn dazu?«, frage ich hilflos.

»Ach, die!« Burcu macht eine wegwerfende Handbewegung. »Männer!«

Aha. Burcu braucht einen weiblichen Rat. Da bin ich ja wohl die falsche Adresse.

»Also«, setze ich an, ohne zu wissen, wohin meine Erklärung mich führen wird. »Wenn Mo und ich ein Kind kriegen würden …«

Burcu hört auf zu schluchzen und spitzt die Ohren, also fahre ich fort: »Wenn wir ein Kind kriegen würden, dann hätte ich es ja neun Monate in meinem Bauch.« Burcu legt mir ihr Patschehändchen auf den Bauch, als wäre ein Kind drin. »Mein Bauch würde runder und runder werden und eines Tages würde das Baby von innen gegen die Bauchdecke boxen, mit seinen Händchen und Füßchen. Und ich würde es von innen spüren und Mo von außen, wenn er mir die Hände auf den Bauch legen würde. Wir würden dem Kind einen Namen geben. Welchen Namen würdest du unserem Kind geben, wenn es ein kleines Mädchen wird?«

»Penelope«, flüstert Burcu.

»Na, das ist ein bisschen unpraktisch. Wenn Mo den Namen ruft, fühlen sich immer gleich zwei angesprochen.«

»Aber meine Mutter hieß auch Burcu«, entgegnet Burcu empört. Oh, Fettnäpfchen.

»Also gut, wenn es ein Mädchen wird, heißt es Penelope, und wenn es ein Junge wird?«

»Hugo.«

»Hugo? Warum Hugo?«

»Weil Hugo ein sehr schön klingender Name ist für einen Jungen.« Über Geschmack lässt sich streiten, aber da dieses Gespräch sich ohnehin um sehr fiktive, niemals in der Realität eintretende Dinge dreht, lasse ich Hugo jetzt mal so stehen.

»Mo und ich freuen uns wahnsinnig auf Penelope oder Hugo und jeden Tag haben wir Hugo-Penelope etwas lieber und kurz vor der Geburt ist es schon diese krasse Liebe, die nur Eltern für ihre Kinder empfinden.«

»Wie dein Papa und deine Mama für dich?«, fragt Burcu andächtig. Ich schlucke, denn ich muss kurz darüber nachdenken und frage mich, ob meine Eltern mich ein bisschen weniger lieben als normale Eltern oder ob sie mich auf ihre Weise genauso lieben wie alle anderen Eltern, aber selbst halt nicht ganz normal sind. »Ja, genau. Wie meine Eltern. Und Hugo-Penelope ist nach neun Monaten fertig gebrütet und will auf die Welt kommen. Das merke ich, weil ich schreckliche Schmerzen habe und Mo bringt mich ins Krankenhaus und bei der Geburt geht etwas schief. Es liegt nicht an dem Baby, sondern an meiner Gesundheit. Etwas stimmt nicht mit der Nabelschnur oder mit meinem Blut. Und alle Ärzte sind in großer Aufregung und sagen Mo, dass es nicht gut aussieht für das Baby und für mich. Und Mo schreit: ›Rettet unser Kind. Bitte rettet unser Kind!‹. Ich kann nicht mehr sprechen, weil ich schon sehr viel Blut verloren habe, aber ich nicke Mo zu, weil ich weiß, dass ich sterben muss, aber mir nichts mehr wünsche, als dass unser Baby lebt. Und das Baby lebt, das bekomme ich noch mit, und so hat das Baby im letzten Moment gemacht, dass ich glücklich bin. Manchmal muss ein Mensch sterben, damit ein anderer leben kann.«

Burcu weint und nickt und ich verkneife mir die Tränen, weil ich nicht auch weinen will. Und ich weiß nicht, ob das, was ich mir da zusammengesponnen habe, wirklich so ähnlich abgelaufen ist oder jemandem hier im Raum hilft oder nur eine weitere Geschichte mit viel zu viel Blut war. Aber ich weiß, dass es so gewesen sein könnte. Und manchmal ist es gut, sich vorzustellen, wie es gewesen sein könnte, wenn das Nichtwissen einen so traurig macht.

Ich sammle mich und kehre zum Business zurück. »Hast du eigentlich jemanden getroffen vor meiner Haustür?«

»Da war so ein Mädchen, das hat dir einen Zettel in den Briefkasten geschmissen.«

»Aha? Und hat sie etwas gesagt?«

»›Bist du Penelopes Freundin‹, hat sie gefragt. Und ich habe gesagt: ›Klar! Ihre allerbeste Freundin.‹« Es ist offensichtlich, dass Burcu lügt, aber ich lasse sie in Ruhe.

»War das Mädchen nett?«

»Geht so. Nicht so nett wie du. Aber *keiner* ist so nett wie du.« Burcu streicht mir über die Wange. »Nur Amigo vielleicht. Du bist immer für mich da und kannst niemandem etwas zuleide tun.«

Oh je. Das Gespräch läuft in eine ganz falsche Richtung.

»In Wirklichkeit«, sage ich, »bin ich eine Piratenfängerin, die die sieben Weltmeere umsegelt und Piraten fängt. Zur Belohnung erhalte ich von der deutschen Königin einen Anteil am Gold und Silber und an den Juwelen, also an all den Schätzen, die die Piraten reichen Geschäftsleuten gestohlen haben. Deswegen habe ich auch so eine supertolle Wohnung und so ein teures Fahrrad.«

»Nein, bist du nicht.« Burcu lacht.

»Doch. Und morgen fahre ich mit meinem Schiff über die Nordsee und kapere alle Bösewichte, die nicht bei drei auf dem Baum sind.«

»Auf der Palme«, kichert Burcu.

»Genau, auf der Palme, also geh jetzt mal lieber ins Bett, denn morgen wird es wahnsinnig aufregend in Deutschland. Und wenn du dann abends die große Piratenfängerin im Fernsehen siehst, kannst du ausrufen: ›Hey, Mo. Guck doch mal! Penelope ist im Fernsehen!‹ Du kannst natürlich auch den ganzen Tag verschlafen und nichts davon mitkriegen.«

»Okay«, sagt Burcu und klopft mir freundschaftlich auf die Schulter. »Wenn es dich glücklich macht. Aber ich glaube dir kein Wort. Du bist keine Piratenfängerin. Das ist nur Kinderverarsche.«

»Trotzdem danke für den Tee.« Ich umarme sie, warte, bis sie in ihrem Zimmer verschwunden ist, und ziehe die Tür hinter mir zu. Ein bisschen die Wahrheit habe ich ja schon gesagt.

Kamils Imbiss ist etwas leerer geworden, aber es sind noch Kunden da. Also werfe ich Mo schnell den Haustürschlüssel über den Tresen. Bevor ich mich umdrehe und den Laden verlasse, werfe ich ihm zum Abschied einen Fingerkuss zu. Das heißt, ich küsse Zeige-, Mittel- und Ringfinger meiner Hand und drehe dann kurz meine Handfläche in seine Richtung. Er stutzt und ein erstauntes Lächeln huscht über sein Gesicht. Dann steckt er den Schlüssel in seine Hosentasche und gibt die gleiche Geste an mich zurück.

Es ist nur ein kleiner Abschied. Kaum von Bedeutung. Morgen segele ich über die Nordsee, Piraten jagen, und wer weiß, ob ich jemals wieder zurückkehre.

20
Maik und Elisa

Es ist mir denkbar unangenehm, den Termin bei Arends abzusagen, aber ich habe mir eine sehr gute Ausrede zurechtgelegt.

Arends hebt nach zweimal Klingeln ab. »Doktor Arends, Praxis für Kinder- und Jugendpsychologie. Was kann ich für Sie tun?«

»Ich bin es, Penelope«, sage ich freundlich.

»Penelope!« Arends ist ein wenig überrascht. »Was gibt es? Wir sehen uns doch sowieso heute Abend.«

»Ich wollte fragen, ob es möglich wäre, den Termin um ein paar Tage zu verschieben.«

»Warum?« Arends Ton wird etwas strenger. »Du weißt doch, wie wichtig unsere Sitzungen sind.«

»Also, die Mädchen aus meiner Klasse, mit denen ich mich angefreundet habe, gehen heute ins Kino. Und ich habe jetzt schon oft mit einer fadenscheinigen Ausrede abgesagt.«

»Und wo ist das Problem?« Arends ist zäh heute.

»Es ist nicht normal, in meinem Alter für Freundinnen keine Zeit zu haben. Langsam fällt es auf und außerdem soll ich mich ja integrieren und ich frage mich, wie das möglich sein soll, wenn ihr mir ständig Termine vorsetzt, die sonst kein Mensch in meinem Alter hat.«

»Na, so viele Termine sind es ja gar nicht im Moment.« Arends glaubt mir nicht oder sie will mir schlichtweg nicht glauben.

»Es sind genug und sie liegen ungünstig. Samstagabend verabredet man sich. Niemand geht Samstagabend zum Therapeuten.«

»Coach«, korrigiert mich Arends.

»Es hat auch niemand in meinem Alter einen Coach, der nicht gerade zufällig Fußball-, Tennis- oder Basketballprofi werden will«, gebe ich zu bedenken.

»Also gut, dann schlag einen zeitnahen anderen Termin vor.«

»Montagabend?«

Es entsteht eine kurze Pause, Arends checkt ihren Terminplan. »Da geht erst neunzehn Uhr. Vorher habe ich nicht frei. Die nächste Woche ist dicht.« Sie seufzt, offensichtlich hat sie zu viel Arbeit.

»Mein Gott, gibt es viele kranke Kinder«, merke ich süffisant an.

Arends schweigt kurz, dann pflichtet sie mir bei. »Mehr als du denkst. Und es sind meistens die Erwachsenen, die sie kaputtgemacht haben.«

»Ach was«, sage ich etwas zu sarkastisch. »Also bis Montagabend und danke für Ihr Verständnis.«

»Dafür nicht«, erwidert Arends und ich wundere mich über ihre Formulierung, denn die wird dort verwendet, wo ich herkomme, um »bitte« zu sagen. In Berlin höre ich sie zum ersten Mal.

Ich habe mich den ganzen Tag fokussiert, leichte Übungen gemacht, meditiert, meine Waffen ausprobiert, geduscht. Außerdem habe ich meine Wohnung aufgeräumt und geputzt. Das gehört irgendwie auch dazu, denn wenn man nicht zurückkehrt, kommen fremde Menschen in die Wohnung und dann sollte es schon aufgeräumt sein. Ich stelle sogar noch eine Wäsche an, damit niemand später meine benutzten Unterhosen inspiziert. Als ich fertig bin, ist meine Wohnung so picobello, dass direkt die nächste Ermittlerin einziehen kann, falls mir etwas passiert. Sehr praktisch für das GJK. Ich weiß nicht, ob Bröker und Schmidt so viel Entgegenkommen meinerseits wirklich verdient haben, geschweige denn zu würdigen wissen.

Jetzt ist es achtzehn Uhr dreißig und ich bin vorbereitet. Meine Perücke sitzt, die Sonnenbrille bedeckt mein Gesicht, in den Taschen meiner Baggy Pants stecken Tränengas, Messer, Seil, mein Picklock und mein Funkgerät, nur für den Fall des Falles. Die Kamera habe ich am linken Träger meines Rucksacks befestigt. Sie ist leider etwas zu groß, um sie unauffällig am Körper zu platzieren. Da hat das GJK eindeutig Vorteile bei der Anschaffung. Ich sollte demnächst mal etwas aus

Doreens Lager klauen. Dass ich mir noch keine Pistole besorgt habe, könnte auch ein fataler Fehler gewesen sein. Aber es ist, wie es ist. Maik ist längst geortet. Er wartet schon seit zehn Minuten im Volkspark vor dem Rathaus Schöneberg. Ein kluger Treffpunkt. Öffentlich und dennoch jede Menge Winkel, in denen Pärchen ungestört rummachen oder Mörder ihre Opfer schnell und ungesehen in die Büsche ziehen können.

Ich habe mein Fahrrad vor dem Rathaus Schöneberg angeschlossen und bin die letzten Meter gelaufen; die Gefahr, dass Maik mein Fahrrad erkennt, ist zu groß. Sobald ich die Brücke betrete, scanne ich die Situation: Einige wenige Fußgänger spazieren in den Park oder aus dem Park heraus. Hinten auf einer Bank sitzt ein älterer Mann mit einer Plastiktüte. Er holt in regelmäßigen Abständen Brotkrümel aus der Tüte und füttert die Vögel, ohne nach rechts und links zu sehen. Die Berliner hassen Tauben, weil sie alles vollscheißen, es scheint dem Mann egal zu sein. Ich wundere mich über meine zerstreuten Gedanken in dieser angespannten Situation. Nehme ich das Leben noch einmal in vollen Zügen wahr, weil es mir gerade so vergänglich erscheint?

Vorsichtig lehne ich mich an die Mauer der Brücke und gucke runter zur Wiese vor dem Hirschbrunnen. Dort sitzt Maik auf einer massiven Holzbank und wirkt erstaunlich entspannt. Etwas von ihm entfernt sitzt ein Mann mittleren Alters und liest den Tagesspiegel. Im hinteren Drittel der Wiese haben zwei kinderreiche Familien Klappstühle aufgestellt und jede Menge Kühltaschen über die Wiese verstreut. Sie machen diesen letzten, an den Sommer erinnernden Herbsttag zu einem wahren Fest. Die Kinder spielen und kreischen. Die gesamte Szene wirkt fast wie in einem seichten Liebesfilm. Sonne, Vogelgezwitscher, der Taubenfütterer, der Zeitungsleser, die spielenden Kinder, die feiernden Familien, das Liebespaar, das gleich vollständig sein wird, wenn alles gut geht. Es ist schwer vorstellbar, dass hier in den nächsten Minuten jemand entführt, geschweige denn ermordet wird. Lass dich nicht blenden, Penelope.

Ich taste meine Taschen ab und vergewissere mich zum mindestens zehnten Mal, dass alle Waffen an ihrem Platz sind. Dabei halte ich Ausschau nach Elisa, die sich offensichtlich etwas verspätet. Mit den Ohrstöpseln meines Handys im Ohr wippe ich unauffällig zu einer Musik, die ich nicht höre. Das Handy ist lautlos gestellt, Musik zerstreut die Sinne. Ich muss wachsam sein. Maik zieht sein Handy aus der hinteren Hosentasche. Dass Elisa zu spät kommt, macht ihn nervös. Er öffnet seinen Rucksack und nimmt eine Bierflasche raus. Etwas unromantisch, der liebe Maik. Ein Prosecco wäre passender. Aber wer weiß, was noch alles in seinem Rucksack verstaut ist, da ist das Bier wohl das geringste Übel. Endlich kommt Elisa mit dem Skateboard angefahren. In einem Affenzahn. Sie bremst schroff ab, kickt das Skateboard mit dem rechten Fuß in ihre Hand und beugt sich über den Brückenrand, um nach Maik zu sehen. Als sie pfeift, heben sich für einen kurzen Moment alle Köpfe von Eltern, Kindern, Zeitung lesendem Mann und Maik und sehen zu Elisa hoch. Diese winkt Maik mit ausschweifenden Armbewegungen zu und schreit etwas überdreht: »Huhu!« Maik lächelt, steht auf und winkt zurück. Ganz offensichtlich steht Elisa gerne im Mittelpunkt und ist völlig instinktarm. Das Tempo, mit dem sie die Treppen hinuntersprintet, lässt erahnen, dass sie eine sehr gute Sportlerin ist. Maik wirft ihr ein Bier aus dem Rucksack zu, sie fängt es noch im Lauf. Die beiden begrüßen sich mit einem Kuss auf den Mund. Das Ganze scheint in einem fortgeschrittenen Stadium zu sein. Warum trifft sich Maik in der Öffentlichkeit, um Elisa zu entführen, die augenscheinlich willig ist, sich auch ohne jegliche Gewalteinwirkung auf ihn einzulassen? Er könnte es so viel leichter haben, sie zu sich nach Hause einladen, wenn sein Vater in der Kneipe ist. Was geht vor in seinem kranken Kopf?

Ich suche mir einen Platz auf einer Bank vor der Brücke, von der ich sowohl die Brücke als auch die Wiese unten vor dem Hirschbrunnen überschauen kann, und hole Schulsachen aus meinem Rucksack. Ein aufgeklapptes Biobuch, ein Collegeblock und ein Etui ermöglichen mir einen mindestens zweistündigen, unverdächtigen Aufenthalt auf meiner Bank.

Maik und Elisa trinken Bier, reden und lachen. Genau genommen redet Elisa, ununterbrochen, schnell und wild gestikulierend. Zwischendrin lacht sie laut und überdreht. Maiks Schultern zucken, auch er scheint sich zu amüsieren. Sie sind relativ schnell beim zweiten Bier und Maik hat Elisa, deren Redeschwall langsam abebbt, in die Arme genommen. Schweigend und Bier trinkend sehen sie den Kindern beim Spielen zu. Es wird absurd, wie überflüssig ich mich hier fühle. Ich sehe mich um. Hier ist nichts verdächtig. Der Mann mit der Zeitung ist gegangen. Die Familien packen ihre Essensreste ein und entsorgen den Müll schön brav in den silbernen Mülltonnen. Der Taubenfütterer sitzt in sich zusammengesunken auf der Bank. Seine Brottüte ist leer, die meisten Tauben abgehauen. Tauben scheinen insgesamt nur temporär bestechlich zu sein. Auch der Taubenfütterer geht. Der Park leert sich.

Es ist zwanzig Uhr dreißig, Sonnenuntergang war um neunzehn Uhr einundzwanzig, langsam wird es dunkel. Maik und Elisa knutschen inzwischen eng umschlungen. In dem Knäuel ist mächtig Bewegung. Die beiden wären sicherlich gerne ungestört da unten, aber eine Gruppe laut grölender Jugendlicher mit einer ohrenbetäubenden Bluetooth Box betreten die Brücke und nehmen den Hirschgarten ins Visier. Es ist vorbei mit der Privatsphäre. Der Taubenfütterer kehrt mit einer neuen Brottüte auf die Brücke zurück und lockt die restlichen Tauben an. Was für eine verkrachte Existenz.

Maik und Elisa schieben ihre Bierflaschen und leeren Chipstüten unter die Bank, auf der sie gesessen haben. Maik hinterlässt Gegenstände, auf denen man seine *und* Elisas Fingerabdrücke findet, im Park? Wenn er in den letzten beiden Fällen auch so unvorsichtig gewesen wäre, hätte man ihn schon längst überführt. Maik ist nicht der Mörder, aber es existiert ein unmittelbarer Zusammenhang. Denk nach, Penelope! Was ist dir entgangen?

Ich packe mein Schulzeug, um Maik und Elisa folgen zu können. Toni fährt durch die Freiherr-Von-Stein-Straße und tut so, als ob er mich nicht gesehen hätte. Irgendetwas ist hier faul. War Maiks Kalender wieder nur ein Fake? Ist das ein weiterer Test des GJK? Wie vertrauenswürdig ist Penelope wirklich? Würde sie auf eigene Faust ermitteln? Auf eigene Faust handeln? Auf eigene Faust töten?

Maik und Elisa schlendern Hand in Hand zum U-Bahnhof. Ich musste meine Sonnenbrille längst abnehmen und habe sie durch einen großen Schal ersetzt, der jetzt die untere Hälfte meines Gesichts bedeckt.

Die U-Bahn fährt ein und Maik und Elisa umarmen sich. Sie scheinen sich zu verabschieden. Steigt Maik ein? Die U-Bahn fährt in seine Richtung. Es sind nur zwei Stationen bis zum Viktoria-Luise-Platz, aber was ist mit Elisa? Lässt er sie jetzt allein nach Hause fahren? Tatsächlich. Maik steigt in die U-Bahn Richtung Nollendorfplatz. Warum nimmt er sie nicht mit nach Hause? Sein Vater ist schon längst in der Kneipe. Ich bereite mich auf den Sprung in die U-Bahn vor, falls Maik Elisa im letzten Moment hineinzieht, doch die Türen schließen sich bereits. Ich sprinte also die Treppen hoch, damit Elisa mich nicht sieht. Wenn sie nur ein bisschen Menschenverstand hat, fragt sie sich, warum das andere blonde Mädchen immer noch in ihrer Nähe rumhängt. Oben angekommen, lehne ich mich unauffällig gegen den Pfeiler des U-Bahneingangs und warte, bis sie die Treppen hochkommt. Sie läuft in Richtung Freiherr-Von-Stein-Straße zwischen den parkenden Autos hindurch und ich überlege, ob ich die Aktion abbrechen soll. Maik ist weg und definitiv nicht Elisas zukünftiger Mörder, Toni kurvt hier sinnlos durch die Gegend, mein sauteures Bike will ich um die Tageszeit auch nicht mehr halb abgeschlossen vor dem Rathaus stehen lassen.

Und genau dann passiert es. Elisa ist zwischen den Autos verschwunden, ich höre die Autotür eines Wagens und eine Sekunde später einen gedämpften Aufschrei. Es ist passiert. Der Entführer hat zugeschlagen. Ich sprinte los und springe in die Autolücke, in der Elisa verschwunden ist, auf der anderen Seite der Straße sehe ich sie neben einem Kastenwagen, die Fahrertür ist geöffnet. Sie sitzt auf dem Boden. Ich sehe nur den Rücken des Mannes, der sich über Elisa beugt. Sofort nehme ich Anlauf und greife nach dem Messer, da höre ich Elisa »Danke« sagen. Ich stehe direkt hinter dem Mann, als Elisa aufspringt und sich abklopft.

»Alles in Ordnung?«, fragt der Mann. »Es tut mir leid, ich habe dich nicht gesehen.«

Schnell drehe ich mich um die eigene Achse und verstecke mich hinter der Front des Kastenwagens.

»Schon gut. Das war nicht Ihre Schuld«, räumt Elisa ein. »Ich sollte mich nicht mit dem Skateboard zwischen den Autos durchquetschen.«

»Sollen wir lieber Adressen und Telefonnummern austauschen, falls du dich doch verletzt hast? Das zahlt meine Versicherung.«

»Nein, nicht nötig. Ich bin okay«, Elisas Stimme entfernt sich, sie ist schon auf dem Sprung. Es sind weit und breit keine Menschen zu sehen, wenn er sie schnappen möchte, kann er das genau jetzt tun. Ich habe meine Mutter und Pierre nicht angerufen, um mich zu verabschieden, schießt es mir durch den Kopf.

»Warte, ich habe eine Visitenkarte«, der Mann steigt in den Kastenwagen und ich setze mich in Bewegung, so als würde ich gerade zufällig an seinem Auto vorbeigehen.

»Lassen Sie mal, alles gut! Ich muss los!«, ruft Elisa, winkt durch das Beifahrerfenster und steigt auf ihr Skateboard.

Der Mann winkt zurück und ruft: »Sorry noch mal.«

Gott sei Dank habe ich mir im Darknet noch keine Pistole gekauft. Ich bin mir sicher, dass ich geschossen hätte, als der Mann sich über Elisa gebeugt hat. Entweder hat er mich bemerkt und deswegen nicht zugeschlagen oder der kleine Zusammenstoß war wirklich purer Zufall. Ich glaube nicht an puren Zufall, aber die Situation ist vorbei. Der Mann, der vielleicht überhaupt nichts mit der ganzen Sache zu tun hat und trotzdem von mir erschossen worden wäre, lässt den Motor an und ich renne zu meinem Fahrrad, weil ich mit Elisa reden muss. Wir haben da noch ein Hühnchen zu rupfen und außerdem bin *ich* der Köder und nicht sie. Mit schnellem Griff öffne ich das Schloss, schwinge mich auf den Sattel und trete in die Pedale. Elisa überquert den Platz vor dem Rathaus und die Kreuzung, sie ist schnell, aber eine Skaterin hat keine Chance gegen eine Fahrradkurierin. Jetzt biegt sie in die Martin-Luther-Straße Richtung Norden. Ich bin ihr dicht auf den Fersen. Drei Kreuzungen später ist ihre Fußgängerampel rot, sodass ich kurz anhalten kann, um meine Perücke vom Kopf zu reißen und in meinen Rucksack zu stopfen. Dann pfeife ich durch die Zähne und schreie: »Hey!«

Elisa dreht sich nach mir um und erkennt mich ganz offenbar sofort.

»Was willst du?«, ruft sie und ihr Tonfall ist nicht gerade freundlich.

»Ich weiß, dass der Zettel von dir ist.« Ich laufe Gefahr, einiges zu verraten, aber ich bin dazu da, sie zu warnen. Ihr darf nichts passieren. *Ich* bin der Köder.

Sie flippt ihr Skateboard hoch, fängt es, umschlingt es mit dem rechten Arm und lehnt sich lässig an die Ampel.

»Welcher Zettel?«, fragt sie, aber sie weiß genau, wovon ich rede.

»Dass ich die Finger von Maik lassen soll.«

»Ach, der«, sie guckt demonstrativ zur Seite. »Und? Wo ist dein Problem?«

»*Ich* habe kein Problem«, erwidere ich. »Ich will auch nichts von Maik. Es gibt da nur Gerüchte …«

»Danke, kenne ich«, unterbricht sie mich unwirsch.

»Hast du keine Angst?«, frage ich sie erstaunt.

Sie zuckt mit den Schultern und guckt mich ausdruckslos an. »Maik hat mit der Sache nichts zu tun. Wir treffen uns schon länger. Glaubst du nicht, man würde spüren, wenn man sich mit einem Mörder trifft?«

Ich zucke mit den Schultern. »Schwer zu sagen. Ist mir noch nicht passiert. Aber gibt es nicht genügend Fälle, in denen die Opfer nichts gemerkt haben?«

Elisa mustert mich schweigend. »Ich würd's merken, glaub mir. Meine Menschenkenntnis ist ganz gut und ich bin nicht so der Opfertyp. Fertig?«

»Willst du nicht einfach warten, bis der Fall geklärt ist?«, frage ich mit einem letzten Funken Hoffnung.

Elisa lacht abfällig und wirkt plötzlich sehr abgeklärt und älter, als sie aussieht. »Er hat nichts damit zu tun, okay? Willst du was von ihm oder warum versuchst du mich so krampfhaft zu überreden, ihn nicht mehr zu daten?«

Ich schüttele den Kopf. »Nein, ich habe schon einen Freund, mach dir mal keine Sorgen.« Dabei denke ich an Mo, aber nur, weil er gerade für meine Notlüge herhalten muss.

»Ich mache mir keine Sorgen, *du* machst dir welche. Was geht dich die Sache mit Maik und mir an?«

Mann, die ist aber auch schwer zu knacken. So etwas Unnahbares ist mir schon lange nicht mehr begegnet. »Ich würde mir überhaupt keine Sorgen machen, wenn du mir nicht bis nach Hause hinterherlaufen und Drohbriefe in meinen Briefkasten werfen würdest. Findest du das normal?«

Elisa schweigt und starrt wieder nach rechts. Es ist schwer einzuschätzen, ob sie mir noch mal antwortet oder gleich losfährt.

»War vielleicht ein bisschen überreagiert«, räumt sie zu meinem Erstaunen ein. »Sorry. Mich hat's echt schwer erwischt mit Maik. Kommt bei mir nicht so häufig vor.«

»Schon okay«, sage ich, aber mein Ziel habe ich nicht erreicht, sie wird sich morgen wieder mit Maik treffen.

»Möglicherweise merkst du ja genau deswegen nicht, was wirklich mit ihm los ist.« Ich glaube nicht, dass Elisa sich auf diese Art von

Gespräch noch weiter einlässt, aber einen Versuch ist es wert und ich habe heute Abend nichts mehr zu verlieren. »Vielleicht hat er dich um den Finger gewickelt. Vielleicht ist das seine Masche, du musst …«

»Nicht«, unterbricht sie mich und macht das Talk-to-my-hand-Zeichen. »Maik ist total schüchtern, der hat keine Masche, verstehst du? Der wickelt niemanden um den Finger. Er hat sich mit dieser Anna getroffen und *die* hat ihn um den Finger gewickelt. *Das* war eine Maschenfrau. Sie hat mit ihm gespielt und dann war sie plötzlich verschwunden. Sie war an dem Tag, an dem sie verschwunden ist, mit Maik verabredet. Sie ist nie zum Treffpunkt gekommen, okay? Kannst du dir jetzt vorstellen, wie beschissen es ihm geht?« Elisa redet sich in Rage. »Er hat eine Therapeutin, die baut ihn wieder auf, sonst würde er den ganzen Tag in seinem Zimmer sitzen und heulen und sich nie wieder mit einem Mädchen treffen. Also, hör auf, ihn zu beschuldigen, verdammt. Das machen schon genug andere. Wenn er mich hätte vergewaltigen und ermorden wollen, dann hätte er schon längst die Gelegenheit dazu gehabt. Lass ihn einfach in Ruhe, in jeder Beziehung!«

»Okay«, sage ich resigniert. »Aber du solltest wenigstens ein Tränengas zu den Treffen mitnehmen und immer jemandem Bescheid sagen, wann und wo ihr euch trefft, nur so zur Sicherheit. Ich kann dir meins geben.«

Elisa verdreht die Augen und lässt ihr Skateboard auf den Boden fallen, sie ist bereit zum Aufbruch. »Tränengas? Dein Ernst? Auf was für einer Mission bist du denn?« Dann steigt sie auf ihr Skateboard und fährt davon.

Ich mache mich auf den Heimweg, nehme aber die Barbarossastraße, um nicht weiter hinter ihr herfahren zu müssen. Morgen ist auch noch ein Tag, morgen ist auch noch ein Date. Ich werde da sein. Und wenn Elisa es nicht für nötig hält, bewaffnet zu sein, dann bin ich es zum Glück.

21
Tote Mädchen

Es fühlt sich fast ein wenig an wie diese Kinofilme, in denen sich ein Tag in Dauerschleife wiederholt und alle Menschen versuchen, diesen Tag mit jedem Durchlauf zu perfektionieren. Ich habe mich den ganzen Morgen fokussiert, leichte Übungen gemacht, meditiert, meine Waffen ausprobiert, geduscht. Meine Wohnung ist noch aufgeräumt und geputzt von gestern und ich will das mit der Reinlichkeit nicht übertreiben. Aber ich war sehr glücklich, als ich heute die Wäsche aufgehängt habe, die ich gestern noch mit dem Gefühl in die Waschmaschine gesteckt habe, dass jemand anderes sie für mich würde aufhängen müssen.

Um die Mittagszeit herum kommt Burcu mit einer Dönerpizza vorbei.

»Soll ich dir bringen«, sagt sie zur Begrüßung. »Mit schönen Grüßen von Papa und Mo. Die haben viel zu tun.«

»Wow, danke, wie lieb! Willst du kurz reinkommen?«, frage ich, obwohl ich weder besonders großen Hunger noch Nerv für die quirlige Burcu habe.

»Nur kurz«, sagt sie und hebt dabei den Finger wie eine kleine Lehrerin. Jetzt ist es doch angenehm, Burcu um mich herum zu haben. Sie beobachtet mich wie immer beim Essen, als würde sie zum allerersten Mal jemanden sehen, der sich Nahrungsmittel über den Mund zuführt. Dann setze ich sie vor den Fernseher, während ich mir einen Tee koche. Sie kichert alle paar Sekunden über die Witze in den Cartoons und ich muss grinsen.

»Geht es dir besser wegen deiner Mutter?«, frage ich beiläufig.

Sie hebt die Hand und wiegt sie ein wenig hin und her. »Zorluk, zorluk.«

Es hätte mich auch gewundert, wenn meine lächerliche Geschichte etwas Bahnbrechendes bewirkt hätte.

»Ist ja auch schwierig«, seufze ich also.

»Aber die Geschichte von Mo, Hugo und dir war trotzdem sehr schön.« Burcu guckt mich verschmitzt an. »Und ich finde es toll, dass ich den Namen für eure Kinder aussuchen darf.«

»Aha.« Ich finde Hugo verhandlungswürdig, aber das erwähne ich jetzt lieber nicht.

»Hast du gestern Piraten gefangen?«, fragt Burcu beiläufig.

Ich nehme den letzten Schluck meines Tees. »Leider nicht. Aber ich probiere es heute noch mal. Deswegen muss ich dich auch gleich rausschmeißen.«

Sofort hüpft Burcu vom Sessel und geht zur Wohnungstür. »Ich muss jetzt sowieso gehen. Ich habe einen wichtigen Termin.«

»Soso, wo denn?«, frage ich.

»Beim Zahnarzt. Es wird schrecklich. Er muss in allen meinen Backenzähnen bohren. Aber ich weine nie, weil ich Schmerzen gut aushalten kann. Das hat mir Mo beigebracht. Wenn du dich in ihn verliebst, kann er es dir auch beibringen. Aber nur dann.«

»Alles klar.« Burcu ist eine süße, kleine Lügnerin, aber *ich* kann es ihr kaum verübeln. »Ich denke mal drüber nach. Vielleicht lässt sich da ja was machen.«

»Super, tschüssi!« Wie schnell man Burcu doch glücklich machen kann.

»Hey!«, rufe ich, als sie auf halber Treppe ist. Sie dreht sich zu mir um und ich werfe ihr einen Fingerkuss zu. Sie gibt ihn zurück und verschwindet. Ein kleiner Abschied. Nur vorsichtshalber. Dann rufe ich bei meiner Mutter und Pierre an und mache diesen Tag besser als den gestrigen. Die beiden sind nicht sehr gesprächig, aber ich habe ihre Stimmen noch einmal gehört.

Jetzt ist es zwanzig Uhr dreißig. Ich habe mein Fahrrad vor der Schule angeschlossen, betrete den Viktoria-Luise-Platz und scanne die Situation. Es nieselt. Gut, dass Elisa und Maik sich im Joy verabredet haben.

Draußen ist es ungemütlich. Der Platz ist leer. Es sind kaum Fußgänger unterwegs. Zwei Penner dösen eingemummelt im Alkoholdelirium auf einer Bank. Ich setze mich auf die nächste. Ich bin vorbereitet wie gestern. Perücke, Sonnenbrille, Kamera, Picklock, Tränengas, Messer, Seil, Funkgerät, Handy mit Ohrstöpseln. Maik ist geortet. Er ist noch zu Hause, aber das Joy ist ja bei ihm um die Ecke. Bestimmt kommt er gleich. Ganz hinten auf einer Bank, etwas zu weit weg, um ihn genau zu erkennen, sitzt ein Mann mit einer Tasche und füttert ein paar Tauben. Das ganze Szenario erscheint mir fast wie ein Déjà-vu. Ich lehne mich an die Rücklehne meiner Bank, taste meine Taschen ab, vergewissere mich, dass alle Waffen an ihrem Platz sind, behalte die alkoholisierten Obdachlosen im Auge. Gleichzeitig halte ich Ausschau nach Elisa. Um neunzehn Uhr zweiunddreißig kommt sie mit dem Skateboard angeflitzt, bleibt vor dem Joy stehen, sieht sich um, flippt sich das Handy unter den Arm. Maik ist nicht in Sicht. Also wischt Elisa mit dem Ärmel über eine Bank in ihrer Nähe und setzt sich. Hinten auf dem Platz erhebt sich der alte Taubenfütterer. Die Tauben stieben auseinander. Mein Körper geht in Habachtstellung, meine Beine sind bereit für den Sprint. Der Mann strauchelt, lässt die Tüte fallen und landet mit der einen Gesäßhälfte wieder auf der Bank. Er wirkt nicht betrunken, sondern scheint etwas Kreislaufprobleme zu haben. Elisa beobachtet die Szene genau wie ich. Ich darf mich nicht ablenken lassen. Wo bleibt Maik? Toni ist auch noch nicht da. Wie ungewöhnlich.

Entschlossen wirft Elisa ihr Skateboard auf den Boden und fährt zu dem Taubenfütterer, der halb von der Bank gerutscht ist und sich nicht mehr aufrichten kann. Die beiden unterhalten sich. Er zeigt auf ein Haus in der Nähe der Bank. Sie hilft ihm auf, stützt ihn und führt ihn zum Hauseingang.

Scheiße. Mir fällt es wie Schuppen von den Augen. Ich kann den Mann auf diese Entfernung zwar nicht genau erkennen, aber jetzt bin ich mir plötzlich sicher, dass das der Taubenfütterer von gestern ist. Wie von der Tarantel gestochen schnappe ich mir meinen Rucksack und sprinte den beiden hinterher. Sie verschwinden bereits im Hauseingang. Die Tür fällt zu. Wie konnte ich nur so dämlich sein? Ich rüttele an der verschlossenen Tür. Mit schnellem Griff ziehe ich meinen Picklock aus der Tasche und stecke ihn ins Schloss; das Öffnen geht nicht so zügig wie sonst. Meine Hände zittern. Das, worauf ich die letzten zwei Jahre vorbereitet wurde, passiert genau jetzt. Jetzt geht es um Leben und Tod. Um Elisa, um Anna, um Janine und am Ende auch um mich.

Möglichst lautlos betrete ich den Flur und lausche ins Treppenhaus. Ich höre eine Tür klacken. Das muss im ersten oder zweiten Stock gewesen sein.

Ich nehme zwei Treppen auf einmal und schon auf dem Treppenabsatz höre ich den Kampf, der sich in der ersten Wohnung auf der linken Seite abspielt. Es rumst laut, Elisa schreit, der Taubenfütterer auch. In Sekunden stehe ich vor der Tür zur Wohnung. »Savigny« steht in Schnörkelbuchstaben auf dem alten Klingelschild. Genau in dem Moment, in dem ich meinen Picklock ins Schlüsselloch einführen will, wird die Tür von innen aufgerissen. Elisa hat eine blaue Mülltüte über dem Kopf, sie bekommt kaum Luft und kann sicher nichts sehen, trotzdem ist es ihr gelungen, die Tür zu finden und zu öffnen. Direkt hinter ihr steht der Taubenfütterer, er hat mich noch nicht entdeckt. Elisa stolpert mit einem Ruck und einem dumpfen Stöhnen einen Schritt nach vorne. Ich fange sie auf. Ihr Körper fühlt sich schlaff an und schwer. Meine Hand an ihrem Rücken greift in eine Flüssigkeit. Warm und pulsierend. Blut. Zwischen Elisas Rippen steckt ein Messer.

Jetzt hat mich Savigny entdeckt. Noch bevor ich Elisa möglichst vorsichtig zur Seite gleiten lasse, trete ich ihm fest zwischen die Beine. Der Tritt sitzt, der Mann stöhnt auf. Offensichtlich ist er nicht bewaffnet, sonst hätte er seine Waffe schon längst gezogen. Mit zusammengekniffenen Augen sieht er mich an. Elisa muss ihm schwer zugesetzt haben, denn er blutet an der Schläfe und eine frische Schramme zieht sich quer über sein Gesicht. Savigny ballt die Fäuste und geht auf mich los. Er ist nicht so alt, wie ich dachte und sehr muskulös. Ich weiche rückwärts aus zur Wand, ducke mich im letzten Moment unter ihm weg und seine Fäuste hauen Löcher in den Putz. Sofort ziehe ich mein Messer aus der Tasche, neben mir auf dem Boden stöhnt Elisa auf, atmet schwer. Ich müsste ihr die Plastiktüte vom Kopf ziehen, sie droht zu ersticken, aber wenn ich ihr jetzt helfe, tötet mich Savigny. Niemandem ist geholfen, wenn wir beide tot sind. Mit einem festen Tritt schlägt Savigny mir mein Messer aus der Hand. Verdammt, Pen, konzentriere dich. Um das Seil benutzen zu können, muss ich näher an Savigny dran sein, aber ich bin ihm körperlich so unterlegen, das würde nicht funktionieren. Ich kann das Messer nicht aus Elisas Rücken ziehen, sonst verliert sie zu viel Blut, also scanne ich den Flur und reiße einen schwarzen Schirm aus dem Schirmständer am Eingang. Er hat leider keine eiserne Spitze, also nehme ich ihn in beide Hände wie ein Schwert und ramme ihn meinem Angreifer mit voller Kraft ins Schlüsselbein. Der Schlag sitzt, Savigny röchelt. Elisa auch. Sie hat es geschafft, ein Loch in die Plastiktüte zu reißen. Ich muss Savigny k. o. schlagen oder töten, damit ich ihr Erste Hilfe leisten kann.

Mit der Handkante schlage ich dem vornübergebeugten Mann mit voller Wucht auf den Nacken. Im Idealfall zerschmettere ich diesen Teil seiner Wirbelsäule, aber sein Nacken ist fleischig und ich weiß nicht, ob meine Kraft ausreicht. Savigny fällt auf die Knie, ist noch bei Sinnen. In diesem Moment öffnet sich die Haustür. Abrupt wendet Savigny den Kopf zur Tür, ich schnappe mir mein Messer vom Boden und richte es auf den Menschen, der in der Tür steht. Es ist Toni. Endlich. Toni nickt mir zu, dann verpasst er dem überrumpelten Taubenfütterer einen Tritt ins Gesicht. Es knackt. Mindestens der Wangenknochen ist gebrochen. Savigny fällt vornüber zu Boden und schlägt hart auf.

»Fesseln«, zischt Toni. Ich hole das Seil aus der Tasche und binde Savigny die Hände auf den Rücken. Er ist ohnmächtig. Gut.

Toni reißt Elisa die Tüte ganz vom Kopf, sie schnappt nach Luft, aus ihrem Mund rinnt Blut. Ihre Lunge ist verletzt. Toni sieht mich durchdringend an, sie wird es nicht schaffen.

»Wohnung durchsuchen.« Toni wirft mir eine Pistole zu. Er trägt Lederhandschuhe und hat über seine Schuhe Plastiküberzieher gezogen, wie man sie tragen muss, wenn man mit Straßenschuhen ein Schwimmbad betritt. Obwohl ich weiß, was zu tun ist, bin ich froh, dass Toni da ist und das Kommando übernimmt. Der Kampf hat mich geschwächt. Die Pistole zittert in meinen Händen, als ich versuche, die nächstmögliche Tür zu öffnen. Toni kümmert sich um den hinteren Teil der Wohnung. Die Tür ist verschlossen, ich habe keine Zeit, in Savignys Taschen nach dem Schlüssel zu suchen, wer weiß, was sich hinter dieser Tür verbirgt. Also trete ich sie mit letzter Kraft auf, stelle mich breitbeinig hin und richte die Pistole mit beiden Händen in den

Raum. Der Raum ist unmöbliert und mit etwas ausgelegt, das aussieht wie alte Wachstischtücher mit Mustern aus den Achtzigern. Überall liegen blaue Müllsäcke verstreut. Hinten in der Ecke liegt zwischen all den Tüten ein Mädchen. Anna. Sie ist ohnmächtig oder tot. Ich trete in den Raum und checke mit einer ruckartigen Vierteldrehung den Platz hinter der Tür. Der Raum ist leer.

»Hallo!«, rufe ich leise in Richtung Anna. Sie bewegt sich nicht. Ich sprinte zu ihr, das wird schon keine Falle sein. Sie wird mir nichts tun.

Anna liegt zusammengekrümmt auf der Seite und sieht schrecklich ausgemergelt aus, aber sie atmet. Ich kann keine äußerlichen Verletzungen erkennen.

»Hallo«, sage ich noch einmal und stupse sie mit der Schuhspitze an. Keine Reaktion. Entweder ist sie ohnmächtig oder völlig zugedröhnt.

Als ich zurück in den Flur komme, hält Toni Elisas Hand.

»Zwei Krankenwagen?«, frage ich.

Er zeigt auf Elisa und schüttelt einmal den Kopf.

Ich knie mich neben sie und ziehe vorsichtig ihren Kopf auf meinen Schoß, während Toni einen kurzen Blick auf Anna wirft.

»Elisa?«, flüstere ich. Elisa nickt, hat aber keine Kraft, die Augen aufzuschlagen.

»Du musst durchhalten, okay? Mach die Augen auf. Guck mich an!«

Elisa will etwas sagen, aus ihrem Mund quillt noch mehr Blut. Sie wird sterben. In meinen Armen. Darauf hat mich niemand vorbereitet.

Ich streichele ihr über die Wange und flüstere: »Alles gut. Du musst nicht sprechen.«

Sie nimmt ihre Kraft zusammen, dann fragt sie mit dünner Stimme: »Lebt Anna?«

Sie weiß, dass Anna hier ist?

»Ja. Sie ist hier. Alles ist gut.«

Während ich ihr antworte, laufen alle meine Zusammentreffen mit Elisa noch einmal in einem Drei-Sekunden-Film vor meinen Augen ab. Die Blonde mit den aufreizenden Fotos im Netz, die schnelle Skaterin, die Unnahbare, die Hilfsbereite, die Toughe, die Kämpferin, die sich gegen Savigny zur Wehr setzt und mit einer Tüte über dem Kopf den Ausgang findet.

»Du arbeitest für das GJK?«, frage ich entsetzt.

Sie nickt.

»*Du* warst auf Maik angesetzt?«

Sie hebt die Hand, lässt sie jedoch gleich wieder sinken. »Ygor«, presst sie mit einem Blutschwall heraus.

Ich fummele mein Handy aus der unteren Tasche meiner Hose, um zwei Krankenwagen zu rufen. Es ist mir egal, was Toni sagt. Ob er glaubt, dass Elisa stirbt. Sie hat ein Recht auf einen Krankenwagen. Auf die Möglichkeit, zu leben.

»Dann über das GJK«, mahnt Toni. Er hat recht. Ich bin offiziell nicht hier. Die Krankenwagen müssen über das GJK gerufen werden und das GJK muss noch vor dem Krankenwagen hier sein. Also sende ich über das Funkgerät das Notsignal ans GJK. Bröker meldet sich binnen Sekunden.

»Viktoria-Luise-Platz 4, erster Stock links, zwei Krankenwagen, ein Täter, temporär deaktiviert, zwei Verletzte, Anna lebt, Janine haben wir nicht gefunden.« Wie ruhig ich bin.

»Gut!«, erwidert Bröker. »Bleib, wo du bist.«

Elisa hat ihre Augen geöffnet und sieht Toni an. »Sterbe ich?« Er nickt.

Sie schluchzt kurz auf, dann kämpft sie Worte aus ihrem blutigen Mund. »Erzähl mir bitte, was ich verpassen werde.«

Toni kniet sich neben sie, hält ihre Hand, ohne seine Lederhandschuhe auszuziehen. Er will keine Spuren hinterlassen.

Mit beruhigender Stimme beginnt er zu erzählen.

»Ist Maik dein erster Freund?«, fragt er.

Sie nickt.

»Ihr hättet euch noch einige Male getroffen. Bald hätte er gesagt, dass er sich in dich verliebt hat, weil du das schönste, stärkste und faszinierendste Mädchen bist, das er je kennengelernt hat. Und du hättest gewusst, dass er die Wahrheit sagt, weil man so etwas spürt. Er hätte die Schule abgeschlossen und ihr wärt in eine Stadt gezogen, in der ihr beide hättet studieren können. Er hätte ein wenig länger gebraucht als du, weil du schnell bist und sehr klug und er ein wenig gemütlicher. Dafür hättet ihr abends im Café gesessen oder auf eurem kleinen Balkon oder im Park und das Leben genossen. Maik hätte dir beigebracht, wie man das Leben genießt. Er hätte dir gezeigt, wie es ist, sich fallen zu lassen, jemandem zu vertrauen, dem Leben zu vertrauen, dem Moment zu vertrauen.«

Elisa weint und ich möchte ihr die Tränen abwischen, aber gleichzeitig tropfen meine eigenen Tränen ihr auf die Stirn und die Haare.

»Einmal werdet ihr euch richtig betrinken und die ganze Nacht Hand in Hand auf dem Rücken liegen und in den Himmel sehen. Ihr werdet feststellen, dass es keine Sternschnuppen mehr gibt oder sie nie auftauchen, wenn man sie braucht, aber dass man sich trotzdem etwas wünschen kann. Manche Wünsche werden in Erfüllung gehen und manche werdet ihr in euch tragen. Sie werden euch antreiben, weiterzuleben, weiterzukommen, weiter zu versuchen, das Leben zu leben, das ihr euch wünscht. Ihr werdet Kinder haben. Erst ein Mädchen, welchen Namen hätte dein Mädchen?«

Elisa versucht zu antworten, aber es kommt nur ein seltsames, blutiges Glucksen aus ihrem Mund.

»Elisa«, sage ich. »Es ist schön, wenn die Tochter den Namen der Mutter trägt.«

Elisa nickt, ihr Atem wird flacher.

»Dann bekommt ihr einen Jungen«, fährt Toni fort und alles, was er sagt, klingt wie eine Gutenachtgeschichte für ein kleines Mädchen, das bald einschlafen wird. »Einen kleinen Maik.«

Elisa nickt. Dann bäumt sie sich plötzlich auf. Ich sehe Toni hilflos an. Man hört Schritte auf der Treppe. Toni nickt mir zu, springt auf.

»Für wen arbeitest du?«, frage ich.

»Es ist besser, wenn du das nicht weißt«, erwidert er und geht. Sicherlich schleicht er die Treppe im Treppenhaus nach oben, um dem GJK nicht zu begegnen.

Die Tür fliegt auf. Bröker und zwei bewaffnete Männer, die ich von der Simulation mit Volker kenne, stehen im Flur.

»Wo ist Anna?«, fragt Bröker mit einem Blick auf den gefesselten Savigny. Ich zeige auf das Zimmer, in dem Anna liegt. Einer der Männer sprintet auf Brökers Zeichen hin hinein.

»Wo sind die Krankenwagen?«, frage ich und meine Stimme versagt. »Wir brauchen zwei Krankenwagen. Sofort.«

»Einen«, sagt Bröker mit einem Kopfnicken zu Elisa. Ich sehe Elisa an. Sie atmet nicht mehr. Ihre Augen sind geschlossen. Ihr Körper schlaff. Der Kampf ist zu Ende. Sie braucht keinen Krankenwagen mehr.

»Vollständige Berichterstattung, jetzt«, weist Bröker mich an. »Zwei Minuten, bis der Krankenwagen eintrifft.«

Ich schiebe sanft Elisas Kopf von meinem Schoß und berichte. Wie eine Maschine. Den genauen Ablauf. Ab neunzehn Uhr dreißig. Ohne Toni. Er ist nie hier gewesen. Ich habe Savigny mit Elisa überwältigt. »Maik ist meiner Meinung nach unschuldig«, schließe ich den Rapport.

»Danke«, sagt Bröker. »Gute Arbeit.« Und zu dem bewaffneten Mann neben sich: »Bring sie weg.«

Der Mann nickt mir zu, ich muss hier verschwinden, niemand darf mich sehen. Offiziell gibt es in Deutschland keine minderjährigen Ermittler. Keine sechzehnjährigen Kampfmaschinen. Keine Köder für Serienmörder. Offiziell verstößt die Instanz, die zur Einhaltung unserer Gesetze legitimiert ist, nicht gegen eben diese Gesetze. Also stehe ich auf. Der Typ begleitet mich die Treppen hinunter.

»Seile lösen«, höre ich noch Brökers Stimme aus der Wohnung. Kurze Zeit später hallt ein Schuss durchs Treppenhaus. Nachdem wir das Haus verlassen haben, hält ein Krankenwagen mit lauter Sirene vor der Tür. Zwei Sanitäter springen aus dem Auto. Brökers Kollege bringt mich zu meinem Fahrrad. Von Weitem sehe ich, wie Maik panisch auf zwei Polizisten einredet. Hinten an der Ecke steht bereits der Kastenwagen eines Fernsehsenders. Ein Team von Reportern schnappt sich hektisch das Equipment von der Ladefläche.

Brökers Kollege begleitet mich zügigen Schrittes nach Hause. Toni fährt an uns vorbei. Sie haben ihn nicht entdeckt. Vor meiner Haustür verabschiedet sich Brökers Kollege mit einem Nicken.

»Ruf in der Zentrale an, wenn du etwas brauchst. Doktor Arends ist sofort hier.«

Ich nicke, schließe die Tür hinter ihm, ziehe mich aus und werfe meine Kleidung in die Waschmaschine. Ich stelle mich unter die Dusche. Ich schrubbe mir mit einer Nagelbürste das Blut von den Händen, von den Armen, kratze es unter den Nägeln hervor. Das Wasser ist heiß. Elisa ist tot. Anna lebt. Wie wäre das alles ohne Toni ausgegangen? Verdanke ich ihm mein Leben? Wer ist er? Für wen arbeitet er? Ich verbrenne mir den Rücken, so heiß ist das Wasser.

Elisa ist tot. Elisa ist tot. Ich habe noch nie einen Menschen sterben sehen. Elisa war bestimmt nicht einmal achtzehn. Ihre Worte hallen in meinem Kopf wie ein endloses Echo, das von den Innenwänden meiner Schädelplatten hallt: Erzähl mir, was ich verpassen werde. Erzähl mir, was ich verpassen werde. Erzähl mir, was ich verpassen werde.

Stunden später sitze ich in eine warme Wolldecke gewickelt auf meiner Couch. Vor mir steht ein Tee. Daneben liegt Amigos Foto. Am Küchentresen sitzt Arends, beobachtet mich, macht sich Notizen und schweigt. Ich habe ihr unmissverständlich zu verstehen gegeben, dass ich nicht reden will, und sie respektiert meinen Wunsch, was ich ihr hoch anrechne. Mein Gehirn beginnt langsam wieder zu arbeiten. Widerlich, wie schnell die Medien vor Ort waren. Bröker musste mich förmlich rausschleusen lassen. Ich atme tief durch, nehme meinen ganzen Mut zusammen und schalte den Fernseher an.

»Bist du sicher, dass du dir das schon ansehen willst?«, fragt Arends, aber ich ignoriere sie einfach.

Wie zu erwarten läuft Savigny auf jedem Kanal. Von den Öffentlich-Rechtlichen erwarte ich noch die fairste Berichterstattung, ich glaube, das Sensationsgekreische der anderen Sender packe ich heute nicht mehr.

Ein grauhaariger Journalist mit riesigem Mikrofon steht vor dem Haus, in dem sich Savignys Wohnung befindet. Seine Haare sind vom Wind zerzaust. Hinter ihm wuseln Polizisten herum und versuchen, die Pressetypen, die die in Eile errichteten Absperrungen ignorieren, vom Hauseingang fernzuhalten.

»Hinter uns befindet sich das Haus des Mannes, der die 16-jährige Anna M. am 12. August dieses Jahres entführt und über sechs Wochen in seiner Gewalt hatte. Anna konnte heute in einem großen Polizeieinsatz gerettet werden. Inzwischen steht fest, dass Annas Entführer auch für das spurlose Verschwinden der 15-jährigen Janine S. verantwortlich ist. Hier nun Hauptkommissar Eden zu den Einzelheiten. Wie ist es der Polizei gelungen, den Wohnort des Täters und seine beiden Opfer ausfindig zu machen?«

Hauptkommissar Eden rückt ins Bild und beginnt zu sprechen, als der Reporter ihm das Mikrofon hinhält. Er hat einen starken

Berliner Akzent: »Nun, wir hatten bereits vor einigen Tagen einen konkreten Hinweis aus der unmittelbaren Nachbarschaft erhalten und daraufhin einen Durchsuchungsbefehl erwirkt. Als zwei unserer Leute heute die Wohnung des Täters durchsuchen wollten, geriet er schon an der Haustür in Panik und setzte sich massiv gegen unsere Leute zur Wehr. Der Täter war bewaffnet, es kam zu einem Schusswechsel und zum Fluchtversuch des Täters. Bei diesem Fluchtversuch wurde der Täter von einem unserer Leute erschossen. Man muss an dieser Stelle wirklich sagen, dass die deutsche Polizei hervorragend ausgebildet ist und heute vorbildliche Arbeit geleistet hat. Unsere Männer haben sofort die Tür zu dem Zimmer aufgebrochen, in dem das junge Mädchen gefangen gehalten wurde, und konnten das Mädchen dann auch entsprechend befreien.«

Der Reporter hält sich das Mikrofon wieder selbst an den Mund. »Ich denke, wir Berliner, insbesondere die Menschen im Bezirk Schöneberg, atmen heute auf, denn wir haben alle viele Wochen um Annas Leben gebangt. In welchem Zustand befindet sich das Mädchen? Müssen wir uns weiter Sorgen machen?«

»Nun. Das Mädchen hat, wie man sich vorstellen kann, eine sehr schlimme Zeit hinter sich. Zu ihrem gesundheitlichen Zustand können und wollen wir im Moment allerdings nichts sagen. Wir bitten diesbezüglich auch Rücksicht auf die Familie zu nehmen. Anna und ihre Eltern werden gerade psychologisch betreut und hier wird in nächster Zeit viel Arbeit zu leisten sein. Zumindest können wir sagen, dass sich niemand mehr in Lebensgefahr befindet.«

»Für die vermisste Janine, so heißt es, kam jede Hilfe zu spät. Welche Informationen können Sie uns geben?«

»Nachdem unsere Leute Anna in Sicherheit gebracht haben, haben sie die Wohnung des Täters durchsucht. Es gab ja schon die Vermutung, dass die beiden Fälle demselben Täter zuzuordnen sind. Nun muss man leider sagen, dass die Kollegen im Keller der Täters fündig wurden. Im Moment sind meine Kollegen, wie man hinter uns sieht, noch damit beschäftigt, Janines Leiche aus dem Keller zu bergen. Man kann bereits mit Sicherheit sagen, dass Janine schon länger tot ist, aber auch hier bitte ich im Namen der Angehörigen, vorerst von weiteren Fragen abzusehen. Todeszeitpunkt und -ursache müssen jetzt erst einmal sorgfältig geprüft werden, bevor falsche Informationen an die Öffentlichkeit herausgegeben werden.«

»Wenn Sie mir eine letzte Frage gestatten: Wie sieht es mit eventuellen Mittätern aus?«

»Im Moment gehen wir davon aus, dass der Täter allein gehandelt hat und weder Mittäter noch Mitwisser hatte, aber auch hier muss die Polizei noch einige Nachforschungen tätigen. Zunächst gilt es herauszufinden, wo der Mörder die Schusswaffe herhatte. Und von da aus kann man sehen, ob noch weiter gefahndet werden muss.«

»Vielen Dank, Hauptkommissar Eden, für diese Auskunft.« Der Journalist wendet sich wieder der Kamera zu, diese zoomt so nahe heran, dass man den Hauptkommissar nicht mehr sieht. »Berlin atmet auf. Die seit über sechs Wochen vermisste Anna konnte gerettet werden, für Janine, das andere Opfer des Täters, kam jedoch jede Hilfe zu spät. Ihr Mörder wurde auf der Flucht erschossen. Wir schalten zurück ins Studio.«

Ich schalte aus. Janine ist tot, Anna lebt und Elisa hat nie existiert. Niemand wird je von ihrem Tod erfahren, niemand wird erfahren, dass Savigny ein weiteres Mädchen ermordet hat. Deshalb wurde Savigny vor Ort erschossen. Er war ja schon längst außer Gefecht gesetzt, als ich noch in der Wohnung war. Damit hat das GJK auch den einzigen Menschen erschossen, der Tonis Einsatz hätte bezeugen können. Selber schuld. Ehrlich. Es ist nicht schade um Savigny. Mir ist es völlig egal, ob Elisas Mörder den Rest seines Lebens im Knast fertiggemacht wird oder noch heute in seiner Wohnung verreckt ist. Und trotzdem ist es unfair gegenüber Elisa. Es ist nicht richtig, sie aus einem weiteren Gedächtnis zu löschen; so zu tun, als wäre sie nie gestorben, als hätte es sie niemals gegeben.

»Darf ich jetzt allein sein?«, frage ich Arends. »Mir ist so gar nicht nach Reden zumute.«

Sie nickt. »Du hast ja meine Nummer, falls etwas ist.«

Ich begleite sie zur Tür, sie streichelt mir zum Abschied über die Schulter. Es ist eine hilflose, aber nett gemeinte Geste.

Sobald sie weg ist, schicke ich alles, was heute passiert ist, in meine Cloud. Ich schicke vor allem Elisa dorthin. Meine Cloud wird Elisas Grab. Auch wenn meine Cloud ihrem Namen nicht ganz gerecht wird und wahrlich kein Himmel ist, so ist sie doch zumindest ein Ort. Ein Ort der Wahrheit und ein Ort des Erinnerns. Wer wäre nicht gerne an so einem Ort begraben? Irgendwo muss sie ja hin. Irgendjemand muss sich ihrer ja erinnern und um sie trauern und wissen, dass sie auch einmal gelebt hat. Und einen Jungen namens Maik geliebt hat. Und ein kleines weinendes Mädchen vor einer verschlossenen Haustür trösten wollte. Und viel mehr weiß ich über sie leider nicht zu sagen.

Und wenn ich den heutigen Tag und alles, was ich über Elisa weiß, in meinen Laptop getippt habe, dann lege ich mich in mein Bett. Ich will heute niemanden mehr sehen und niemanden mehr hören und nichts mehr tun, sondern nur daliegen und an Elisa denken; und wenn alles gut läuft, schlafe ich heute noch ein. Und dann ist morgen und der morgige Tag kann nur besser sein als alles, was heute passiert ist. Und morgen werde ich dankbar sein dafür, dass ich noch lebe, während andere gestorben und für alle Ewigkeit aus dem Gedächtnis gelöscht sind. Morgen werde ich dankbar sein, aber heute bin ich gar nichts mehr. Ich bin leer. Und kaputt. Und traurig. Und einsam.

22
Leichenentsorgung

Hinter mir liegen üble vier Wochen. Ich war nicht in der Schule, sondern lag hauptsächlich in meinem Bett und habe vor mich hin gestarrt. Und selbst während der Herbstferien habe ich kaum einen Fuß vor die Tür gesetzt. Elisas Tod hat mich fertiggemacht. Wenn ich mal sterbe, möchte ich, dass es schnell geht, dass ich nicht daliegen und warten muss, bis der Schmerz endlich vorbei ist. Elisa hatte fast ein bisschen Glück, dass Toni da war, auch wenn sie ihn nicht gekannt hat. Wie hätten ihre letzten Minuten ohne ihn ausgesehen? Ohne seine Hand? Ohne seine Worte?

Ich habe vier Wochen lang versucht, nicht darüber nachzudenken, aber es ging nicht. Meine Gedanken sind unaufhörlich nur um ihren Tod gekreist, um ihre letzten Minuten und das, was von ihr übrig bleibt. Nämlich gar nichts. Maik wird nie erfahren, was mit Elisa passiert ist. Bröker und Schmidt werden eine hieb- und stichfeste Geschichte parat haben, wer sie war und warum sie verschwunden ist. Elisas Eltern, falls sie überhaupt existieren, werden sich entweder wie mein Vater schon vor Jahren davon verabschiedet haben, dass sie eine Tochter haben, oder einfach nur so unfähig sein wie meine Mutter. Offiziell ist Elisa also verschwunden. Und der feine Unterschied zwischen sterben und spurlos verschwinden ist nur für denjenigen von Bedeutung, den es direkt betrifft.

Ich habe mir jetzt vier Wochen lang Geschichten von Elisa ausgemalt, von ihren Eltern, ihrer Ausbildung, ihren Freunden. Damit sie in Erinnerung bleibt, dem sie etwas bedeutet hat. Ich habe Bedeutung für sie geschaffen, damit sie nicht umsonst gelebt hat. Ich habe ihr ein Gedankendenkmal gebaut und ich weiß, dass es nicht reicht und nichts wiedergutmacht. Und es macht mich fertig. Und was mich noch fertiger macht, ist, dass ich das vielleicht alles nur auf *mich* beziehe. Vielleicht geht es mir gar nicht um Elisa, sondern immer nur um mich, um *meine* Angst zu sterben, *meine* Angst, so zu sterben wie sie, *meine* Angst, einfach zu verschwinden, *meine* Angst, nie von Bedeutung gewesen zu sein. Und in diesen Momenten habe ich gemerkt, wie wichtig Mo, Burcu und Kamil für mich geworden sind. Aus ihrem Leben kann ich nicht mehr einfach verschwinden, für sie bin ich von Bedeutung.

Wenn ich sterbe, wird das GJK Rechenschaft ablegen müssen, weil Mo und seine Familie sich fragen würden, wo ich bin, mich vermissen würden, mich suchen würden. Und dann habe ich noch mehr Angst bekommen, weil ich mich gefragt habe, was mit den dreien passieren würde, wenn das GJK meinen Tod vertuschen müsste. Und das GJK müsste meinen Tod vertuschen, weil es eine Minderjährige gezielt und ohne Wissen ihrer Eltern auf einen Mörder oder Vergewaltiger oder Entführer angesetzt hat. Ich meine, das GJK ist ein Exekutivorgan des Staates und verstößt gleich gegen mehrere Gesetze. Wenn dieses beachtliche Rechtsstaat-Problem an die Öffentlichkeit gerät, haben wir nicht nur einige Politiker weniger, sondern einen Jahrhundertskandal. Also habe ich den Entschluss gefasst, Mo, Burcu und Kamil nie, wirklich niemals die Wahrheit zu erzählen.

Mo und Burcu, die beiden Schätzchen, sind abwechselnd vorbeigekommen, um mir Essen vorbeizubringen. Das Essen habe ich angenommen, aber ich habe sie jedes Mal gleich wieder weggeschickt. Ob sie mir die vierwöchige Dauermigräne abgenommen haben, weiß ich nicht. Meine Vorhänge waren auf jeden Fall permanent zugezogen und ich habe sicherlich ausgesehen, wie die Migräne höchstpersönlich. Dass ich ziemlich krank war, werden sie mir also schon abgekauft haben. Arends hat regelmäßig angerufen und sich erkundigt, wie es mir geht. Das war ganz nett, aber auch nicht mehr. Es ergibt wenig Sinn, mit einer Therapeutin zu telefonieren, von der man nicht weiß, auf welcher Seite sie steht, während Menschen, die dich im Zweifelsfall entsorgen würden, die Telefonleitung abhören, um zu erfahren, dass du Angst hast, eines Tages von ihnen entsorgt zu werden.

Meinen Keller werde ich mit Sicherheit so eingerichtet lassen. Und er wird nicht mein einziger Zufluchtsort bleiben. Bald werde ich viele dieser Orte haben. Denn es wird der Tag kommen, an dem ich aus dem GJK aussteigen muss. Im Moment habe ich keine andere Wahl, realistisch betrachtet bin ich nur eine Schachfigur auf Brökers Brett, aber es wird Zeit, die Regeln ein wenig zu ändern.

Kaum habe ich die pathetische Zusammenfassung meiner letzten vier unsäglichen, nutzlosen, deprimierenden, selbstzerstörerischen Wochen in den Laptop getippt, funkt »The Fast and the Curious« mich an. Als würden sie riechen, dass ich gerade wieder zu mir komme. Es ist Jack, der mich direkt in die Anwaltskanzlei schickt. Offenbar hat das GJK beschlossen, dass meine Karenzzeit vorbei ist, es mir jetzt gefälligst wieder gut zu gehen hat und ich in Schmidts Kanzlei beordert werden kann.

Schmidt führt mich in das Besprechungszimmer. Dort sehe ich alle sitzen. Arends, Bröker, Chin. Sie lächeln zur Begrüßung, aber die Stimmung ist beschissen.

»Hallo, Penelope! Setz dich doch bitte«, sagt Arends freundlich. »Wie schön, dass es dir nach dieser langen Auszeit besser geht. Wir möchten heute ein Auswertungsgespräch mit dir führen.«

Und ihre Freundlichkeit kotzt mich an, genauso wie das aufgesetzte Lächeln der anderen und die Stille in diesem Raum. Mein Schädel platzt vor lauter Fragen und vor Traurigkeit und Wut. »Wie konnte das passieren? Sie ist tot! Verdammt noch mal! Wie konnte das passieren?«

Wenigstens ist jetzt das dämliche Lächeln aus ihren Gesichtern verschwunden.

»Beruhige dich bitte«, sagt Bröker streng, »wir sind hier, um genau das zu klären.«

Schmidt setzt sich und sieht mich dabei mit hochgezogenen Augenbrauen an, als wäre ich eine Vierjährige, die gerade einen Tobsuchtsanfall bekommt, weil Papa ihr kein Eis kauft. Dann sagt er: »Auch du bist uns eine Erklärung schuldig.«

»Was?«, brülle ich und meine Stimme überschlägt sich. »Sie meinen, ich sollte mich dafür entschuldigen, dass ich ohne Ihre Scheißerlaubnis ermittelt habe, um gerade noch zu verhindern, dass dieser kranke Typ auch noch Anna umbringt? Ist es das, was Sie erwarten? Wo waren *Sie* eigentlich am Sonntag vor vier Wochen?!« Ich schreie und heule gleichzeitig.

»Penelope«, sagt Chin leise und scharf und ich verstumme augenblicklich. Chins Autorität bleibt ungebrochen. »Hör dir an, was wir zu sagen haben.«

Ich setze mich, falte meine Hände vor mir auf der Tischplatte und starre auf das Kreuz, das meine Daumen bilden.

»Ich höre«, presse ich durch meine Zähne.

»Wir haben Elisa von Hamburg zurück nach Berlin geholt, in eine Wohnung in Ygors Nachbarschaft eingemietet und auf Ygors Schule geschickt. Er war anfänglich unser Hauptverdächtiger. Da Elisa weder zum Training noch zum Kurierdienst musste, hatte sie genug Zeit, gleichzeitig auch schon Maik zu bespitzeln. Ursprünglich wollten wir *dich* auf Maik ansetzen, sobald du dich eingewöhnt hast, falls Ygor sich als unschuldig erweist.«

»Ich musste mich nicht eingewöhnen«, zische ich.

Bröker ignoriert meinen Kommentar und fährt unbeirrt fort: »Elisa hat angefangen, uns hinters Licht zu führen.«

Ich sehe mit zusammengekniffenen Augen in die Runde. »Bravo! Wie unfähig sind Sie alle zusammen, dass Sie sich von einer Minderjährigen austricksen lassen?«

»Erstens war Elisa achtzehn. Sie hatte bereits ihr Abitur und konnte dank ihres jungen Aussehens ohne Probleme in Ygors zehnte Klasse geschickt werden. Zweitens war Elisa, wie du ja bereits weißt, eine hervorragend ausgebildete Ermittlerin. Unsere GJK-Ermittler gehen äußerst professionell vor, absurderweise auch dann, wenn sie gegen uns arbeiten.«

»Sie war in Maik verliebt«, sagen Arends und ich wie aus einem Munde.

Chin sieht mich streng an. »Lass es dir eine Lehre sein! Diese Art von Gefühl macht dich blind und damit angreifbar, jede Art von Gefühl bringt dich …«

»Es wäre doch schön, wenn ich meine Ausführungen ohne weitere Kommentare hinter mich bringen könnte«, merkt Bröker genervt an. Chin schweigt, faltet seine Hände und lehnt sich zurück. »Elisa war Skaterin. Nebenbei bemerkt ein Grund, weswegen wir *sie* auf Ygor angesetzt hatten. Sie hat sich in der Skaterszene ein Double gesucht, ein blondes Mädchen von ähnlicher Statur, und diesem Double Geld dafür gegeben, unsere Leute irrezuführen. Während sie das Double überwachten, das mit Baseballcap und Sonnenbrille Elisas Wohnung verließ, um sich in Ygors Nähe aufzuhalten, konnte Elisa unbewacht agieren. Laut Aussagen des Doubles wurde sie sechs Mal von Elisa engagiert. Offensichtlich hat Elisa die ersten Male heimlich diesen Maik bespitzelt, sich dann ein eigenes Handy mit Prepaidkarte gekauft, um ungestört mit ihm Kontakt aufnehmen zu können, und sich weitere Male mit ihm getroffen. Wir wissen nicht genau, was sie sonst noch in dieser Zeit getan hat.«

Mir Drohbriefe geschrieben, denke ich, aber es tut nichts mehr zur Sache.

»Unsere Leute sind misstrauisch geworden, weil Elisas Ermittlungsberichte in Bezug auf Ygor an manchen Tagen nicht hundertprozentig zu dem passten, was die vermeintliche Elisa an diesen Tagen zu tun schien. Als du Savigny überführt hast, haben wir gerade Elisas Double gestellt.«

Bröker wirkt peinlich berührt. Elisa hat das GJK nach Strich und Faden vorgeführt und dafür mit dem Leben bezahlt. Ich ziehe daraus drei Schlüsse, die in naher Zukunft von großer Wichtigkeit für mich sein könnten. Erstens: Man kann sich mit dem einen oder anderen Mittel der Überwachung des GJK entziehen. Zweitens: Während der Ermittlungen hängt mein Leben von der Überwachung und der Mithilfe des GJK ab. Sich der Überwachung zu entziehen, bedeutet also Selbstmord. Drittens: Man sollte sich nicht verlieben, solange man für das GJK arbeitet.

»Elisa hat sich äußerst unprofessionell verhalten und ihren Tod selbst zu verantworten«, fasst Bröker seine Ausführungen zusammen.

»Dem GJK ist in diesem Fall nichts vorzuwerfen«, schließt Schmidt die Überlegungen ab.

»Was wird jetzt aus Maik?«, frage ich.

»Wir haben nicht genügend belastendes Beweismaterial gegen Maik vorliegen«, berichtet Bröker. »Die Auswertung des E-Mail-Verkehrs und Annas Aussage liefern hinreichende Beweise für seine Unschuld. Es sieht so aus, als hätte Savigny sich im Internet als Psychologin ausgegeben und Maik ohne sein Wissen dafür benutzt, an die Mädchen ranzukommen. Merkwürdigerweise ist Maik zweimal auf die gleiche

Masche reingefallen. Savigny hat ihn aufgefordert, zum dritten oder vierten Treffen absichtlich zu spät zu kommen, um zu sehen, ob das Mädchen ihn so gerne mag, dass es wartet, oder ob es ihn sitzen lässt. In dieser Viertelstunde hat Savigny Anna und später auch Elisa entführt. Maik hatte mit den Entführungen und Janines Ermordung also nichts zu tun. Er war nur der Köder, ohne es zu ahnen.«

Erleichtert atme ich auf. Maik ist raus aus der Geschichte. Dann kann ich jetzt zum schwersten Teil des Gespräches kommen. Mit fester Stimme sage ich: »Elisas Tod lässt sich schwer vertuschen, schließlich hat er sie ganz gut gekannt.«

»Erstens«, Schmidts Stimme wird streng, »besteht ein fundamentaler Unterschied zwischen Vertuschung von für die Öffentlichkeit wichtigen Informationen und der Nichtbekanntgabe interner Vorfälle. Zweitens hat Maik von Elisa einen Abschiedsbrief erhalten, den sie ihm kurz nach ihrem Verschwinden geschrieben hat. In diesem Abschiedsbrief steht, dass sie beschlossen hat, die Schule abzubrechen und nach Südamerika auszuwandern, um Schildkröten zu retten. Das entspricht so ungefähr Elisas Persönlichkeitsprofil. Außerdem hat sie in diesem Brief noch einmal betont, wie sehr sie die gemeinsame Zeit und insbesondere den letzten Tag im Park genossen hat. Und hierbei haben uns die Aufzeichnungen der an deinem Rucksackträger montierten Kamera beste Dienste geleistet.« Mit diesen Worten holt Bröker meinen Rucksack hinter seinem Stuhl hervor und überreicht ihn mir. »Wir erwarten in Zukunft, dass du nur die von uns zur Verfügung gestellten Wanzen und Kameras verwendest, auch wenn wir in diesem konkreten Fall einen gewissen Vorteil aus deiner etwas eigenwilligen Anschaffung ziehen konnten. Wobei wir auch schon beim Thema wären: Du hast Annas Leben gerettet und Savigny festgenommen. Eine beachtliche Leistung, für die wir dir höchste Anerkennung zollen. Alles deutet darauf hin, dass Annas Rettung in letzter Sekunde kam. Savigny hatte sie bereits sediert und das Zimmer mit Folie ausgelegt, um Anna zu entsorgen.« Bröker zeichnet bei dem Wort »entsorgen« Anführungszeichen in die Luft. Ich versuche das Bild der Wachstücher und Plastiktüten zu verdrängen, das unmittelbar vor meinem Augen erscheint.

»So muss er auch mit Janine vorgegangen sein, nachdem er Anna entführt hatte«, fährt Bröker fort. »Offensichtlich wollte er immer nur ein

Mädchen bei sich haben. Nun, da er Elisa hatte, war für Anna kein Platz mehr. Du hast Anna das Leben gerettet, Penelope. Und dennoch hast du ohne Erlaubnis des GJK ermittelt und dich damit auf ebenso naive und unprofessionelle Weise wie Elisa in Gefahr gebracht. Eventuell wäre es sogar denkbar, dass der Savigny-Fall weniger blutig ausgegangen wäre, wenn du uns von Anfang an über deine Ermittlungen informiert hättest.«

Natürlich. So muss es für das GJK aussehen. In ihren Augen trage ich eine Teilschuld an Elisas Tod. Ist das so? Hätte ich Elisa wirklich retten können? Ich war doch der festen Überzeugung, dass das GJK mich rund um die Uhr bewacht. Ich konnte doch nicht ahnen, dass Toni nicht für das GJK arbeitet. Für wen aber arbeitet er dann? Für wen ist mein Leben so kostbar, dass er mir einen Bodyguard an die Seite stellt? Und wer hat genug Geld, um Toni zu bezahlen?

Selbstverständlich werde ich dem GJK nicht von Toni erzählen, nur um mich für meine eigenmächtigen Ermittlungen zu rechtfertigen. Ich bin nicht schuld an Elisas Tod, aber ich darf mich nicht verteidigen. Das bin ich Toni schuldig.

Arends bricht die eisige Stille im Raum und erspart mir eine Antwort auf Schmidts schweren Vorwurf: »Wie geht es dir jetzt, Penelope?«

»Es geht.«

»Du warst vier Wochen krankgeschrieben.«

»Richtig.«

»Fühlst du dich bereit, wieder in die Schule zu gehen?«

»Ich denke schon.«

»Gut.«

»Was ist, wenn ich aussteigen möchte?«, frage ich, bevor ich mich nicht mehr traue.

»Was soll dann sein?«, fragt Bröker zurück und sieht mich verärgert an. »Dann steigst du eben aus.«

»Möchtest du denn aussteigen?«, fragt Arends.

Ich spüre, wie acht Augenpaare mich durchbohren. Sie haben so viel in mich investiert. Zeit, Geld, Geduld, Risiko.

»Weißt du«, setzt Bröker noch einmal an. »Man kann das Ganze mit einem Schachspiel vergleichen. Elisa war nur eine Läuferin, schnell, am Anfang sehr gut einsetzbar, aber ein Querschläger. Die Dame auf unserem Brett bist *du*. Du bist auf dem Weg, unsere beste und damit auch wertvollste Ermittlerin zu werden. Dein Ausstieg wäre ein großer Rückschlag in der Bekämpfung von Verbrechen an Minderjährigen.«

Das, was Bröker da von sich gibt, ist in vielerlei Hinsicht einfach nur krank. Diesen Fall mit einem Schachspiel zu vergleichen, Elisa und mich mit Spielfiguren. Aber das Schlimmste an seinem Vergleich ist, dass er ihn für mich zieht, dass er glaubt, ich könnte die ganze Situation eher greifen, wenn ich sie wie ein Strategiespiel sehe, ohne Gefühl, pures Kalkül. Er glaubt tatsächlich, dass ich so ticke. Eine gefühllose Schachfigur mit von oben festgelegten Schritten. Ist das so?

»Ich bleibe«, antworte ich nach langer Bedenkzeit und füge entschlossen hinzu. »Aber ich möchte in Zukunft eine GJK-Ermittlerin an meiner Seite. Eine Partnerin. Ohne Elisa hätte ich Savigny nie überwältigen können. Der Savigny-Fall hat doch gezeigt, dass es besser ist, zu zweit zu ermitteln. Es ist einfacher, effektiver, es bietet mehr Möglichkeiten und es ist sicherer für alle Beteiligten.«

Chin sieht mich an, Arends sieht Bröker an, Bröker sieht Schmidt an und Schmidt starrt stur geradeaus.

Schließlich sagt Schmidt: »Wir werden darüber nachdenken, aber ich kann dir nichts versprechen. Zwei GJK-Ermittler auf einen Fall anzusetzen, ist eine sehr kostspielige Angelegenheit und nur möglich, wenn wir eine stabile Anzahl von Nachwuchs rekrutieren können. Eine solche Entscheidung wird nicht auf dieser Ebene getroffen.«

»Gut.« Ich nicke und frage mich, auf welcher Ebene diese Entscheidung wirklich getroffen wird. Weiß das Innenministerium, was hier gespielt wird? Welche weiteren illegalen Einheiten unterhält die Polizei, um Verbrechen effektiver aufklären zu können?

»Sie arbeiten also weiterhin für das GJK?«, versichert sich Schmidt.

»Ja«, antworte ich. *Vorerst,* denke ich.

»Das ist die richtige Entscheidung«, sagt Bröker eindringlich.

23
Gerechtigkeit

Als ich am nächsten Morgen in jämmerlichem Zustand den Klassenraum betrete, rollt mir ein vielstimmiges Hallo entgegen. Jule, Hanna, Laura und Jil stürzen sich kreischend auf mich und umarmen mich von allen Seiten.

»Mann, Penelope, altes Haus«, ruft Hanna. »Wenn Mo uns nicht jeden Tag erzählt hätte, dass du die übelste Migräne hast, die er jemals gesehen hat, und dass du aussiehst wie ein superkrankes Häufchen Elend im Hemd, hätten wir gedacht, du bist an deine Sportschule zurückgegangen.«

»Ja«, ergänzt Laura den aufgedrehten Bericht. »Wir dachten, du hättest dir schon längst einen süßen Leichtathleten abgegriffen und uns wieder mal nichts abgegeben!« Sie tut so, als würde sie in einen saftigen Apfel beißen.

»Wird Zeit für WhatsApp«, stellt Jil fest. »Du lebst total hinter dem Mond mit deinem komischen Tastentelefon.«

»Vergiss es«, widerspreche ich. Ich muss zum ersten Mal seit vier Wochen lachen und es tut gut. »Wenn ihr was von mir wollt, könnt ihr ja anrufen. Ich habe zwei Telefonnummern, genau wie ihr.«

»Hast du das mit Anna mitbekommen?«, fragt Jule leise. »Sie ist wieder da. Aber Janine …«

»Klar«, unterbreche ich sie. Ich kann dieses niederschmetternde Thema nicht mit diesen unbedarften Mädels besprechen. Das würde nicht gut gehen. »Ich lag krank im Bett und habe Fernsehen geguckt, wenn mir nicht gerade der Schädel geplatzt ist. Annas Story lief den ganzen Tag und auf allen Programmen. Ich bin bestens informiert. Krasse Geschichte.«

»Anna ist noch nicht wieder in der Schule«, ergänzt Jule. »Ich will nicht wissen, was der kranke Typ alles mit ihr gemacht hat.«

»Weißt du«, sage ich. »Ich glaube, sie kann froh sein, dass sie noch lebt.« Und ich schicke einen Gedanken an Janine und Elisa, die weniger Glück hatten als Anna.

Die ersten Wochen nach den Herbstferien gehen so ineffektiv ins Land wie dieser erste Schultag nach der Geschichte mit Elisa und wie die letzten Wochen vor den Weihnachtsferien. Erst hole ich alle Klassenarbeiten nach, die vor den Herbstferien geschrieben wurden, dann schreibe ich die neuen. Der Savigny-Schock, der wochenlang wie eine riesige Welle aus absurdesten Gerüchten, Spekulationen und Geschichten durch die Schule gerollt war, verblasst zu leichten Wogen: einem gedämpften Gespräch, einem Gerücht von einem beliebigen Schüler, der von irgendjemand anderem gehört hatte, dass Maik nervlich am Ende ist und erst nach den Weihnachtsferien wieder in die Schule kommt. Von Anna hört man gar nichts mehr. Sie ist vermutlich in einer geschlossenen Klinik.

Ich gehe sogar ein paar Mal mit den Mädels ins Kino, aber normal zu sein, fühlt sich so was von sonderbar an, dass ich mich wohl nie richtig daran gewöhnen werde. Das GJK verschont mich mit weiteren Aufträgen, lässt mich aber ordentlich für »The Fast and the Curious« malochen. Toni ist mein steter Begleiter. Wir reden nicht, wir grüßen uns nicht, aber er ist da und das ist sehr beruhigend.

Mo sammelt wie ein Wahnsinniger Punkte für sein Abitur und arbeitet bis spätabends im Dönerladen, der während der Schulzeit ziemlich gut läuft. Burcu kämpft sich heulend und fluchend durch die Hausaufgaben. Mo und ich verbringen wenig Zeit miteinander, machen ein paar DVD-Abende oder trinken noch einen Tee bei Kamil in der Küche. Der Fingerkuss ist unsere Begrüßung und unser Abschied geworden, mehr läuft nicht. Ich will das nicht. Ich kann das nicht. Aus tausend Gründen.

Am letzten Schultag vor den Weihnachtsferien kritzelt Lina auf den Schmierzettel, der in jeder Stunde vorsorglich zwischen uns liegt:

Ich habe ein Weihnachtsgeschenk für dich.

Oh, nein. Ich hab aber keins für dich.

Gucks dir erst mal an ...

Sie zieht einen dunkelblauen Zettel aus ihrer Tasche, auf den sie mit weißem Tipp-Ex-Stift die folgenden Zeilen geschrieben hat:

Penelope
still wie Schnee,
denkt und
zieht sich in sich zurück
sieht hinaus.
Eine kaltglatte Glasscheibe
zwischen der Wärme anderer und ihr selbst,
schützt sie,
meint sie.

Penelope
still wie Schnee,
eine weiße Decke,
die sich sanft über die kalte Welt legt,
schützt andere,
meint sie,
vor dem Erfrieren.

In Wahrheit
hat sie nur Angst
vor Wärme.
Lina

Ich schreibe lange gar nichts, sondern starre benommen auf das Gedicht. Lina und ich haben uns nie richtig unterhalten, sondern die kauzige Wortkargheit des anderen respektiert. Wir wollen nicht reden. Warum ich nicht reden möchte, weiß ich. Und auch sie wird ihre

Gründe haben, zu schweigen. Wer weiß schon, welches Geheimnis *sie* mit sich trägt? Wer weiß schon, ob sie mich deshalb so wortlos versteht? Die Art, wie sie mich zu sehen gelernt hat in den wenigen Monaten, die sie mich nun kennt, berührt mich.

Ist wunderschön, schreibe ich.

Musst du wohl sagen.

Ich könnte einfach nur Danke sagen. Aber es IST wunderschön.

»So! Die zwei Grazien!«, höre ich Zwerfings Stimme durch den Raum tönen. »Jetzt habe ich aber die Schnauze voll von eurem kindischen Hin-und-her-Geschreibe.« Mit einer energischen Handbewegung zieht er den Zettel vom Tisch und hält ihn sich demonstrativ vor das Gesicht. »Dann wollen wir doch mal eure geistigen Ergüsse mit der ganzen Klasse teilen.«

Mir steigt die Hitze ins Gesicht, ich bin schon längst knallrot. Gelähmt starre ich auf die Tischplatte. Sei jetzt kein Arsch, Zwerfing, sei jetzt bitte kein Arsch.

Zwerfing räuspert sich und ich spüre, wie Linas Muskulatur sich anspannt wie die einer zum Sprung ansetzenden Katze. Sie ist kurz davor, Zwerfing eine zu verpassen.

In der Klasse herrscht eisiges Schweigen. Eine Mischung aus Neugierde und peinlicher Berührung verbreitet sich im Klassenraum. Einerseits wollen sie hören, was wanna-be-outsider und wanna-be-Hannas-friend sich zu schreiben haben, andererseits wissen sie, wie gemein es wäre, das Ding laut vorzulesen.

Zwerfing räuspert sich gekünstelt und liest mit theatralischem Pathos in der Stimme: »Penelope, still wie …«

Dann runzelt er die Stirn und seine Augen fliegen über die Zeilen. Lina hat sich halb aus ihrem Sitz erhoben, ihr Blick sprüht Gift. Ich kämpfe gegen die Rotfärbung meines Gesichtes an und rede Zwerfing in Gedanken gut zu. Du musst das nicht tun. Lass es einfach.

Schweigend legt Zwerfing den Zettel zurück auf den Tisch und sieht mich kurz an, als würde er mich scannen. Sein Biologenverstand kann den Text nicht ganz greifen, aber sein Instinkt sagt ihm, dass das jetzt etwas Emotionales ist, von dem er als Naturwissenschaftler lieber die Finger lässt.

»Habt ihr beide eure Tage, oder was ist mit euch los?«, fragt er, um die Situation zu entspannen und die Oberhand nicht zu verlieren.

»Ja«, antworten Lina und ich wie aus einem Munde. Lina fügt noch im Plauderton hinzu: »Ich blute wie ein abgeschlachtetes Schwein.«

Zwerfing hält sich die Ohren zu und schreit: »Hilfe! Das ist mehr, als wir wissen wollen!«

Die Klasse lacht. Die Situation ist gerettet. Niemand wird etwas erfahren von dieser Penelope, die einfach nur Angst hat vor Wärme. Ich packe das Gedicht in meine Tasche und werfe Lina einen Das-war-knapp-Blick zu. Sie verdreht die Augen Richtung Zwerfing und wir wenden uns widerwillig dem Unterrichtsgeschehen zu.

Am Nachmittag bin ich mit Mo verabredet. Obwohl es schweinekalt ist, mummeln wir uns gut ein und fahren mit unseren Rädern zum Regierungsviertel, um einen Spaziergang an der Spree zu machen. Berlin ist grau, hässlich und kalt um diese Jahreszeit, aber es ist trotzdem schön, mit Mo am Fluss entlangzulaufen. Wir reden über Medizinstudiengänge, über Burcus Hausaufgabenprobleme, darüber, dass Kamil noch jemanden für den Laden einstellen müsste, weil er sich kaputtarbeitet. Aber für einen Angestellten fehlt das Geld, weil Kamil seiner Mutter Geld in die Türkei schicken muss.

Dann nimmt Mo meine Hand und ich lasse es zu. Ich habe sowieso Handschuhe an. Als wir eine Brücke überqueren, zieht er mich an den Rand der Brücke, lehnt sich mit dem Rücken ans Brückengeländer und nimmt mich in seine Arme.

»Ich weiß, dass du das nicht magst«, sagt er leise. »Aber morgen fährst du nach Amsterdam und dann sehe ich dich ewig nicht und das ist schon sehr ungewohnt, weil ich dich seit dem Sommer fast jeden Tag gesehen habe.«

»Für mich auch«, gebe ich zu und kuschel mich an ihn. Hinter Mo verschwinden zwei Boote unter der Brücke.

»Hattest du eigentlich etwas mit dieser Geschichte um Anna zu tun?«, fragt er völlig unvermittelt.

Abrupt löse ich mich aus seiner Umarmung. »Wie kommst du denn darauf?«

»Na ja. Du bist genau an dem Tag, an dem sie Anna gefunden haben, krank geworden. Ich meine, Anna lief im Fernsehen hoch und runter und du bist für ein paar Wochen von der Bildfläche verschwunden. Du warst wochenlang völlig zerstört. Hast du in der Zeit mal in den Spiegel geguckt?«

Jeden Tag, denke ich. »Danke«, murmele ich.

»Komm schon, du weißt, was ich meine.« Mo wirkt ungeduldig.

»Ich hatte Migräne«, sage ich trocken. »Und was soll ich denn deiner Meinung nach mit Anna zu tun gehabt haben?«

»Die Polizei hat doch einen Tipp aus der Nachbarschaft bekommen. Wir sind jetzt nicht gerade Nachbarschaft, aber du bist als Kurierfahrerin so viel mit dem Fahrrad unterwegs. Vielleicht hast du was gesehen und es der Polizei erzählt. Zwischendrin dachte ich, der Typ hätte dich auch erwischt, so zerstört, wie du warst.«

Auch wenn Mo ziemlich im Dunkeln tappt, was meine Rolle in der Anna-Geschichte betrifft, hat er doch einen ganz guten Instinkt.

»Nein. Keine Sorge.« Ich kuschele mich wieder an ihn. Er wird ja wohl fragen dürfen. »Das war purer Zufall.«

»Ich glaube nicht an Zufall«, erwidert Mo und streichelt mir den Hinterkopf.

»Ach nein?« Ich glaube auch nicht an Zufall, aber das kann ich ja ein anderes Mal mit Mo ausdiskutieren.

»Nein. Wir haben uns auch nicht zufällig getroffen«, fügt Mo voller Überzeugung hinzu. Ach du Scheiße. Mir schießt das Blut in den Kopf und die Beine drohen mir wegzusacken. Weiß er etwa von dem Flyer unter meinem Telefon? Weiß er vom GJK?

»Nicht?«, frage ich vorsichtig.

»Sicher nicht«, Mo lacht leise. »Du bist ein Geschenk, Penelope. Du kannst dir gar nicht vorstellen, was du mit meiner Familie gemacht hast. Burcu verehrt dich, sie kämpft sich durch die Schule, aber sie tut auch viel, um dich zu beeindrucken. Sie macht jeden Abend Liegestütze, damit sie solche Armmuskeln bekommt wie du, und sie ist nicht mehr so auf Kriegsfuß mit der deutschen Sprache, weil du *ihre* Sprache respektierst. Kamil ist viel entspannter, seitdem es Burcu besser geht und sie jemanden hat, der sich ein bisschen um ihre Gefühle kümmert.«

»Erstens habe ich mich nicht genug um sie gekümmert, weil ich dieses Jahr viel zu viel gejobbt habe«, werfe ich ein. »Und für gefühlstechnische Dinge bin ich genau die falsche Ansprechpartnerin.«

»Bist du nicht«, sagt Mo, nimmt mein Kinn in seine Hand und sieht mich an. Sein Mund ist viel zu nah an meinem und ich weiß, was jetzt kommt, und ich weiß nicht, ob ich das will, und trotzdem fühlt es sich ... Mos Lippen haben meine berührt und verharren dort, damit ich einen Rückzieher machen könnte, wenn ich wollte. Mache ich aber nicht, weil Mos Mund sich gut anfühlt und seine Arme, die mich jetzt umschlingen, und seine Schulter, an die ich mich jetzt anlehnen könnte. Ich mache vorsichtshalber gar nichts. Schon spüre ich Mos Zunge vorsichtig in meinem Mund und meine Zunge macht ganz automatisch, was seine Zunge macht, und es ist nicht gerade sexy, aber schon ein wenig aufregend. Eine ganz andere Art von Adrenalinkick. Da müssen andere Substanzen freigesetzt werden als die, die ich schon kenne. Und schon könnte ich mich ohrfeigen für meine chemische Sicht auf diese Situation, die wirklich romantisch sein könnte, wenn ich jetzt mal aufhören würde, lauter merkwürdige Dinge zu denken. Also versuche ich einfach mal nichts zu denken. Meditation. Kann ich. Habe ich gelernt und ich konzentriere mich auf diese beiden Zungen. Eine davon ist meine, fühlt sich aber gerade nicht so an. Fuck, hör auf zu denken, Penelope. Was ist los mit dir? Natürlich ist das deine Zunge und die andere gehört Mo und Mo ist ein großartiger Mensch und wenn du ehrlich bist, findest du ihn schon lange ziemlich sexy, aber du bist zu stolz, um dir überhaupt irgendetwas einzugestehen, was mit Gefühlen zu tun hat. Jetzt konzentriere dich hier mal auf das Wesentliche. Und schwupps, ist der Moment vorbei. Mos Zunge ist nicht mehr in meinem Mund und er sieht mich fragend an. Bravo, ich habe es emotional verbockt. Hoffentlich hat er es nicht gemerkt.

»War's schlimm?«, fragt er lächelnd. »Ich meine gefühlstechnisch?«

Ich zucke mit den Schultern. »Nö.«

»Na, dann ist ja gut«, seufzt er erleichtert. Er will mich an der Hand nehmen und weiterziehen, aber das geht jetzt leider nicht.

»Können wir das kurz noch mal machen?«, frage ich peinlich berührt.

Er stutzt, lächelt, zieht mich zurück in seine Arme und sagt: »Alles, was du willst.«

Dann küsst er mich ein zweites Mal und dieses Mal lasse ich mich drauf ein. Ich weiß, dass das meine Zunge ist, weil sich der Kuss gut anfühlt, und ich konzentriere mich jetzt nur auf Mos und meine Zunge und Lippen; und je länger wir uns küssen, desto besser gelingt es mir, alles auszublenden, was nicht in diesen Moment gehört. All die Dinge, an die ich oft genug und Tag für Tag denken muss. Mo ist der Gute. Er ist der Normale, der Gefühlvolle, der jederzeit für alle da ist und manchmal viel zu wenig für sich selbst. Er ist der Beweis dafür, dass auch *ich* einem Menschen vertrauen kann, einem Menschen nahe sein kann. Und jetzt küssen wir uns und es fühlt sich richtig an. Und vertraut.

»Danke«, flüstere ich, als Mo aufhört, mich zu küssen.

»Gern geschehen«, flüstert er zurück und zieht die Stirn kraus, ich glaube, weil er sich mal wieder darüber wundert, wie verquer ich bin.

Bevor wir uns vor meinem Haus trennen, fummelt Mo einen Briefumschlag aus seiner Winterjacke.

»Der ist für dich von Burcu und mir«, sagt er. »Du darfst ihn aber erst an deinem Geburtstag öffnen.«

»Danke«, erwidere ich und küsse Mo noch mal.

»Da steht schon wieder dieser Typ, der Erledigungen für die alten Frauen in deinem Haus macht«, stellt Mo mit einem Seitenblick fest. »Irgendwie fühle ich mich beobachtet.«

»Toni?«, frage ich. »Tja, der hat hier echt einen Fulltime-Job mit den alten Schachteln. Aber keine Sorge. Guck mal, der guckt immer stumpf geradeaus. Scheint so eine Macke zu sein.«

»Du hast recht«, stellt nun auch Mo fest.

»Hey!«, rufe ich. »Toni!«

Toni, der mit Sicherheit anders heißt, aber trotzdem weiß, dass er gemeint ist, wendet sich uns zu.

»Frohe Weihnachten!«, schreie ich und winke.

Er nickt, hebt kurz die Hand zum Gruß, tippt seine Finger an die Stirn und sieht wieder geradeaus.

Mo und ich küssen uns ein letztes Mal, dann gehe ich rein und packe.

Meine Mutter holt mich mit Amigo vom Bentheimer Bahnhof ab und Amigo flippt völlig aus, als er mich sieht. Er jault, springt an mir hoch und leckt mir über das Gesicht, während meine Mutter neben uns steht und darauf wartet, auch mal begrüßt zu werden. Als Amigo sich beruhigt hat, umarme ich sie und es fühlt sich gut an. Meine Mutter ist meine Mutter.

Die ganze Autofahrt bis nach Kalle liegt Amigos Kopf auf meinem Schoß, er blickt mich mit seinen Hundeaugen von unten an und winselt leise vor sich hin. Ich streichle ihn, stecke meine Nase in sein Fell und denke, dass das Burcu sehr gefallen würde.

»Alles ist gut, mein Kleiner. Alles ist gut«, flüstere ich und hoffe, dass ich recht habe.

Pierre empfängt uns mit Tee und Käsesahnetorte. Das Feuer brennt im Ofen, wir lümmeln uns auf die Couch und lassen es uns gut gehen. Bevor es dunkel wird, schnappe ich mir Amigo. Vierzehn Kilometer Ruhe. Mein Lauf durch die leise glucksende, erdbraune Matsche auf dem Weg am Fluss entlang ist eine neue Kostbarkeit. Weil Elisa nicht mehr ist. Weil sie den Winter nie wieder erleben wird. Andächtig beobachte ich, wie Amigo mit diesem für ihn so typischen sprunghaften Eifer in der Matsche herumstöbert. Die ländliche Stille legt sich wie eine wärmende Decke über den Fluss, über mein aufgewühltes Gemüt und über mein Bild von der sterbenden Elisa. Hier in Kalle kann ich sie begraben. Kann ich sie gehen lassen. Berlin, der Tod, die Penelope, die ich nie sein wollte, sind weit, weit weg von mir. Andächtig lausche ich dem beruhigenden Wechselspiel von weißem Atem, Herzschlag, meinen dumpfen Schritten. Ich spüre, dass ich lebe, und es fühlt sich gut an. Amigos unbändige Freude über unsere gemeinsame Zeit tröstet mich. Gemeinsame Zeit. Das ist alles, was ich jetzt will. Und dann weine ich. Endlich. Nach Monaten. Ich weine um Elisa.

An der Böschung vor der Brücke bleibe ich stehen. Weit und breit ist niemand zu sehen, kein Auto, kein Mann. Trotzdem kann ich mich nicht dazu überwinden, den letzten halben Kilometer bis zum Brückenpfeiler zu laufen. Meine Erinnerungen an den Überfall sind verblasst, nach all dem, was geschehen ist, aber das Gefühl der Gefahr ist noch da, pulsiert in mir, lässt mein Blut schneller fließen und zieht meine Lunge zusammen. Also halte ich Amigo bei Fuß und kehre um.

Nach meiner Rückkehr nehme ich ein langes Bad, während Amigo sich neben mir auf der Fußmatte ausruht. Dann wickle ich mich in eine Decke und setze mich auf den Ledersessel zu meiner Mutter ins Atelier. Sie arbeitet noch immer an dem Bild, das sie nach mir benannt hat, weil es ihrer Meinung nach die Gerechtigkeit widerspiegelt. Die Gerechtigkeit ist eine große makellose Hand im unteren Drittel des Bildes, die einen blauen gläsernen Kreis balanciert. Im Hintergrund außerhalb des Kreises ziehen dunkle Gewitterwolken über die Leinwand. Im Kreis selbst befindet sich ein Haus, wie Kinder es malen: ein rotes Dach, zwei Fenster und eine Tür in der Mitte. Mamas Bild enthält keine Menschen. Kein Wunder. Die Menschen haben die Vision einer gerechten Welt entworfen, aber sie leisten dazu wohl den insgesamt kleinsten Beitrag.

Dann erzähle ich meiner Mutter von Berlin. Ich darf nicht die ganze Wahrheit sagen. Anna, Elisa und Toni bleiben ein unvergessenes Geheimnis in mir. Aber ich erzähle von Mo und Burcu und Kamil und Lina und Jule und wundere mich, dass es plötzlich so viele Menschen in meinem Leben gibt, die mir etwas bedeuten. Freunde.

Ich bezweifle, dass meine Mutter mir wirklich zuhört, aber sie lächelt, weil sie froh ist, dass ich da bin und bei ihr sitze.

Ihr Lächeln weicht praktisch nicht mehr von ihrem Gesicht, bis sie mir einen Tag vor meinem Geburtstag die Postkarte meines Vaters überreicht:

Liebe Penelope! Wenn du alles zusammen noch einmal auf den ersten Blick betrachtest, mal die Liebe und dich selbst ausgenommen, kommst sicherlich auch du zu dem Schluss, dass wir miteinander verbunden sind. Früher dachte ich, eine Therapie wäre Schwachsinn, aber inzwischen glaube ich, sie hätte mir geholfen, bei euch zu bleiben. Dein Papa

Der Text kommt mir sehr bekannt vor. Der Wortlaut ist praktisch identisch mit der neunten Postkarte meines Vaters. Offensichtlich verzichtet mein Hippie-Vater jetzt nicht nur auf überflüssige materielle Werte, sondern auch noch auf überflüssige neue Worte. Er nimmt einfach die alten. Ich glaube, die griechische Sonne brennt ihm langsam das Hirn weg.

Meinem morgigen Geburtstag sehe ich etwas wehmütig entgegen. Bisher habe ich es als großes Glück empfunden, dass ich am 26. Dezember geboren bin. So konnte ich die letzten sechzehn Jahre nur mit meiner Familie feiern und kam nie in die Verlegenheit, eine Geburtstagsparty veranstalten zu müssen, denn es gab ja niemanden, den ich hätte einladen wollen oder können.

Dieses Jahr ist das anders. Ich würde gerne mit Mo feiern, mit Burcu und Kamil, mit Jule und Lina. Wir würden über Anna, die Schule und die neuesten Kinofilme sprechen, Ayran und Sekt trinken, weinen und lachen. Na ja. In ein paar Jahren holen wir das nach. Wenn ich nicht mehr für das GJK arbeite und die Penelope sein darf, die ich wirklich bin.

An meinem Geburtstag bekomme ich zum Frühstück Pierres traditionellen Käsekuchen mit siebzehn Kerzen und einen in die Seite eines Wohnmagazins eingewickelten Hunderteuroschein.

Danach öffne ich Mos Brief. Die ersten paar Zeilen stammen von Burcu, deren kleine Hand sich mit großer Mühe um den Kugelschreiber gekrampft haben muss, um auf das fast durchsichtige Briefpapier zu schreiben:

Liebe Penelope.

wie geht es dir? Wir vamissen dich. Du bist das einzige schöhne und gute in der deutschen welt. Mo liest mir imma vor aber du kannst das bessa. Grüsse an Amigo. Deine Burcu.

Hey Penelope,

alles Gute zum 17. Geburtstag. Dein Geschenk klebt auf der Rückseite des Briefes, aber erst brav weiterlesen: Ich hoffe, du stopfst jede Menge Käsesahnetorte in dich rein und fällst ohne Döner, Börek und Ayran nicht vom Fleisch.

Burcu hat recht. Wir vermissen dich hier sehr. Unter dem Tisch ist jede Menge Platz und der Ayran im Kühlschrank läuft ab. Also komm bald zurück.

Und noch etwas, Penelope: Vielen Dank für deine Hilfe. Du kannst dir gar nicht vorstellen, wie sehr du unseren Alltag mit Burcu erleichtert hast. Burcu liebt dich von ganzem Herzen und wenn ich dir jetzt schreibe, dass du mir auch sehr viel bedeutest, verstehst du das wieder völlig falsch, also lasse ich es, obwohl es die Wahrheit ist.

Dreifingerkuss
Mo

P.S. Das hier sind die letzten beiden Bögen Briefpapier meiner Mutter. Sie riechen nach Sandelholz und Zimt. Meine Mutter hat darauf Briefe an ihre Familie in der Türkei geschrieben. Sie ist niemals in der deutschen Welt angekommen. Aber ihre letzten Seiten gehen an unsere deutsche Schwester Penelope, an den besten Teil der deutschen Welt. Das war Burcus Wunsch.

Auf die Rückseite des Briefes hat Burcu ein Strichmännchen mit riesigen Armmuskeln gemalt und »Strichmänschen mit Muscklen« daneben geschrieben. Das bin ich. Mo hat dem Männchen mit Tesafilm ein Silberkettchen an den Hals geklebt. Keinen Schnürsenkel, keinen Gürtel, kein Ladekabel, sondern ein Silberkettchen. Vorsichtig löse ich es vom Briefpapier und betrachte den Anhänger: Es ist eine kleine silberne

Sonne mit einem blauen Stein in der Mitte. Er hat eine gewisse Ähnlichkeit mit dem Kamera-Anhänger, mit dem ich für den Volker-Test ausgestattet wurde, aber ich verwerfe diesen kranken Gedanken sofort. Andächtig lege ich mir die Kette um den Hals und betrachte mich im Spiegel. Sie ist wunderschön.

Silvester feiern wir in altbewährter Familientradition: Pierre bereitet uns ein leckeres kleines Büfett und wir sitzen den ganzen Abend auf der riesigen weißen Wohnzimmercouch, blättern in Wohnzeitschriften und Kunstbänden und hören die alten Platten meines Vaters. Dabei wechseln wir das eine oder andere leise Wort oder zeigen uns gegenseitig Bilder, die uns gefallen. »Der Tod und das Mädchen« lässt uns verstummen. Ich frage mich, woran Pierre und Mama denken. Ich denke an Elisa. Kurz vor Mitternacht zählen wir gemeinsam die Sekunden runter und Pierre lässt den Sektkorken knallen.

Als Pierre und meine Mutter im Bett sind, verkrieche ich mich mit Amigo in meinem Zimmer, ziehe die Jalousien hoch und lasse die Dunkelheit hinein. Da draußen ist niemand. Heute nicht. Höchstens Toni. Für wen er arbeitet, werde ich noch herausfinden. Es gibt Dinge, die eilen nicht, weil ihre Zeit noch nicht gekommen ist.

Während ich Amigo streichle und in die Dunkelheit starre, lasse ich die kleine Sonne an Mos Silberkettchen durch meine Finger gleiten. In meinem Leben ist es nicht mehr ganz so dunkel. Es gibt Menschen, die mich beschützen, Menschen, die auf mich aufpassen, und Menschen, die mich lieben. Mehr Menschen, als ich dachte. Und wenn ich zurück bin in Berlin, dann gehöre ich zu denen, die andere beschützen und diejenigen sterben sehen müssen, die sie nicht beschützen konnten.

Irendwann werden meine Augenlider schwer, meine Hand ruht auf Amigos Kopf, meine Gedanken gleiten in den Schlaf und umarmen dort meine Ängste: Aus den Laubwäldern vor meinem Fenster werden finstere Fichten in der alles umfassenden Nacht und aus der Nacht wird ein kalter Raum. Und in der Kälte dieses Raumes sitzt ein kleines Mädchen, das darauf wartet zu sterben, weil es nicht mehr davonlaufen kann vor der Welt, vor dem Bösen und vor dem GJK. Ich glaube, meine Mutter hat recht. Bald werde ich ein kleiner Teil der Gerechtigkeit sein. Still wie Schnee.

Die Postkarten des Vaters

1) Liebe Penelope! Rot gefärbtes Meer im Sonnenuntergang, das sehe ich hier jeden Abend und denke an dich. Sei nicht böse, wenn ich nicht zurückkomme. Ich möchte ganz weit weg leben. Nicht von dir, sondern von mir. Gedanklich bin ich immer, insbesondere Weihnachten, bei dir. Dein Papa

2) Liebe Penelope! Handy, Laptop, Fernseher. All das brauche ich hier nicht mehr. Mich beschenkt das Leben jeden Tag. Heute habe ich mit der Harpune einen Thunfisch erlegt, Tomaten und Gurken geerntet und für uns alle ein schmackhaftes Essen zubereitet. Man muss sich von einem falschen Leben verabschieden, um das Richtige zu tun. In diesem Sinne. Dein Papa

3) Liebe Penelope, auf einer Insel zu leben, ist die Hölle und das Paradies. Ich bin unerreichbar und frei. Ich wünschte manchmal, es wäre andersrum. Fröhliche Weihnachten. Dein Papa

4) Liebe Penelope, Dach, Boden und Wände meiner kleinen Hütte am Strand sind fertig. Wieder etwas Eigenes zu haben nach all den Jahren, ist doch schön. Meine Haare sind lang geworden. Ich trage einen Bart. Du würdest deinen alten Hippie-Papa nicht wiedererkennen. Feiert schön Silvester. Dein Papa

5) Liebe Penelope! Halb eins am Morgen. Ich liege wach und denke an dich und mein altes Leben zurück. Ich sollte mir einen Ofen kaufen, denn es ist kalt hier. Doch so viel Geld wirft unsere kleine improvisierte Hippie-Bar nicht ab. Es ist trotzdem gut, dass ich hier bin. Es ist richtig, aber ich vermisse dich und deine Mutter. Malt sie noch? Feiert schön. Dein Papa

6) Liebe Penelope! 6 Uhr 9. Es ist noch dunkel, aber ich kann nicht mehr einschlafen. Das Rauschen des Meeres erinnert mich so kurz vor Weihnachten schmerzhaft an unsere gemeinsamen Urlaube in Griechenland. Du warst immer viel zu früh auf und hast uns dann geweckt. Wer früh erwacht, erlebt mehr Sonnenaufgänge. Dein Papa.

7) Liebe Penelope, neunhundertneunundachtzig Möglichkeiten bietet uns das Leben. Du kannst jeden Tag aufs Neue entscheiden. Keine Entscheidung ist endgültig. Es gibt immer eine Alternative. Vergiss das nicht. Ich vermisse euch schmerzhaft. Besinnliche Weihnachten. Dein Papa

8) Liebe Penelope, 2468 Tage ohne dich und deine Mutter. Oder waren es mehr? Ich habe aufgehört zu zählen. Wie geht es dir, mein großes Mädchen? Bist du noch so sportlich? So ehrgeizig? So perfektionistisch wie damals? Leistung ist nicht alles. Geld ist nicht alles. Lebe so, dass du nicht stolz, sondern zufrieden in den Spiegel siehst. In Liebe. Dein Papa

9) Liebe Penelope, wenn du alles zusammen noch einmal auf den ersten Blick betrachtest, mal die Liebe und dich selbst ausgenommen, kommst sicherlich auch du zu dem Schluss, dass wir miteinander verbunden sind. Du sollst wissen, dass ich an dich denke und dass du immer meine Tochter sein wirst. Dein Papa

10) Liebe Penelope! Es gibt Menschen, die alles um sich herum wahrnehmen. Andere Menschen haben ihr Ziel stets vor Augen, sie sehen nicht nach rechts und nicht nach links, so wie der Zen-Mönch im Augenblick höchster Konzentration, bevor er den silbernen Pfeil abschießt, um die heilige Kostbarkeit zu schützen. Und einen Tag zu früh: Happy Birthday! Pass auf dich auf! Dein Papa.

11) Liebe Penelope! Wenn du alles zusammen noch einmal auf den ersten Blick betrachtest, mal die Liebe und dich selbst ausgenommen, kommst sicherlich auch du zu dem Schluss, dass wir miteinander verbunden sind. Früher dachte ich, eine Therapie wäre Schwachsinn, aber inzwischen glaube ich, sie hätte mir geholfen, bei euch zu bleiben. Dein Papa

Dr. Arends' Leitfaden zum Aufbau einer festen Freundschaft – das Laff-Programm

1. ZUWENDEN: Wende dich dem anderen freundlich zu und er wird sich dir zuwenden.
2. ZUHÖREN: Höre dem anderen zu und frage dich vorsichtig in sein Inneres hinein. Genau dort, wo der andere beginnt, den Fragen auszuweichen, befindet sich eine Mauer, die sein Ich vor den Angriffen der Außenwelt schützt. Aber jede dieser Mauern hat eine Tür und mit jeder Frage probiert man einen anderen Schüssel, bis einer passt und die Tür sich öffnet. Sei immer auf der Suche nach dem nächsten Schlüssel.
3. VERSTEHEN: Betrachte die Meinung, den Glauben und die Träume des anderen nur ein einziges Mal durch seine Augen. Denke, was er denkt, fühle, was er glaubt, und sieh, was er träumt. Du wirst den anderen vielleicht nicht verstehen, aber er wird sich verstanden fühlen.
4. EHRLICH SEIN: Sei ehrlich zu ihm, ohne ihn zu verletzen, und du wirst der Mensch sein, der um Rat gefragt wird, wenn der andere daran zweifelt, ob das, was er tut, das Richtige ist.
5. BEWUNDERN: Was du selbst an dir magst, werden andere an dir mögen, solange du dich nicht mit ihnen vergleichst. Bewundere den anderen ohne Neid für das, was er besonders gut kann, und bestärke ihn darin. Entgegengebrachte Bewunderung ist gefühlte Anerkennung, gefühlte Anerkennung ist die vornehme Form von Liebe.
6. VERBINDEN: Gemeinsame Probleme und Freuden verbinden. Es liegt an dir, sie zu entdecken und zu offenbaren.
7. WIEDERSEHEN: Wiedersehen macht Freude. Gib einen angenehmen und verbindlichen Ausblick auf eine zukünftige gemeinsame Unternehmung und du wirst den anderen wiedersehen. Und: Gib ab und zu mal »einen« aus.

Mein herzlicher Dank geht an

meinen Mann Simon Sperling, der mir die Zeit für einen dritten Roman geschenkt hat;

meine Eltern Inge Lu und Alf Mintzel für alles;

meine Vorlektorin Nina-Maria Eisen, die immer an meine Text geglaubt und meinen Schreibstil maßgeblich geformt hat;

Covergöttin Marie Graßhoff, die »Penelope« mit diesem unfassbar tollen Cover zu visuellem Leben erweckt hat;

meine aufmerksame Lektorin Laura Evers, die »Penelope« mit einfühlsamer Akribie und konstruktiver Kritik den letzten Schliff gegeben hat;

meine Korrektorin Michaela Retetzki, die nicht nur ein wandelnder Rechtschreibduden, sondern auch ein wundervoller Mensch ist;

meine Websitefee Stephanie Rüdell.

Und last but actually absolutely first danke ich Astrid Behrendt, die »Penelope« im phänomenalen Drachenmond Verlag ein Zuhause gegeben hat.